中华传世藏书

【图文珍藏版】

李渔全集

[明]李渔⊙原著
王艳军⊙整理

第六册

线装书局

目　录

资治新书初集(判语部)　湖上笠翁李渔搜辑

资治新书二集(判语部)　湖上笠翁李渔搜辑

·李渔全集·

资治新书

[明]李渔⊙原著
王艳军⊙整理

资治新书初集

判语部

湖上笠翁李渔搜辑

叙　　言

笠翁名满天下已二十馀年。余生地晚，不及见其少年倜傥雄放，自熹时态致，犹幸读其书，想见其为人，才绝古今而又具超然远览，确乎不拔之识。其于往昔治乱、军国利病、礼乐兵农、纲纪刑政诸大务，以及夫山川理道、妇子闾巷、琐屑纤悉之事，无不幾微洞彻，晰入毫发。兴来和墨伸纸，藻思云涌，快论屑霏，立刻万言，一泻千里。如抵掌而谈，如写生家往往得其神似。盖其知之既深，故其言之无不沉著痛快，淋漓而满志。他人结舌期期而不得者，笠翁以数语而抉之，传神阿堵，正不在规画面貌间也。癸卯秋，余奉试使来江南，博访当代逸才及畴昔知名之士，未尝不首为笠翁屈一指。比及撤棘事竣，得延诸公于江干，屣为之倒者数矣。北上之日，濒发舟，笠翁甫来自邗江，一见欢甚，恨相得晚也。谈顷，出一编相示，仁人之言洋洋缅缅。济时伟略、华国鸿词，悉于是乎见之。余为之跃然称快，起为笠翁寿曰：翁曩昔著书固甚富，业已脍炙文苑，无品不妙。但微有俳谐不恭之意。有如是之崇论闳议、婆论棒喝，而不亟出以济世，岂情也哉！因促其脱稿，付诸剞劂，愿与天下士大夫共之。余亦私心自喜，今兹又添一快事矣。方今厌薄帖括之习，翻然大变，文体为之一新，将必有好古博学之士，出而谈经济之策者，笠翁其执是以往可乎？贾王傅《治安》诸策、马宾王《便宜二十事》、文中子《太平十二策》，上下千载，当不越此而得之矣。笠翁笠翁，假使天老其材，以当大用。将来经世救世诸伟论，一一皆见之设施，所为坐而言，起而见诸行事者，将于他日验之，知不徒贵洛下之纸而增名山之价矣。

康熙岁在昭阳单阏阳月幾望日 茌山王曰高书于憩鹤楼中

资治新书序

人莫僭于意而法次之，法莫严于文而刑次之，故曰：治狱者于死中求生，勿于生中求死。惟此求生一念，足以服死者之心，所谓意也。始于辨疑，成于案牍，法吏之辞，无不可引经而断，所谓文也。呜呼！二者固难言之矣。夫持之过刻，必入于苛，法家之失也。论之不精，必入于误，儒家之失也。甚而以喜怒为出入，以周内为功名，文致既成，颂系无地，乃至绝要领，断手足，无一非文为之，文顾可不慎哉！余既以儒臣分绾铨政，不及躬亲法律之事，然以季弟贻上之为法曹，未尝不目睹其文而心求其意之所在。兹且遇笠翁于邗上，挟其所刻《资治新书》者出以相示，皆经济实学，兼多近代名公卿治狱之辞。尝闻治狱之道，听在事中，观在事外，今以名公卿所讯议再三、事久论定之案，而又得旁观者为之参决其当否。评论其本末，如烛照，如数计，为治狱者龟鉴，其说近乎智。不惟此也，又有所为《慎狱刍言》《祥刑末议》者，上至天时之燥湿，下逮舆隶之奸利，无不悉言其隐。听之如春和之扇物，足为治狱者箴砭，其说近乎仁。于《礼》有之：士非明义理，备道德，通经学者，不可居治狱之官。笠翁诚有见于此乎？向使操尺寸之柄，得自展其所为文，必大有足观者。而仅取空言以为世法，其意亦良苦矣！读是编者，能深求其意，然后以文法随之，又安有儒家、法家之同异哉？

康熙癸卯小春上浣　辕里弟王士禄西樵拜题

题　词

古之学与仕一，今之学与仕二。学与仕一，故处则为真儒，出则为良佐。学与仕二，故伏居之时猎取声华，徒致饰于文辞。及其一旦致身通显，当官之法守与朝庙之掌故昧焉罔闻，操刀而不知割，制锦而失其裁，此昔人之所以长叹也。余友李子笠翁，慨文日盛，政日衰，取近代名公卿宦牍汇成一书，为宦海津梁，名《资治新书》。余对之而有感焉！初谬登仕籍，愧无实绩以报朝廷。适滋罪戾，过蒙恩宥，回思平日侈口文华，与居官尽职政要，二者均无一当，呜呼！余乃知学而仕，仕而学，古人一之，今人二之也。由是编观之，政则真政，文则真文，仕则真仕，学则真学。贾生有云："移风易俗，使天下回心而向导，类非俗吏之所能为。"允哉斯言乎！尝稽《虞书》"三载考绩，三考，黜陟幽明"；《周官》有"学古入官，议事以制，政乃不迷"之训，无非期天下以实心行实政，又何唐虞三代之治不再见于今日哉！笠翁之有裨于吏治远矣。

康熙二年季秋上浣 江上同学弟王仕云撰

自题词

首遵功令，专辑理学政治之书。是集也，以学术为治术，使理学、政治合为一编。又皆名宦新稿，不收一字陈言。至于区别论次之间，亦尝稍献刍荛，略资采掇，未审有裨官常之万一否？请质之当事诸公，幸垂徽明教。

后学李渔谨识

征文小启

名贤竞选诗文，不肖偏征案牍，贵簿书而薄风雅。虽见哂于时髦，收图籍而弃金缯，窃效颦于往哲。自有明以至皇清，其间蜚声仕路，澍德人寰者，难更仆数。不得铭彝勒卣之先声存诸汗竹，使循良治迹湮灭不传，亦我辈操觚者之过也。兹特广搜遗牍，博采新篇，著为有益之书，用作可传之具。但恨海宇辽阔，闻见空疏，兼之蟨处林居，贵游绝少，前代名公巨卿，当世贤豪长者，闻其名而未见其人，见其人而未读其书者，不知凡几。走书径索，既耻未同而言；浼友代征，又虑乞怜见鄙。是用借初编为驿使，征嗣刻于邮筒。伏望海内明公，各搜宦笈。自公移、文告，以及条议、谳词，凡有泽民利国之嘉猷、易俗移风之雅训，倾囊远赐，只字可抵百朋。忘分下交，千里何殊一室！行见《二集》之出，纸价倍腾，何也？集千腋以成裘，将与金章比贵；和五鲭而作馔，宁偕市脯同甘？讵若斯编之挂一漏万，贻管窥蠡测之讥于当世哉！

后学李渔载拜启

名稿远赐，乞邮致金陵翼圣堂书坊。稿送荒斋，必不沉搁。但须封固钤印，庶免漏遗，并索图章贱刺报命，以验收否。前蒙四方君子远贻尺牍，尊稿本坊未收，或为他人误领，或为驿使浮沉，以致开罪名流，无从辩白，误之于前，不得不慎之于后耳。

资治新书卷首　湖上笠翁李渔论次
婿沈心友因伯订

祥刑末议

论刑具　凡四则

刑具代有变更，其载在律条，一成而不可易者，厥数有六：曰笞曰杖二者皆用荆条，笞小杖大曰讯即今之竹板。有重罪不服，责以讯之曰枷项刑，用以示众曰杻手刑，欲名手梏曰镣足刑，欲名脚镣。视罪之重轻，为名之巨细。枷轻于杻、镣，讯轻手枷，笞、杖又轻于讯。非极重之罪，有死无赦者，不用镣、杻。非罪犯众怒，法当榜示以快人心者，不用枷。下此常用之具，则讯、杖、笞三者而已。杖、笞止于臀受，讯则臀、腿分受，三者皆不及腿湾，恐伤其足，当事者无不知之。此老吏常谈，无庸赘述，言其未经道破者而已矣。有同是一件刑具，始用之而重，后用之而轻；今日用之轻，明日用之而又重者。此其故，非但官长不知，即讯之老成隶卒，亦茫然不解。渔以博谘群访而得之，不敢不为当事

告。其倏重倏轻不可测识者，则以新旧燥湿之不同，而用刑之隶卒又漫不盖藏，听其露处故也。新设之具其性倍坚，况竹木皆产于地，未有不带湿气者。惟用久则水性渐收，锋铓亦去，且与人之皮肉相习，故受者虽云痛楚，未必尽有性命之忧。新设者于此一一相左，其毙人最易，司法者不可不知。文太青先生作县时，因旧枷刓敝不可用，欲置新者代之。虑其伤人，即以旧枷圈外之木，穴一新孔为容项之地，外以新木环之，其不忍人之心如此。渔谓此意虽善，但觉慈祥太过，反近迂阔。语云："物不用新，何由得旧？惟减其数而慎用之，亦足以全好生之德。凡此皆言新旧之别，当世士大夫亦间有知之者，至于"盖藏"二字，则从来未讲。每至讼庭，见拶指、竹篦即竹板及夹棍、杠子之属，皆委之滴水檐下，才值斜风细雨，便皆湿透，况值倾盆之檐溜乎！官长不察，隶卒不知，照晴明干燥时一例用刑，一般下手，以为同此刑具耳，受者不死于往日，岂其独死于今朝，拶之夹之鞭之扑之无害也。不知轻重殊体，一既可以当三，燥湿异性，十还可以抵百。如其不信，但取一件刑具，先于干燥时秤重几斤，再于湿透时秤重几斤，则受刑者之痛楚加倍不加倍便可知已。然此犹论轻重之体，尚未阐明燥湿之性。倘仁人君子不厌繁屑，请得而畅言之。寻常无罪之人，坐卧于卑下斥卤之地，隔以床荐、椅褥，尚有湿气上蒸，浸入骨髓，染成剧病而不可医者，况以潮湿之具裂开其皮而分析其肉，深入于腠理筋骨之间，尚冀其受而不病，病而不死，有是理乎？常有杖不数巡而毙人于庑下，棍未去胫而毕命于阶前者，未必不由于此。渔今为当世贤明长者辟出一条修行之路：各于厅事左右，另置高厂庑屋一间，甃板于地，以防梅雨之月湿气上侵，安顿一切刑具，用则取出，不用则命隶卒束而藏之。此高大于门之捷径也，岂待平反大狱，祝网施仁，而后保后世簪缨之勿替哉！衙门人役有能讲究此理，互相劝谕，勤谨收藏，每至用刑之际，必量其新旧燥湿以为下手之重轻，则阴德亦自无量，不独官长蒙庥而已也。

古人设枷之意，不过辱之而已。囊头以木，榜其罪名，动本犯羞耻之心，令其悔过，亦使远近为恶者见而知警，法止此矣。原非令之负戴而行，何必过于厚重！即使过于厚重，亦于罪人无害，徒损材料而已。何也？坐时原以他物以撑，行时亦有亲人扛助，厚重之与轻薄初无异耳。但知此刑专为亡赖者设，略有颜面身家者，宁置他法，勿用此刑。盖以痛可忍羞不可忍，血可涤耻不可涤也。官府一念之转移，系百姓终身之荣辱，可不慎哉？

杻以挛手，镣以拘足，皆所以防闲罪人，虑其兔脱故也。苟非大辟，即当存镣去杻，以遂人情之便。何也？人身之用，足居其一，手居其九，非此，则五官不能自运。既不置之死地，则当遂其生机。使活泼有用之人而为行尸坐肉，不但非情，亦非法耳。至于妇人女子，虽犯死罪，例不加杻，为其饮食便溺不可假手于人，重男女之别也。

人谓后世之法宽于前古，以其无刖足之刑也。余谓多用夹棍，多敲杠子，便是刖足之刑。犹之杀人以梃与刃，初无分别。朝廷立法苛与不苛，有何定额？只在用刑者之慎不慎耳。夹棍、杠子于法为极重，万不得已而用之，非常刑也。惟强盗、人命，众口咸证为实，即司谳者原情度理，亦信其真，而本犯坚不承招，不得不用此法。然以是威之，非以是杀之也，可试而不可用，可一用而不可再用。夹棍之得力处，全在将收未收之时，此时招为强盗，即是真强盗；此时招为人命，即是真人命。若待收起夹棍而加以杠子，此时供吐之言，十句只可听一句，并此一句，还须待放松之后再讯，以定其果否。常有一夹不招而至再夹，再夹不招而至三夹者，即使满口供承，总非确据，以其出于口者非复由中之言，犹病极而为谵语。据此定案，非惟阴骘所关，有伤冥福。倘遇慈祥之上台，解网之恤部，霁威曲讯，仍吐真情，则前案可翻，亦足以妨神明之誉耳。至非人命、强盗及谋叛重情，此等峻法严刑，即终身不用，亦未为不可。

论监狱　凡二则

罪有重轻，则监有深浅。非死罪不入深监，非军徒不入浅监，此定法也。下此则钦犯访蠹，虑其疏虞，不得不附入监籍。自兹以往，则笞杖非其人，牢狱非其地矣。饬丁属之清监，戒佐贰之滥禁，堤防狱卒，勿使凌虐罪囚，洁净圜扉，无致酿成瘟疫。此郡邑诸公之能事，亦守巡各宪之常规。言之无益听闻，徒取厌倦而已。独提紧关二事，一为生死所系，一为名节所关，留心民瘼者请谤听之。罪人之死于牢狱，天年者少，非命者多，不可不加讯察。有狱卒诈索不遂，凌虐致死者；有仇家贿买狱卒，设计致死者；

有夥盗通同狱卒，致死首犯以灭口者；有狱霸放债逞凶，坑贫取利，因而拷逼致死者；有无钱通贿，断其狱食，视病不报，直待垂死而递病呈，甚至死后方补病呈者。酷弊冤情，种种不一。若系定案待决之死囚，朝廷既有国治，自当明正典刑，岂有公罪而私杀之，假手凶徒，使太阿旁落之理！若系驳审未结之重犯，死罪一日未定，终身尚有生机，岂有官府不能决断，上下交费踌躇，反听此辈毅然杀之，绝无忌惮之理！况有代僵波及之冤民，似是而非之疑狱，既无昭雪之日，反加暧昧之刑。虽因吏卒之逞凶，实由官长之不察。我虽不杀伯仁，伯仁由我而死，岂得以“瘐毙”二字草草申详，遂卸典守监仓之重任哉！与其追究于死后，不若申饬于生前。时时稽察狱中，勿令此辈鱼肉囚犯。囚犯有疾，责令早具病呈，一见病呈，即取囚亲告治结状。调治不痊者，取尸亲告领结状，一并粘连，以为申报上司之地。囚犯无亲属者，以里甲邻佑代之。盗贼无乡贯者，以刑房书吏代之。慎密若此，非但奸弊不丛，保全生命，亦可取信上司，自立于无过之地。常有要紧囚犯瘐毙是真，上司不信，疑府州县官匿取赃私，虑其攻讦，自讨病呈以灭口者。为人即以自为，不可不慎也。

妇人非犯重辟，不得轻易收监。此情此理，夫人而知之也。然亦有知其不可而偶一为之，不能终守此戒者，以知其浅而不知其深，计其今而不计其后也。问以不可收监之故，则曰：此中男妇杂处，嫌疑不别；况牢吏狱卒，半属鳏夫，老犯宿囚，多年不近女色，置烈火于干柴之上，委玉石于青蝇之丛，未有不遭焚涅者。渔曰不然。羞恶之心，是人皆有，施强暴于众人属目之地，不待贞者而后拒之，久则难保无虞。旋羁旋释者，未必尽有失节之事。所可念者：妇人幽系一宵，则终身不能自白。无论乡邻共訾，里巷交传，指为不洁之妇。即至亲如父母，恩爱若良人，亦难深信其无他。而公姑妯娌又可知已。此种不白之羞，虽有孝子慈孙，百世不能湔洗。常见有妇人犯罪，不死于拘挛桎梏之时，而死于羞惭悔恨之后者。职此之由，渔劝为民上者，皆当以此存心，一念稍宽，保全几许节操；一时偶刻，玷辱无限声名。此阴施阳报中极大关头，万勿视为细事。妇人有必不可宽之罪势必系之狱者，惟谋杀亲夫，殴杀舅姑二项，亦必审实定案而后纳之。此外即有重罪，非着稳婆看守，即发亲属保回，总令法度纲常并行不悖而已矣。

慎狱刍言

论人命　凡七则

古法流传至今，今人已失其实而仅存其名者，莫若人命中保辜一事。辜者罪也。保辜者令有罪之人自保其罪以塞他日之辩端，且救此时之覆辙。一事而诸善备焉，古法莫良于此。譬如张三殴伤李四，李四病创垂危，自分必死，随令亲属鸣官求验。官府验有真伤，审得张三凶殴是实，即以李四交付张三，责令延医调治，照律限期，期满之日，或生或死，定罪发落。盖因被殴之人，自非慈亲孝子，鲜不利其速死，以为索诈凶人之地，故以调理之责，付之凶人。凶人以一朝之忿，酿成杀身之祸，未有不悔恨求生者，救人即以自救，何金钱之足惜！是以一纸保辜，活两条生命，此言不死之利也。倘其疗治不痊，如期殒命，则于限满发落之时，便可定罪结案，不致株连一人，延缓一日。何也？以其验伤之际，先得两造口供。被殴丧命者，既以亲口诉冤于生前；殴人致毙者，难以活口赖伤于死后。若说不干己事，则从前之调理为何？无证亦可以成招，完尸亦可以定罪。较审人命于既死之后，展转推详而莫究其实，凭空摸索而不得其端，尚有就审于城隍，取决于梦寐者，其劳逸难易之相去，岂啻霄壤之分而已哉！无怪乎狱少冤民，而案无留牍，鸣琴之化，卧理之风，唯古人独擅其誉也。今世仅存保辜之名而少地其实，非不知人命为极大之题，保辜为最急之事。无奈吏牍如山，不能分别料理，每与田土婚姻诸小讼一概准行。常有累月经年未遑审结，以致凶犯脱逃，无人抵命者。直待审出真情，知其殴死杀伤是实，始为追论保辜，逆数期限。及究行凶之罪，势必反覆株连，欲起死者而问之，已无及矣。岂今人之才智尽皆不及古人，而令彼居其易，我任其难，彼笑我劳，我妒彼逸哉？只以保辜之法不行耳。问所以不行之故，则目：人情刁恶，非复三代遗风，十纸人命状词，究无一纸是实。若必个个验伤，人人取结，则官长无就憩之时，而讼庭少容足之地矣。渔曰不难。别有止刁弭诈之法。在先民有言："谋于野则获，谋于邑则否。"又曰："愚人千虑，必有一得。"渔野人也，亦愚人也，兹请献其一得，为当事者谋之。自谓此法不行则已，倘蒙采择施行，能使狱无冤民，案无留牍；再能推广此意，即驯致鸣琴卧理无难，但恐褐衣贱士之言，达人不屑听耳！其法安在？曰在未经放告之先，示以画一之规而已矣。请宰州邑诸公分别状式二纸，刊板流行。一纸照寻常状格，无事更张，除人命之外，一切奸盗诈伪诸重情，以及田土婚姻诸细务，总用此格，令告者据实填进。审得其实，固为伸冤泄愤；即其词稍有不实，亦不必概坐反诬，轻则斥逐，重则杖惩。以民间刁讼之风浸淫日久，不能遽革，且留馀地以待逐渐挽回。一纸则另出新裁，单为人命而设，并柱语亦为刊定，止以被杀被殴情节令告者自填。词后留空格六行，每行署大字于上：一曰"凶犯"，二曰"凶器"，三曰"伤痕"，四曰"处所"，五曰"时日"，六曰"干证"。如用木棍殴打，则填"木棍"二字于"凶器"之下；如无凶器，系拳脚殴伤者，即填"拳脚"等字；项门有伤，则填"项门"二字于"伤痕"之下。馀皆仿此。六项之中，如有一项不填，不遵此式，即系诬谎，必不准理；如时日稍远，即系旧事，亦不准理。六项之后，又刻大字一行云："以上如有一字虚诬，自甘反坐。"令告者亲填花押于下，无押者不准。如是则小民知为特设，与依样葫芦者不同；又于一应词讼之内，单单提出此事立法孤行，则其慎重人命可知。法在必行，不待听断之后，即写状时已知之矣。当事者一见此等状词，即时批发，立拘两造及词内有名人等，并唤折伤科医士当堂细验，以伤痕、凶器等项合之词内所填，观其对同与否。无论事事皆虚，惩诬告者必尽其法，即使五项皆同，止有一项不对，明知下笔之讹，亦

必先正妄填之罪，责治告状亲属，然后审理。审得其实，即以凶器贮库，照前设保辜之法，责令凶人领回调理，候限满发落。倘被殴被杀之人去城窵远，若令扛抬到官，恐被伤之处中风致殒，即委廉明佐贰，匹马单舆，少带人从，督同医士往验，具文详覆，以俟躬审。验审之际，务极精详。盖此时耐烦一刻，即可为他日干连人等全活数命，又免上司批驳之烦，省自己推详之苦，始劳终逸，有裨于人己不浅也。其坐诬之法，于他讼稍宽，而独加严于人命者，以别状告虚，情虽可恨，其所害者，止得被告一家。人命告虚，不止陷害仇家，是来骚扰衙门，戏弄官府矣。官府政事殷繁，日不暇给，令其破有用之工夫，验无伤之斗殴，况有下乡亲验之事，告者不是害人，明是害官。害人罪小，害官罪大，即毙诸杖下，彼亦何说之辞。小民之敢于诬告者，自谓我以人命告，官府原不以人命听，不过户婚田产、口角致争之别名耳。胜则可以服人，害亦无损于己，何所惮而不为！今知利害若此，关系若此，苟非病狂丧心之人，必不敢为搔扰衙门、戏弄官府之事矣。此法一行，谓世间犹有假命害人之事，吾不信也；此法一行，谓世间犹有误填人命之事，吾不信也；此法一行，谓有司苦于钱谷兵农及他种词讼则可，谓为驳审人命，难定招详，今日检尸，明日夹犯，与凶囚冤鬼为邻者，吾不信也。但须执法不挠，初终如一，方能有济。若使徇情受托，一纸不坐反诬；罪当情真，一犯容之漏网，则此法不行而渔与古人均受其谤矣。要知当此之时，事事劝人执法，语语诫人徇情，无论势有不能，即进言者亦难启口。居官之执掌颇多，不止词讼一事，讼词之种类更杂，岂止人命一条！留此一事以示无私，借此一条以明有法，亦时势之可行者也。况颓俗难以骤更，顽民可以渐化，焉知一事有效，不可行之第二事；二事有效，不可行之第三事乎？由人命而盗贼，由盗贼而奸情，而婚姻田土，以及鼠牙雀角诸碎事，无一不可以此法推之。果能如是，则鸣琴卧理之风，未必不阶于此也。状式附刊于左，请高明裁酌而定之。

以上状式既已刊定柱语，何不连“保辜”二字一并注定，以示无可游移？乃于“人命”二字之上，仍空二格以待自填者何也？曰：有不及告保辜与无从告保辜者在，故空此二格，以济保辜之穷，此立法之苦心也。何谓不及告？曰：登时打死杀

死，其命已绝，保辜何为？此不及告也。何谓无从告？曰：死者在他乡别所被人谋害，亲属在家不知凶耗，及闻信而时日已过，保辜何为？此无从告也。有此二项，若刊定“保辜”二字。告状者既不便于涂抹，立法者又不便于更张，是自己先行不去，令人何所适从？故空此二格以待自填。若在未毙之先，无论打伤、杀伤、下毒、图谋、威逼，皆填“保辜”二字。或在既毙之后，若系打死，则填“打死”二字。若系杀死，则填“杀死”二字。毒死、谋死、逼死者亦然。是画一之法，仍可变通于画一之中。此可久之道，亦可使千人万人共由之道也。但除此二项可以不告保辜，其馀可告而不告者，即系真情，亦当比于诬诳，不准贴出，则民无不遵行，而保辜之法永行而不敝矣。

人命中疑狱最多。有黑夜被杀，见证无人者；有尸无下落，救检不得者；有众口齐证一人，而此人夹死不招者；有共见打死是实，及吊尸检验，并无致命重伤者。凡遇此等人命，只宜案候密访，慎毋自恃摘伏之明，炼成附会之狱。《书》曰：“罪疑惟轻。”又曰：“宁失不经。”夫以皋陶为士，安有疑罪？不经之人岂可失出。明断如古人，犹慎重若此，况其他乎！今之为官者苟能阙疑慎狱，即是窃比皋陶，其自命正复不小。彼锻炼成狱者，不及古人远矣，何聪明之足恃哉！

人命不同他狱，谳者不厌精详。上司数批检问，正谓恐有冤抑，欲与下僚商酌，为平反计耳。要知一人之聪明有限，同官之思虑无穷，从前承问者，岂事事皆能自决！亦知重狱非一审可定，未必不留馀地以俟后人。即上司批讯之法，亦自不同。有词与意合者，有词在此而意在彼者，又有欲轻其罪，而故张大其词，以示国法之重者。此虽宪体宜然，亦以试问官之决断何如耳。承委诸公，须出已见成招，慎勿雷同附和。若观望上司之批语以定从违，或摹写历来之成案以了故事，其中倘有毫发冤情，罪孽比初审者更重。何也？天下之事，一误尚可挽回，再误则永难救正，狱情不始于我，而死刑实成于我也。

尸当速相而不可轻检，骸可详检而不可轻拆。拆骸蒸骨，此人命中尽头道路，有一线馀地尚不可行。若使人命是真，典偿可必，则死者受此劫磨尚能瞑目；万一典偿不果，枉遭此难，令彼何以甘心。请于“轻拆不如详检，详检不如速验”之后再下一转语曰："速验不如细审。"果能审出真情，则不但无事检拆，并相验亦可不行矣。尝思片言折狱之人，不知存活多少性命，完全多少尸骸，故人乐有贤父母也。凡奉上司批驳，情节不明者止审情节，尸伤欠确者方检尸伤，慎勿一概烦扰，以致生死俱累。

检尸弗嫌凶秽，定宜逼近尸所。定睛相验，稍稍移目他视，仵作人等便可行私作弊。而况故作憎嫌回避之状，以开增减出入之门乎！每见官府坐于棚厂之内，仵作人等立于棚厂之外，相去不止数十步。而被犯锁扭跪阶，不使同看，惟凭尸亲仵作喝报尸伤，或多增分寸，或乱报青红，官府执笔登记，但为此辈作誊录生耳。徒有检尸之名，绝无相验之实，以重狱为儿戏，即谓之草菅人命亦可。及经上司批驳，再易检官，再更仵作，或暗卖尸格，约与雷同分寸；或意欲重轻，增减疑似伤痕。驳而又驳，检而复检，是死者既以挺刃丧命于生前，又以蒸煮裂尸于身后。生死大故，人命关天，求问官凝眸一视而不可得，其冤酷遂至此哉！渔劝司谳诸君子，以昏昧贻讥为秽，勿以骸骨近身为秽；以冤魂叫号为凶，勿以死尸罗列为凶。救人之死者求以身代则不能，若嘘气可以使活，送煖以回生，即与死人接唇熨体，亦所不惜，况区区二目之流盼哉！

检尸之弊多端，难更仆数，其显而易见者，备载《洗冤》等录，人所共知。另有一种奇弊，谓之买尸造伤，不惟伤假，并尸亦假，令人莫可测识，录之以广见闻。有等奸民，惯盗新墓中骸骨，以皂礬、五棓、苏木等物，造出浅淡青红等伤，卖与诬告人命者，贿通仵作，以此陷害仇家；或竟出仵作一人之手，取获重利。检官不能觉察，曾有谋成大狱者。所以检尸一事最难，不但伤之真假宜辨，并尸之真假亦不可不

辨也。

检尸所以验伤，验伤者，验尸主所告之伤，非验所不告之伤也。若取不告之伤而尽验之，则凡境内无主身尸没人告理者，尽该取而验之矣。尸主告检词内，言用某器打伤某处，即于所告之处验之，观所告与所验对与不对，故曰验伤。犹之百姓告荒，而官府踏勘，止勘所告之处，验其言之信否，至于不告之处，则虽有灾荒，亦过而不问。又如百姓被盗而递失单，至获盗之日，所开何物，止追何物给之，其馀财帛，焉知非其固有，皆可置而不论，同一理也。检尸之官倘不顾名思义，舍所告之处不验而验他处，或遍验通身，则无论打伤之情确与不确，总无不抵命之人矣。何也？人生一世，自少至老，或失足致跌，或负重触坚，或顽耍被击。血不流行，聚于一处，则彼处骨节之上，未有不带伤痕者，轻则日久渐消，重则终身不散。如其不信，试将病死之人，取其骸骨蒸验之。若果全身俱是白骨，绝无一点积血痕，则检验之伤，真足凭矣。如其不然，则此种物理尚须讨论。常有问官不解此意，譬如尸主所告，原说当头一下打死，及向浑身检验，寻出无数伤痕，尽入招详申报。上司以伤痕不对，驳令复审，问官不肯认错，随增遍殴情节以实之。此非有意害人，止因此种情理书籍不载，人所未闻，见有伤痕，即疑争殴所致，有所凭而定罪，不为冤杀无辜，故始终信之而不悔也。渔故不辞笔舌之劳，为当世纳言君子淋漓慷慨而道之，不敢求为太上立德之功臣，救无愧于立言之本事而已矣。

论盗案 凡五则

强盗初执到官，当察其私下受拷之形狼狈与否，以为刑罚之宽严、词色之喜怒。若见其步履如常，形体不甚局促，自当示以震怒，加以严刑，非此则真情不能吐露。倘见有负伤甚重，神气索然者，则宜平心静气以鞫之，且勿遽加刑拷。何也？以其正在垂毙之时，求生之念轻，缓死之念重，非责其供吐之难，责其供吐必实之难也。地方失事，保甲负疏虞之罪，捕快畏比较之严，往往扶同乱报。见有踪迹可疑之人，即指为盗。或系乞食贫民，或往时曾为窃盗者，无论是非，辄加捆吊，逼使招承，不招则痛加箠楚。一语偶合，又令招扳伙伴，押使同拿，展转相诬，诛求无已。及至送到公堂，业已一生九死，自揣私刑若此，官法可知，况在迅霆严雹之下，尚敢以口舌害肌肤，肌肤戕性命哉！初招一错，以后则以讹传讹，所谓差之毫厘，失之千里者正在此时，不可不慎也。霁威曲讯，审视再三，彼真情不露于言词，必露于神色，俟其有瑕可攻，而后绳以三尺，未为晚也。凡此皆以保善良，非以获盗贼，惟虑其似盗而非盗，故慎重若此。倘信其果为真盗，方裂眦指发之不暇，尚肯以词色假之哉！

强盗杀人之律，止于竿首，实是千古恨事。常有一盗而手刃数人至数十人者，即除为盗弗论，而以命抵命，其罪浮于律之分数亦相倍屣而无算矣。况有劫财毁室之强形，拒捕抗官之逆状，甚有奸掠并行，俾事主之家巢卵俱空而身名交丧者，无一不堪寸磔。而其罪止于一枭，岂以此辈之肉为不足食，故于一死之外，遂不复致详欤？倘于此等重狱，而犹劝当事者予以哀矜，则不特为妇人之仁，直是以放虎纵狼为义，散鸩施毒为恩者矣。其有止于劫财，而未经杀人放火及奸淫者，始可用吾矜疑一念，推详其入伙之由，究审其上盗之实，以赃之有无，定罪之出入。如赃真罪确，万无生理，虽属饥寒所使，亦难贷以国法，所谓如得其情，哀矜弗喜者，盖为此辈言之也。或上盗而未得赃，与得赃而无主认者，皆可开以一面。非故纵之也，盖以后世无恒产之授，不能责其必有恒心，兼以保甲之法不行，或行之不力，令此辈得以藏奸，是为上者亦有过焉，不得概罪斯民故也。但此辈原属无良，止可待以不死，万勿遽与开笼，使得脱然事外。隶入胥靡，投之有北。俾狼心有制而不逞，鹰眼虽捷而难施，庶善与恶两不相妨，而解网之仁不致流而为暴矣。

每获真盗一伙，必害良民数十家。犹之衙蠹之中，有一人被访，则亲属与仇家皆不能安枕，非虑扳赃，即防贻祸，同一辙也。故官长于盗贼之口，只宜抑之使闭，不当导之使开。即云伙盗未获，真赃未起，难以定招结案，势必责令自供。然于此时此际，亦当内存不得已之心，外示无可奈何之色。每闻供报一人，必详审数四而后落笔，但以又害一民为忧，勿以又获一盗为喜。盖于初获之首盗，尚虑其冤而多方轸恤，何况由干而生枝，由枝而生叶者哉！近日世道浇漓，人心不古。良民供吐之言尚不足信，何况天理蔑亡、良心丧尽而为盗者哉！

禁强必先禁窃，究盗不若究窝。涓涓不息，流为江河，小偷弗惩，其势必为大盗。故于穿窬之获，究之务尽其法。无论赃多证确，刺配无疑。即使偶犯赃轻，亦必痛惩幽系，令亲属具结，保其改过而后释之。倘以“饥寒所迫”四字横踞于中，草草发落，是种大盗之根，爱之适以害之矣。至于窝盗之罪，更浮于盗，宁纵十盗，勿漏一窝。无深山不聚豺狼，无巨窝不来盗贼，窝即盗之源也。

禁宰耕牛一事，是弭盗良方，不知者仅以为修福，是实政而虚谈之矣。盖大盗必始于穿窬，而穿窬之发轫，又必以盗牛为事。何也？民间细软之物尽在卧榻之旁，非久于窃盗者，鲜不为其所觉。惟耕牛畜之廓庑，且不善鸣，牵而出之甚易。盗牛入手，即售于屠宰之家，一杀之后，即无赃可认。是天下之物最易盗者是牛，而民间被盗之物最难获者亦是牛，盗风之炽，未有不阶于此者。彼屠牛之家，明知为盗来之物，而购之惟恐不速者，贪其贱耳。从来宰牛之场，即为盗贼化赃之地，禁此以熄盗风，实是敦本澄源之法，而重农止杀，又有资于民生，有关于阴德不浅。为民上者，亦何惮而弗为哉？

论奸情　凡五则

奸情有二，曰“强”曰“和”。其章明较著而易断者，莫若和奸。以捉奸必于奸所，奸夫淫妇，罪状昭然，不敢不以实告故也。然而“和奸”之律，一杖之外无加焉。为民上者，即欲维持风教，而除淫涤污之念，又穷于无所施。所恃以挽回恶俗，整刷乾纲者，惟“强奸”一律而已。又无奈强奸之真伪最难辨析，有其初原属和奸，迨事发变羞，因羞成怒，而以强奸告者；有因争宠失好，由爱生妒，由妒致争，而以强奸首者；有亲夫原属卖奸，因奸夫财尽力竭，不能饱其豁壑，又恋恋不舍，拒绝无由，故告强奸以图割绝者；又有报仇雪怨，而苦于理屈词穷，不能保其必胜，故用妻子为苦肉计硬告强奸，令彼无从置辨者。此等诈妄之情，实难枚举，即云喊救之时声闻于外，有邻佑之耳目可凭。捉奸之际，情迫于中，有夺获之衣帽可据。然邻佑止闻声音，不能以耳代目，衣帽虽云合体，奚难以窃为攘？听讼者于此，将以为真也。而坐奸夫以死，则公道日诎，而奸伪日滋；将以为伪也，而坐原告以诬，则善教愈衰，而淫风愈炽。每见慈祥当事遇此等疑狱，皆以不断断之，置奸情于不问，但讯其以他事致争之由，或责被犯之招尤，或惩原告之多事，诚以强奸重狱，审实即当论死，不若援引他情，矇眬结局，所谓不痴不聋，难作家翁者是也。渔独于此有深虑焉。好生固是美德，而纲常伦理，亦非细故。人之异于禽兽者，仅有此牝牡之分，嫌疑之别耳。我以一念之姑息，而比斯民于禽兽可乎？苟审得其实，果无始和中变，借奸诬害等情，即欲出之，亦必治以九死一生之法，庶足以快贞妇之心而雪丈夫之耻。不然，为女子者何乐于拒奸守节而抛头露面于公庭？为之夫者，亦何乐有此守贞不屈之妇，而反以诗书所尚者，为辱身玷名之具哉！

强奸不分已成未成，有逼妇女自尽致死者，证据若真，断宜坐抵，万勿慈祥太过而引他故出之。盖据“强奸”之律，已当问绞，况又因奸致死人命乎！犹之强盗杀人，以一身而负两大辟，死罪之外既无可加，则死罪之中亦无可减。但审强奸之情确与不确，则致死之真伪不辨自明。苟奸情犹在疑似之间，则致死之由尚难臆断，幸勿胶柱斯言，而以“形迹”二字置人于死法也。

律法事事从重，独于奸情一节，渔窃讶其过轻。何也？淫为万恶之首，而和奸止于一杖，又必获于奸所，始以奸论，然则床以下，房以外，皆他人酣睡之地乎？捉奸必以亲夫，然则翁姑伯叔兄弟子侄之遇此，皆当袖手旁观而莫之问乎？由此论之，则亲夫远出，捉奸无人，与夫在而善为堤防，不致获于奸所者，皆得快其淫乱

之心矣。要知造律虽出于萧何，而参酌必由于僚寀，只以同时同事有盗嫂受金之辈，故以恕己者恕人，而为天下奸夫淫妇开此方便法门耳！后世相因，遂为成律，犹幸有“夜入人家，登时打死勿论”一语，稍寒其胆，不则王法等于弁髦，而闾阎中冓之间无墙不生茨矣。渔劝司风教者每于此等恶俗，当严禁于未发之先，痛惩于已犯之后，不得因法网不密又从而开拓之，使桑间濮上之风驯至于莫知所底，斯名教之幸也。但不宜事事详察，攻发民间之隐匿，惟择其奸状最著者，剧创一二，游遍通城，使家喻户晓。知上人所痛恶者在此，则奸淫知戒，色胆不至如天，斯纲常不至扫地耳。

有诘渔者曰：“人命重狱，汝劝当事者轻之；奸情轻狱，汝劝当事者重之，亦何悖理太甚，而重骇听闻欤?”渔曰：不然。奸情为人命所自出，重奸情者非重奸情，正所以重人命也。奸夫、亲夫，势不两立，非彼杀此，即此杀彼，其未膏锋刃者，特有待耳。况两夫之间难为妇，以羞惭窘辱而自尽者，十中奚止一二哉？与其明冤于既死，何如消祸于未萌？以今日之鞭笞，代他年之杀戮；以一男一妇之鞭笞，代千人万人之杀戮，其隐然造福者正是无量，岂止移风易俗，任劝化之虚名而已哉！

凡审奸情，最宜持重。切勿因其事涉风流，遂设风流之局以听之，语近亵嫚亦为亵嫚之词以讯之。当思平时之举动原系观瞻，而此际之威仪尤关风教，稍涉诙谐，略假颦笑，在我原无成见，不过因其可谑而谑之，彼从旁睨视者，谬谓官长喜说风情，乐于见此，无论奸者不悔其奸，且有不奸而强饰为奸，思以阿其所好者矣。至于亵渎之间，更宜慎重，切勿用绮语代庄，嬉笑当骂，一涉于此，则非小民犯奸之罪状，反是官府诲淫之供招矣。总之，下民犯此，由于上人失教，苟有反躬罪己之心，方且垂涕泣之不暇，奚忍谈笑而道之哉？

论一切词讼

小民之好讼，未有甚于今日者。往时犹在都邑纷呶，受其累者，不过守令诸公而已。近来健讼之民皆以府县法轻，不足威慑同辈，必欲置之宪网。又虑我控于县，彼必控府，我控于府，彼必控道，我控于道，彼必控司控院。不若竟走极大衙门，自处于莫可谁何之地，即曰雌雄难卜，且徼幸于未审之先，做得一日上司原告，可免一日下司拘提。况又先据胜场，隐然有虎豹在山之势，于是棨戟森严之地，变为鼠牙雀角之场矣。督抚司道诸公欲不准理，无奈满纸冤情，令人可悲可涕，又系极大之题，非关军团钱粮，即系身家性命，有保邦治民之责者，焉有闻乱不惊，见死不救者乎！及至准批下属，所告之状与所争之事绝不相蒙，如何审理？无奈为讼师者刀笔之下别具炉锤，能以捏沙成团之手，使绝不相蒙者合而为一。因旧例必于原词之外别进一纸，名曰“投状”，巧饰一二附会之语，依傍原词，其馀尽述所争之事。谳者得此，翻然大悟，始知从前尽属虚文，此际才归正传。噫，谬矣！何其厚待都邑而故欺之以其方，薄待上司而必罔之以非其道哉？承问诸公若据原词审理，则终年不得其实，不得不开自便之门，亦即据其投状而为判断。是小民欺罔之情，反为官府藏拙之地，有是理乎？近见督抚司道诸公，劝民息讼者不遗馀力，而此风终不能改，咄咄顽民，亦大负仁人君子抚字之心矣。渔特仰承德意，敬献刍言。窃谓好讼之民敢于张大其词以耸宪听，不虑审断之无稽者，以恃有投状一着为退步耳。原词虽虚，投状近实，以片语之真情，盖瞒天之大谎，不怕问官不为我用。彼所恃以健讼者在此，我所恃以弭讼者亦即在此。请督抚诸公急下一令，永禁投词，凡民间一切词讼，止许一告一诉，此外不得再收片纸，另增一名。上司批发此状，即照此状审理，实则竟为斧断，虚则竟坐反诬，无许代为说词，强加附会。若是则止有初着，并无后着，即欲自盖其谎，而不得矣。尚敢以身家性命为孤注，而强试于不测之渊哉！若是，则所告之词即不能字字皆真，亦必虚实相半。状词至有一半真情，则当准与不当准判如黑白，谓上司衙门犹有受诳受欺，误批误准之事，吾不信也。但须执法不移，永著为令，始有成效可观。稍示游移，则挠法梗令者至矣。盖此法最便于廉吏，更便于良民，独不便于奸胥猾吏，及承票之皂壮耳。何也？原状所告，不过寥寥数人，常例有限，所恃为蔓引株连以饱其豁壑之欲者，惟投状所添之人数耳。片纸不收，只字不准，则是可饮者尽在壶中，岂复有不醉无归之乐哉？恶其害己而令此法不行于世者，必此辈也夫！必此辈也夫！

资治新书初集卷八判语部　湖上笠翁李渔搜辑

人命一　弑逆类

下杀上为弑逆。著于人命之首者，

使知天下之罪，无出乱臣贼子之右耳。

总　论

李　渔

折狱之事多端，而以典偿为首者，重民命也。汉法三章，亦云"约"矣，犹曰"杀人者死，伤人及盗者抵罪"，则知杀人应典，万古皆同。无论王章不宥，国法难宽。即使西方诸圣人，坐莲台而听讼，合佛掌以明刑，亦必以刀锯作慈航，桁杨为宝筏，死之惟恨不遄耳。但虑刀笔之来，虚实相错，刑谳之下，冤抑所丛。假令三纸并投，则曾参必罹杀人之祸；自恃片言可折，非仲由难免误听之虞。无论人命是假，彼不难于假处求真；即使人命是真，亦不难于真中作假。何也？凶徒百计求生，岂惜金钱之费？

苦主一尘不染，何来狱讼之资？既念桃僵，必思李代，是杀人无必抵之罪，而旁观有波及之冤矣。况折狱必审干证，干证非不可贿之人；检尸必由仵作，仵作无不受钱之手。推详及此，司谳者亦危矣哉！小民以无辜见杀，求偿于我，而我以听断之误，又杀一无辜。使先死者之冤既已千年不白，后死者之命又嗟一旦无常。则是夜台之下，杀人者仅一仇家，而我反生两敌国矣。冥报之来，噬脐何及？余辑人命谳语，入弑逆谋杀者，凡二百馀条，每夜伏枕，似闻号泣之声，且多恶梦。因念此中不无冤狱，择其稍涉疑似者，尽芟除之，迨辑《矜疑》一卷。告成之夕，梦一岸帻老人，指案头小帙谓余曰："转祸为祥，赖有此耳！"余甚悚栗。次日举一子，命名曰"矜儿"，志异也。夫操觚仅属空言，其应验尚复如响，况升堂秉笔而为实事者乎？吾愿当道诸公，事事以仁恕为心，刻刻以矜疑为念，宁失出，无失入。非官长故开侥幸之门，罪维轻，功维重，乃圣贤自讨便宜之法。百计予生而不得，然后辟之，庶不背于祥刑之意耳！刍荛之言，圣人是择，吾于仁人君子有厚望焉。

打死母命事

扬州司理王贻上　讳士禛　新城人

朱世璧以子弑母，袁氏以媳弑姑，真咄咄怪事，令人不寒而栗！尤骇漏网逾年，未之伏诛也。绎其故，有加功之袁大俯首认绞。杀人者抵，谳狱者循是以论囚，当矣，何暇穷搜于恒情常理之外乎？迨宪批到职，吊阅周氏尸图，致命伤一十八处，骨断肋折，俱注棍棒真伤。庭鞫时，世璧愬母冤不哀，执袁大之打不力；而袁大伏辜填命，甘之如荠。转诘袁文，坚执弑母弑姑，无少游移。逐一讯诸里邻，取口供十有馀则，佥云弑逆情真；即间有一二为世璧袒者，亦不能讳平日之不孝。于是追溯天性乖离之故，盖世璧素亡赖，行盗窃，母训不悛，欲发其阴事，由是挟妻党之多力多助，则杀机伏。长舌复为厉阶，则杀谋成。旧年正月，先有放火逐母之举。至五月二十日，肆言打杀。周氏沿诉邻庄，欲借公言以遏凶锋，讵意触逆以速其毙也！二十三夜，袁大一门六口到家闹喊，声闻于外。世璧以"劝不得家务事"一语，喝止庄邻。黎明哄传毕命。庄邻往视，先已钉棺，何迅也！有地方之责者押赴入城，中途变计，凶手尸亲同伙分捏，自云在田不在家。幻矣哉！世有平日游手不耕，而中夜赴田戽水者乎？有见人杀母而不喊救者乎？有统众殴人，先为舆榇者乎？即世璧、袁氏不下手，亦主谋，已足论剐。及真情渐露，供出臁骨、肋骨皆其夫妇用捣衣槌打断。至创重仆地，母叩子头，乞看父面求饶，又何恨未解，复撞以头，咬其耳！听断至此，目眦尽裂，发上指冠，觉有修罗人鬼，围环左右，人伦天理，至斯而灭；天怒人怨，至斯而极。就此合捡合供，按情按理，便足定招。而卑职慎狱祥刑，恐有失入，出示召十五庄里老，公举公结，不敢纵世璧悖逆，并不欲贷袁文诬告。即有某等十人连名公揭，言世璧弑母真确。至某月某日覆审，朱世璧、袁氏亦吐实无辩。二犯凌迟处死，夫复何辞？袁大助逆加功，仍当拟绞云云。狱成，乡民诵佛号如雷鸣，涕泣满庭，云“旧夏迄今，处处得雨，惟此数里一点不下，今日始有甘霖之望。”嗟嗟！孝妇含冤，三年亢旱；逆子漏法，一方不雨。卑职虚公博询，廉得其实，非敢冀回天心，聊以稍慰舆情云耳。

【眉批】从不哀不力处审出逆情，此法由《尚书》五听中得来，非儒吏不足此语。

【眉批】千古奇逆，非寸磔所能蔽辜。暴其罪于万世，使读斯录者，咸思食肉寝皮，亦足以补律法之不尽耳。

地方事

王贻上

看得江象豫之弑胞兄象乾也。挖墙捣卧，丛械剁尸。非其仆，即其佃，先请命于白日，乃行凶于黑夜。聚仇较聚伙倍毒，操谋与操刃何殊？不讨贼且谓之弑，况教猱升木乎？按杀期亲尊长律，合拟凌迟。其陈大、奚山，即象豫之佃仆，拟斩均无枉纵。若逸犯赵四，亦象豫佃也，秘语密商，率先定计，复有二子奋勇助杀，揆之伦分，稍逊于象豫；按之法纪，更甚于陈奚。伏祈宪台先定信谳，严缉逋凶，勿因一犯之在逃，而赊群凶之斧锧也。

【眉批】铁笔所画，铮铮有声。

劫杀兄命事

湖西守宪赵韫退 讳进美 山东人

王承祚生于纨袴，遇下寡恩。近而肘腋之间既伏仇戈，远则耰锄之辈皆其敌国。祥福乃佃仆也，勒银占女之恨，素蓄于中。知立十亦怀夙愤，遂纠冯俚、朝俚为内应，小忠、信文等为外援，涂面操戈，挖墙而入，借明火执杖为名，以遂其报仇泄愤之实。乱铯丛刺，毙承祚于床褥之间，且掠其资囊以去，惨变极矣。本道以案关重辟，驳审再三，祥福等供吐凿凿，亮俚执证甚坚，况有凶器昭然，赃物累累，此案遂无遗议。除立十、柱俚已伏冥诛外，坐祥福以谋杀家主律，凌迟不枉。至于小忠、信文，供系祥福纠合前来，小忠虽执棍旁立，杀时并未下手；信文虽持扁袋物，事后亦未分赃。然试问执棍旁立，意欲何为？不因杀主而至，将为救主而来乎？主资岂私运之物，人家非夜入之时，既已倾罍倒瓮，尽长鲸吸川之能，而犹谓醉翁之意不在酒，其谁听之？弑主大逆，凡预谋者，不分首从同罪，未敢原情轻出。二犯系承祐佃人，承祥与承祐系同胞兄弟，应照“雇工人谋杀家长期亲”律，与祥福同科。益仔原因净手开门，念属孩童，免议。馀凶行县严缉，务获以正典刑。

戮主惨变事

苏州司理倪伯屏 讳长玗 嘉兴人

朱阿宝为俞君檠嬖臣，殆主仆而夫妇者也。君檠以伴宿有人，断弦五年而不续，不可谓非情种矣。其亡妻所遗之物几数百金，既以门内之事委之阿宝，则北门锁钥必非君檠自操，朝侵夕耗，其所由来者渐矣。乃君檠素不堤防，而稽查蓄积于一旦，岂非以色衰爱弛之故，而追咎馀桃矫驾之失耶？声言送官而实不送官，盖欲怵之以威使偿所窃，而不知反为召祸之由也。纠集亡命，黑夜逞凶，而君檠之头颅立碎矣。受人断袖之恩，报以屠肠之惨，中山狼之奇横果若是哉？尤可恨者，被杀之后，群凶兽散，而阿贵又逃之七百里外，匿于中贵之家，以致漏网四载，悬案不结。池鱼林木之殃，遍及于远宗近族，杖毙者一人，瘐狱者二人。溯其所由，是阿宝不惟弑主，又且弑兄，弑伯，弑大父矣。拟以凌迟，犹觉罪浮于律，但恨法无可加耳。阿龙以十五岁之憨童，菽麦不辨，焉能借箸于人，不过因人长短，及见白刃上手，不觉肌栗胆裂，而抱头窜伏于中庭矣。开以一面，似不为纵。

杀父灭尸事

失名

主仆大分也，尹会期敢忘恩而挟怨；叔侄大伦也，郭斗历则见利而迷心。当诸逆奴设谋，所忌惟斗历耳，使能谕之以义，未必不少寒其胆；乃歃血受金，舟中皆敌，道恒遂不免桥头之死。即谓斗历杀之，亦《春秋》之法；矧死后又分其一金乎？[引经折狱，儒吏本色。] 诸逆未经碎磔，俱服天刑；斗历之显戮，无可原矣。

人命二 谋故殴杀类

此类所载，或以争财起衅，或以夺产招尤，以及酗酒作威诸祸本。至于因奸致死、因盗致杀者，收入《奸情》《盗情》，不混此类者，以二项中人命极多，居官事剧，不暇旁搜，各自分门，以便忙时检阅耳。

交获凶犯事

江南巡按秦瑞寰 讳世祯 沈阳人

孙民安髫年失训，浪逐天涯。随贩客于楚中，客御之为龙阳君。及邂逅稚童有儿，偕归维扬，依兄民上，恨有儿泄其秽行于兄，赚至僻所，刳刃立毙。生狼乳虎，不如是之甚也！凶刀在身，亲供自口，律设大法，讵能游移？惟是民上不能教育有素，而反言所不当言，恕所不必恕，稚子无知，激而致此，民上亦宜有不安于心者，监候。

人命事

秦瑞寰

高楚真视鱼为谋生之资，视罾为求鱼之具。乃鞠玉徒有临渊之羡，不思退而自结。虽借真罾，实夺真鱼。怒不听命而殴之，太阳、心坎伤其二，左右肋骨损其三，拳脚之重，一至此哉！玉之抵，无间言矣，监候。

【眉批】曲折多姿。

敕究尸棺事

秦瑞寰

于华保怒黄华岳，逼索米价而立毙之。岳之尸棺，实华保之抵案，他人必不盗也。然尸经检过，伤真，尸棺在亦抵，不在亦抵。拳师，拳师，受拳之害矣！监候。

活杀抵命事

秦瑞寰

顾四身为埠恶，借差拏船，每假公以逞私，舍近而求远，故俞才载柴之舟，偏为四所瞩目也。求脱不能，以死继之。伤符柴段，律严下手，四即百喙无辞矣。徐继等以助殴邀末减，幸哉！道速覆。

【眉批】埠头凌逼船户在在皆然，而不能雪冤者比比。俞才之得此谳，幸矣哉！

惨杀获尸事

秦瑞寰

孟三，虎捕也。因吴秀甫被偷，而妄疑朱有成为盗，暗报捕厅。差捕者周奉也，三则顶名承牌，挟其兄弟孟二等以往，乘有成出外，罄其室藏。及遇诸途，饱其酒肉，而犹未已也。挟之登舟，棒槌交击，三实先之，濒死掷河，共图泯迹。迨尸随春涨，而索父之朱元，始得问诸水滨。质之酒妪，穷源溯流，三固无辞于一抵矣。第张氏能证其生未能证其死，不经检验，毕竟开其辩端。府确覆报。

打死人命事

秦瑞寰

张文芳窃桑，已是理亏。被詈全无悔心，乃反报黄金鳌以一棍。树桑人年已四十九，嗟哉！不及衣帛矣。囟门青红，文芳曰“愿抵”，抵无辞焉。监候。

【眉批】本色语，妙绝。

脔弟沉尸等事

秦瑞寰

李维几之杀族弟李弘选也。屠刀六创，裂首断指，沉尸井底，其事甚惨。本由赌博起祸，忽云奸母致杀；此言除陈氏、维几而外，谁则知之？弘选孱弱之少年，陈氏衰老之嫫母，欲为凶子开生路，不难拚老羞而认奸。由此推之，辱母求生，则维几益不容于诛矣。谳者轻听，而或曰“慷慨”，或曰“血性”，传讹袭舛，几认凶手博徒为孝子侠士矣！岂第死者号冤地下，尚恐生者窃笑圜中。今亦不必多辩，总之捉奸无迹，手刃是真，杀人偿命，无他辞也。道覆审，维几监候。

【眉批】肺肝如见。

【眉批】此等快论，谳语中绝少，令人读之忘倦。

打死人命事

秦瑞寰

杨应麟越界而占菱田，盖因强可逞而众可恃耳。张之连以只身而欲返汶上，寡既不敌，空拳又岂能当砖棍哉！胸脑、脊背、囟门、太阳，无一非致命伤也。监候。

势杀人命事

秦瑞寰

夏守业，乃不经见之豪恶也。王继盛以过坝争道，逞凶毙其命于二十日。王小湖偕侄王丑儿，为子泄忿，诬盗，瘐其命于禁中。三鬼方且夜嚎，复为斩草之计，捐三十金，病不报，医不至，尸不见。申冤之王敬溪，死于狱卒三尺之麻绳矣。食气颡，左右环绕伤痕，乃搭衣中物之所致。猥云喉病，伏异日辩窦，不可以欺片言人也。监候。

【眉批】自负不少。

奇冤无伸等事

秦瑞寰

丁支藤虽疟，非必死之症，州审独详于此。盖为史国钦地，非为吴自省地也。夫为国钦地，则国钦下手当时，必不轻于自省。乃与吴自新、沈永昌，仅拟徒杖；彼文藤立毙州场，腰眼致命真伤，可勿问乎？谳者毋仍责尸亲而纵凶人，使丁珩无不敢雪之冤可也，准刑官严究报。

打死人命事

秦瑞寰

靳宰借米一石，未十月而偿银十两五钱，宰力竭矣。周应龙犹索利上之利，协同唐国祯，假营兵之威，相要于路。拳搨交击，宰鼻为断；且复投之厕中，以验生死。岂不死不已哉？国祯既愿为知己死，请死之。应龙放利不仁，宰死祯抵，两命皆其所致，枷号一月，姑准赦免。国祯监候。

【眉批】风致嫣然，不愧名宦之笔。

奇叛事

秦瑞寰

朱本山借鬻壶为生，岂肯损值而售？王公辅性生乳虎，辄以佩刀刺之。尸虽无存，夤夜之移，诘朝之见，李喜儿、高文第，已早有供案矣。杀人之事，久哄众耳，移尸嫁祸，致文第死于非命，尤多一重公案。但朱本度非嫡尸亲，不欲与积奸之王心圣作冤对耳。狱贵初情. 后来如簧之口俱可勿听。扈令反覆辩难，纤无剩义，公辅欲再镰镰其舌，无益也。准刑官确覆报。

杀死夫命事

秦瑞寰

周春林造意，周春元加功，张三保得财，三犯皆死于狱矣。谁谓天报不速哉？一命已有三抵，周扣儿等免赎释之。

斩抵事

秦瑞寰

许大，当地之虎棍也。冰人月老，原无定属，安见本图之婚姻，必为大所专主？顾明早知有此，何苦以一已之性命，合两性之姻缘？狗四抱持，许大鼓刃，腹脐乱搠，有甘心必死之志。法当以谋律并论，一斩一纵，不免轻重太悬耳。刑官即覆报。

真命事

秦瑞寰

谈国祥恃尊行强，思赎远年卖绝之微业，谈望稍忤其意，而辄毙以拳石，仅越一朝而死。下手者抵，安得借老髦之凶父，以逞其狡辩哉！源爱其子，坤亦爱其子，法之所在，谁能游移？监候。

二命事

秦瑞寰

秦萱陈氏唱随无恙，季国甫强欲仳离。观萱致父之书，真一字一泪。乃萱起故乡之思，已拂甫心。氏亦有罗敷之咏，并乖甫好，而夫妇遂颈血溅甫刃矣。行凶子夜，就缚诘朝。秦接连亦有申冤之愬，不能掩同室之目也。监候。

急典父命事

台州司李蒋楚珍 讳鸣玉 金坛人

审得徐业、徐敬祖，兄弟行也。敬祖侵用祠银，措田七石不吐，徐业以理争之。敬祖一控再控，诬累不休。某月日，离家二里，陡值于西镇之田边，业不胜忿怒，以锄击之。同时共殴者，徐宇也。断骨四根，两太阳致命伤真，业抵何辞？但平原旷野，卒然相遇，子不在傍，邻亦未见，敬祖临危痛指，惟此二人。今伊子徐荣，或告七名，或告十名，更番手眼，罗织多方。岂卒然相遇之际，一刻约有多人？又岂一门兄弟九人骈死，而后可抵徐敬祖之命乎？徐惟兴系族长，死者能言，生者实听，所证惟此二人。除徐宇缉到另结外，徐业律抵，其馀陆续牵告，并宜宽释。

凶杀案命事

南昌节推李少文 讳嗣京 兴化人

刘昊与刘足，居相近也，而异族不胜异好焉。偶以铲草兴戎，遂至轻生若草，争如蛮触，阵类鹳鹅。而昊与足其两雄者，操戈相向，互有杀伤。乃伤腕者血流，伤腹者气绝矣。力既相当，命亦相抵，是足先为鬼雄，昊特后死耳。

占杀惨乱事

李少文

谌、黄两姓，山界相连。谌氏采石烧灰，伤黄之祖穴。彼此交哄，掷石互伤，而黄应死焉。揆厥所由，则众皆采石，而谌东所执者枪也。眼鼻两伤，是枪非石，则东卫身之利器，乃为杀身之凶器矣，一绞何辞？

急剿凶杀事

李少文

徐承五，凶人也，于蜡饮合族之夜，憾服叔之为宰不均，狂药迷心，持刀行刺，五目遽亡。保辜之约与凶杖并存，法应坐斩。

破屋杀命事

李少文

郑太之殴罗元也，嗔其子罗丑之救父，而移拳相向，破额拉胸，浃旬遽毙。生前死后，验简皆真，抵无疑矣。乃乘淫雨弃骨，借口水漂，孰知天网不疏，残骸复合，而原伤宛然。郑太又宜加一绞矣。

法究二命事

李少文

熊宗六，榜贼遗孽，反诬事主以杀人，用贿婪承，证虚为实。鄢堪之家既破，而鄢驴三狴犴丧生，冤惨一至此哉！即立绞宗六，吾犹恨贼命之不足偿人命也。

打死人命事

李少文

余朴与王员，同井之人，解衣周急，所以活之也，宁有死之之心哉？迨索衣相詈，而以木叉毕员之命，哀哉！小人为惠不终，一衣之难割，而乃以身殉之矣。情似可矜，法无容贷。

殄叛杜患事

李少文

李奇四狗鼠之雄哉！瞋辛苟仔之多攫，而扼吭行刺，抛尸溪洞，善刀而藏。迨事发而以谋杀坐斩，是不一举而除二盗乎？此狱牍中差快人意者。

典命事

李少文

乡有社，社有庙，此通俗也。至天旱而伐庙以致雨，则此中恶俗，有不可解者矣。胡纸六等凭恃强宗，蔑何罗五之单族，辄伐其庙；又瞋三姓之报复，而聚众操戈，杀人如草，三命三填。乃纸六则枪刺伍的八之胁而立毙之者，虐甚焚烓，法宜谬社。

打死男命事

李少文

傅光四族众，曾窃晏氏耕牛，构讼成隙。适晏招七牛残其麦而傅氏执之，招七语攻其隐，族众大哄。光四持棍凶殴，致招七伤剧，八日遽亡，此医所为望而却走也。夫蹊田罚重，犹有盗心，而挺击痛深，更遭毒手，光四恶得以他辞溷哉？有绞而已。

杀死人命事

李少文

晏、黄共山为业，黄弱晏强。晏巢二划草越界，至侵黄秦一之父冢，而能禁秦一之力争乎？胡乃凭其悍气，受弟邪谋，过篱之锥竟操之以洞腹，归泉之魄犹不免于纳沟，凶僭极矣！一绞尚有馀辜。

活杀男命事

李少文

饶苟枋板营生，乘人病危，故索高价。包淑舍而他适，亦其宜也。苟乃怀恨思骋，酒散路逢，夺其板而诬为盗，叠拳互殴，遂使立登鬼录。岂择术不仁，利人之死，而不觉以人命为儿戏乎？缳颈无容再议。

【眉批】识此之由，故术来可不慎！

杀死官兵事

李少文

黄继以甸徒叛旧主，借豪贵为奥援，凶殴公差，二伤一死，焚巢而遁，目中已无官府矣。况复拒提隔县，沉案十年，使奸棍之说得行，则杀人之冤不白。阅招至此，真令人发竖眦裂，即立斩犹恨其迟也。

凶杀事

李少文

江朱乃江早之族侄也。早母以覆水之故，为朱父江奴推跌，早趋而护之，此同室之斗也。江朱不为缨冠之救，反肆推刃之凶，砍江早左手，捆指断筋，至旬日而立毙矣。嗟乎！五世之泽虽斩，同井之谊尚存，恶俗如斯，可为太息。朱即以亲尽比凡人，一绞已轻，宁容末减！

奇冤惨杀事

李少文

审得李绵六之殴死雷明四也。祸始于买罐，忿极于殒身。然当明四持镰入绵六之门，两人已不俱生矣。此时明四凶锋莫可向迩，绵六猝不能避。若责之以不殴，其将束手待毙，引颈而就明四之刃乎？欲自活，不得复活人，奋臂一击，骑虎之势固然。况有佐斗之珑七，助焰之忠十在也！彼出门尚用足攻，则当场定应力逞，父子兄弟，群起而甘心于一人，其不立毙于拳下者，奄奄馀气耳。比舁归，李忠十即以杀男告。次日，雷明六亦以杀兄告，不闻一字及疯也。今鞫绵六，且云当日欲甚明四之罪，既未肯詈疯；而明六亦欲甚绵六之罪，又不肯自詈其疯。辩哉詈乎！设明四而疯也，其市罐时，胡不错投绵六，而必投稔熟之高八？其捉刀时，胡不误向高八，而必向怨恨之绵六？颠狂者若是乎？总之，明四既被殴，疯亦死，不疯亦死；绵六应论抵，不疯亦抵，疯亦抵。如谓殴杀者可借病以脱偿，安见抱病皆必死之人？而科条中亦岂有"杀病夫不抵"之律耶？绵六试反思之：当日若撄明四之寸铁，明四亦得称疯以宽罪否？无疯而可以杀人，则无疯而可以为人杀者，使非绵六之得志，久以游魂泉室，乌从食息圜扉？当亦不自悔其下手之太毒矣。按律坐绞，扫诸葛藤可也。

【眉批】只此辩才，方可折狱。

覆审前事

李少文

审得李绵六之议抵也，以殴死雷明四也。而绵六之殴死雷明四也，则以其外已投牙，且入门推刃也。因殴得死，因死得抵，七年成案，何容更喙！只以县审初招，曾据绵六饰词，插入"狂病"二字，遂开展转辩端。兹且未论明四之本非疯，即信以明四为疯也，律无"疯人杀人在赦原"之列，又宁有不疯人杀疯人，反得原宥者耶？且原被投词告词，并地保呈词，并未言明四为疯也；尤县丞相视由文，亦未有一字及疯也。至十一日绵六诉词，突称明四旧发疯疾，而谳者遂借此为凶人之出路，死者其瞑目乎？况攒击多人，出门踢肘，母胡氏、妻蔡氏之抱住，熊汤八、萧末六之舁归，则明四之死于殴，而不死于疯也明矣。若非殴也，其满身血荫，痕迹斜员，从何处得来？乃犹转置一辩曰："彼生前之延医请祷，俱病者据也。"则不思医祷之说，凡世俗之怖死求生者皆习用之，不闻专为疯人设，而独于被殴者废也。此一案也，惟当问绵六之殴不殴，不当问明四之疯不疯，亦惟当问明四之伤与不伤，死与不死，更不必问其家之祷与不祷，医与不医。前道谳词云："正以'疯颠'二字，不能为绵六宽。"此真铁案矣！合仍原绞。

【眉批】欲定如山铁案，不辞口若悬河。读此等谳语，方知听讼之难，无才者不可作吏。

打死兄命事

李少文

巢冬巢苟，皆人奴也。苟生子而冬妻代哺。即醵银稍俭，亦宜厚酯以酬冬矣。乃汤饼之欢不与，致干糇之怨倍深，乘醉扣门，遽遭毒手。门关一木，凶仗宛然，况又出于主母之出首也。众质既真，冬难辞绞。

人命关天事

李少文

鞠、左两家，比邻交恶，乱生妇人。晨牝争鸣，斗蜗群起，梨花之枪在手，柏叶之酿熏心。左真之死鞠良在当时，左义之死鞠凤在隔日，虽稍有迟速，其为刺毙则均也。两命各偿，同归一绞。

打死三命事

金华司李解石帆　讳学龙　兴化人

雨血风毛，张弓挟矢，畋猎以明德意也。章泗四、章周一、章汉九，恃族强势

盛，买山狸而不遂，毙卢犬以称雄，有不相持而激斗者哉？章姓聚众鸣金，大呼杀贼，从施枪棍，周约一等三命立亡。仍以火燔不尽之骸，投之流水，异变奇凶，章染村不立成乱象乎？风声业已喧传，里党随为侦迹，而血痕在地，残尸在河，简伤之惨，目不忍见。噫！犬可杀也，人不可杀；盗可杀也，猎户不可杀。三命三抵，何说之词？

立毙男命事

解石帆

刘仁四以血肉之躯假托神凭，诬民作祟。据案一跃，方借索愿以示灵响；而嫚骂不信，乃出自周云二。挺而击之，犹然托之神责也，岂虞竟登鬼籍乎？云二鬼而仁四亦失其神矣。杀此妖孽，庶谢幽魂。

打死男命事

解石帆

邓尚九学拳，而得“满腹疼”之法。正向骂猫之朱媪一施馀技，而周云五之旁谏，适撄其锋，负伤越宿以死。拳术效矣，胜人者不可以胜法，雄心已快于奋击，凶首何辞于绞填？

急典人命事

解石帆

买麻细故也，争价亦恒情也。角四以头来，兴二以脚往，亦无多殴也。孰意肾囊非受踢之地，而角四之命等于鸿毛乎！夫以争十两之麻，而一死于踢，一死于偿，以用趾之壮成灭顶之凶，忿之不惩，一至于此，良可叹惜！

蔽简事

解石帆

洪贵十，一门趫跖，两世穿窬。盗吴简十之耕牛，旋椎杀之以灭迹，凶忍极矣！乃愤其詈言，毕力丛殴，恃兄弟兵之特横，辄长短棍之交攻。越宿告殂，简伤合仗。嗟嗟！以杀牛之滑手移而杀人，抑知自杀其身乎？绞应如律。

杀死二命事

绍兴司李陈卧子 讳子龙 华亭人

袁主二、陈兆保，皆农家者流也。兆保之让佃，主二不为恩，乃于其夺佃也，遂怀必报之怨矣。商谋主三，乘其二子夜归，伏刀潜刺。升富腹洞，升贵腰伤，洞腹者遄亡，伤腰者亦幸而不死耳。喊声彻夜，邹仁六可证也。遗诉凶名，袁宠二可证也。身上血衣、床头血刀，其母与妻可证也。如必求一见殴者，彼深更僻地，安从得夜行不休之人乎？造意兼加功，斩无可议。

打死男命事

陈卧子

胡敬七贷马夫邹辰保银，仅一钱八分，怒其急索，而以掌批之，自取殴矣。辰保酒狂忿激，拳石交攻，不百步而毙其命，何相报之太毒耶！开祸朱提，丧身白堕，辰保之债未偿，而敬七人之命应抵，缳颈允宜。

人命事

陈卧子

曾政礼盗祖母廖氏金银，为刘巧所泄，致叔曾顺义与之争忿。而政礼固无念及巧也，发愤于剧场，逞凶于板凳，当夜殒命，犹借口于雇工人。安有与主争坐之佣人乎？嗟嗟！厮养亦命也，至诬盗累毙曾乌眼，又凶而险矣。绞一政礼，何能泄

两冤！

真正人命事

陈卧子

曾明廿二与邓厚兴，异父昆弟也。厚兴以其佃之田偿闵人宁满之债，明廿二知之，遂因播种而寻哄焉。宁满素称多力，而明廿二习为拳扑，恐其不胜，遂殚技以敌之，卒中其要害，而越宿毙矣。虽童儿远至，初告漏名，然而喊救扶归，证在人也；买棺收殓，证在己也；胸肋外肾之伤，证在尸也。三证既明，一绞奚贷？

父命事

陈卧子

夏镇三豪仆也，主有母丧，而遣之收租于佃户，即不能市义而反，何至助魃为虐，新旧交征，致贫佃之难堪，而且毙之以毒手耶？绞偿非枉。

【眉批】无心用计，奈巧凑何！

人命事

陈卧子

黄应之妻郑氏，貌丑身短，兼有风疾，足虽不良，然手犹能缝纫纺绩也。应乃欲其速死，适值盗薪事露，群哄在门，乃黑夜骋凶，借其图赖。伤哉！病废之人，仅馀残喘而不得良死。阅“不干我事”一言，至今色惨，而应曾不回心，凶狠一至此哉！且商谋有叔父，属垣有婶与嫂，而亲见又有胞弟，皆活证也，坐以故杀，似不为枉。

活杀事

陈卧子

审得卢愈贤，凶悍而残忍者也。皮承文之祖山，适枕其屋后。悬弱肉于鲸喉，不噬不已。先伐其坟木，互控未结；复阻其葬女，抛骼无存。迨承文之恶声甫出，而愈贤之禾担旋加，立杀承文。尚欲殴毙亲弟愈忠，以图混饰，幸不即殒，活口犹能证之。计虽未成，而愈贤之惨毒弥甚矣。人命重下手，一抵自无可原，只初招称“担殴”，又报“枪伤”，此处不一剖明，恐贻将来辩窦。乃今细讯，枪头即禾担之裹铁，无两器，亦无两操也。只乳傍心坎一伤，已足定辟，干证黎乾元供吐凿凿，乃犹狡借脱逃之卢愈杰等妄希委卸，不思砍木飏骨者谁乎？挥担恣击者谁乎？急谋杀弟以抵者又谁乎？种种凶状，皆愈贤一手为之，杰等即不逃，亦不过助殴之馀人耳，能为愈贤代死耶？合仍原断坐绞，允当厥辜。

万金蔽冤事

陈卧子

肩舆，贱役耳。李辛荐艾任，而索其酒直二分。后不果行，而任转向辛索，吝而弗而予，此其曲在辛也。乃忿其暮夜之詈，激于悍妇之言。复仗馀酗，挈弟而追殴之。正披襟而当风，忽捽发而加楚。四手交下，孑体难支，虽救解而无及矣。异哉！二分之直不偿而甘偿之以命也，谁则怜之？

蔽冤抄杀事

陈卧子

冯必胜、揭朝阳，各充县兵，同听差役。而必胜偏受贿焉。朝阳争之不得，遂推必胜仆地，而必胜酒狂突发，起而毒殴以报之。捽压木栏，拳足交下。黑夜掖归，声言“胸痛”，药下随呕，越两日告殂矣。是启衅下手，皆必胜一人，初招之拟抵至确也。后缘尸有三伤，欲使三人分认，致旁观之波及，滋正案之葛藤。不思尸亲之初告可凭，何所见而必加之罗织乎？幸破群疑，宜从独坐。

丐杀人命事

陈卧子

彭受亡命穿窬，冒名乞丐，与陈元生等沿门撒泼，强夺横行。忿陈贵争油，坏其体面，思有以图赖之，阁中计定，而刘宸已作岭上游魂矣。至临时求醉自经，冀免殴楚，仍恨其毕命之不速，而深坑推跌，拐棍丛加，有此凶忍之孤贫哉？速正斩绞之法，勿更以图圄为养济院也。

地方奇变事

陈卧子

尹叆父子兄弟，真虎而翼者。其谋占尹胜九之田，先赚抵而抛荒，随禁获而逐斗，毒弩一发，透顶穿喉，胜九立仆田间矣。夫弓矢非耰锄也，设无毙人之心，叆之挟此何为？是故杀岂殴杀哉！论绞已从宽政，改戍于例未安，毋论胜九之目不瞑，而松江瘐死，谁实贻之？尺组明刑，庶无失出。至助虐之尹明四等，卸罪有词，合从轻拟。

简殓夫命事

爬水县令盛柯亭　讳玉赞　苏州人

审得魏和，乃魏显科之恩男，而魏奇亦魏文衡之厮养也。旧年二月间，奇募市儿为人搬运嫁奁，和以十岁幼子应。而奇则舆夫长，每名工钱五文，奇扣其二，仅给三文。和之子失去寸纸之券. 奇并吝此三文不偿，和屡索之，至五月十八日遇诸涂，遂与奇斗。一朝之忿，势不并生，两人者，均轻七尺于五铢矣。乃奇强而和弱，和不量力，必欲胜之，已仆于地，犹支起相搏，解而复合者三。鸡肋不善辞拳，螳怒尚思张臂。所以必至一败捐躯而后已也。当场儿童地保，万目聚观。有曾三者，持和之网巾报于其妻。和妻雷氏亲往，见其殴惫舁归。次日奇过其门，和犹向其索裙，彼此悻悻，馀忿未消。此时和一线仅存，岂能再加手足？奇随散去，和即于兹夕亡矣。殴于十八日，而死于十九日，非受伤深重，何以迅速至此耶？初验青红遍体，细简分寸成痕，拳殴之外，无他器也。对殴之外，无馀人也。疑窦一空，抵法允合，而奇亦甘心引颈矣。愚哉！和不怨亡而怨负，奇不幸生而幸胜，俱死而无悔者，匹夫之勇，亦可悯也夫！

惨变事

盛柯亭

熊清五索逋于黎见六，遂迁怒于黄益九，飞石伤胸，形已惫矣. 而拳挥趾蹴，又不一而足也。哀哉！肋骨断而为二，命遂不能及晨，若何以排难之人，而反身遭其难乎？清五即有父在旁，然未闻下手，观其超然远遁，则固以一子蔽其辜矣。幸忘身而不及亲，其奚辞于一绞？

【眉批】多阅人命谳语，能令人息愤止争；多阅奸情谳语，能令人闲邪窒欲。开卷有益，不必为官作吏始宜读刑书也。

打死男命事

盛柯亭

小人逞忿忘身，轻身重利者有之，未有如刘万柏之愚者。只以鱼值三分，索逋于刘绍赞，而万桂片言挑激，扼吭捣脐，绍赞应手立毙矣。颈胯伤痕，适符拳脚，简证两真。嗟嗟！以赞命偿鱼而以己命偿赞，是以两生命殉一枯鱼也。彼实自贱其生，乌足惜哉？

【眉批】乐哉枯鱼，可谓得死所矣。

奇惨人命事

盛柯亭

李体十扎簰撑驾，生计在木。窃取邻簰之一株，则祸端在木。嗔龙传一追索，而篙伤耳窍，尸偃沙冈，其杀机又在木也。乃本犯已三木关身矣。木强则折，有死

道焉。

【眉批】太涉纤，似非谳牍所宜。

急典男命事

盛柯亭

审得王贵，乃皂隶冯升之朋差。某年月日，南昌县比追欠里，签拿保歇廖科，适贵顶名往拘。当晚欲见官销签，科与争抗，心恨贵者至矣。次日，贵又偕升往，科已他出，子廖学出应，怒气相加。贵激不少逊，学遂舍升而殴贵，凶拳乱下，贵遍体受伤。升方为劝解，学之母又挺击升。邻人李幼波往视之，则学方忿忿，未释手也，口称："知县管我不得！"扭结到县，值赖令阅卷在衙，学咆哮恣肆，击鼓狂哗，就川堂扯贵毒打，随致呕血。赖令不能堪，禀院，将学父子各责。仍回县责贵，尔时贵仅存丝息，自分必死，曰："到北沙下，便见明白。"夫北沙，盖简尸所也。其父王文扶出县门，即欲以廖宅为死所。文强掖以归，行行不前，至高桥气绝。三经简验，肋骨断绝，太阳、心坎、腮颊、胸膛、脑后、臂膊等处，无一不伤。前谳者重滋葛藤，执支尉相单，谓与简痕分寸不对。不思仓皇一相，只看有伤与否，其于分寸原不暇致详。且学之凶悍，目无县官，何有于尉？宁不可意为轻重者？即就伤论，惟受害浅，反现于皮肤；若中毒深，自入于骨节。故验伤必验骨，正见皮肤之不足据也。乃因骨节而疑及于皮肤，亦疑所不当疑者矣。本馆所窃疑者，伤之斜与圆不合。乃县审云："拳有正仄，拳仄故伤斜。"一经拈破，顿觉豁然。本犯犹称"贵死于醉跌"。夫垂毙之时，安及于醉？交携其子，何至于跌？高桥又坦直道途，非危峻之地，此谬言不足信者。再辩"肋断应速殒，何以能至

县?”夫肋骨虽系致命，岂必旋断旋亡？今殴于晨，死于午也，不可谓不速矣。又辩“伤偏于左，指为跌证。”大都行殴者以右手为便，鞫冯升云，当日左手捽发，右手挥拳，此以右出，彼以左受，拳殴之券益确益真，况右又岂尽无一伤也？本犯始舌结而语塞。按律绞抵，庶慰幽魂。

简填弟命事

盛柯亭

审得邓、饶两姓之相仇也。始于饶茂三挟债讼逋，诸邓欲一击而甘心焉。虽聚族而谋，其怀恨之最深者，邓问十与德十也。某年月日，问十等追逐茂三，几遭毒手，幸脱凶锋，于是狂噬之谋益坚，日为侦伺。适饶计四偕茂二出门，两凶梃而候之。比归，则计四在先，茂二在后，先者遂及于难。棍交下而计四偃仆田蹊。茂二迫不及援，仍归室取汤灌救，则已僵尸堕魄矣。其死也，不移时，不易地。及简额肋之伤，斜圆带长，悉与棍合。问十且自供：“击上打破头耳。”而血盆两肋，则委之脱逃之德十。夫血盆两肋，固皆要害，而不如头颅致死之速，是下手独重者问十也。矧往击时，德十为问十强逼乃行，则德十举足之迟，益知问十下手之重。薄暮荒郊，行人绝少，即无显证，业有确伤，安得狡口生端，遗展窦于他日哉？至有一抵命之词，定有一抄家之诉，此又讼套不足凭者也。初审拟斩，盖诛其为谋甚毒耳。然谋殴也，非谋杀也，即其“凡是饶家都打”一语，原未专属计四，又岂有必杀之心？问十依“同谋”律改绞。共殴之德十，获日正法。邓运二虽未下手，而旁观乐祸，应杖以馀人。

【眉批】见广阅多，故能为此直截语。然而因尸抄掠，间亦有之，听讼者不得胶柱此言，竟置抄家于不问也。

打死弟命事

盛柯亭

审得陈太十，豪猾之尤也。欺隐田地三百馀亩，恨邻人陈交一之出首，欲甘心

焉久矣。五年四月初一日，该县委阮县丞踏勘，交一偕侄经三、节十往迎。水溢道梗，不得已，从小路纡行，势不得不过太十之门。太十率同族陈化八、陈十一等，乱石邀击，锁经三、节十于门内，而殴交一于门外。度其必无生理，驱之水中溺死。盖欲借溺以掩殴，不知先殴后溺，迥不相蒙。况化八执置水中，又出陈真三之口供乎？其后脑后肘之血荫，则殴证也；脑中有沙，则溺证也。溺非自溺，适添凶人之罪案耳。至经三、节十，禁锢太十仓囷中，县丞、保长撞门搜出，太十固首恶哉，合以"元谋"拟徒。陈化八下手，拟绞；陈问四、陈之三、陈十一俱助殴，各杖。

打死男命事

兰溪大尹陶三宁　讳元祐　武进人

谢春非凶人也，直酒徒耳；戈柏又酒友之最契者。彼其鱼藻得钱才十八文，涂遇戈柏，即邀之入肆尽欢。至于醉归相送，此岂有杀柏之心哉？其弟以诱兄饮酒为言，遽触其怒而碎其什物。弟方遁去，移拳向柏，误中其心肋，而长醉不醒矣。身业拘于圜土，魂犹入于醉乡，其殆以死生为醉梦耶？既存荷锸之心，宜葬陶家之侧，亟向夜台寻死友耳。

【眉批】有此诙谐人命，不可无此滑稽谳语，可谓情文相副。

杀死父命事

陶三宁

黄三俚决水沼邻，竟成祸水。傅浚十惜苗浸没，仍思揠苗。偶相遇于刈麦之时，遂相殴于持镰之次。乃三俚则未饱其老拳，而浚十已先撄其铦刃，洞胸仆地，三日身亡。若曰就物之伤，何以刀口自上而下哉？三俚之禾黍油然，命则槁矣。

活杀兄命事

陶三宁

邓伯忠之死张俨新，亦太惨矣。借仆逃而诬指数亡，制官牌而私拥锁捉。使其求走大路而不得，望救里门而无从，殴之路，复拷之家。兔游犬室，讵有还期？雀入狙丛，自然立败。乃犹机诈百出，希脱卸于垂死之老仆，只添凶黠之公案耳。

法究男命事

陕西臬宪袁辅宸　讳一相　顺天人

徐尧赞豪吏雄威，惟此头上之虎冠。徐敬耕愤其诬盗而毁裂之，捋虎须矣。喝仆执铳柄，自执锣槌，逞凶元旦。斯时方倚服叔微分，视敬耕如腐鼠然。不思故杀者抵，虽族谱可更，国法可幸免乎？死冤必雪，当亦俯首而悔钱神之不灵矣。

嘱蔽简填事

袁辅宸

金富乃肩舆之厮役，赵和亦甃砌之工人。盖两贱不相轧耳。况狭路相逢，舆至多不及避。富何恶之深，手推口骂，仍捽殴焉。再宿殒生。伤重下手，即助殴之官仔而在。尚不能分其咎，况欲狡卸于无辜之刘仆乎？一缳以报，百口何逃？

诱拐谋杀事

沈泽民　讳正春　杭州人

熊仪十诱拐窜逃，止因三两八钱之盗金，欲专有之。带缚游狗仔，投之煤井，土压旁匿。仪十料死，其能料生乎？荒山迹绝，犹出井底馀生，面质谋情，而原赃仍未散也。白须入梦，神实有灵，罪何容赦！

【眉批】神道之事，非谳牍中宜载。二语虽佳，不可为训。

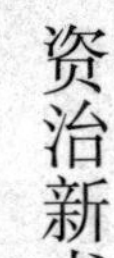

杀夫事

安陆县令宋京仲 讳尔祁 杭州人

廖惠二醉狂药以发狂，鼓屠刀而试技，即父兄妻子，无不潜踪远避矣。何徐德六之不自亮，而欲为解纷！无怪乎救斗而得伤也。然一刺已足死德六，必三刺而令其肠出骨断，不几豕视人耶？绞之以正国法。

恤刑事

兖州司理赵五弦 讳闻雍 宝应人

审得刘文若以派粮之故，深衔风启，潜要中道，欲得而甘心焉。济恶诸人异口同词，屡审屡供，业已定案如山，允无遗议矣。乃今以无证之故，欲从轻拟。如是则若窃、若奸、若发冢、若劫盗。凡黑夜行奸无他证佐者，皆得肆狡脱而蔑王章也。解网固为美事，然夜台隐恨亦干天地之和。职再加研鞫，旋吐实情，其为信狱无可疑矣。相应各照原拟，以慰幽魂。

【眉批】石山可撼，铁笔难移，想见此君之风采。

群谋打死等事

赵五弦

审得孙坤亨等，挟孙允中之夙嫌，折其腿，复剜其目，残暴已极，不可谓无杀人之心矣。第折腿剜目，苟不当时身死，皆得以辜限保之。幸而平复，止于一徒；即不幸而致命，亦止于一绞。以其伤非必死之伤，故其罪亦无必杀之罪也。不然，以文弱之子衿，而遇宿仇之群恶，使有心必杀，即立刻毙之亦复何难？而仍得延喘于三日之后哉？夫律法之设，诛意与诛事兼行者也。以诛意者原情，故谋故者斩，所以诛犯者之凶心也；以诛事者揆法，故非杀讫不问谋，非当时身死不问故，所以防尸亲之图赖也。坤亨等情虽极毒，而法有明条，相应仍照原拟，分别绞徒，情罪允协。

【眉批】萧公制律于前，此公解律于后，可称千古同心。

二命大冤事

赵五弦

审得李之书，穷凶极暴之人也。接管排年，苦扳旧役，徐谏县已豁免，复扳分认，亦足慰其心矣。乃夤夜入门，登床扑捉，致邻右疑为大盗，不敢救援，则声势之横为何如也？可怜徐谏及幼女全姐各负重伤，后先殒命。恨非登时身死，难问谋故，尚得全尸就绞。二命一抵，司谳者有馀恨焉。

【眉批】得此一言，可瞑四目。

打死夫命事

赵五弦

高成宇，凶人也。衔恨王福为其主证佐，欲甘心者非一日矣。伺福独耕于野，四顾无人，遂挥鞭痛击，致福口鼻流血，越日身死。惨忍极矣，坐抵何辞？今蒙宪批："一手岂能致福于死，不无助殴之人。"不知六十馀岁之衰翁，焉能抵血气方刚之毒手？况又僻地无援，有束手待毙而已。及讯凶器，成宇口供、鞭杆，击碎之后，继以拳脚，是即行凶之明验矣。其三检与初检异者，盖因初检皮肉尚存，三检则已溃烂，所以有先后之殊也。证确情真，成宇俯首无辞，按律绞抵。虽蒙恩赦减等，此系故杀之条，无例可援，相应仍照原拟。

地方人命事

失名

李望德鼓刀而屠，杀机习惯。族弟李望迁以四分之索偿负，触其凶性，刳肠抉腹，屠弟命如豕。然据称"夺刀误中，尸已飘流。"母经告免，似可开一线之生。而县尉之相验，保党之知证，终难抹杀，恐难为"过失"解也。

斩男绝后事

失名

萧忠窃秋仔之煤，复掷其箕于松八之砦。秋仔觅箕不得，忠之兄海亮即攘松八之箩以偿。松八以楚国之亡，遂成穴中之斗，扭跌山篦，胜负未分。忠并力交攻，拳石齐下，松八不幸而殒于非命也。乘醉狠殴，忠下手独重，今欲委之曰“非我也，酒也”，得乎？

冤枉事

汀州司李赵我唯　讳最　余杭人

审得华申高冤枉之控，不能干父之蛊，而为此反噬，何哉？先因伊父华振明与妻廖氏，造蓄金蚕，流毒井里，匪朝伊夕。适里人黄载生以振明逋债十金，拉居间罗汝立往促，振明遂伏杀机，阳修款洽，密与牝谋，置毒鸡肋以宴之。载生幸而不食，居然无恙。而汝立之误餐者．归而腹楚，不旬日而中满，乃知为蛊所中。于是舁至其家，借医发泄，而虫且竞落矣。红其喙而黑其肤，尾尖而身羽。人非金石，几何不与蝴蝶俱化哉！虽毒经早泄，数月苟延，然神气去而究且奄然溘卧矣。业经该县审确通详，而夫若妇相继瘐毙。不即正讨，已属天幸，乃申高反以冤枉鸣宪者，岂以阿父之供吐为可讳，而穷凶填狱，反日“覆盆”耶？盖令申于蓄蛊之家，惧其绳绳相继也。孽种俱配，而申高、丙高、七九、皆振明子也。丙、九就逮，申将不免，于是以兔脱之身，而妄作鸱张之叫耳。今行县勾摄，则碎牌拒捕矣；又未几而假职批呈，以欺县宰，冀脱丙高于狴犴矣。种种作奸，当非常赦可宥，合反坐之。

立毙父命事

泉州司李王望如　讳仕云　歙县人

审得擅杀应死罪人律，谓以平民擅杀罪人也。若行杀与被杀均属罪人，犹之平民而杀平民矣。[精于读律。]平民相杀有“谋故”律，无“擅杀”律。细阅前招，谢司宇等与黄华卿俱各为贼，斗杀成仇，纵使乡众攻杀，亦当首从论抵。况有主谋之司宇，向俱贼党，而素有嫌隙者乎？恤部列在矜疑，为李其在所供“不知何因”，与“众人杀之”之语耳。不知司宇、华卿因作贼而有旧隙；途人李其在，民也，非贼也，[趣语。]乌得而知之？况攻杀在众人，造意有谋主，又其彰彰者乎！果非司宇发纵指使，则众人杀之，付之众人可也，胡为乎勒黄德写领认为阵死？则夙昔深仇，乘机纠杀，一种肺肝和盘托出矣。至明达不揣，犹以不在场为辞，恐塞长易结，而幽魂难消也。各照原拟，洵不为枉。

屠门惨变事

王望如

白添等凶，屠戮苏家五十馀命，天刑兔脱之外，仅存八人，罪何容议？向因一贵巧饰无证，以致游移。今众口确供，爰书已定，杀命何多，偿命何少！数獠犹优游福堂，恐孤山磷火，积久愈炽也。速正典刑，仍缉脱犯。

【眉批】疾恶如仇。

打死弟命事

王望如

村堡年例迎神，以酒糍犒执事人役。扬甲执旗伐钲，欲得兼人之食。饶成主俵而拒之，且反唇焉。甲乘狂药之正酣，抽获薪而徂击。囟额何地，当此凶锋，有不骨残而身殒哉？当伤即有多人，而元谋下手皆甲，是未得兼人之食已得兼人之罪矣。绞之非枉。

悍兵杀人事

侯筠庵

审得刘之甲，健儿哉！怯于公斗，勇于私战，其悍卒也。当其押贼赴府，道过

茶园，索夫叫号，茶园之人争避焉。里正余日春遭其凶锋，刀刺肾囊而死，夫是杀人以刃矣。及检阅尸格，又报有别伤，是不徒刃之，而且挞之也。夫兵丁咆哮无状，平时民畏如虎，若兹殴刺并惨，又何其视民如仇哉！兵不可骄，人命至重，司马法、萧相律，两无所容。之甲即喙长三尺，其能邀生于天地之大钦？有抵无贷。

【眉批】妙绝古文，不知者以为谳牍。

活杀二命事

太仓刺史陈麓屏　讳国珍　金华人

曹子仁之死曹公达也，怨深于证盗，祸结于争壤，而忽触于父母之受伤。挺枪直出，一刺洞胸，再刺断肋，公达之魄，有迎刃解耳。乃犹馀威未戢，并伤往救之弘夫，抑何嗜杀之无厌耶！杀人者死，即托之不共戴，其如父之未死何！

急典人命事

江宁太守陈斯徵　讳开虞　富平人

象以齿焚，人以货败，其利害相似也。以利毙人而已随之，则程甲之谓欤。甲与子乙以放债起家。有陶生者，曾贷乙镪三十两。年月未久，子母相倍，乙已获利不赀矣！何留券不与，以滋豁壑口实？甲以代子索逋，故尝往来陶生所。陶生家虽贫而屋颇润，不禁贪者之垂涎，遂立议缴券，以屋一半成典，因而家焉。久之复碍乙同居，不屑以鸿沟自限，思混一之。始难以找价，继诬以盗金。士可杀而不可辱。陶生螳臂，能当父子相济之恶辙哉？甲造意而乙加功，甲之为乙，计不及此也。为子计而自毙兼毙其子，甲之败，自败之也，于货乎何尤？

【眉批】此句每饶风致，正所谓"曲中奏雅。"

活杀人命事

严州司李嵇尔遐　讳永福　无锡人

刘进忠倚兵索夫，活杀甲长余越椿于俄顷，伤械并确，律抵何辞？然抵有缳首、骈首之分，引律不可不正；而杀有殴杀、故杀之辨，核情尤不可不真。夫使进忠索夫之时，椿不惮忠而与之斗，乃以不敌忠而被杀于忠，则律忠以斗殴，固足正忠之罪而瞑椿之目也。及查前后招情，进忠一带刀入岩村，村之妇子靡不鸟骇兽散矣。越椿以茕茕甲长，独当其锋，夫何敢持空拳冒白刃哉？乃勒折夫价不已，椿方束手无措，忠遂大肆咆哮，一举刃而直刺其肾，再举刃而重刺其肋。且检有遍体重伤，连片红紫，是刃与梃交加，有不立毙其命不止者。故前谳分独殴互殴以释斗殴之义，以明越椿非斗殴致死，进忠非斗殴之足蔽其辜也。今查忠与椿无积怨深怒，先事因无谋杀之情，乃以索夫价不遂而逞忿鼓刀，则临时已具必杀之念，拟以“故杀”，允不为枉。查“故杀”之例，即附于“斗殴”之条，故前谳引“斗殴”而依“故杀”。今恐律无两议，相应改叙具详。

惨杀孤命事

文太青

路小存形虽鸡肋，年已十有九矣，狠毒异甚。与阎氏十一岁之稚郎偕为牧儿。当四野荒凉，寒风射骨之时，见其着袄，陡起异志。用牛绳圈其项领而杖之，毕命于登时，遂剥其所着而改牧于他所。被捉到县庭，则袄在肤，裤在股，縢缠在趺，尚未脱体。问凶器，则牛绳在；问干证，则保正胡振邦在。其初去，则孙大纲见其偕行；其执来，则亲父路守银面验，其在体之衣而不为讳。拿获在二十二日之午，送县在二十三日之卯。本犯无反舌之辩，惟称不知事。其父无滕颊之愬，惟请听就刑。验死者之颈，则八字又交。词不烦推敲，而案其律，据“故杀”之条，拟斩，以俟再讯。

惨逼杀命事

达州刺史毛南薰　讳赓南　南郑人

审得草菅人命，败绝人伦，未有如陈丙杀妻一案者也。丙访革不悛，因前妻物故，断弦未续。窥郑氏居孀，慕色思娶。而郑氏不许，狂且旦夕娄谋，必欲得之而后已。又甘认抚孤。众议退还礼金，为三岁子衣食之费，讵料给妇入门，既屏绝孤

儿不许见；又以再醮相诋，动加污辱。少不当意，即私用官刑，解裩痛责。某年月日，适丙以纳吏赴东瓯，郑氏潜召其子，留之一宿。不意丙骤归，见则怒逐。自此扑责拳殴，无虚日矣。甚至以竹刑为轻，易以铁尺，窗户俱键，解纷者欲入无门。郑氏鳞伤遍体，痛极难支，遂于某日雉经。嗟乎！夫妇人伦，母子天性，母朝入而子暮出，情何以堪？乃侦俟年馀，始获一面。斯时也，犊舐口口堪怜，猿肠寸寸欲断。岂意以抱麑之悲，流连一乳，遂至化肉为糜，碎骨为粉！生无三日之完肤，死作千年之怨鬼，伤哉郑氏！本弃其身以活子，今反因子而丧其身，死而无知则已。死而有知，岂肯以血流肉绽、断指折肋之躯，为凶徒稍宽其业报乎？夫在丙不过以财力自雄，谬谓杀妻无碍，况系缢死，三尺之法可以幸逃。不知郑氏虽死于缢，实死于殴。缢固死，不缢亦死。今检头颅、额角、两太阳及胸膛、肋骨诸伤，皆由铁尺，何一是投缳之左验乎？且临验时，万众齐呼天理，查其生平积案，难擢发数，县审一十二款，只就其有据者言之，未足穷其虐焰之所至也。国人皆曰"可杀"。杀之何疑？但虑其不速耳！

三害事

苏州郡丞汪石公　讳汝祺　浙江人

闵甲，地虎也；蔡乙，泛枭也；任丙、曹丁，悍兵也。群凶相聚，举念便思噬人；毒手一加，良民遂致殒命。阅沈鲸一案，未有不发指眦裂者也。乡民沈南，家颇饶馀。沈鲸则南之侄也。鲸维游手，不过好六博，游狭邪，此外无他不轨。何闵甲以奇物视之，挺身揑首，以潜通海逆为词，题何巨也！蔡乙利于有事，遂差兵任丙、曹丁往拿。胡不鲸之问而遽入南之室乎？咆哮万状，骗诈多方。甲且阴为调停，谓非多金，难赎灭门之惨。南之子沈元被擒矣，拷掠之馀，仍虑一入虎口，犹有不测之祸，乘痛楚未定，遂以命付波臣。伤哉元也！阅刑馆发检尸单，及质之干证某某等之口，甲等即有百喙，难措一辞矣。夫造意诬人为逆，已罹“反坐”之条；私刑逼人致死，其能贳不赦之例乎？绞闵甲而戍蔡乙，配任丙而杖曹丁，固亦无枉无纵也。

资治新书初集卷九判语部　湖上笠翁李渔搜辑

人命三　威逼类

打死人命事

邵阳邑宰颜孝叙　讳尧揆　温陵人

审得徐甲凭倚豪父，轻弃发妻，敢于狎婢纵欲，而忘奄奄病妇。贾氏方恨孱躯不起，又奚堪甲之狂惑侮予也？乃甲父徐秉义，即不协于义方，而转怒其妇。并迁怒于妇之父，停医药而捏告盗情，种种非礼，不有以速氏之亡，而纵子之恶与？此贾生所怜痛，而不能不问其所由死耳。念本府罪责在先，姑断成丧外，量给孝布十匹，以平贾生之情。徐甲重杖之，为骨肉无情者戒。

打死男命事

李少文

审得人命死殴死缢，原自迥然。惟缢与殴相参，而两伤互见其偏胜处，固确不可移，然要害处，亦终不能泯。如李乙之死魏之丙也，丙弱乙强，不胜鸡肋，从晡至昏，殴兴甚酣。至丙之囟颅、腮颊、肩背、脊肋，受伤几遍，踉跄掖归，仅吐“被椿打伤”数字。此种光景，丙自分无生理，亦何必多一雉经，以促其未尽之喘乎？推其情不过愤恨之极，欲以死杀乙，而不知反以缢宽乙。匹夫计不返顾，亦可哀矣。细阅伤痕，额颏红色，覆检时左右俱明。惟耳根血阴，在左则成分寸，在右则散乱，且量系围圆，此实殴证也。大抵缢伤得之初验，浮于肌者甚显；殴伤悉之两简，著于骨者居多。而肌骨互见之伤，若颌颏右骨尖微红一处，两简尚与初验相符，又显然摽一投缳之据矣。既明载于初招，亦竟成其辩窦，且仵证供报同词，尸亲吁恳豁累。断给埋葬，而投之荒裔，其情有足恨，而法无可加者，此狱是也。

奸杀二命事

李少文

审得熊氏之雉经也。先是本年二月间，闵庚四以氏夫族兄，效蚩氓之贸丝。氏厉拒不从，随语夫海五，投鸣宗族，惩以家法，相释已数月。是氏之不可动也，庚四已稔知之。狂且妄念，应亦悔艾而知戢矣。乃至闰八月二十日，熊氏之鸡过庚四园，啄其菜。时海五适在省纳粮，庚四辄纵妻魏氏，诟辱加之。虽事起新嫌，而修怨之心亦居其半。氏不能堪，亟归愬母熊阿杨，且偕母共至夫家。方伸怒骂以纾不平，乃庚四之弟海九者，复肆谯呵，致氏忿郁而捐生于尺组。此本夫海五之供，与宗房闵贺、闵遂之证，无二

词也。而阿杨顾坚执为求奸至再，女义不辱，遂以身死，则谁为证之乎？夫使氏而果为调奸死也，二月之举可以死矣。而氏既不然；即云“前犹隐忍，至此而志决焉”，则鸣之宗邻，亦可以死，胡必归愬其母？既愬其母，则誓不俱生之意，即当吐一二语为诀，而氏又不然。则氏之死，直不欲受辱于恶声，而决志于海九之一激耳。又况庚四先已蒙羞诚责，设终不忘情，则二月以后，必且踵行之，又何俟重挑于半载后耶？奸情必夫告乃坐，而本夫不执强奸；必有强形乃坐，而强迹未闻；人命必证明乃坐，而宗房不证。其为口舌酿祸也，则亦匹妇经渎之常态耳。阿杨痛女，以前事缀言，母子之情，无足深怪。熊氏死虽可怜，而庚四止于威逼。合无改

杖，仍加断银十二两，给海五收葬。党恶之海九、闵启，杖仍县拟。

人命事

李映碧

审得已故童汝鹏者，先年曾将己房一所，契卖周龙，得价若干两。比其死也，则有犹子童应凤。浼原中李爱、周敬，议找值焉。龙曰："此无名之师，渐不可长。"遂坚持不应。敬与爱等皆劝龙以十两找，而龙则以半推半就者姑为缓兵计，曰："三两则可。"应凤方请益，龙复请损，而敬与爱则曰"请轻之。"于是定有五两之议。乃应凤随控之县，冀以众议为据，而向公堂请益焉。龙闻之怒甚，并所议五两亦坚不肯与。敬、爱两人复诣其家请如约，时龙扶杖而出，词色甚厉，谓"孺子告我矣！何复为是言？"两人苦请，龙坚拒，一堂之上，喧若蛙吹。若敬若爱，交口而罪其食言，一的而供两矢之攒，实有不胜其愤者矣。其以服卤亡也，敬与爱实有罪焉。夫七十老翁，已嗟白首，此两人者半黑头耳！前我一饭，自当遇老人而让；断乳几日，讵宜翼小子以争？伯仁由我而死，讵非两人之罪案欤？与借题兴戈之童应凤，一并杖惩。仍追埋葬银十二两，给周龙子，以结此案。

急究人命事

淳安邑宰张梅庵　讳一魁　三韩人

周其山武断一方，乘麦之时，纠族禁盗。族人周其义失麦，山为沿门大索，搜及洪充之家。夫斗粟斛麦，谁家蔑有？且本族之禁规，既不可概施于外姓；而窃盗之秽事，又不可滥加于平民。山于此有二失矣。充偶他出，妻子惊惶出奔，幼女坠入塘中，遂尔毕命。据云女自失足，非关己事，独不思此处之塘不自今日有也，此女之往来塘岸亦不自今日始也，何以他日不淹而忽淹于今日？山虽百喙何辞！合于其山名下，追埋葬银若干；与扬波助澜之其义，分别杖儆。

活杀父命事

张梅庵

审得洪宾之父继贤，乃生员胡某之佃。农家终岁勤动，视一粒不啻一珠，以芒多之谷纳稼，此非大无礼也。何某不惟麾之门外，且勒以置酒赎罪。赝鼎不售，酒食是仪，为继贤者，亦窘矣哉。随以前谷易酒，面请行成而后已。同佃何君举恶其坏例，聚众而讪笑之，继贤羞窘益甚，遂仰药而毕命矣。胡某素读诗书，纵不能以宽厚自处，何至凌弱以强，使穷民不敢言而敢怒，且致其视毒如饴，命同草菅？责以伯仁由我之言，尚恕词也。姑罚谷备振，并杖君举，庶慰幽魂。

灭伦惨杀妻命事

张梅庵

看得何文斗与何其麟比邻而居。文斗有婢菊花，亦止于东篱傲霜可矣，奈何因而傲人？与麟妻洪氏角口，詈氏甚毒。氏不堪羞辱，而奔诉文斗。不意为斗者止知为爱菊之陶令，不解为睦族之张公，薄言往愬，逢彼之怒，氏遂愤懑投缳。虽曰红颜轻生，得非青衣谗口所致乎？威逼之条，不能为文斗宽也。

围擒逼杀事

张梅庵

吴甲雇方顺作柴，顺窃其柴四担，亦小人苟利之常，不意为甲搜获。有方三安者处银四钱偿之，事可寝矣。据其所争，仅枝柴数束，并未毁伤其山木，干犯権政也，何为而驾词控部乎？领差往摄，顺卧病在床，奄奄一息，闻之且愤且惧，遂于是夕云亡。原甲初意，不期遽为催命之符，但拘者在门，死者在室，谓非由于逼迫，其谁信之？近日奸民动以越控逞技，不图为虐之至于斯也。杖有馀辜，仍断葬埋银若干给主。

人命四 误杀误伤类

打死人命事

赵五弦

房星灿与房邦相原无睚眦之嫌。只因星灿醉归，向妾吴氏索水稍迟，互相诟詈。邦相劝之，不意星灿挥铲一击，其妾走避，而误中邦相头颅。十日之后，生风而死。论法不容以醉宽，而原情则实以误中。夫戏误过失，三杀同条，过失最轻，以其心非杀人之心，其事非杀人之事也。惟误杀中又有辨焉，因谋故杀而误杀旁人者，以“故杀”论；盖其心乃杀人之心，为其事亦杀人之事也。诛意诛事，律兼行之。本意殴杀者罪重，则误杀旁人其罪亦重；本意殴杀者罪轻，则误杀旁人其罪亦轻。星灿所殴者妾也，即或殴死，按律不过满杖满徒，而况乎误杀！而况乎醉后之误杀哉！既据该县屡详末减，又查与赦例相符，则改据满杖，而断给埋葬，生死可以无憾矣。

【眉批】微之又微。

庄民弃廉等事

秦瑞寰

梁坤以一快能获之盐，必为数不多。况无盐犯，何必深夜打门，要人看守？强盗之疑，所不免也。故史应爵一呼，庄邻应声而至。据招称应爵造意于众人一齐下手之后，则坤等三命，不由应爵可知。拟以误杀，庶为得情，但又多焚尸一重公案耳。史应禄称其家离远，不与应爵同居，是否同事，该道确审报。

怀仇杀兄事

秦瑞寰

方应魁手中之刀，乃因砍松而取，非因杀焦邦相而取者。王令所审，有“割发缠万，惧伤其手”之语，则柄脱刀堕，自是真情。但顶心、太阳、臁肕、曲瞅、骨突伤痕凡有五处，岂一堕再堕，至如此之多乎？监候再审。

黑夜活杀事

秦瑞寰

王胜理一案，亦异事也。病疫卧床，母与兄嫂咸环处而守之，义甚至也。乃中宵跃起，双手鼓刀，母兄亟避，而嫂氏独中其凶。嫂绝，病苏，知罪亡匿。揆之常理，似非无心，今母兄皆谓其无他。就令误杀果真，亦无辞一辟以谢嫂氏也。查黄正纶有“巫邪杀嫂”之呈，杨懋佩有“计构逼奸”之语，果何指乎？该道查原驳批详，确审报。

【眉批】岂非夙孽！

呈报地方等事

秦瑞寰

汪保所执敲钉者，固钝凿也。凿钝一击，未必杀人。乃殴时中王应吉领下者，检时，伤孔又在血盆骨上。王文禄拦词，岂独无舐犊之爱耶？但随手而毙，诚所不解。准刑官确审报。

人命事

淳安县令张梅庵 讳一魁 三韩人

审得吴寿，舡户也。有拨兵张起凤自威平赴府，欲趁便舟，而船户畏兵如虎，辞之甚力。迨起凤一跃登舟，遂夺篙橹。船户仓皇无措，跌落水中。起凤见寿落水，即自入长流，意在捞救。孰知习惯风波之船户反起而得生，从井救人之起凤，遂长往不返乎？当日同舟程文子见闻最确，且揆之情理，螳臂何敢当车？世必无船户殴兵而且淹而杀之之理。但招招舟子，何反其常性而拒客之坚也？不使登舟，致其落水，是不可不杖惩耳。

公报奇变事

张梅庵

傅一义偶患心疯，颠狂莫救。于前月某日，无故将发妻翁氏杀死，而幼男亦伤臂几亡。两邻以奇变闻，本县不敢遽信为疯。研加审鞫，而两邻及亲族人等极言平日夫妻和睦，甚爱其子，绝无他隙。追讯一义，彼亦茫然不自解。将疑为杀妻之吴起乎？非有求将之心也；将疑为烹子之易牙乎？非有献媚之术也：夫亦夙世之孽耳！病狂之夫难绳以律，存案可也。

仇奸杀命事

兴泉巡宪胡贞岩　讳升猷　太兴人

人命中误杀之情，未有确于此案者。杀人之具非梃则刃。未闻以法器行凶，而杀人以钹者也。吕士达修斋荐亡，令僧如海掉钹为戏。即此一念，于事佛为不虔，于事亡为不孝，业有可死之道矣。如海辞以手法不熟，强而后可，此岂有杀人之心哉！及掉不中节，而观者哗然，亦可已矣。乃士达不容中止，必欲尽其能事而后快，是何说乎？如海无弄丸之技而操舞剑之权，其不以人为试者几希矣。一掉再掉，而钹锋之下，适中士达之脑门，血流一夜而殒命。是其死也，自死之耳，于如海何尤？吕雯痛子之深，而归罪如海，亦其情也。但“奸淫怪阻”之说，何为乎来哉？律以“误杀”之条，如海之罪止此矣。如欲深求，则起士达于九原，而治以不孝不虔之罪。

人命五 矜疑类

投见正法事

江南恤部王平子 讳度 泰安人

朱永贵殴死朱希儒，招称报复祖父旧仇，自行投官领罪。该州参云：夙忿未消，欲得报怨甘心。漕抚驳云：千秋明议所关，非独一夫存亡所系。今审据儒兄朱希正供称，朱希儒先因坟地殴杀贵祖朱邦宠，后恐报仇，杀死贵父朱之高。据儒妻韩氏供称，氏系晚嫁，不知杀其祖父情由，但曾闻儒说，与永贵有仇。夫希正为儒之兄，韩氏系儒之妻，交口称仇，则复仇为诚确矣。但律无"复仇赦宥"之条，先儒谓非阙文，盖以不许复仇

则伤孝子之心，而乖先王之训。许复仇则人将倚法专杀，无能禁止。故叮咛其义于经，而深没其文于律。韩、柳二议，俱以原仇之有罪无罪，定复仇者之出入。按永贵之复仇，衅起坟地，则义不受诛之仇也，况若祖若父两世之仇乎？假令永贵以世仇鸣官，安知不为之高之续？诚如文公所云：抱微志而伺仇人之便，恐不能自言于官。以《公羊》之说未可以为断也。希儒之若兄若妻，哀求息讼，倘亦知出尔反尔，子报父仇之恶可已乎？先儒谓有复为仇者，事发具其事奏闻，酌其宜而处之，则经律无失其旨。今永贵之事，仇复两世，自首甘罪，亦千古来不少概见之事，非臣等所敢议也，似应奏闻。

杀死人命事

李少文

审得黄熊二族，田亩界联，共湖而荫。某年月日，两姓各用桔槔戽水。时方亢旱，争一勺不啻续命之膏，遂并持锋刃，格斗于田间。而标三者，熊科十之雇工人也，受伤立毙矣。科十告于丰城，黄公四亦以黄范五被杀，告于清江。据两县尸单，似人命俱非诬捏，但两县互关，两词互抵，终无讯结之时。乃两造自度各殒一命，若各求其抵，葛藤滋起，牵累无休，直以标三、范五两命相当，遂合词拦简吁息。窃谓两命果真，应各究下落。杀标三者未必范五，杀范五者未必标三也。但查律例："同谋共殴之人，监毙在狱，尚准抵命。"况同在殴场者乎！则免拆骸之惨，而解蜗角之争，似亦原情而不觭于法者也。然讼固不可终，凶民亦不可不创，合引"金刃伤人"之律，熊科八、熊甲一、黄廉六、黄寅五，分别首从，各拟鬼薪。三尺伸而三宥，亦非纵矣。

真命事

秦瑞寰

风雨之夜，固仇家杀人时也。然索饷不遂，情非怨毒，而陈华可以无死，竟至于死者，不得不问同床之人，灯下之目。赵华负伤幸脱，谓宜疾呼邻援，可得真犯于刻下，而否也。陈氏潜视既确，谓宜指名告官，可定铁案于诘朝，而又否也。夫友朋之谊，不如兄妹之情，赵华固无论矣。陈氏何亦延至月馀，始具一词，想低徊其人而不得，回思昔日索饷之张闰等以实之乎？华命固不可无抵，闰等之抵，亦未可草率。治狱者宜推求其情，勿止凭证口。总之氏等之质，告后何坚，告前何缓，须以片言折之。苏松道速结报。

磔逆事

秦瑞寰

杨恩挟主同行，而不与同返，责以大义，一死无辞。但推溺之事，到底无确证，证之者惟一陈玉。玉为朱振宗姻亲，目睹其遇害而不出救，岂人情乎！如曰避势闭门，避兵乎？避恩乎？恩止一人不足避；若避兵威，则恩沉狱五年，亦可以谢临难苟免之罪矣。

粮运事竣等事

秦瑞寰

人即暴如虎狼，未有无因而相触者。朱文远与姜懋祺同作广文，青毡相对，宿昔无嫌。朱文远突于酬酢之间，遽加老拳于懋祺，不知衅从何起，两日毙命。太阳、鼻梁，俱有真伤种种。翻阅全招，求其故而不得。第原词载有“被犯曾光先姓名，尸妻尸侄又复伏棺拦检”。心窃疑之。及本院庭讯，据文远辩称，时有索逋流兵曾光先等七人在署，因见懋祺戴帽违制，拏讹丛击。拏祺犹以银十两求解，不意竟以负伤抱愤而死。有司慑于兵威，桃将李代，则文远之灾似以邑人而代行人也。文远之言犹不足信，彼祺妻王氏庭诉如出一口，则其屡告拦检，实以此耳！不然，岂有杀夫大仇而始终不肯执命者乎？独恨此等紧关情由，原招都不载入，令人无从摸索。人命何事而忽略如此！故耶？误耶？文远先行疏枷，刑官即日确覆，以凭题恤。速报！

黑冤事

侯介夫

郑三妹等之殴死郑爱寿，是固以二妹起，以三妹终者也。三妹缳抵，大文遣戍，友弟发配，前招业有定案矣。然而初拟并抵，固无一命两抵之条。次则重拟大文，以大文之挺身自认尔。匹夫好义，应难视死如归，盖以起事不由己，留为展辩之地。遂至前院会审，互相推诿；亦犹初经县审，投认免检，旋复借口称冤也。元谋下手，并归三妹，应拟为首，以惩始祸。但详阅前后招，自初殴以迄毕命，实历三十五日，揆之保辜逾限，于律实有相符。若夫量从减等，是在宪裁定夺，非职所敢擅专者也。

必控正斩事

王贻上

甚矣黄参元之狱为疑狱，魏士元之冤为奇冤也！士元止生一子，名九儿，年甫十一。就傅于汤明祯之馆，里中以慧称。某月某日，忽为歧路之亡羊，越二日，得其尸于厕旁。遍体杀伤，裹以芦席，耳舌肾囊尽去，肚下复有锥孔，惨同人彘，迹似采生。本童年在龆龀，既无别情可疑，而士元亦自言与人无竞，衙官验之，通邑骇之，咸为巷议途说。士元于呼天怆地之中，能无寻声问响？始因同学子张锦，得讹传于杀猪之邹短嘴。短嘴居城外，无出城而杀其人，复入城而异其尸之理，释之。先是有术士王际飞，寓本城东岳庙。以灵数动人，忽于次日遁去，咸以为疑。数与星同道，似不能无议于算命之参元矣。于是祈梦于邑神，赴告于天师，独行踽踽，丧明者转而失心，诚可哀悼。有杨长子者，为里中无赖，至扬州得风闻于酒肆，云系参元杀死，士元遂有控宪之举。卑职骇其事，斋沐详讯，拘到传言多犯，皆属莫须有，终不得其凿然之证据。人之非信狱，固不忍；纵之则终沉童子之冤，尤不忍。无已，乃悬重赏于国门，立严限为缉捕，务得被杀真情，兼获王际飞到案。天不祐恶，或自败耳。但此辈云水为乡，姓名无定，不能以旦暮得之，恐稽宪限，且久累无辜，谨具由以闻。黄参元为本童师黄明祯之侄，须着的保暂释。以矜疑合之前审，均在宪台侧隐之中矣。

恶衿纠杀等事

秦瑞寰

方仁甫等欲占厚利，遽起凶谋。李标身受八枪，李槟膊臂并创，而徐锋犹戳差

官。一绞四配，罪将焉诿？但当时欲抬送丰县，仁甫等必执有词。据李机所禀，槟乃上班家丁，李标亦曾身带弓箭，两造想俱劲敌，互争所致，或未先有谋情。然伤而不死，亦非赦例所不原也。惟是仁甫久在逃遁，赭衣未脱，遽青其衿可乎？盍仍褫之，准刑官查例速报。

伙截劫杀事

岳州司马邵慊庵　讳廷琦　兰溪人

卢文一之死，死于罗冈，而所以死之者，则死于熊禹十之酒店中也。律重谋杀，造意加功，仅分斩绞，原无准抵之文。查卢招三先创恶谋，熊禹十诡情设诱，而卢开四则先诸恶而擅狙击之首功者。冈头丛欧，垂死舁归，才一吐及凶名凶状，文一旋告殂矣。因招三、禹十免脱无踪，当时谳者以熊汉八、开四各坐加功论绞。今开四瘐死，独汉八以三十年之成狱，忽呼抢明冤，而尸男高仔反为代辩。夫汉八之登岭而复下，业为唐乾七所目击，则非不在场之人明矣。尸男之为此语，诚有如宪驳所云“事久而恨消”者。第开四既伏冥诛，招三、禹十亦皆逃殁，泉下之恨，或可少抒，本犯姑以不加功改拟城旦，情法其两平乎？

杀捕事

湖西守宪施愚山　讳闰章　宣城人

罗良素行攫金，近闻改玉。突遭虎捕之威，胁搜其腰缠而私禁之，且执以送官，将共证为盗，能不乘间而逸去乎？彼风雪载途，沙河为阻。李毛被酒而追，追而相殴，良出死力以求脱，固应有拳石之加矣。假令毛非著钉革舄，决不至沈渊，其死亦未必如此速也。故前谳者谓死不尽由殴，而寒与溺宜分任之，良然！良然！或可宽弃市之诛，改冲边之戍，似不为失出也。

人命剧冤事

施愚山

覆审得潘周六一案，以人命有伤，依律究简者，法也。乃原告潘阿龚、潘良九合词拦息，非妇人之仁难信，即行财之实当研，故力请批县开简。今该县既称同殴之周四、孙二脱逃，则加功难定。孀妇拦控，呼吁堪怜，虽有深文，难以置之死矣。所恃以确此案者，周六以家无锥立，既可破行财之疑，二犯以漏网潜鳞，复分其致命之罪。且寒肺石以枯嫠泣而暴野骨，以稽宪章，不惟非情，政非法矣。合无依拟转详，听候裁夺归结。

【眉批】汤网虽宽，亦必可解而后解，注明可释之罪，避枉法之嫌也。

清查冤狱等事

李少文

审得任君佐、任君弼之死于河也。指甲之泥沙，肚腹之膨胀，已足定溺水之案。且君佐尸漂五里，君弼尸漂十里，捞验之日，体无寸丝。即两尸之裸体而浮沉，可识其解衣而就涉。乃任佛一狱十年，屡谳游移者，以该州初审疏漏，确证无人，止一负衣同涉之陈其赞，竟以“未到官”三字了之。人命重情，不求证于地方，而仅取结于里递，彼里递者岂刻守水滨，一一伺褰裳而物色者哉！夫人命大狱，曾无一人目击其殴，而抵显一结之空言，执佛以抵，有是死法乎？该州之初谳辟佛者，想亦怜两命猝亡，孤嫠苦愬，简旧案而厚诛于佛也。不思佛即穷凶极恶乎，而连杀二命，当亦少悔于厥心，方鼠窜之不暇，尚久立河干，俟两妇至而从容与语耶？佛洵无死法也。查《例》：“用强殴打，果有致命重伤，虽有自尽实迹，依律追给葬埋银两，发边卫充军。”盖指真正下手者言也。今二尸有伤无证，则任佛之殴，终属影响，似难引用前《例》。且任仙已累毙，阿韩向亦有不愿简验之词。合无绳以容纵国栋之罪，一杖警之。其国栋诸人，获日另结。

【眉批】可称犀照。

【眉批】结状之不可信者十有八九，此语可破从来讼障。

法变天沉事

李少文

审得吴命六之死于殴，而非缢也。县简已真，屡勘已确，松十议抵，夫复何辞？但聚博既有三人，从击断非一手，彼逋逃系共殴之辈，则现在无独坐之条。惟质对无凭，致辩争有喙，与其悬不结之疑案，何如依确拟之原谋！况死者不复生，而告者已愿息。今数椽赡既衰之老，而一坏归久滞之魂。拟配已足当辜，照提仍堪正法。庶存殁无憾，而情法两平矣。

覆审前事

李少文

审得吴松十、吴载八、樊巳一三人，殴吴命六于赌场，命六毙，而载八、巳一俱逃，独松十不逃者，店主恋恋数椽，利重于命也。则谓松十不殴，不敢信；谓载八、巳一不共殴，有是理乎？所恨深夜室中无一显证，莫辨下手之孰重耳！今载八客死，巳一潜踪，而独坐松十以抵，是予之口实也。且尸亲吴阿李景迫崦嵫，屡词告息；该县断给葬埋，拟松十原谋，实得中罚。松十既论抵不得，何如早配？俾枯骨有归藏之日，而颓龄无失所之嗟，则命六之目亦可以瞑矣。

打死人命事

李少文

审得童、左二姓，止以桔槔争灌，遂至聚族相格，致重隆立毙于当场。原招以左继议偿，夫固于群殴中推凶首，亦于众逃中据见在耳。然而本犯屡辩哓哓。兹细阅爰书，则初时鸣金而倡者，左倘也；攘臂而从者，左万、左除等也。蚁聚蜂屯之顷，渭万、除诸人俱属袖手，固理所必无。且杀人果继一人为之，则万等罪止馀人，复有何怖？而万独鸠其恩男丁伦以希一抵，且旋与左除、左魁飘然免脱，是何心欤？则其下手之重，自料抵偿之必及，遂长往不返可知已。固知隆之死于万手者什之八九。今万且旅死楚地，魄已冥夺，比之正法犴狴，若有馀憾。然而骨暴他乡，亦足偿隆于地下矣。左继合以“元谋”改徒；左除、左魁，获日另结。

人命事

李少文

南浩山出土青，而胡族多人窃采，致沙土壅黄氏之田。两家持械争哄，黄增掳胡氏幼童以归。胡秋忿极，挥戈顿杀殿后之黄英六，此固当以身抵矣。乃晏苟一代之认罪，而久乃伏其辜，何也？以黄氏之原词不及也。夫原词不及，则事终属可疑。而招又称“秋不识字，房亲代为签名”，何秋之多代乎？无乃挥戈杀人，亦有代之者乎？且杀人之铁管刀枪，招称当场追出，与伤痕比对相同，此时何不即问执枪者何人，而乃容其贿买苟一，后又云“随苟一名下起追”也？此处似应勘破，乃释然耳。

【眉批】原词之关系甚大，伸冤诉枉者不可不慎于初。

盗乱事

李少文

龚功以舟人盗客纸，其客投鸣龚文程，而文程责功偿纸，此正理也。无奈功妻邹氏，生本盗贼之家，且赋凶谗之性，归而诉诸父佑四并其伯星三。而星三则以三犯改戍在逃者，佑四又窝赃逃戍者，闻言攘臂遽往，哄于文程之家。文程不能堪，乃为应兵以相格斗，而星三殴伤遽毙矣。夫星三两臂俱刺，绞遣复逃，于法固应死者。第惟士师则可以杀之，文程非其人，故坐抵无辞耳。查招当时共殴之人，原有龚爱，且脑后致命一伤，审出爱手，而爱则先逃矣。今独以现在坐抵，似有可疑。且行凶之铁尺木棍，当时何不追出以比拟尸伤，而致供者或云短方，或云长扁，或云山木，或云船板之纷纷不一也？况邹佑四原词止称龚毛等三人打夺误伤，而不云文程下手，此处情形，得无仍有未确者乎？

【眉批】《四书》《五经》是一部大律，从来听讼者皆取决于此。不似秦刑汉法，代有变更，令人守不到底也。

杀死男命事

李少文

凶年遏籴，原非善政。然所禁者直外商耳，非谓境民之交易也。刘猴二等四姓凶族，歃血定盟，恣行抢掠，以致冷愿肩挑之谷，两被侵凌。虽置酒讲和，而猴二等之毒未已也。方且聚众持械，欺冷氏单族，直逼其门，冷元、冷愿等迫而后应，枪棍交下，毛酉五一命立亡。虽按律应抵，然其情亦可矜矣。呜呼！禁籴则死于饥，因籴而杀人则死于法，是贫民之遇凶年，概无生理也。倡乱者可胜诛哉？

活杀男命事

李少文

邓文厚以府掾而役铺兵，因殴王梧致死，前招以文厚坐抵，狱成已二载矣。突有马夫吴延祖者出为辩证，乃释文厚而坐其仆邓毳，两案若矛盾焉。历来矜疑驳讯，皆知毳之冤，而文厚远遁已二十载，不可问也。然合前后招情，细为剖析，当时王梧实以病夫，强之担荷行装，不二里馀，呕血仆地而死。故初简有“形瘦腹大，疮疥遍体”等语，岂尽虚情！则梧之死，似不尽由于殴也。况文厚同行尚有平德政、平进兴主仆二人，亦在共殴之列。德政以病死，奉前院驳批。进兴以配死，查例同谋共殴。惟事结在家病亡者不准其抵，今进兴虽非解审在途，然发配未满，则犹然在狱也，不可以抵梧之命而释毳乎？若必须文厚出而始问明归结，恐河清难俟，而向来矜恤之仁亦穷于无所施矣。

颁法简抵事

李少文

李六殴死武贱一案，屡审屡驳，屡驳屡疑，迄今无定说焉。总之，事不发于尸

亲之告，而发于被访之单；又不坐抵于本犯被访之时，而坐抵于伊弟被访之日。始犹有买和之人足据也，今其人已物故矣，而行贿之金终无实迹；始犹有久埋之枯骨足凭也，今并枯骨亦漂流矣，而前简之伤原非确案。总之，六系凶人，武断乡曲，人欲得而甘心焉，第大辟终难悬坐耳。今年逾耄耋，雄心久耗于圜扉，而情在矜疑，没齿幸徼夫解网，俾免为狱底游魂，且正与恩例合也。

大逆不殄等事

李少文

方顺一案，盖三复爰书，而终不能释然也。顺为权氏义子，负恩抚而逼奸其养女大妹，继且通大妹而盗其箧内之藏金，狼子禽心，顺之肉固不足食哉！第原招谓顺惧发箧败露，置毒进鸡以死权氏，则大可异矣。夫砒之中人也，裂齿腐喉，血七窍而死不旋踵，权氏岂铁石乎，何仅仅口吐黄水，得以三日延也？亲族问病之日，权氏无他语，止答以腹胀。夫中毒是何情景，而仅以腹胀对？安知河鱼之疾，非其固有耶？生不闻有危急之状，突于死后云齿黑肉绽，乃主母之尸既不便于验视，而第指胡承祐等见之。夫既见之，则当时便应惊骇。诘闻死因，何以寂然含殓也？即此鸡

“专奉主母，馀人莫食”之言，亦颇邻于恭敬。若谓恐伤旁人而戒勿食，则又明示人以有毒矣，岂阴谋者肯作是语乎？况毒死权氏，亦甚无益也。权氏有子方日念，虽平日与母路人，然母死终必收其囊橐；顺即毒氏，岂能并日念而毒之？且箧中包石，既能运入于未毒之先，何不运出于既毒之后，顾留此为进毒之左证乎？如日日

念扃鐍之急，势不及运，则此奴亦何难窃负以飏，而留连不去，亦殊非进毒初心也。夫日念于疾革不问，于含殓不亲，止知母死而家钥我操，丧毕而银箧可启矣。迨启箧得石，大失所望，始以弑谋见告。告盗耶？告弑耶？告盗则自有盗财之本律；若告毒死，又不应在四十日外矣。是日念止从阿堵起见，弑母之说，特词内之骈枝耳。夫以盖棺不验之尸，而悬加凌迟不赦之罪，本犯肯心折否？此案似应就盗论盗，"若毒"之说，存疑可也。

【眉批】片言折狱，只此二语，前后文皆可不用。

二命事

兖州司理赵五弦　讳开雍　宝应人

审得仝起凤之死，虽以狼咬，然尸亲仝馨然则居然原告也。从来差役拘提，无锁原告而反宽被告之理，况又锁原告于被告之家，百端凌逼，致令自刎，又移尸别所，嫁祸于人乎？岳奉周与叶成龙同谋肆恶，万喙不能解矣。嗟乎！馨然欲雪子冤，反致身殒，即并举一犯而辟之，以偿前后二命，亦不为过；其如论情则死有剩辜，而按律则竟无死法！据仝黄自供，其子馨然委系自刎，且黄与馨然同宿一炕，奉周等正在浓睡，委无谋杀之情。即日"同谋"，谋辱之以泄私忿，非谋死之以快凶心也。宽引"威逼"之条既不可，径用"谋杀"之律又不合，比拟元谋，适得其平。盖自刎而死虽不关于二犯，而实由于二犯，犹之下手致命虽不关于"元谋"，而实始于元谋也。叶觥玉等开衅之端，杖惩不枉。

【眉批】有能绳人以死，亦能幸人以生，此类是也。

前　事

赵五弦

复审得胥役承票，重被犯而轻原告，理也。奉周反此，锁馨然于成龙之家，致馨然羞愤自刎，其为"同谋"，固不待言。第在本犯，实以贿之多寡分袒之左右，原无挟仇肆毒之心，即在成龙，亦因证见不出，控告虚诬，遂施凌虐快私之计。其

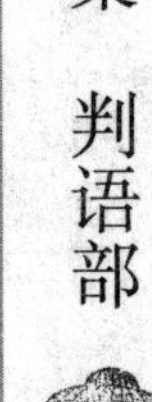

同谋也，谋辱之，非谋死之也。既经并拟元谋，情罪亦云协矣。职详味律文，同谋杀人者，在“谋杀”条内谓之“造意”；同谋殴人者，在“殴杀”条内谓之“元谋”。盖谋杀者期于必杀，乃意中之事，故造意者斩；谋殴者期于一殴，临时下手，因以致命，乃意外之事，故“元谋”者流也。今奉周受成龙之嘱，成龙欺馨然之懦，期于辱之而已。馨然自刎，亦意外事，故前谳比拟洵为得平。至于自刎之刀，系馨然藏带，其父全黄供吐分明，难为他人疑也，相应仍照原拟。

【眉批】综核详明，竟作律书读。

急救二命事

赵五弦

审得温阳春挟仇擅杀，罪在不赦之条矣。但王之佐与王灿乃招安至再之贼也。夫招安之贼准与湔除。斯法也，乃为迫于饥寒，出于诱胁，投诚归化，革面自新者设耳。之佐等叛而抚，抚而复叛，复叛而又抚，岂得齿于良民之列哉？先年移寓他庄，他庄不容居住，其生平素行，为闾里侧目可知已。至某月，山寇猖獗，之佐等复劫牛驴归寨。二人一日不剪，同村之民一日卧不贴席也。欲共殛而甘心焉，亦情之必至。但之佐等虽有可死罪，而阳春实非可杀之人，拟以“擅杀”之律，不得为阳春冤，亦不能为阳春苛也。乡长赵万策等异口同词，皆供“二人通贼是实”，即此一语，足为死生定案矣。

惨杀夫命事

邵阳邑宰颜孝叙　讳尧揆　温陵人

审得张拱北雌黄伤众，乡里大小咸恶之。张世贵借张万寿之银，倩拱北作保。频年莫偿，以田三亩抵与拱北，令拱北代偿子母。拱北受田而不输租，以致万寿詈北，而世贵控寿，此致讼之由也。及至州审杖寿，而拱北之气愈高，辞愈厉，万寿之羞而且恨也愈毒。假妾乔氏，控以强奸，方图必胜；不意寿之辄死于盗也。拱北、万寿在城候审，二月十八日，万寿与尹时宇暂归，行至湖塘，而日云暮矣，向

梁和尚茅庵投宿。停歇未几，即有群盗拥入，口称“仇人”。先伤时宇，随及万寿并斋娘，掳其衣猪以去。时宇、斋娘得不死，而万寿竟作刀下游魂矣。时宇因闻“仇人”二字，遂指为拱北之弟张在中。不知口称“报仇”，乃绿林套语。使果是在中，则必伪称强盗，而不自称“仇人”，且仇人乃万寿，与斋娘何涉，而连伤两枪？仇人既杀，于他物何利，而并劫衣猪？此情理之可测者也。据时宇所供，入门行凶者四人，立门外者三人。夫进门之四人，或于灯下见之；门外之三人皆立暗处，从何确数？止因拱北有同堂七兄弟，故捏七人之数以实之耳。且是日拱北在城，即谓知其将归，通信诸兄弟使杀，则计通信之人与时宇等同行当不相先后。而万寿所歇之庵去拱北家尚三十馀里，使信到辄来，半百有奇之路，岂一茶之顷所能辄至耶？且当夜时宇能识在中，在中岂不识时宇！胡不立毙刀下，快其愤而灭其口？奈何反舍时宇而入杀斋娘，贻面质之患于今日？此等情事，皆属可疑。职以万寿之冤宜伸，拱北之网不容漏，第抵罪必使得情，则生者服辜，死者瞑目，故不敢以悬辞拟断。初则肃心斋沐，投牒于城隍；继则蹑屩微行，潜访于彼地。亲验梁和尚庵，坐落山僻，邻佑穹远，其地时有盗警。闻旧冬梁和尚贸布远出，被盗来劫，斋娘奔山喊救，失去衣米，而仅保一牛，随寄山主牧养。今春农事将兴，牛复牵归，粜谷得价，盗复利之。是盗原劫梁和尚，而万寿适逢其会也。自乔氏以“人命”控，而拱北亦以“抄家控”，及讼久业废，夙愤渐平，复交口吁息。其处和而有一石二斗之田者，乃偿世贵所借之本利，非行财也；处和而有衣服助殓者，乃因万寿之死由于拱北之构讼，推情助之，亦非行财也。使人命果真，拱北即不应行财，乔氏亦岂

肯受财！而今且两甘议息也。总之，讼由债兴，命实盗杀。拱北受田而不偿租，以致讦讼酿祸，一杖足以蔽辜，馀人俱当免议。至于万寿横死之惨，应行武冈州，严缉真盗另结，不得仍附此案，以滋葛藤。

【眉批】燎然于心，又复了然于口，读之弥快。

【眉批】两语中的。

【眉批】可谓无坚不破。

【眉批】凡审奇冤大狱，非潜访微行不可。

假兵锁兄等事

颜孝叙

聂明儒当营兵索债之时，置身无地，得谭龙光留宿。正如骇兽投林，其有恩而无仇亦明矣。然营债之本利不能完，而营兵之拷逼不可忍，所以乘投宿之时各无照管，竟甘心投缳于龙光之屋后。若谓龙光致死，何不行凶于他处，而令毕命于本家？光虽至愚，必无自招奇祸之理。且使致死果系龙光，其平日与明儒仇怨必深，将见之远避；儒虽至愚，必不肯止宿仇家，以自送躯命也。况前检自缢伤痕凿凿，即偶有别伤，乃伤于索债之时，非伤于投宿之后。况尸亲聂明若非误听唆诬，又何初健讼而今悔息也？棺经前县两检，后停旷野区处，原无守管，不知何时何人，因垦田薙草，沿烧古坟一带，连毁三棺。及蒙委检，始知明儒一柩亦在被烧之内。地保呈明在案，棺停旷野，难责尸亲地方，日枕席于青磷白骨之间；亦不能预料焚棺，早设禁于垦田烧草之辈。总之，聂明儒生为负债之人，死作累人之鬼，似天亦厌其牵缠贻祸，故借咸阳一炬，以代六月之飞霜耳。

【眉批】原情折狱，据理定招，此不易之法也。如此体贴，方可谓之原情。阅寻常谳牍，直是民诉民情官。

活杀男命事

颜孝叙

此一狱也，姑无论致命伤痕有额颅、太阳、胸膛、心坎等处，棍伤种种，尽堪立毙，而脑后紫红，仅居其一也。即本县简单原称“棍伤者九、拳伤者三、踢伤者三、打倒撞伤者一”，而未有一字及锄柄伤也。今据招称吃食确供者，有耳根一锄柄耳；乃简单但云“脑后紫红色，系打倒撞伤”。撞于地耶？抑撞于锄柄耶？即使撞于锄柄，然既曰“打倒撞伤”，亦是以脑就锄，而非以锄击脑也明矣。人命以简而信，乃不凭简单，而凭痛迫之口供。捶楚之下，何求弗得？当陈六被殴时，在场目击者为伊父陈尾，夫岂犹涉风闻！乃初词则首谢迓，次谢巢，而吃食居其三；继告则首谢宠、谢安，次串名巢迓，而吃食居其四。世未有舍切齿之元凶，而反重加功之羽从者。今细阅招情，其称各执木棍者，迓与巢耳。陈六甫毙，而迓、巢遽遁，亏心毕露，伤杖相符，杀六者自是两傲弟。彼吃食者岂不知杀人者死，而甘心认之？夫亦出于莫可如何者。今六阅年所矣，谳者未敢为吃食开一生面，亦以人命不可无抵，谓迓、巢不出，则吃食不生。然以爰爰兔脱，而竟使雉罹，彼冤魂有知，亦当踪迹二犯于天涯逆旅间，自为人立之啼，而未必向棘木圜扉怨代桃之僵李也。但吃食以浮粮带户往田争论，原非大仇，似当无杀六之意。乃二弟执棍随行，拳踢交下，而阿兄曾莫之阻，则虽无杀六之事，而似有杀六之心，合无照元谋者律二等改配乎？他日迓、巢缉获，难辞缳

首。噫！六年逋犯雁杳鱼沉，安知其不葬江鱼之腹，而充豺虎之肠哉！今而后彼吃食者，乃可吃食人间矣。

杀弟抛尸事

南直巡按祁虎子　讳彪佳　山阴人

龙高四之殴杀高九，有伤无证，终属疑团。既曰行路之人皆见之，何不执一行路之人而证之也？刑官虚衷确审，无复依样葫芦。

人命六　假命诬诈类

冤抄事

李心水

审得高万六者，医人也。顾大以表侄陈性寿偶患牙痈，与至万六家，求其针砭。夫病在骨髓，虽司命无如之何，性寿之病犹在唇齿间耳。万六技非扁鹊，安知性寿必无起色，而预为望形之退走也？未几，性寿果殒，万六之技其神矣乎？停尸医所，未免障目，且恐同道之下石者诋为误杀，则万六之门可罗雀矣。求迁不从，互相诟詆，此以屠门告，彼以男命告，皆饰词也。夫越人非能生死人，有当生者，越人能使之生耳！况万六之笥原无长桑数卷，而遽以起死肉骨者责之，何其迂也！合杖顾大，以儆其妄。

宪典事

李心水

审得朱其玫、朱其昌，同族而雁行者也。先因其玫于天启年间纳礼部儒士，给札给匾，等衣巾于轩冕之荣，而施施从外来者，亦似足以骄其妻妾。延至崇祯四年，轮当里役，适因其昌逋粮，其玫开名呈督，而同室戈矛从此始矣。未几，其昌心图报复，谬指匾札为伪，而首学首县，褫巾毁匾。夫巾匾虽存，亦是加冠于猴耳，为荣有限；迨并皮毛而去之，则诚辱矣。自是而乡党讥之，宗族笑之，母若妻又怨且尤之。向之扬眉奋肘，喜动颜色者，只足为剥面贻羞之具，而削发有如薙草矣。此伊母朱氏叠告不止，而其昌登门之詈所自来也。其玫妻王氏，挟其姑朱氏，同为雌音不择。王氏以七月口角，以十一月殒身，夭亡耳。朱氏告，其玫又告，且以立死为言，何妄也！噫！亡妻之痛，出自沙门，恐又助前番笑柄矣。然其自抚头颅，追怨于啮体之太毒者，固难以是为其昌解也。其昌欠粮启衅，其玫告情太过，分别杖儆。

酷诈事

李心水

审得吴世举为吴长毛之侄，而吴旭又世举之弟也。旭以负货易银，漫藏被窃，其妻颙望待以举火者也，归而诟谇，亦妇人之恒态乎！旭忿且惭，而雉经于林中，与叔长毛，诚属风马牛也。世举与毛夙有小嫌，遂以人命讼县，而勾差四出矣。适长毛载纸贸银，寻为差役所踪迹。斯时也，身等鸿毛，罹网是惧，尚敢爱其腰缠舟载，为一毛之不拔耶？此族长吴朱坤所供历历，而长毛“酷诈”之控所自来也。吴世举以侄诬叔，本当重惩，姑念族众劝息，两系同宗，不欲深其怨毒，薄拟杖戒。

惨屠篡夺事

淳安县令张梅庵　讳一魁　三韩人

审得涂松、涂柏皆涂时政之子。政之季弟时计无出，以长房次子涂柏入继，次序允宜，原无越篡。而余汝通乃时计之婿也，驾捏虚词，霹以惨屠篡夺是饰。据称将岳时计推死于南村河口，事在崇祯五年，共十馀载。承平之日，何竟付之不问？即自鼎新以来，又十馀载。人经隔世，事越两朝，何至今日而始起鸣冤？据称“远出方归”。设有此事，涂族不为无人，谁甘嘿嘿乎？盖时计原以失足堕水，止宜问

之水滨。纵汝通翁婿情深，或想像音容，当赋楚些于泽畔，招来魂魄，须沉菰米于江潭。亦足以全半子之谊。而乃妄噬松柏兄弟，汝通之不通也如此，借端图诈，一杖奚追！

人命事

张梅庵

审得生员陈某，有仆贵富。谬想非分之福，妄生求富之心，于上年七月，陡感神梦，掘穴寻金。其有无虽未可知，而从旁艳羡之声，则已哗然鼎沸矣。曾经防兵报职，押地方公勘。果见地开一穴，广阔五尺有馀，周围尽属砖砌。当行研鞫，饰以开垦，混启古圹。夫掘藏既违明禁，发冢罪亦当诛，二者皆干重典。姑念山愚无知，仅责儆以从宽政，随取里递结状存案。迨后贵富病亡，其望铜山而想杀耶？抑得横财而无福以享之耻？陈某旧愤未平，忽驾诬于汪运昌等。运昌某之亲婿，疑当日掘藏声扬，实泄于运昌口。里递朱张等之公复，亦运昌之构谋也，故一并罗织之。不知首状自有原人，具复难逃公议。且岳之仆即婿仆耳，名分在焉，无论事无风影，难以株连；试问即有争伤，婿与仆孰重？亦无陷婿抵仆之理。借久冷仆尸驾腾天虐焰，荼毒丧心若此，丈人峰安得不折倒哉？姑从杖拟之条，薄示夏楚之训。

急救冤狱事

张梅庵

审得胡荣寿者，一名火居道士，又名阴阳山人。口诵仙真，心怀鬼蜮。道可道，非常道矣！前与洪汝遵争夺门眷，本县已经责惩。乃复乘其建醮，唆党哄闹法坛，肆行横殴。各有所伤，两以“保辜”具禀粮衙。未几，而汝遵之徒刘乾病卒，汝遵竟以人命控之。及吊查“保辜”卷内，并无乾之名，将无所谓人命，亦属步虚声乎？然荣寿苟习守雌之教，汝遵岂能作玄幻之波？并加杖治，恶其贼道也。刘乾身尸，着汝遵自行埋葬。瞿七十免供。

惨杀人命事

张梅庵

甚矣，蛾眉不肯让人！虽有鸧羹，卒难疗妒。又其甚者，风影生嗔，弓蛇起嫉，不惜举性命以殉之。此种痴情，殊不可解，而余氏其一也。氏与生员邵其结褵多年，忽于今年三月疑其夫有外遇，辄忿忿焉。纵使沾情风絮，偶一为之，亦汉家之常事耳，何至拚此红颜，剪其绿鬓？吼既类于狮声，经又同于雉惨。短见褊心，所谓自戕其命，于日进乎何尤，而乃借端诬蔑哉？杖徐之甲以儆嚣讼。然邵生虽无伯仁由我之愆，能无漆园鼓盆之痛乎？并从薄罚可也。其唆讼之秦坤十五，并罚示惩。

匿命锁诈事

赵我唯

徐昂之以人命诈张彩也，发难自张显通，而昂乃收渔人之利者也。先因彩以盗情事与别案之张计、张武，计讼捕馆，已经审结，拟武照提。后遇捕差追呼，而武遽茹毒自尽，彩则何辜，乃张显通一纸首词，无端投县，则众且疑为无是公矣。盖缘归邑有神，名曰显通，而匿名者因而影冒之，维时县差晏茂，亦恐其乌有也。认诸歇馆，而居停徐昂即应声曰："是尝主于我者。"遂与冒朋比为奸，登彩之门。值彩他出，勾其犹子张朋以去。彩妻惶惶，急凑布饰三两入城奔救。张朋不在公庭，而絷于徐昂之楼上，乃贿昂解纷。昂请益焉，昂妻又贷银五两，倩昂付茂。朋得释归，而其事竟寝。乃今拘审之际，忽有显通其人向前质认。诘其颠末，则该地数年前之保长，非见役也。事不切己而首发害人，凡以求利耳，孰知徒为茂与昂作觅食之伥乎？徐昂假诡挟诈，晏茂因缘为奸，分别拟徒，赃俱追没。张显通生事扰民，姑念无赃，薄拟杖治。

弑兄立命事

兰谿太尹赵松涛　讳滚　四川人

审得徐光之故父徐六三者，乃徐士元、徐士亨等同母异父之兄也。六三本姓何，随母适徐门，因姓其姓。及母生士元等，光之父子或去或来，初无定迹，名则一姓之人，而实两父之子。亲在则埙篪互奏，母死则冰炭异情，此必然之势也。某月日，六三病故，在徐光则赋"鹡鸰在原"之诗，举殡殓、斋荐之事，悉欲委之士元；而士元等则推而远之，并"凡民有丧，匍匐救之"之诗，亦废而不读。麦舟盈野，颗粒不以助丧，虑开冒姓分财之渐也。光遂以"弑兄立命"控于县，复以"五兽毙兄"控于府。且愿出父尸求检，亦可谓无良之至矣。研鞫亲邻某某等，六三病故是实，兄亦非亲，名实两虚，尸命皆可弗究。但士元等不推亡母之情，以路人视其前子，亦何刻薄寡恩之甚乎？杖警士元，仍断银十两给徐光治丧，以瞑亡母之目。六二承祧之说毫无影响，殓后即令徐光别居，以杜后患。光应坐诬，以在丧免拟。

急救夫命事

侯介夫

陈五十乃陈金寰之子，强悍负气而舌过万人者也。先是明季兵叛，金寰飞语煽祸，地方几至不测。彼时，官兵共欲剪除以称快，金寰则狼奔鼠伏，窜避于前。迨至浪静波平，又图报复于后。户首张维曾等公议首官，夫亦惧祸之及己，思免池鱼之殃耳。而金寰自投浊流，讵非天夺其魄与？事业经官，赀敛于众，使遗孤获安，亦可已矣。乃明迄今，阅几岁月？况维曾亦登鬼录，其子五十犹以父命控也！定鼎以前之事难与重理，且未有母受钱布而子逞雀角，可以各行其志者。枭无凤儿，五十之谓矣！姑拟一杖以惩其妄。

人命事

侯介夫

审得吴七孙、吴从众，乡民也。芸芸者草，荼蓼之薅，力可丰田，然亦各有其畔也。兔兴于野，群起而逐；积兔在市，过者不问，分定则然。一草虽微，越疆以争，昧于理矣。至蒋氏是夜气绝，因病而亡。审未交手。而原状亦但以“惊死”为词，助讼之语非其情也。七孙、从众，姑杖以惩其横。

立杀事

李少文

审得人命真伪，必论死因。而死必求其尸以实之，未有无尸而可言人命者。即或有水火沉埋之事，亦须见证真确。投明地方，呈明官府，始可议辟焉。若但云“匿尸”，一“悬空无着”之言，讼牒中不知其几千百，若执此以论抵偿，不几轻听耶？如刘选三之讼刘奇六、奇八也。选三先载谷往哨冈易灰，路经瓦子角，奇六等俱市灰之人，强拉之贾。选不从，遂相殴哄。此二年闰四月十四日事也。选三归新建，至二十日始告县，二十九日再告抚院，俱选三出名。原系斗殴，乃以船户熊科一杀死为衬，直至八月而熊雍三乃出告矣。岂非谓异姓不可以告人命，商谋互耸乎？此等伎俩，一烛立穷。彭知府初招已成铁案，缘宪驳根究熊科一，屡提无下落，止据选之遁词，曰“抢匿”，曰“沉河”，遂为奇六、奇八之死案，监毙奇六，而仍坐奇八以元谋。冤哉！夫瓦子角去清江十馀里，劫杀大变，何不鸣县？贸易必非深夜，今审称午后相争，来往讵少耳目？而死其人，搬其谷，拆其船，岂飘风掣

电，形影刹那，本地竟无一知见乎！其递公呈之左庚仔等皆新建人，非原词中人也。原词干证惟席文、雷坤，而文之保家忽于投审之前二日报文病故矣。果真故耶，抑避不就质耶？薛推官署印时，席文提到，业审注供单，有“席文供：事情不知”，则人命是假无疑，亲笔在券可凭也。即雷坤之供更有异焉，问以科一何由毙，云是“大棍猛击，阁死舟中”，则似目见其死矣；招称“负伤沉水，身尸漂流无踪”何也？口词招情，种种互异。再阅选

三控院之初词，称“尸船现存彼处，鸣官候相”。夫所鸣者何官？而尸船现存，飞檄可得，行查三年不见又何也？若尸果漂流，船果拆毁，原词方将借以张皇，而不一及又何也？求现存而不得，乃委之于溺、于拆，明属支吾，执为定案，误矣！误矣！今所致疑者，惟熊科一之生死未的耳。夫科一不出，安知非遁去？顾凭抢尸之驾词成大狱可乎？科一万无获理，而奇六空令填圜。选三拟配，犹有馀恨。刘奇八以兄死，减诬科杖。熊雍心帮讼，雷坤偏证，并杖允宜。

恳敕从先并结事

蒋楚珍

审得陈盘麓家开染店，所雇染工韩养忠，则绍兴人也。养忠以五月初一日得病，越四日身死。未死，则有医生某疗治；既死，则有养忠乡戚某殓葬，复托某寄信还家，并送遗衣七件，其死之无他可知已。但养忠三年不归，铢积何无遗镪？岂尽付之酒家胡耶？况有本年工食未付，为盘麓者独不当怜其弱息，而优予之乎？生

无长物，死不首丘，冢已累累，深闺尚梦，宜张氏之仰天而哀吁也。据称每年工食银八两，虽未终年，亦当全给。陈盘麓不恤孤寡，理合杖惩。

叛诈事

李心水

沈大凤之屡以人命告也，其命题甚正，其措词甚哀，曰：“吾将迎父丧。”问：“何以迎父丧?”则因伊“父观光，曾馆于保安吏目钟美才衙，而未几辞馆入京，竟卒于客舍”故也。噫！情莫惨于客死，痛莫深于旅魂，彼为观光者，岂无依风首丘之思，而忍作异域鬼！则大凤于此亦难为情矣。裹粮徒步，间关千里，其往得父柩乎？幸也！否则，尽吾心焉而已。顾身未出门一步，而日向美才詈哭者，何为也？试问伊父观光之死，死于保安公署乎，抑死于长安客邸乎？死于公署而不载之归，美才过；死于客邸而不迎之归，大凤过。今乃文其辞曰：“欲往无资也。”查美才历案，曾以二十四两给，不迎柩而肥家可乎？屈指计之，为年已十七矣。时移事换，其人与骨皆已朽矣。乃亡父之痛渐冷，家兄之涎愈热，将无从前历控俱从此物起见，而薄父重财者不难捐墨子之桐棺，以易郭家之金穴乎？合杖治之，以为借孝遂贪之戒。

资治新书初集卷十判语部　湖上笠翁李渔搜辑

盗情一　劫杀类

急剿巨寇事

饶州司李王铁山　讳永吉　高邮人

张春于五盗之中，可谓穷凶极恶者矣。观其伙劫涂宦，分有多赀，志犹未厌，复乘胜而劫符通十一。中人之家，赀不满欲，临去而手刃孕妇，焚毁多家。复乘夜急归，邀兄驾艇，冒兵快以吓同群，大获辎重，是又以盗而劫盗矣。括腰缠而跨鹤，兄弟协谋，变赃鬻纻，虽欲以盗始以贾终乎，其如天道不容而为鬼神之所忌也！事露于一帽之微，以致屡劫之赃和盘托出，讵非天败之耶！赃真证确，与张麻子等，竿首奚辞？

盗杀三命事

王铁山

童二以刺盗而为流丐，疾贫益深，走死愈急。纠劫罗升之家，杀妇掠财，饱飏之后，仍为流丐，可谓善藏其迹者矣。其如大盗之行藏，有掩之而愈露者，逻卒一侦，诡情立见。迨狱成议斩，始悔不若殍死之丐儿，犹得全其要领也。呜呼，晚矣！

火劫事

李映碧

审得强犯袁龙潜之报怨，以胡明坛身当里递，同差协拿故也。邀李廷槐数十辈劫掠明坛，而若子若女若媳，皆毙于毒手。今之搏颡求哀，冀出犴穴，固欲远鬼而亲人耳！亦知有数鬼者目睥睨其旁，男成文也，媳江氏也，女三姐也。其咽悲风而啼乌夜者，肯使一凶为出柙之嬉，而三冤为绕圜之泣乎？合与同恶之李三槐各照原拟。若袁辕之同行既为牛后，难谢鸡连，姑以分赃助杀两不相及，则从轻拟配。非磔凶豹而纵狡兔，亦曰存吾仁焉云耳。

强盗杀人事

赵我唯

审得剧盗之惨毒，未有甚于此案者。其劫宜成里李进家也，则杀其父李思立矣。其劫平原村陈允卿也，则杀其父陈茂才、弟陈祥卿矣。自海珠获后，次第成擒。林国华等二十馀人已相继瘐毙，今囚首福堂者，止张万有等六人耳。张万有、张慕荣皆分有真赃；张顺泉搜赃累累，窝状已真。陈新六为陈世仆，与父若兄逗漏室藏，两主被刃而曾莫救援，且窝分而远举焉，谓非鸡连，其谁信之？此四犯者赃真主认，骈斩奚辞？独是余日虔分赃八钱，出自海珠之口，而当时实未成供。失主李进素与比邻，假使曾为南塘之一出，则闾伍之间，应有望气而先疑者。今问以“平日何为？”则曰：“父子躬耕，曾无远出”。问以“获后之乡评谓何？”则曰：“蹠迹赱乔纵，曾无指摘耳。”夫父仇不共，日虔而果为群凶之伥导

耶？则进方欲杀欲割之不暇，而肯为此原宥之词哉？今再四推敲，乃知捕役赖裕借题沿索，村落骚然，牛孜兄弟皆被锁勒，而兄以馈免，弟以贫陷。噫！捕之恶浮于盗也。若夫杨成情寄顿婿赃，委非同伙，则失主陈允卿已代为暴白；而林玉生年在髫龄，惟从父兄乱命亦步亦趋，今父兄已服天刑，则此犯犹可开其一面；余日虔审系冤滞，敢谓开笼；某某各照原拟。

盗杀男命事

李少文

熊十四，窃牛剧盗也。迹其铁枪贯竹，已蓄杀人之心矣。恨席为七之穷追，而夷其左腹，七日旋亡。其父惧累不鸣，而发于别案之席结二。赃仗具存，众证尤确，岂天符之庙有灵耶？鬼神且不原，而王法恶能宥之？亟斩以酬冤魄。

盗乱事

李少文

张甲等六贼，瞰王羊家贮神庙之衣冠，聚而行劫，斩关缚妇，并掠私藏。朱提盔带，尽归大冶之炉；绛帛衣袍，裁为下体之饰。其怒神也甚矣！酒肆泄谋，杨班九四而首告；神之听之，决不令其漏网也。岂惟国宪之难逃耶！

地方打劫事

李少文

从来多藏致寇，无如子衿张应召之惨者。旅人张乾十三，以私宰之囮为大盗之窟，商谋于傅坤一而指点路径，号召党援。三十六凶齐集关王石上，涂形执械，放铳冲门，贼氛孔炽哉！劫财二千馀金，亦满志矣；乃烈炬焚庐，杀伤四命，燔灼二尸，丹凝火内之心，惨断楼头之骨。犹且盘据土湖，称兵抗捕，一案而备诸恶，是可忍也，其胜诛乎！虽放火杀人出自别手，而张威助焰总是行强，骈斩六犯尚有馀恨，何狡辩之足听哉！

盗变事

江宁太守陈斯徵　讳开虞　富平人

潘于埋头为盗，显身杀人。于五年前肆劫漳之孙福家，戮其弟寿，黑夜踪迹，随逸海上。后捕役毕倖遇诸沟口，尾而缉之，又为所毙。横矣哉！自此亡命，莫知所之，漏网者二年。前年春，大盗陈七事发，讯同党之人，则曰：“潘于其一”也；讯同劫之家，则曰：“孙福其一”也。爰书未定，而于就擒，落膝时，其数年行藏悉供无讳，于是两案归并于一。以陈七之案虽无潘于，而潘于之案原有陈七，事异而招实同也。系狱者一年，一日陈七酒后耳热，向于大夸拒捕之雄，闻者足戒，狱卒遂驰报官。审其拒捕时日，悉与原卷相符。噫！贯盈而假之口，莫之为而为者，非耶？未几，陈七瘐毙，适值大赦，审录时，于突捏无赃之说以致辩。由是议开议减，信狱渐成疑狱矣，悬案者又一年。殊不知杀人者死，潘于之必不得生，不在赃而在杀也。与其恤一囚以广皇恩，何若歼一凶以明国法！

杀死官兵事

沈惠孺

赵甲，以黥徒逃配，复窃耕牛。捕兵吴旺等迹而擒之，遂拒捕而杀旺焉。楼中之芒刃太铦，身上之絮衣犹薄，洞肩背者数寸，丧命于须臾。凶仗现存，何辞一斩！

明火劫杀事

武进县令马培原 讳嘉植 平湖人

徐甲，粤西流贼，自楚适筠，手铁尺以行凶，闯重关而肆劫。即无论多金被攫，而事主两家之人，伤者三，死者一焉。逾年被获，而耳环转兑，依然胠箧之藏也。斩案已成，恶容幸脱！

强盗劫杀事

方与士

傅十九非窃贼也。观其出必操戈，逢人便刺，何其重牛猪而轻人命若是！彼直假途于窃，而示人以无可逆之锋耳。故刘积、胡恩一逐而俱遭毒手。彼刘冬虽死于逾年，亦以创重之故，则是两举而立毙三人也。止从“拒捕”之律，法不尽辜，拟斩非枉。

强盗事

李少文

刘裕等旬日三劫，而刺邓旺之妻，戮晏巴之子，且毁两家之屋，纸稻俱焚。至不得志于漆关而肆劫路人，已钟鸣漏尽矣。藤桥蹑迹，次第就擒。吴有仔虽以幼弱为辞，然文豹食牛，駃騠超母，其恶正难量也，况三劫同行乎？哀为盗竽，兼之纵火，两犯俱助虐者，枭斩允当。

大盗劫杀事

李少文

陶丙等一党，凶狡异常。或强或窃，几使村无静夜，江不安流矣。积掠多金，或以娶媳顶役，或至服牛乘马，以明得意。尤可恨者，贿智囊之黄之甲，倒翻黑白，俾谳者耳目眩瞀，几于漏网脱钩，而铁案终难撼也。不亟行枭斩，何以慰生死而靖地方哉？

火劫杀人事

丹阳县令王慕吉　讳范　成都人

毛甲主劫族人毛之乙，杀人纵火，至室庐与骸骨俱焚。又妄鳌他人，监毙二命，而身几幸脱焉。毛氏有勋，真可谓食心之螣、取子之鸮矣。若朱一、刘二、万十五皆宿盗，且有曾越狱者，竿首已迟，骈诛奚贷！

劫杀事

王慕吉

胡乙等，乌合亡命。仅旬日而劫陈、廖两家。至男女扶伤，资财罄洗，强形著矣。乃讳大盗而居小偷，岂谓青衣微物不足定斩案乎！夫赃为盗证也，赃真无少，而况日久之费者已多！乙即百喙，奚能自解？

地方事

王慕吉

何甲一伙党萑苻，舟陆并进，以逐佣罗阿一为引导，而西蜀之归装，适助东陵之胠箧矣。许湾飏去，辄冀灭踪，龙窟煎销，旋已败迹。银器虽归冶化，而纨绮居然室藏。法服上刑，幸邀后死。

地方大盗事

杭州二守毛南薰　讳赓南　南郑人

傅心宇以黑心御货于白昼，以短刀邀客于长途。犹幸为余文绣者，不以金珠易性命也。然而遍体撄伤，几与李梓并作羁魂矣。青楼之醉梦未残，翠羽之血痕正碧，而侦卒致疑，俾本犯一片祸心竟同包袱托出，又何辞于“抢夺伤人”之律哉？

劫棺异变事

平湖县令陈阶六　讳台孙　山阳人

凡盗不过御货攫金，未有发马鬣之藏，觅生涯于死窟者，则又跻蹠之不为，而幽明所深痛矣。如赵乙之劫王氏墓也，棺斫骸残，簪抽衣解。口珠不见，无烦控颊之权；鬓插难藏，剩有断腕之铁。木匠之手何太毒耶？香骨风凄，芳魂夜泣，可无一绞以慰九原？

人命事

陈阶六

陈言六九以凶棍而事长年，舟楫亦戈矛也。偶载孤行之糖客，忽动杀机，停舟野僻，对酌深宵。客方被酒不胜，俯而欲呕，而六九脑后之斧，已乘不备而连挥矣。血飞彩鹢，尸葬江鱼，何其视利如饴，而刈人如草也！使非供爨之幼僮及劫金之陈玉九并发其覆，黄四十之冤魂，有长号于野渡寒洲已耳！

放火杀人事

李少文

刘之乙，大盗之雄也。入门擒主，楚毒备施。比救至势穷，而锋镝乱加，火攻求脱。一十八间连栋，竟同咸阳三月之灰，为祸不益烈乎！幸陈获伙供，得此丑类，斩犹晚矣。

地方盗杀事

李少文

万十五一门鼠党，屡探牛垣。雨黑深宵，贼眼偏能暗度；火明内室，痴偷不畏人知。乃恨"识面"之惊呼，辄下屠肠之毒手，疱刃频游，而秋俚肝脑涂地矣。仓椽之藏刀，磨砺以须斩贼可耳。

徒犯勒死禁卒等事

王铁山

章潜八黥臂蹠徒，谋杀禁卒。反狱之夜，即与同犯行劫孤庵，伤人掠财。闻捕兵之追呼，人皆惊遁，而投林复返，罄括馀资，疾趋被获，真甘死若饴，胆大如斗者矣。据法，“强盗得财者斩，谋杀人造意者斩，罪囚反狱在逃者斩。”潜八有罪三，安得须臾活乎？

地方大变事

王铁山

罗村盗党以百计，富田、高车之间，殆无宁枕。而罗之甲之乙，其大憝也。戴魁聚石防盗，即取憎于盗，思一劫而甘心焉。顶斛为兜，持门作盾，赀财罄洗，父命旋戕。不攻瑕而攻坚，亦何其黠且暴耶？次第就擒，恢网不漏，亟歼元恶，用警胁从。

举行乡保实政等事

王铁山

贼之势横而胆张，未有如此案者。徐仰山等以闽粤流徒，蜂屯蚁聚，依箐林以立寨，僭名号而称王。伙党四十馀人麾帜扬兵，分行结队。室可焚，人可掳，此岂为寇景象哉！若扑灭不早，几弄潢池之兵矣。幸也盗魁授首，群丑駾奔，几脱深渊，半填圜土。宁甲先获于兴国，游之乙续获于宁都。而执长枪者甲也，执狼筅管刀者之乙也。仰山之初供不移，兰仔之庭质如画。藁街并戮，法足蔽辜。

缉拿强盗事

孙沂水

古称“剧盗”，不过曰“大攻城邑，小掠乡里”。矫虔攘夺之辈，皆人所得而设防，未必财命尽捐也。乃郭十三等，假擎架之长年，行屠戮之大盗，毒药为立效之饵，琴弦作一命之丝，一入舟中，旋登鬼簿。且赃藏瓮牖，尸逐鸱夷。未劫之先，人不疑其盗；既劫之后，盗即灭其踪。来不断如环，杀络绎如线，积至四十馀命。渺渺幽魂，沉沉长夜，咽江流而啼寒月，良可哀夫！怨深恶极，虽千顷之波，乌足洗哉？立枭三孽，差快人心。

杀劫事

秦瑞寰

朱六聚掠东山，贺成虚被其毒虐。时已获志饱飏，而钮三缨冠奔救，竟死于九矢七刃之馀。六固当阵受擒者也，旋逃旋获，足缩缩如有循，是必钮三之魄凭之。盗而杀人，法宜竿首，监候。

盗情二 劫掠类

捉获偷盗银鞘事

真定太守蔡莲西 讳祖庚 江宁人

余甲等，皆积盗也。彼其掠民财不足，而朵颐粤东之官鞘，乘晓夜而混出，疏粪壤以深藏，自以为无患矣。孰知神赫厥灵，人侦厥迹，三十锭所费无多，以各犯之家产益之，依然合浦之珠、女娲之石也。边储不缺，而甲等以例伏诛，岂天厌其恶，巧借此举以划除盗脉乎？绞已从轻，再无容喙。

捉获盗犯事

孙沂水

萧十四等，瞰金信五之多藏，而纠党劫之。至于扛石冲门，燃火缚主，乃得满载以去。彼其盗焰甚炽，盗欲亦甚盈矣。不思珍异累累，持此欲安归乎？兼金美锦忽赍穷乡，宜其为逻者所窥也。名自笔供，赃由家获，五人者亦足以死矣。

海盗事

李心水

审得洪五、朱之丙、朱之丁等，扬舸海上，捕鱼为生，固曰业在其中耳。乃忽以己舟为钩，客舟为鱼，垂涎王海之鲞银弹船，何也？据海口供，谓有弹船二只，行至龙山海面，忽遇五等舟逼，犹谓同道相逢耳。乃始眈眈目睨，继恟恟手动，于是飞石攻击，几碎客筏于洪波。未几而刃斧齐举，闪耀铿锵，海辈心胆几堕地矣。方鼠伏舟中，而五与丙丁等逐一跃而上，伤其羽翼，搜其衣银，掠其鱼鲞。不意呼号声急，忽入哨

官王元之耳，亟率捕盗诸人乘风往救，五等俱弭耳就缚。盖持竿素工，操戈暂试，故一见官船，如攫肉之鼠，遇猫则战，不转盼间，遂为在网鳝鲩耳。今询被获何所，则云定海关。夫茫茫大洋，指渔为贼，捕盗之启衅激切，惯在惊涛怒浪内，若云舟已泊关，安能一手障群目，而忽索鲞，忽诬贼，以防川之难者防口也？合与同行之朱子甲、朱子酉等俱照原拟。子酉子朱元亦同舟也，驹齿虽壮，虎攫无实，况原招内有“在船烧火”一语乎？杀其父而生其子，是曰罪人不孥。

抱赃实首事

秦瑞寰

张二甘入盗党，劫掠屡行，不第赃证两明，而自供亦不少讳。求其生而不得，

杀之可。

大盗劫杀事

秦瑞寰

朱二、朱三以四十馀凶为伙，钱铉之劫，炙其亲姑，罄其积有百金。三受缚于南门，而群盗以次就系。如二如三，各起有主认赃，虽云犯止一劫，瘐毙者已二十一人，然而情虽可矜，法无可宥。低徊再四，而终无计以生之，奈何？

巡获湖寇事

尹含美

高三、张一，烟波暴客，志不在鱼。举网薄暮，沈闻之潘美细货，悉驱而纳诸罟。获口供与主首合，安在其必见起哉？碗虽无主，亦从一矢得来，矧船中更多劫具，赃也、主也、械也、强也，无一不备。岂犹是豫且者流？法网自扦，惟有投竿收纶，不复能鼓枻而去矣。

大盗反噬事

赵五弦

审得许元春等，市井无赖。屡试探丸，以家无担石之人，一旦而紫陌青楼，挥金若块，踪迹诡秘，闾党胥知，按律骈斩，真定案也。虽狡口肆辩，不止一端，而情罪昭彰，万难移易。谓金秃子既死，疑无伙证，然生存之日已有确供，何日齐连，何时上盗，乃历历如画者也。谓原物未获，疑无实赃，然白手之财，泥沙浪费，曾经前道提拘娼妇，三面质明者也。谓亲属相劫，律宜减等，然已死之金秃子乃启秀之亲，而见存之各贼，固非启秀之亲也。惟是以垂毙之身，幸蒙矜恤，幸漏之局未定，而狡噬之计复萌，吓诈百金，反行出首，谓其一线可疑者在此，而其万死难赎者亦正在此。盖朱十九乃盗之亲，非盗之仇也。其与十九以百金者在开豁之时，非在初捕之时也。求其释怨而为免害之计，非阴为行贿而为诬害之谋也。试观元春身在系中，尚且使恶党登门殴骂，豺虎出柙，有不望而夺魄者乎？老妪无识，舐犊情深，闻命心惊，奉谳恐后。春等之凶恶与启秀之善良益昭然矣。然则春等之索银，犹之为盗时涂面持刀而索之者也。屈氏之与银，犹之被盗时崩角稽首而与之者也。春等不死一日，狡辩一日，立刻肆市，始快人心，而岂得以此为展脱之媒哉？相应仍照斩拟，用彰国法。朱十九等分别徒杖，俱不为枉。

明火劫杀事

王望如

复审得陈遂等，朵颐林官生为积宦之后，一劫不已至再，再劫不已至三。伙党多凶，劫杀数命，屡经刑讯，俯首无辞。复经宪驳，特为原赃未起耳。但赃愈久而愈消，年历多而起辩，必穷诘其人，势必鹿马之指，任其翕张。以擒纵作生涯，视唆扳为利网，况当年绸衣一件，虽获自刘大、刘二店中，事主认识，已属真赃。赃论真伪，不论多寡，既云真矣，何存乎见少也？陈遂、陈渊以绸衣为蔡泉之物，哓哓展辩，独不思蔡泉非他，即其伙党。一真则百真，此真则彼真，盗案莫定于此。绍等徒多摇尾之怜，何益噬脐之悔乎？

其来春酉者，系续缉案盗，未经桁杨拷掠，业已供吐真赃，应与陈遂等一例治罪。至蔡秀虽曰年幼无知，既已误入桃源，何云弟夷而兄跖？末减流配，允当厥辜。馀照旧拟，不枉不纵。

地方盗变事

王望如

陈崇、许云等七贼，初劫余尊五家，获赃盈千。官司方督捕以搜伏莽，而贼胆包天，不旬日而荼毒行商，其势更横。饱飏之后，入山惟恐不深，而卒为逻者所获。人经现获，赃系现搜，刀仗出本犯之身，证据有拿获之口。盗情既确，斩拟何辞？谢一、林五、郑三皆系勾引跟厮，虽上盗不分首从，治乱应用重典，究竟俱未得财，并未持仗，失主江寅之口供可凭，获盗黄生之屡审可鞫，应开一面，均拟流置。脱逃陈纪，缉获另结。

黑夜劫杀事

沙县令尹黄石公　讳国琦　江西人

吴十八等，贼星类聚，贪戒不除。托羽客以云游，道友相传盗钵；假沙门为莽伏，丛林忽化绿林。杯酒订盟，操戈中夜，而贞元观之黄冠遭剥肤胠箧之惨矣。不意游方之外，有此为跖之徒，太上忌之，士师可以杀之矣。

强盗火劫事

黄石公

潘金五之群劫邓禹谟也，其以火攻为上策乎？既炙其孙，又焚其屋。且温酒熟食，醉饱而后行，抑何从容骋志也？至长兴冈之被逐，入林惟恐不深，则已仓皇无策矣。人赃现获，斩首何辞？惜首犯天刑，不得正藁街之戮耳。

获贼事

余姚县令胥永公　讳廷清　江宁人

杨亨十一，以佣奴而谋攫周福寿之厚殖。先置张绍五为内应，直为孤寡无援，探囊取之耳。岂知外户虽得延五之启关，而内扃尚烦临时之破斧。初扫土库之藏，犹向暗中摸索，及见乡兵之集，则公然举火长驱矣。既已转窃而为强，自合舍徒而论斩。

火劫异变事

吴采臣

萧明甫孑处荒村，拥农家之积，诸盗实外府寄之矣。邹子隹扁舟啸聚，夜渡河东，执械冲门，室藏尽卷。而王越凡逞强拒捕，折事主之肱，尤狞猛哉！乃以赃未起认为辩端，孰知火光识面，贼首供名，且更确于布号漆字之赃也。狱成而孚，率杀。

劫杀事

歙县令叶大水　讳高标　广东人

刺配以创盗也，盗翻借配所以缔交。陈十二之城旦，芝山久结，椎埋之声气矣。因与陈兼三比邻，朵颐其粮银，稔熟其路径。纠集同党，明火变形，铁斧行凶，劈门伤主。是岂偷儿故态哉？床下簪环银镣，即为官捕所居，而绿衣起自灰中，固兼三家物也。赃经主认，大辟无疑，仍欲以窃宽之，是灭法也。

当场捉获大盗等事

蔡莲西

叶永一心艳王贻一之储，聚党行劫，奋勇先登。比其出也，邻保惊鸣，犹麾戈格斗，有锐往而无情归诚，骁寇哉！及失足陂塘，弄兵操丸之雄，几同盲人瞎马矣。当场被执，安问赃之有无？原情既非可矜，据法自难轻宥。

捉获盗犯事

蔡莲西

审得龚之甲、黄之乙、黄阿二、陈三等，白手探丸，啸聚游僧流棍，清宵明火，横行禅室民居。数年之内，两劫寺，两劫庵，又迭劫唐羽六、吴扬十。法器与珍绮并获，真赃经事主认明。以六劫而博一斩，彼四人者死有剩辜矣。惟是初供伙盗，实繁有徒，至今有和尚七人、篦头三人。既委之不知名姓，夫生平不识半面，而萍逢即谋不轨，揆之情理，万无其事。第案经数载，黠口易移，必欲穷其数人为谁，则鹿马之指，随其翕张，而雉兔之罹，流祸且及于无辜矣。合无姑存勿论，止以照

提有名者严行缉捕，庶大盗不致终漏，而扳诈之端可杜耳。之甲等各宜原斩。

盗情三 窝盗类

冲劫大变事

李少文

曾十三、曾十四，明火肆劫，放铳冲门。主认赃真，其为剧寇，何容再喙！独黄之乙一犯，屡烦驳讯，盖谓搜赃在黄甲之家，未获黄甲，先获黄乙，疑黄乙未必同居，其窝未真耳。不思先供窝后供盗，俱出黄乙之口，窝即未真，岂盗亦未真耶？夫黄甲既为大盗窝，黄乙而良民也者，方远避之矣，优游其室中何为？今又称以黄甲死而移坐之，再查黄甲续获，业与黄乙并拟，非死后始坐黄乙也。设黄乙非同事之人，当获黄甲时，曷不力辩？乃俯首服辜，直俟其既死而鸣冤耶？支吾展

卸，其将谁欺？合仍骈斩。

捉获响贼事

赵五弦

复审得王麻子等一案，历勘多招。凶党伏辜，冤民昭雪，出入胥得平矣。贾春一窝情已真，而同行分赃尚恐未确。仰见宪台详慎至意，遵取诸盗再三研鞫。春一往直隶，则主于宋标之家；麻子等来东省，则主于春一之家。缓则啸聚，急则鸟兽散，闪烁飘忽，流毒于数百里内者，匪伊朝夕矣。初审之供同，屡审之供亦同；隔别讯之其供同，即三面质之其供亦同，此亦窝之至确者也。岂得以赃未起获，而令吞舟幸漏哉？

杀死弟命事

赵五弦

审得蒯芳侯等，踪迹诡秘，伙劫多家。捉获赃私，又经失主孔胤振等认质明白，依律骈斩无辞矣。窝主曹仲玉尚哓哓置辩。按律文，所谓“不知情者，为暂行停歇”言之耳。查芳侯住曹家在十五年十二月，发觉被擒在十六年四月，历经半载有馀，岁月既深而往来情熟，不得与“暂时停歇”者同科矣。况芳侯而外，有王月等五人皆住其家，其劫王纳又在次年二月，则其为逋逃渊薮固已多时，谓不知情，其谁信之？拟以准徒，洵不为枉。

白昼劫杀事

东阳县令钱仲开　讳源　江宁人

王东、王四，借保正为获身之符，薮大盗作养家之术，致金十八等纵横道路，邀截客囊。俾贸易之谢科，资斧丧而僮仆亦伤，幸朱俚刀下馀生，不即化万山冈上之鹃耳。欲行旅褰裳而出途，必二犯骈首而僇市。

盗情四　构盗类

构盗焚劫事

江宁太守陈斯徵　讳开虞　富平人

诛韩二者何？首祸也。曷言乎首祸？风鹤之际，草木皆兵，韩二以乡宾之荣，彩旗鼓乐，声震荒郊。愚夫妇望之，疑为贼队，走不返顾。贼侦之，乘机直入，罄其室藏。士人诃责韩二，似未为过。何物韩二？惜一己之颜面，置百家于灰烬，私计非贼重来，则前羞莫洗，甚矣哉怨毒！刘闇等杀人放火，大言为韩二报仇，曷为乎韩仇而刘报也？查韩二受士人诃责之次日，即以牛酒犒贼于洋湖；而贼之杀人放火，即在会饮之日之夜。且众危而韩二独安，二之通贼，长口无容置辩。诛韩二以惬舆论，剿刘闇以肃典刑。

【眉批】阅谳牍数千首，未有以公、縠行文者。有之，自斯徵先生始。遒劲妩媚，兼而有之。

地方盗变事

浙江巡抚佟汇白　讳国器　辽东人

虎爪山之贼，往时仅劫客舟，从未见出二百里外横掠村市者。非有远交近攻之人，彼何所恃而深入？所劫皆方某仇家，且某家有厚藏，壁非坚垒，贼之过门不入，夫岂偶然？虽从旁屋牵去一牛，安知非借小失以塞众口？又安知非有意饷之，以作犒兵之具者哉？

盗情五　矜疑类

明火劫杀事

余姚县令周简臣　讳铨　金坛人

游万俚之入盗案也，谓吴文炜之失事。乃其窝盗而作向导也，谓其混入救兵之内，为文炜认实也。夫万俚祝发空门，咫尺檀越，况吴宅又其故主，何至辄肆毒谋？今细按有不然者。窝盗必须邃密，而天堂山寺仅有草棚，不堪容膝，载在县详者可据也。且窝主吴十四已经起出真赃，而各贼之始聚终散，俱向军山驻足，则此秃之非窝，亦较然矣。设以为借其引路，彼宦宅之门以外既无烦指点，而门以内又未尝与盗俱入也。傅垣五二为失主比邻，布衣角带，既起获其家，顾舍最近之线索而求之远衲乎？符三八行劫之顷，尚青布包头，以涂人目；万俚独敢童其巅，徘徊观望，而混入乡兵内乎？窃意乡兵有目，岂不识天堂一僧，至云当被吴文炜认实，认为引耶？认为盗耶？既讶其人，此时擒之甚易，何以任其窜去耶？若恶其饭张汝俚等，彼香积之供，游人往来如织，何必遂为赍盗粮也？况夫为窝为盗，总图得财，万俚身为盗竿，而军山之分赃，各盗并未齿及，自始至终亦并无一盗供扳，岂畴昔一饭果于盗有恩，而伙盗多人尽饱厨钵中惠者耶？委系冤诬，亟应开释。

续获大盗事

周简臣

龚明吾等，非照提之案贼，即脱配之黥徒，蚁聚一方，鸱张四境。其劫周木家也，夺舟登岸，穴壁斩关，橐装之积三肩，囊箧之资累百，亦既饱所欲矣。乃絷妇勒赎，复得多金。遗火本以脱身，流光因而识面，赃真证确，先后就擒。惟朋分俱系朱提，所以费多存少，无可疑者，允宜速决。

解网疏枷事

粤东县令张公亮　讳明弼　金坛人

邓之乙贼之嚆矢，其劫崔文贵也，众皆捉竹，彼独操刀。事主方救死于其颈，而赀囊尽出矣。乃同党十四人，迄今三十馀年，死亡略尽，而之乙岿然若鲁灵光也，异哉！前恤部以其年逾八十，援例疏枷，今又隔数年矣，跖寿不将望九乎？傥乡关可复，真是狐之首丘；而牙爪尽摧，不似虎之出柙。

大盗捉获事

张公亮

群盗之劫李茂清也，父子兄弟，上盗者数人焉，合之止馀六人矣。王居玉、丁长公、黄仁寿、聂清远，皆赃真证确，无可疑者。张一虽无赃，然两臂俱黥，此已三犯，即讳强为窃，已无生理。况明火持械，戮伤主仆二人，强形尤暴著者乎？惟聂清高，以报名一字之讹，至二十馀年疑团不破。或出或入，语皆有因，将谁取衷哉？今惟现在五囚隔别细审，傥众口画一，共称其“原不在场”，则虽成案具存，不得不为之开一面矣。

地方被劫事

慈溪邑宰汪长源　讳伟　休宁人

刘大曾经刺配，抽箕逾備之奸，盖生而有之。其伙盗刘云也，细详初案，扣门绐妇，仍是鼠窃本色。彼重垣扃户之中，非同民舍，诸盗明火肆劫，且极披猖，而招云“径至睡房，挈赀以去，如入无人之境”，是果剑侠之飞行乎？不然，何事主无愕乱之状，诸盗无拒敌之形，地方亦无惊闻救护者？指之为强，不敢信也。本犯之赃止一纱袜，而失单又不载，即认为典史所馈，有何确凭？此外如员领牙箸，定从盗来，然无主认，狱情影响，终留辩端，宜以矜疑请，是亦惟轻之意乎！

捉获窃盗事

汪长源

艾十五胸有窃疾，臂勒黥文。三犯不悛，法应缳颈，似无容议矣。但二犯以日攘免配，谓其赃微也；况初犯已在赦前乎？今虽臂墨未剜，而恩波难遏，旧例既应参酌，新诏又许矜原，尚留一线之生，庶徼三宥之典。

杀人事

赵五弦

审得徐容三乃盗魁，而马七则戎首也。七妻周氏俘于兵，有杨城者买而妻之，维时杨城方在河南县令幕中，七虽微闻，尚未确也。及县令解任，杨城契氏归宁，适以淫霖决堤，荒村水绕。孤踪厚橐既为起龙所涎，而马七故剑之求，又适合各盗胠箧之计。故既劫其资，复杀其身。屡经驳勘，已成山案矣。惟是徐庚既已同行，而止拟城旦，是以宪台疑有宽纵尔。遵取细研，庚不过一船户也，椎鲁耑愚，不省他事。七等假白衣之橹，问渔郎之渡，深谋秘计，庚实不知。比其至也，又并未入门，既非同伙，又属哄诱，赤子入井，实可矜怜。此非庚之狡辩，乃各盗之亲供也，相应仍照原拟，已蔽厥辜矣。

急救寇劫事

赵五弦

审得褚文卿响马截劫，证确赃真，拟以枭辟，无容再议矣。若王虎山、尹思元，则有可矜者。一系天津人，一系永平人，营业既不同方，居址又非一处，不过与一龙邂逅相遇。贳酒旗亭市肆之间，非共事伙劫之时也。原不知情，难以瘢索，按律决杖，实足蔽辜。至于张国兆、陈兆新，居停生涯任人投止，况文卿骑马至店，意气飞扬，口称部堂之人，等候船只，理有足信，事无可疑，兆等何从而知其为贼也？拟以“暂时停歇”之律，于法允宜。

禀报事

赵五弦

审得梁宗晋窝住金廷佐，勾同已故王国光、刘一等共劫王尧染房，分布作衣。赃经主认，供吐之年月逼真，行凶之器械现获，按律拟辟，无容更议矣。惟是张世连、张瘸子，则有可矜者。世连果为匪类，邻佑诸人身命所关，谁肯争先赴保？今王保等称系善良。情词恳迫，自不得以一人之仇扳，而抹二十四人之公论也。况质之群贼，并不认识，则世连非贼，不待辩而自明矣。瘸子牛隻，刘一供系偷窃之牛，而邻佑董二锡等咸称此牛已为瘸子喂养六载，且又有经纪郭星曾为评价，卖与王奉，所得抽税银四分，则非十五年九月所劫之牛，又不待辩而自明矣。况废疾之人，岂能为剽劫之事，此又理之最明者。二犯无辜，豁之非失出也。

窝虎灭门事

赵五弦

审得王之甲、郭之乙以伙盗而辟矣。复以矜疑而豁，失出宜慎，狡辩难凭，宜宪台之批职详核也。仰尊复讯，之甲之欲归故里而又住邻邑，盖其时故里凋残，土荒人散，兼之相距不过七里，又素为梨园子弟，师与友皆在于斯，是以托身而止耳。之乙虽非素识，而路遇同行，原欲寻地耕种，蚩蚩之氓，到处为家，萍聚一方，相依为命，无足异者，至于赃数相同，当初谳之时，持原单而讯之，箠楚之下，何求而不得耶？夫伙盗重情也，大辟重律也，情真则论死何辞？律疑则议宥非纵。此一案也，以为无辜之冤狱，则已被赚入伙矣，不可以为冤。以为不枉之信狱，则又无赃证可凭也，不可以为信。立法之权，宁失不经，亦祥刑至意，应与刘存德等，各仍原拟。

拿获大伙强贼事

赵五弦

审得王大等劫张所学，当被擒获，盗情最真。以不得财之故，遂从末减，似乎宽纵矣。仰尊宪批，细查律文，其入门行劫，正律所谓“强盗已行”也。其登时擒获，未尝劫得一物，正律所谓“不得财”也。律重强盗，得财者斩，自盗言之谓之赃，自主言之谓之财。使或为本主所拒，或为邻保所援，则盗之强虽行，而主之财未失，概以斩论，网亦少密焉，不妨宽之矣。前招所拟，于律允符。

违旨诬命等事

赵五弦

杨月甫等一案，拟盗拟奸，皆疑狱也。彼时越墙进院，止持铡刀、酒壶一二微物，又旋弃之。而李振琏父妾李氏、王氏，当时未经对质，今日又已改嫁。论盗无赃，论奸无人，其中情节，不无锻炼而成者矣。总之，重衍等市井恶少，流荡不检，其人皆可诛之人。而论法，无可死之法也。按律究拟：因盗而奸者斩，情轻法重；依窃盗不得财者笞，又情重法轻。律以“无故夜入人家，依重杖决”，情与法两得之矣。

大盗焚劫事

李少文

审得刘智九被盗，在崇祯四年八月。逾月而就擒者四，则罗文、漆永、黄君三及窝主巢胜三也。未获者三，则李明吾、张七、罗明四也。事经四载，而案犹未即定者，以各盗屡供为“挖孔进门”之窃，失主又坚称为“杀人放火”之强耳。夫强而诡托于窃，或出黠口之求生，然行强必实有其形兼有其具。乃问其偕行之党，则寥寥数人也，问其所挟之具，则止一铁钯齿也；问其入门之状，则钯齿之剜窦五盗入，而漆乃传递于窦外也。至问其火屋之故，则新九觉而入厨房，射中一贼，仓皇路迷，以茅柴点照奔逸，误落而焚燎也。从来大盗劫人，必制缚其主，此独一惊弓而鼠窜，入无胁主之形，出无拒捕之迹，强者固如是乎？即罗文自供“新九夫妇逃入厨房”一语，颇似逗漏强情，然政使强者处此，彼厨房岂坚垒，乃退缩弗入，反致令事主张弓挟矢耶？总之，徒手穿窬，群盗之初念本狭，至遗烬及屋，则主人之受害实深。其先起于忿极而甚其辞，其继遂同骑虎之难下耳。四犯已瘐死其二，罗文、漆永合拟刺配，则各盗无不蔽之辜，而新九亦无不消之恨矣。

空门被劫事

李少文

审得黄圣辅，羽流也，原籍奉新而侨居靖安。崇祯二年十月，有竹林庵僧真清，曾募圣辅写经，三日辞去。至十一月初九夜，真清被盗，次日禀捕衙，并未指名圣辅也。乃伪邀圣辅代为魇贼追赃，圣辅信之，带符书以往，中途忽交捕兵擒送捕衙，而神通法咒之黄冠，大祸及身而不觉矣。随搜其家，得布鞋、布袜各一双，缠袋一条，云是原盗白布袋改者；又称未获长衣、禅衣各一件，则已售去。此俱次日事也。或改变其制，或卖失其踪，何神捷至是耶？且圣辅业三宿其庵，则僧房之有无长物，瞭然在目，宁以一布袋鞋袜而烦六人之大举乎？况大盗涂形抹额，面目已非本来，猥云性智火光中物色之，则亦何用涂抹为矣？圣辅既以熟人行盗，语音必自简点，而与清供云“是夜圣辅亲呼己名”，尤属不伦。果若呼之，性智何不竟指圣辅以告耶？此案全无影响，而陷狱数年。圣辅诉鞋袜缠袋原系己物，因与游僧真清争夺香门起衅，则是青牛白马素不相容，而弓影杯蛇，适逢其似，遂不免误入耳。盗情既假，即当开释以拔沉冤。真清以“疑似”而冤及无辜，本应究拟，念失盗情真，姑免议。

擒获强盗事

李少文

审得大盗至人赃并获，伙党毕供，则狱成无疑矣。若游执之被擒，身堕溷中，尚自手携布袋，甫经捕鞫，辄复口报多人，执固先已自居于死路，谳者又谁为曲启其生机？然究竟虚不掩真，其一段误罹盗网之根因，无难一一勘破者。陈良鹍以十二月初三日夜失盗，正严寒凛冽时也。执纵枭雄，岂能赤身赤脚以行盗？而裸体就获，则供称“醉卧间忽闻喊声，不衣而起视”者，其情近真；即不必有杨梦、唐三等亲见其就炬向暖，而早知其非场中人矣。且执固失主近邻也，屠狗之夫，人人稔识，一旦行劫，岂不为涂抹变形，乃至以平时面目尝试于比邻？及跌入坑厕，身已被擒矣，所得之赃惟恐弃之不速，尤坚持不放何也？明是偶拾盗遗，趋厕自匿，贪夫本相，至死不忍释手耳！庸讵知此

不忍释之布袋，遂成不可解之大狱乎？此时捕官率兵御贼，尽被脱走，颇干职守未便，又安得不向有据之游执而深求之也？驳谳再三，本犯洵应开网，独怪其不辩己之非盗，而翻以盗扳人，挟仇妄供，致平民累累受累。若竟释之，何以谢众枉耶？合拟狱囚"诬指平人"之律，坐徒。刘细、李栋或以首拔马尾成仇，或以挟买草履有隙，虽平时未必端人，独此案允为无妄。同扳八人先释其六，此二犯久系，亟豁犹为晚矣。

强盗劫财事

沙县令王芦人　讳泰徵　歙县人

丁一以佣奴为盗魁，其与周思九等伙劫邹清也。有同党匿赃，复为同党所窃，而鸣诸人，矢诸神，以致展转败露。异哉，强之中多一窃矣。查二犯禁系几四十年，审决二次，年已逾七望八而安然无恙，则信图圄为福堂，而盗跖之多寿也。不知可徼例得免否？

劫杀惨变事

王望如

审得杨大、杨文，兄弟同劫，获自当场，律以大辟，允当国法。而初审再审，仅拟配者，因杨天赋铁骨，严刑屡讯，不吐寸赃故也。历年既久，赃物益销，倘复再究真赃，势必反扳良善，徒蹈从前故辙，冤命必多，狡智愈长。若竟大辟，未免借口无赃，终开黠贼展辩之端。莫若一流一配，早畀遐荒，以慰失主孀孤，以绝禁城盗脉。情法允协，伏乞宪裁。

失盗事

赵五弦

范之甲等逼盗诬扳，郑之乙等因扳成辟，宪台亲鞫，业已洞若观火矣。遵取各犯细加推讯，刘文彬既开心供实，之甲等亦俯首伏辜，亟当昭雪，洗彼沉冤。至刘文彬以赌钱之衅，被枪手之诬，所诬之赃，总无的据。其云“盗驴一头”，系之甲传道路之口，原无实迹。若有之，亦窃盗，其大盗也，况其行窃又无据也！强盗重犯固难轻出，死罪重情亦难轻入，岂得曰“成案难翻”，而致有沉冤不洗乎？不独之乙一犯当为昭雪，即文彬总属矜疑。之甲冤民为盗，准徒非枉。

贼情事

太原太守蔡莲西　讳祖庚　江宁人

看得阎三小子，年方龆齿，讵怀盗心？祸因胞兄阎九成，素与马二等同聚萑苻，革面归化，编伍食粮，兄之同类，弟未有不相识者也。及马二等鹰眼犹存，复逃定襄，偶遇小子，小子如逢旧识，安知其为逃伍乎？乃相随省兄。二等中途行劫，小子惊惧，始知误入虎群，所以急奔其兄而避之也。所劫钱米几何，四盗分之犹不饱欲，尚能以馀沥残沈及童子乎？无实赃，无现杖，无失物主，而以此愚昧无知之弱龄，入于身首异处之大辟，是岂仁人之心，亦岂明允之法也？马二等既已伏诛，毋容再议。三小子为盗无据，难以律拟。阎九成本不知情，相应省释。网解三面，悉出宪裁，非卑职所敢擅便也。

贼情一　初犯类

席卷事

文太青

看得温恩川，本伏莽之戎，为瞰夜之客。摘木耳不盈筐，主者已觉，而组其颈矣。徐士已偕出而独遁，被收厅事，不痛而服。据其匿影山林间，尚非田园之比，赃又不满贯。杖而批枷，庶绿林知敛迹乎！

申报抢劫官银事

李少文

审得宜春县书手尹相汤，解银至省，泊船丰城县之老虎口，其银载桶中，无人而知之也。时旧年十二月十三日，邻船周明一、文乾始、周吉士各宿一舟。至三更，乾始起视篙篷，窥见相汤船内米物，辄起盗心。约明一、吉士共窃以卒发。而明一之家即在崖上，遂并约周权一、周道一、周闻一为接应，潜入舱中，盗去食米衣被及桶一只。登洲启看，始知为大锭官银，惶怖埋沙土中，止取出五十七两六钱。除分散一十六两，馀四十一两六钱复埋坡岸中，而明一、乾始仍复守船。比将曙时，相汤惊觉，明一、乾始诡与同叫呼。十四日午后控县，差官捉获，明一供报多人，押取银宛然，县拟大辟者四。盖盗失官银，应从重典，情亦非苛。但“窃”与“劫”则霄壤分焉，据原招止称“蜂拥登舟”，初未实指其强迹也。安有深更行劫而不明火，不持械者乎？安有纠众掠财，而不拷勒，不伤人者乎？安有志在劫银，不罄所有而劫之，尚留一桶于事主，又并所劫之一桶不负之而趋，仍埋于打劫之地者乎？若果行强，其劫时之凶猛，劫后之仓皇，不知何似，两邻船安敢依傍其侧，与之长眠终夜乎？研鞫数犯，的是鼠偷，原从米物起见，因窃及桶内之银耳。当日未获周吉士，错拿周路遵，委属无辜。若文乾始、周明一，本与吉士为始事之人，而造意者乾始也。且供报各犯姓名，押起赃物者，明一也，岂得以未上盗宽之！合无与周吉土、周权一、周道一，并依常人盗刺配，馀犯俱如县拟。

劫财害命事

王望如

审得寡妇黄氏，自安平徙泉城，依胞兄黄寅，典纪祯后屋。黄纪异爨而同居，并无籓篱之隔，此盗情所由起也。黄氏持金藏埋灶下，自谓无人见闻，不知时取时携，久为祯妻所瞷，归而语祯，辄动攫金之想。于某年月日午后，乘黄氏中堂燕语，入室窃所藏，腰缠而出，仍于埋金处挖壁孔，嫁祸东邻。黄氏犹不知也。至次早入半灶，始觉壁间有洞，瓮已无金，旋喊前后左右邻而亲验之，止谓穴穿夜半，因而先有借瓮还瓮之疑，后有借梯还梯之说。先经府控，谳者揆情度理，断无左手携梯，右手携银，且能越屋数间而片瓦不动者。况桁杨拷掠，铁骨利口，抵死不招，遂成疑案。今奉宪批，并府堂牒审，卑职备阅前招，图维展转，已约略其二三。及亲诣祯家，踏勘房屋，揣度情形。壁孔既由内穿，益信前谳者疑纪祯，并疑黄寅，非无卓见者也。后因寅缢死，赃无实据，案属空悬。因念同室盗金虽秘莫予知，岂无有从旁廉其状者，遂悬赏十两以待发覆。次早即有纪祯妻弟李寿，手持片纸，供祯用银凿凿有据。夫寿不供其盗金而供其用金，谁无积镪遗铢，安知所用非其自蓄？且寿一不辨菽麦之痴儿耳，又安知非密受人指使者乎？岂料两造对簿，李寿呐呐不能言，纪祯则痛哭流涕，自谓前生冤对，不待加刑，早已和盘托出。真情既吐，律拟何辞？独异此犯不盗于更深，而窃于白昼，攫智极狡，卸害甚工，假非李寿开单，黄寅冤终不白。纪祯恶得无罪

哉？但寅系在官人犯，且属自经，审无别情，相应免议。

捉获真盗事

漳州二守陈斯徵　讳开虞　富平人

吴子光之为盗，颇有剑侠之风。其窃戴伦家也，毙四犬而妙在一声不吠，罄所有而苦在一线不留。又令窗扇不开，门扃如故，俨若从天而下者。至伦夫妇天明欲起，索衣不得，索裙不得，并索鞋袜褶裤而俱不得，始知被盗。岂真善睡所致耶？以贼得窃中三昧耳！更可异者，即以本地之赃售之本地，不虑失主觉察，既觉而讯之曰："是我家物！"彼即应之曰："是汝家物。"执之送官，官问曰："汝是贼否？"即连应曰："是贼，是贼。"噫！此岂偷儿行径哉！或以世无知音，欲借此举以显技耳！查所盗之赃，纤毫未动，追给戴伦，易于反掌。但此贼非寻常之贼，不得以处寻常之贼之法处之。欲为地方除隐害，则有不止于刺配者。倘惜其材有可用，贳罪而编入队伍之间，亦杜患收功之良法也。

贼情二　迭犯类

斩劫事

李心水

复审得毛二之为贼，盖三犯矣。痛定觉甘，故疾复发，殆死而后已者也。试取原招阅之，始盗于谢，继盗于邬，案若列眉。惟张姓耕牛一盗，犹未获物，"年久花费"一语一已自供，虽肉去骨存，想亦不肯自加标题，以作案券耳。该县初拟绞，继拟配，非以无赃之故，曲为游移，只以查律有云："赦前一次，赦后二次，俱要奏请定夺。"一之初犯曾以赦免，应在请例。若二而一之，三而二之。姑置初赦于弗问，故从轻改徒，以再犯论耳。

窝盗事

李心水

审得张肃秋等之为穿窬也，初词原供伍文祥、汤秉正皆同类。无何而穿穴之黠鼠，忽为离丘之遁狐。今秉正续到，犹高视阔步，口称生员。岂夫子之墙数仞，不得其门而入，遂以梁上为捷径乎！秉正，秉正，其可谓梁上君子矣！今提肃秋等互质，其互相攻发，若合符节，合“拟徒”谬示惩。其毛胜秋之以顿赃革也，则因妻受累；姚文楷之以谬保革也，则自作之孽。然窝赃实不知情，轻保非即同伙，所当以革免拟者也。若伍文祥屡提不出，望光而遁，技亦穷矣。伊子生员伍晋者，但可为窃负之逃，遵海滨而处；若犹腼面青衿，恃此为若翁护身符，恐此符亦终碎耳。合先“拟杖”示惩，如过三日不出，则有行毛姚两生之革例在。

被盗事

歙县令傅野倩　讳岩　金华人

曾阿三两配两逃，三年三犯，何其窃之数而不知止也！假令稍缓其期，或已徼恩例矣。观此中窃者多系耕牛，而阿三尤甚，若使此辈不重惩，恐田野之荒而不治也。

被劫事

李少文

水口之罗，族大人悍，逋粮健讼，如蛮如髦。相率而为盗，又相率而庇盗，其常也。今罗冒直鼠窃之魁耳，适族盗之获者锁于其祠，乃乘夜纠众以篡之，至伤及捕官捕役，则按法应诛矣。舍轻罪而从重刑，实自投宪网，而谁能贷之？

盗杀事

靖江县令陈木叔　讳函辉　台州人

异哉，张靖十一之为盗也！捕被革则为窝，窝被访则行窃。以桁杨为衽席，臂间无可容针；视驿舍若蘧庐，配所何尝暖席？比鼠偷复试于龚家，而牛爪竟伤夫主额，则又三犯而兼之拒捕矣，斩复何疑！

窃盗事

彰德司李刘兰嵎　讳珖　莱阳人

杨双以三犯窃盗论死，近儌恩例，题请改遣者也。然细阅原招，有不能为双解者。初犯窃蔡仰溪铁锅，以赃轻刺右杖决；再犯窃叶文家银锡衣物，刺左配盱江驿。蒙赦诏革免。无何复率群盗盗邱冠、景柏两家财物，及获而拟罪，此不已三犯乎？乃蒙上台宽宥，以初犯未配，免其绞罪，姑发车盘驿摆站，则已儌格外之仁。乃役一载而逃回，聚众买舟为盗，而张胜、吴古两家财物，复遭其席卷矣。招称本犯儒巾服色，役使同侪，往城游戏，掩人耳目，则以鼠狗之质，袭沐猴之冠，事在难防，情尤叵测。且以四犯为三犯，固已赊一配而饶一刺矣。况再犯以赦免，三犯以逃归，而皆未终配乎！总之，本犯天生贼骨，手善窃而足善逃，若儌例发遣，恐更贻累地方。如招所云“戍以定其罪，牢以圈其身”，此防奸之至计也。

白昼盗杀事

镇江太守陈九屏　讳珣

谢仁墨臂惯贼，起手充兵，盗心不悛。瞰邻人胡兴之藏，当岁除日，值其夫妇偶出，遂入室而乎攫之，犹然窃盗故智耳！独于稚子之认呼，乃以斧击其脑，血流昏踣，则与窃盗伤人之律合矣。虽幸而得苏，似宜末减，然律重杀伤，不论死不死也。反覆律例，欲为此囚求一线之生，第盗后分赃之人已从杖配，则上盗伤人者虽与同科，欲改戍又无明律，真所谓求生而不得者也。

群劫伤命事

蔡莲西

曾宇明六窃一劫，死有馀辜矣。乃三覆爰书，不无疑窦。据招窃赃累累，无次不分也，追失主认领时，本犯名下竟无一物。盗之日距获之日非久，即云花费不存，岂同伙尚委积，而本犯之销磨独尽哉？其劫彭年家又止棉被一床，夫棉被亦民间常物，未见有何记验可凭。且上盗仅四人，彼阀阅子衿，岂无守御！城居稠沓，而寥寥数贼便思斩关，其何恃以不恐？此事理之必无者。当其入室也，时已三更，借有强形，不知何如凶横。王氏一少妇，方窜匿之不暇，何暇抱妆箱以伏？彭年非幼稚，何不奔闻邻佑？而邻佑亦无一知觉之者，又何也？至行强定资凶杖，岂拆墙破门，斧刃不载，只携一铁凿？是非借之以雕挖者乎？盖本犯实狗盗之雄也，毕竟此番仍是穿窬行径，事主张皇周内，遂云变窃为强，即王氏死因，不称持械击伤而云箱撞，则当日无械可知。无械可曰强否？若窃盗伤人，业坐刘伟矣。四犯中其监毙者三，虽律有"皆斩"之文，而不曾助力，不知杀伤者止以窃论。本犯屡窃未经刺发，又未可以三犯科也。改辟为配，一面可开。

窃盗已获事

蔡莲西

朱四郎桓东少年，梁上君子。由父而及于子，有家传贼经，为盗而复兼窝。构幽岩隩室，屡偷屡配，臂已双黥，屡配屡逃。罪无三犯。新赃既出，旧案昭然，欲惩鼠窃之风，合正雉经之律。

案盗劫民事

平阳兵宪吴采臣　讳盛藻　和州人

审得胡守二两臂俱黥，黥而复窃者五家，三犯业有定辟。第吴阿一亦守二初供之人，在五名内者。今熊宇十、王八九、王皆十、熊俊五，各系真盗，别案被获；

而阿一岂得为鸡群之独鹤耶？且毛仙、罗天十先到阿一家，邵仙、罗兴尚未往也。据云吓诈，然彼口称为之斡旋，为之打点，并未言及为之申雪，是又其真盗之一验矣。而阿一两告抵拘，五提抗结，以致党逸赃消，令谳者有深憾焉。若所告诈财数目不同，名字不一，总由其中心惊惧，舞笔奋词，此正肺肝之可见，而情事之莫掩者也。守二之始执而复改为教唆者，盖其初获时良心犹不昧，久而狡计日生，彼且能以失主认定之赃妄称为冒认之己物，又何难以供实之阿一改而为教唆乎？总之事经十年，则真伪愈乱；人越两府，则町畛易分。今既不能起邵仙、罗兴于九原而讯之，惟据守二之呶呶，方欲辩己之盗，讵肯证人之窝！遂与初情判然两截，狱案之不可不早定也如此哉！所幸言词可变，两臂难更，守二之绞有的据矣。查第二犯，赃止方巾一顶，沐猴无自冠之理，市卖非高价之物，窃此何为？虽不免侧隐于仁人，然既已成其二犯，从何处可开一面也？吴阿一窝盗即无赃证，诬律难宽。毛仙之告原属假兵行骗，既未得财，姑与白役罗天十，暨党恶硬证之陈各杖。

捉获刺贼事

黄石公

卢安以三犯窃盗，拟绞未结。淹禁多年，节经恩诏，非常赦所不原也。及审再犯，失主王伟，原系亲属，当日竟坐以刺配，未免太重。查亲属相盗，及卑幼私擅用财，律止于杖。及赦前断罪，若处轻为重者，当改正从轻。屡蒙宪驳，安罪应一杖二徒，而前已两经刺配，则此时剩罪，惟一杖耳。及查犯罪年月，俱在赦前，即杖亦应豁免矣。夫安原系绞犯，虽淹禁四载，逾于发配之年，固其应受者。一旦改重从轻，以生易死，且绞而徒，徒而杖，杖而免，真白骨而复肉也。但恐惩诫顿忘，饥寒在念，囹圄之福堂乍远，箧囊之故智复萌，则幸不可屡徼，法不容再宥，岂直地方之害，抑亦身命之仇也。令虽免其徒杖，合无准刺盗配流例，着落地方，令其充警，则以盗御盗，或可得其死力；而本犯借以创艾，亦不暇为非矣。

发审事

秦瑞寰

沈应元生成贼首，屡纵屡犯，正如灯蛾就火，固不死不休者，人亦无如之何矣！远遣为当，即详行。

申解盗犯事

扬州司马翁维鱼　讳应兆　辽阳人

西溪巡司审解盗犯一案，研鞫再四，终无异词。据事主刘九叙所报，原称“失去耕牛四只、衣资囊物若干”。是夕一举两处，有“刘家河地方，亦劫去耕牛七只，当被追赶，随舍衣服等件”之语。夫劫资之盗，不利重而利轻，不利蠢动而利细软，盗金帛而兼盗耕牛，原属下策。迨知觉追赶之际，二者不可得兼，则有弃重取轻之法，必无抛细软而恋蠢动之理。即其盗去耕牛一言，无论衣服之有无，便知其为窃盗，非劫盗矣。况自耕牛之外，馀赃一无所获，止以虚供入案，更不便于深求。想当日该司箠楚之下，为窃为劫，有赃无赃，正自何求弗得耳！今欧二等业已瘐毙，可置弗论。据洪麻事极口称冤，张枣儿供子虎儿为贼与己无涉；然既与贼交，必非善类，亦未有子为贼而父不知情者，各拟决杖，非纵非枉。卢三济盗牛是实，按律刺配，何说之辞！

【眉批】此之谓片言折狱。

大盗屡犯事

兰溪大尹陶康叔　讳三宁　武进人

瞿五积年鼠盗，初犯于崇祯三年，获拟刺杖。次犯于崇祯五年，刺发武林驿摆站。今犹技痒不已，潜入客舟而窃其辎重，次日即为弓兵所获。赃经主认，拟之三犯，谁曰不宜？但所犯一在革前，拟以重辟，必须奏请，转为狱案之累。今查其初次所犯，止以一衣之微，既杖而复刺之，不无稍苛；合以今番之窃，准其前刺，仍以徒惩，未审足蔽其辜否？伏候宪裁。

贼情三　诬民为贼类

指贼拷诈事

文太青

段廷甫、张达道俱郏下人，而冒伊川之籍。据廷甫告达道，指贼拷诈；达道亦揭廷甫，系漏网伙贼。其卷在郏无从凭审。达道固青衿也，指名告廷甫于郏之县廷，称毒杀其三命：骡一命、马一命、马腹有七月胎一命。词之无情而可笑亦至于此，廷甫一就讯于郏令，即可决其雌雄矣。乃不赴理而为起衅之词，两证俱未至，难悬断而曲直之。原被皆郏人，合无仍批本县，俾得据卷据证，而甲乙其哓哓之口，二丑庶几心折乎？

敕并事

李映碧

审得鄞县监生张荣衮系张宦子，而王士铉则其损友，张福则其倦奴也。荣衮览胜象邑，遇雨中途，求憩于大雷寺。乃寺僧桂轩与其徒明宇闭门以拒，此大不近人情。及排闼直入，而见斗酒盘蔬，寺中未为乏也，勉留一宿。彼士铉与福等，介介于礼节之太简，而口出怨言者有之。及黎明脂车，则衣帐二件，已有物摄之去矣。

夫梁上君子伏于空门，彼护法之伽蓝安在？独为张福者，何鼠窃已及，犹蝶梦未醒也？简物不得，尤及寺僧，亦常情也。胡桂轩不为菩萨之低眉，明宇且为金刚之怒目，张生“机劫”一词，非责其偿，盖恶此竖之无礼耳。合杖明宇，以为好刚使气之戒。

斩盗事

颜孝叙

莫秀明、胡秀寰俱乡农也。因前月某日，有客贩牛投宿于李明宇家，茅房浅窄，门户不牢，当野牛即断绳逸出，莫知所之。适秀明往山挑水，见洞外有牛迹，洞深影黑，不敢入视。归商于邻居胡秀寰，执火入洞，牵出黄牸牛一只。适李明宇追寻过此，即执为贼。夫牛果为二人所盗，则失于二十七，获于初一。此四日之中或宰或卖，必当速去以灭迹，而犹盘桓于洞侧，恐世无此雍容暇豫之偷儿也。且牛果被盗，牛客何不禀官缉捕？乃仅托主家寻访，恐世又无此得丧不惊之失主也。总以二人谋寻失主，希图获赏，乃赏未获而先获盗名，不亦冤哉！相应释放宁家，其牛着明宇领还原客。

诬盗害良事

颜孝叙

李正凤乃李朝华犹子。凤即不谨，亦当训以义方，奈何凭一影响之裤，而据指为贼？不有其侄，并忘其侄所自出之兄，亲亲之义安在哉？虽经议息，杖无容贳，仍杖正凤者，俾愈知有尊卑也。

究盗负恩事　债

淳安县令张梅庵　讳一魁　三韩人

生员施肇、施森，同胞手足也。祖有遗资四百两，埋之邃室，祖密识之于父，父密识之于母，母亦秘而不言。迨今岁值奇荒，家道消乏，母氏始露其言，指点埋金处所，二子急往求之，则前银已不复有矣。家有佣工施可进，疑其知风窃取，因以究盗控，不知此银埋之于祖，儿媳之外，即亲孙尚不使与闻，况佣工之仆乎？夫财为神物，名曰"青蚨"，以其无翼而能飞，不胫而能走也。神移鬼运之事，不尽荒唐，苟非所有，不能禁其不去。且两生子衿也，倘能奋翮青云，安往而不得富贵？不然高明鬼瞰，多藏厚亡，又安知塞翁失马之非福乎？风影难以株求，窃铁未可悬坐，两生于此，第付之蕉鹿一梦可也。

【眉批】痴人前不宜说梦，独是此种痴人认真太过，正当以幻语破之。

究盗明冤事

五台县尹叶亮公　讳自灿　义乌人

审得蒋二者，某宦之仆。宦延词客周某于别馆，拨二与俱，供使令也。上元之夜，客走马观灯，二执鞭随之。主人以馆户不牢，虑客囊有失，自为监守，而拉一侍妾相随，或守馆其名，而狎姬其实乎？讵料事出不虞，反以防盗而致盗，客囊所有之四十金即于是晚失去。最可异者，金去而囊存，暨伴囊之烟袋、衣物皆纤毫不失。只见囊为刀裂，有缝长尺许而已。客归见此，询知主人与侍妾偕来，其为妾盗无疑矣。某宦独信其无他，且知阖门以内，并无一探囊之人，而窗户不启，又不便疑

为外来之盗。此非本县搜索枯肠，度之事中，而求诸迹外，有毕世不明者矣。据宦所开家僮十数名，悉经研审无据，独蒋二一人不在所开之列者，以二随客观灯，出入与共，绝无踪迹可疑故也。本县独谓窃金之人不在彼而在此，因令捕役密缉，亦

似无踪迹可疑。迨本县招周客饮，二随客来，本县顾之而色变，及顾之再四，则气馁而思遁矣。本县叱而缚之，威以三尺，则割囊取物之情事，直招无隐，押取原赃，即席定案。折疑狱于杯酒之间，岂非谳牍中一快事乎？蒋二盗财有据，冤及多人，律究无辞；但该宦欲慎反疏，致爰姬抱屈，殆亦假公济私之报也。

资治新书初集卷十一判语部　湖上笠翁李渔搜辑

奸情一　淫烝类

盘获妇女事

倪伯屏

张四以人奴上烝主母某氏，复进其同类，相与宣淫，且共挈以逃。氏伪男服，非巡司之诘，不几漏网乎？致宦父以气郁陨身，士夫以含羞祝发，而淫妇乃投缳焉。即寸斩张四，不足谢诸人，恨法无可加耳。

奸盗屠孤事

秦瑞寰

某氏生有三子，不能安室，而与两臧获为伍。不戒卧榻之搜，翻为淫奔以畅欲，未亡人之举动若此乎？氏与王有虽遭冥诛，采芹即榻下人也。斩以谢主，谁曰不可？

淫烝灭伦事

侯筠庵

品莫严于士，行莫丑于淫。况上烝之恶，律禁详切，岂以列名胶庠而可尝试者！洪丙生名厕儒林，俨然士君子之号，顾通奸祖妾，至于怀孕无忌，有腼面目，视人罔极。即日读书不读律，而“墙茨”“中冓”之刺，亦冥然不闻与？前宪斥为衣冠禽兽，宪台驳谓“地方有此，殊属不祥”，皆深恶而痛绝之，职又何敢代为请命？但按律议法，“五服之外则杖”，盖亲以尽而法渐轻，先王好生之德与惩恶之典并行者也。王氏分为祖妾则已卑，亲越五则已疏，恶恶则诛意，行法则援律，褫衿杖惩，似足蔽辜。现奉院檄祥刑，相应呈请祝网，姑开一面者也。

强奸服婶事

李映碧

高之甲者乃高某侄，而季氏则某妾也。之甲以犹子之亲，时出入某室内。季氏亦婶也，岂若叔侄之携妓东山，而野花可以共玩者乎？适其远行，季氏独处，之甲乘醉暮往，季氏闻勃窣有声，且疑偷儿至矣。迨披衣起视。则之甲也，于是呼捉奸贼，而之甲始弃鞋走。今取季氏手中之鞋，俾之甲以足承之，则足蹜蹜如有循。噫！不知足而为屦，何巧合也！有此为券，盗婶何辞？本当从重究拟，念其所到之处，去季氏卧榻，尚隔空房一间，犹可借口以宽其罪。从轻拟罚，亦云幸矣。乃之甲犹有饰辞乎？则试问季氏在也，汝何为而入？

奸情二　强奸类

强奸机盗事

纪子湘

审得某氏夫故子稚，往依母家，胡国相贴邻窥艾，白昼闯入，揪而逼之，色胆亦太无忌矣！幸嫂张氏闻吼惊截，以得不染。浼亲证周耀、董凤仪劝息，是难以丑事自污，并污人也。至抢银之说，研审无据。捉奸时手脚忙乱，求色不得，何敢复及财耶？冰霜嫠妇，蒙此奇羞，其罪难蔽，以众口坚请，始开一面。今而后为行多露，不卜其夜，且卜其昼矣。

奸媳乱伦事

文太青

看得田守成以雄狐之绥，忘聚鹿之耻，迫子妇某氏十六岁之稚齿而污之。闻控即逃，访拿半月而就执。使非情虚胆寒，何不挺身昂首而自直也？犹称子妇不谨于庖厨，而烧房惧打，敢为血口以诬之。及审其两邻薛应贵、张元，特孔有微烟而椽未见火。况王氏之奔归在初八，非初三，则其遮辩不情亦明矣。盖其初求奸之见格，则有所夺之，翁帽可据，本县既试其顶而符合者也。既强奸之遂媾，则有所碎之妇裩可据，厥妇又见着之，而扯痕燎然也。妇即日而奔归，其父兄抱恨而诉之通衢，守成惧罪而遁诸遐野。舌既三缄，罪应大辟，戮此籧篨之凶，涤乃新台之愤，庶渔色于下者知警，而人伦不委于行禽矣。

窝叛劫掳等事

赵五弦

审得马白郎等一案，历审游移，情态屡变。县之初审曰“盗”，再审曰“奸盗并行”。职细加研讯，虽平时之党洵为伙盗，而此日之举实为行奸。盗无赃而奸有据，与其坐以无赃之盗而开后辩之门，何如律以有据之奸而为当情之罪！夫连氏一贫家妇耳，携其幼女而寄养于张明之家，茕茕孤嫠，原无长物。白郎等伙党而至，何所利哉？利某之妻某氏，并其妹小四姐耳。盖某氏素有淫行恶等，屡以目挑。一旦乘兴，索某氏不获，随拉其妹而出，易地轮奸，惨不可言。即皆坐以辟，似犹未足蔽辜。但张来、李居五皆已瘐狱，难起九原而问之；马白郎、朱成强奸有据，律绞无辞。鱼小春、牛守已虽系同行，而实未成奸，姑从末减。至马应瑞豢养奸党，不能钤束，祸生肘腋，阶此厉端，固亦难免于罪。但查前后两审，并未供入同奸，且各犯亦未扳及。今小四姐以已破之甑，血口横污，又何可轻信也？

庠奸败化事

李映碧

审得生员顾念勤有田二亩，为郭之甲佃种。念勤一日亲往索租，人杳然也，问之甲何往，伊妻叶氏以他出应。念勤艳其色，遂为入户之挑。叶氏拦阻之馀，遂至揪喊，于是叔姑胡氏、徐氏踉跄而至，一雄不敌三雌，念勤始有裂冠毁发之辱矣。之甲之控岂曰无名！叶氏村姑贫妇，而有烈女子风，据胡徐氏口供，谓其蝉噤不甘，几欲自缢，曰："吾头可断，吾身不辱也。"该县捐俸之奖，诚足示劝。彼念勤者，须眉丈夫也，得无悔其移步之错，而有愧巾帼之铮铮者耶？罚谷示儆。

【眉批】不必远引古人，即以所爱所慕者愧之。

强奸杀命事

赵五弦

审得仲向道，鸟兽行也。与陈某分属翁婿，其继岳母孙氏年虽少艾，犹之乎母也。辄敢伺隙凌犯，裂衣强奸，以致孙氏饮恨自尽。伤哉！孙氏有古烈妇风焉。上淫曰"烝"，明干无上之条；强死曰"厉"，幽有难消之憾。所当遄殛，以正人伦者也。

【眉批】二语更辱于蒲鞭。

奸情三　和奸类

斩奸事

周栎园

审得富民翁怀泉，广债蛟州。冯某则兵捕而开张米铺者也。有妻某氏，婉约多姿，时露风情。与怀泉缔拜义父，眼下心前，久订桑中之约矣。怀泉之抵郡，以为东道主，亦曰："此铜雀别馆"耳；而冯某且以是为奇货可居也。察缔拜以客岁六月，冯某适有东瓯之行，其天假之缘耶？抑某自识为眼中钉，拔去以予二人之便耶？昔何以和？今何以捉？夫怀泉固贾人也，惜玉之心不胜其惜金之心，所以来二十夜之叫啤耳。玉美观之灯炤，陆敬之保认，怀泉即百喙何辞哉？而某犹激切欲休此妇，以洗秽浊之名。试问捉获之时，胡不鸣官而须之次日？即云置酒憩息，卧榻鼾睡之恨，岂杯酒可消者哉？亦从前知情之一证矣。怀泉设财渔色，冯某卖奸诳禀，应分别拟杖。

兽衿伤化事

文太青

柳木源以章缝之流辈，而收他人之弃妾为专房，诗书居然扫地矣！至令失窥观之女贞，而为桑中之奔，良可嗤也。张氏之无良，竟抱愧于鹑鹊，据其素行。应蒲鞭之辱，姑免决杖，留可嫁之门，准收赎而归其父。

奸杀两冤事

颜孝叙

沈继文中年乏嗣，娶妾延宗，讵某氏之不端，不畏行之多露。若孙子柏艺业裁缝，乘机赠芍，谓纤纤女手，可以缝裳，遂致嘒彼小星，甘与同梦。律以“和奸”，亦复奚喙？

首奸事

李映碧

妇人以淫获罪者，惟艾氏差可原。盖缘伊夫蒋成，坐殴死人命拟辟，则一切馒粥之需，非艾氏谁任哉？夫家既无舅姑伯叔，已家又无父母弟昆，嫁人乎则夫馁，洁己乎则己与夫俱馁。于是以逐水之苦情，为点金之神术，此里人周全所以私其妻而饲其夫也。全同族弟周党，涎艾氏而谬希朋奸，艾氏拒之，亦曰“一之已甚，不可再耳。”若何为党者遂以奸首也？今召艾氏廷质，则两泪流颊，若不胜情，谓“恩莫深于夫妇，而痛莫切于饥寒。嫁人不可，洁己不能，只因心苦以致身辱”。尔时问官闻此，亦惨然色动，谓艾氏处此奈何？若使蜣螂之秽饱，改为玄蝉之洁饥，义也而非情矣。于是代此妇谋，令书其事于衣裾，以持沿门之钵。夫乞之为名贤于淫，是或一道也。周全淫而不义，周党妒而不情，应分别杖惩。艾氏已经薄治，合免的决。

宪斩劫妻事

李映碧

审得宋敬者，已故银匠周某之徒。而沈氏则某妻，周氏则其女也。先因敬以师弟故出入某宅，心涎周氏之艾，谋纳为小妇。适某以疾故，遂假助丧为饵，且出银三两，赁沈氏之宅以居，盖贿母以通其女也。然敬与周氏年齿远甚，引秃鹙以耦乳燕，彼沈氏者非眼内无珠，直目中见金耳。“借曰未知，亦既抱子”，非沈氏之纵而谁纵也？迨绸缪既久，遂欲以鹊桥之偷渡，为雁币之明将，同族英十等麾其聘物，亦正理也。有同姓异族之周士龙，因联滕薛之居，硬主秦晋之好，合谋英十，勾徐永之子徐一以配。兹据敬口供，谓一“非娶也，抢也。”夫以数十人往，而盛其拥卫，则亦虑敬有竞婚之谋，其实为娶，其迹似抢耳。兹召徐一面质，则翩翩少郎，而敬颇有戚施状乎。况彼周氏者，迎新有同覆水妇，睠旧不作卖饼妻，业耦一三载，生子一人矣。若令宋徐两家儿俱呱呱公庭，不独两夫之间难为妇，抑且两子之间难为母。今宋儿已死，惟徐子在，合断归徐一完聚。仍于徐一名下，量追银六两以给宋敬。若敬之隐奸为聘，欺矣。姑念言虽不实，事属有因，其以淫夫为出夫也，一杖有馀愧焉。

杀父谋占事

李映碧

审得戚季、戚仲，虽远族弟兄，然同姓不婚，此礼相传已久，无容假借。戚季颇无冠玉之美，窃效陈平之风，先年与仲妻某氏，不顾宗盟，辄恣野合，固已贻相鼠之讥矣。未几戚仲物化，氏改适他姓；未几其夫又物化。季与氏藕丝难断，暗拟续胶，名曰“膳寡恤孤”，实遂前盟夙好。十数年来，氏为之共起居，主中馈，曰非夫妇，其谁信之？氏子某年已成长，而闻娄猪艾豭，藉藉人口，乌能无掬尽西江之恨哉？断着子母移爨别居，其原交产货，限于三日内清还。君扬灭伦越理，本宜深究，姑念此妇已经改醮，而服制又疏，杖有馀辜，仍罚造浮桥船二只，以涤其秽。

奸情四 奸拐类

奸掳事

李少文

审得临川生员何可进、金谿监生谷嗣欧，俱荐绅子弟，而缔葭莩之好。何男谷女，居室有年，然谷氏佻而何子应明憨蠢，是怨耦也。缘嗣欧第三女嫁李曾，乃生员李泰之兄，应明妇数往视妹，遂与泰通。去年八月，泰诱谷氏并其幼子私奔，比何谷两家告发，泰略无惭悔，携至会城，潜匿朱好十家。已践桑中之期，复动扁舟之兴，临川化为临邛，而廉耻彝伦，俱为扫地矣。及就质南昌，诡出休书婚帖，指李祥为媒证。无论宦门子媳，必不以分镜易铢两，即有之，有不禀命于父母及夫翁者乎？有妹为兄妻，姐为弟妾者乎？今鞫本夫应明而应明不认，鞫可进、嗣欧而可进、嗣欧不认，鞫李祥，则原名张云衢，僦居李泰庄房，迫于势胁，令其顶名赴质者。淫狐虽善幻，其能遁形于光天化日之下乎？真西江一丑行也。《礼》著聚麀，不谓戚里之墙有茨；《诗》歌相鼠，共知公族之子无裳。妇惭咏雪之家门，士愧春城之丽藻。谷氏暂着亲父收领，其离合听之本夫。李泰既不齿于衣冠，决难容于名教，所当先行褫革，仍以“和诱”之罪罪之，庶足以正风化而植防维者也。

宦霸妻女事

赵五弦

审得张士仁奸拐某匠之妻郑氏，情罪显然，无容再议矣。惟是郑氏当败露之日，携女而遁，人莫之知，洵有不可解者。复拘士仁严刑拷鞫，苦不招承，责役搜拿，终无影响。岂士仁之覆匿偏工，而某匠之根寻独拙耶？盖郑氏淫妇耳，人尽夫也！去蒂之花，随风逐浪，既已忍抛琴瑟，何难再抱琵琶？濮上桑间，桃僵李代，固有之矣。今严比原差，复投无踪，甘结在案，诚恐有稽宪件，相应仍照原拟，追断给某匠银两，以完其配；弃妇郑氏，俟缉出另结可也。

天败伙拐事

周简臣

审得沈氏之子，用礼聘某女为童媳。年已及笄，家徒壁立，夫又抱病，某女之一枝外折者，竟逐飘风于陌路矣。据告：同庄杨氏，指伯周应凤拐遁伊家，转卖瓜州。及吊应凤质审，则愚蠢窭人耳！姿非掷果，侠非押衙，能携此女以遁乎？且周、沈相去半里，两间草房，内外洞见如琉璃屏，乃云窝顿十三日，何比邻之皆聋瞽也？而杨氏之首应凤，亦自有说。应凤之弟以六月死，而杨氏以九月嫁，陈国显之先奸后娶，已瞭眸前矣。据诉弟在之日，杨氏业已有私，乃今魂魄未化，遽抢琵琶而过别船，不以急乎？尤可恨者，既谐燕尔之新欢，

犹嗔鹊桥于旧阻，而遂以妄首为报仇之计。幸天败各服其辜，此案乃从别题翻出，岂应凤之弟致死有因，人立之啼，其以是为昭雪地耶？奸娶服妇，本应离异；念应凤孱庸，领弟妇以择配，又增一番业障矣。姑断银十两以当醮聘，一杖示儆；其沈氏之妇，严缉另结。

赏审究结事

纪子湘

审得王仁八，梓人也；其徒方超五，从之学规矩。而超五之兄方超一，以缝皮

往来仁八之家。去年十月间，仁八生理建昌，留其妻某氏于室，超王乘机诱窃，复以其兄超一暨超四为外应，买舟共逃。仁八入其室，不见其妻矣。比控县差缉，随获某氏、超一于建湖，超五遁焉。夫李氏，淫妇人也；超五，弟子之至无行者也。轮扁授斫，技未至于成风；桑濮要盟，事岂同于奔月！扁舟烟水，建湖果五湖哉？罗敷有夫，野合非好合也。合依“和同相诱”律，超一减等拟徒；某氏收赎，断令仁八领回，听其去留；超四、超五，照提另结。

打死叔命事

傅野倩

某氏性同狐媚，行类鹑奔。王华一乃族侄之悍奴，甘与淫乱。及华一之殴伤厥夫某也。若氏不知情，何以厥夫未归，预返亲舍以避之耶？既一往而不顾，又屡接而不回，寻改木兰之故貌，作临邛之夜亡，弃蘼芜犹弃敝屣矣。逃磔就绞，尚有馀憾。

奸情五　奸杀类　因奸致死者并入此

奸杀真命事

秦瑞寰

周卿礼法不闲，淫色是好。袁氏，卿之表妹也。玉镜之台未下，明珠之赠杳然。而深入孤闱，强偕鸳侣。氏之贞心匪石，卿之色胆如天，缚手逞强，喊声惊遁。踉跄失履，休云好事难成；踯躅悲鸣，自分投环一死。香云素纸，足以明氏之志矣。卿斩允当，监候。

人命事

秦瑞寰

邹济妒奸冬嫂，谋杀张宜，枪拐递加，横尸田亩，淫人之凶若此哉！彼乘凉捕鱼者，既有确证，而同行之目击更真矣。长途杀人，起于衽席，风流罪案，阅数十年不结，何也？速决为快。

黑惨事

秦瑞寰

大都谋杀之事，必有所因。李玉与吴仆张某本无夙仇，与某妻周氏绝无夙好，非怨非奸，何因而谋之？况玉之娶氏，借李莲为媒，借妻舅家成婚。当时曾有受礼之人，未见有阴谋强夺之迹，何自某运官京回，忽兴奸杀之状？携妇而逃，亦其避势之恒态，乃竟因此而锻炼成狱。李玉论斩，李瑞且瘐死，不知谳者是何肺肠？恐李瑞不能默默于地下也。今质原告之吴福，名是人非，明供为运官所使矣。周氏供称，运官避乱其家，挟之投靠，收入内房使用，翻似运官先奸后夺。夫死改嫁，不能忘情，故随氏所在，则必有告而深入，以至于此。仰刑官虚公确审，力拨数年黑障，速解报。

杀夫卖女事

秦瑞寰

邱黄枭獍存心，淫恶无忌，欲占王某妻张氏，遂与张经弼计诱合伙，同贾河南。行至僻野，而一持木棍，一持扁担，突然攒击，毙不移时。凶惨至此，天日为昏矣。且欲灭其踪迹，埋尸荒野，奸其妻，毙其幼女，并奸其大女，而转鬻于李翰林之家。穷凶极恶，未有如黄等之甚者。幸氏赚至河北，鸣冤就擒。一经推问，供吐如画，依律拟斩，犹有剩辜。张经弼未正典刑，遽服阴殛，三尺之法不得加于夜台，有馀恨也。歇家陈一德，以不知情免议。小大姐应归张氏；驴二头，变价给主。

强奸杀命事

歙县令倪三澜　讳元琪　祥符人

审得吕敬以访蠹肆淫，窥轿夫郑某为叶姓之奴，其妻章氏生也贱。少而有姿，又复单居独处。每于霜朝露夕，以雇轿为名，直入其内室而逼之。不意烈妇之性湛如也，拒之不得，遂自缢焉。据敬诉称："被嬲二年，继而自悔。"又云："妇非良家，何用强逼？"夫贱其人不必贱其性，即使素行不可知，此日之死是死，则一日之贞亦是贞。而况年才十九，儿止三周，非决绝于义不复生，何忍上弃良人，下捐孺子，而扃户雉经，并弃其身如脱屣也？远近之人，见闻嗟叹，无不欲食吕敬之肉者；尚敢逞其辩舌，诬为"和奸"，又诬叶前为冤对，谬思嫁祸移灾，分其罪于风马牛不及之人乎？斩抵以慰贞魂，断断非枉。

天败判露事

秦瑞寰

周大望有妻诲淫，有财诲盗，姨侄内弟，皆萧墙中人，犹不知忧。乃一旦发韩氏戴剪之奸，不早为之所，致韩正明纠赵敬泉合谋，以致身死尸埋。设无申理之人，不终冤沉夜台哉？乃昭昭不爽，银杯诸物，以妇人得之，亦因妇人失之。谁逼庄氏，令其抱赃出首？正明等死无恨矣。监候。

活杀祖母事

钱塘邑宰张樵民　讳文光　祥符人

胡元为周国祥侄孙，因出继而改姓周氏。身为白捕，窥殷实可啖之家，即诬以贼。被其害者，不知几何人矣，然犹从财帛起见也。迨富而思淫，瞰国祥之女爱贞少艾，欲骗之为妾，遂诬叔祖以盗，殴叔祖母杨氏以夹棍，而胁姑以归，强奸肆志。杨氏以伤重缢死焉。蔑理败伦，百恶具备，斯亦能言之禽兽，无亲之虎狼矣。

即寸磔以谢三人，当不为过。而法止一斩，恨无可加耳！速之为快。

活杀女命事

赵韫退

钱科保行同狐媚，性本豺狼。与陈合浦鸡奸成好，仰食其家，私通刘氏。合浦既为代聘完姻，自当各宜家室。乃因某氏恶其分爱，日加窘辱，遂甘心手刃其妻。伤哉曾氏！以未弥月之新妇，何罪何愆，立殒凶顽之手？更可恨者，科保取刀于某氏床头，某氏恬不劝止，且以两可之言激其一往之气。奇冤惨变，总一淫妒之心所使也。科保故杀无罪之妻，绞抵曷辞？刘氏律以“通奸”，尤属轻典，应照同谋殴人至死，虽不下手，辱及同行知谋，不行救阻者律，杖一百。陈合浦卧榻之侧，容留匪类，淫妻悍厉，懵然弗知，变生祸作，犹代之刺血伸冤，并加杖治，以儆非夫。

奸杀异变事

陶康叔

汤策三蔑兄盗嫂，麀聚宣淫，人道已同于马牛，馀肉应弃之狗彘。虽中冓之哄，侄得叔以解纷；而人言之羞，妇遇姑而增赧。戈氏既甘心于经渎，策三宜毕命于投缳。

人命事

陈麓屏

妖僧许喜然倡教白莲，愚民煽动。卫胜八方奉之为佛，而某氏旋谓之为夫矣。锡飞西蜀，携来巫峡之云；履窃东墙，摄入摩伽之席。爱河溺性，怨魂先沉；火宅焚躯，冤骸被烬。伤哉胜八！媚秃首而断其发妻，信符水而没其生命，依沙门而得其火葬。果报若斯，邪魔亦可畏哉！有“因奸致死”之正律，无烦谋杀之深文。速决此髡，以填冥狱。

案盗杀命事

盛柯亭

符持六兽行禽心，窃奸侄妇。而某氏，则名门丽质也。设当其刃挟之时，早以尺组谢之，摧玉颜而留冰骨，不亦薰莸不同器乎？失身麀聚，蔓草留连，比贞母抱愤投缳，淫牝亦当扪心愧死。乃才歌室远，又续鸾胶，奸所再获，而自经终不免焉。噫！盛服岂足掩其羞，沐浴何能浣其秽耶？持六即甘为氏死，如母命之非辜何！斩不蔽罪。

打死弟命事

达州刺史毛南薰　讳庚南　南郑人

两鳏而奸一妇，必杀之道也。周敬三通朱廉之妻，雨约云期，自矜奇遇，孰知披其帷，先有南八在乎？欲火与妒心兼炽，拳脚所向，而南八无生矣。一死情，一死法，天道祸淫。如敬三者，又淫报而兼杀报者也。

谋杀男命事

赵南金

楼高十一以屠伯而恣淫凶，唐滔十五以巫师而挟佳丽。情迷目送，强弱相凌，某氏已处难全之势矣。迨成奸既久，而滔十五知之，叩门惊遁，复以声讼促其谋。泸溪之经课方完，葛岭之刀锋突起，况捽发有楼宠十六，而高十一随扼其吭，制其命。彼咽喉、腮颊与利刃相攫，巫师虽善祝，不能生也。伤哉某氏！纵不与闻，固当为法受恶。幸首杀有父，证淫有姑，则斩绞非苛，二犯亦甘为情死耳。

四号烝弑事

王贻上

看得居轩奸杀并行，神谋百出，惨令居某之一门、贞淫同尽，髦龀不留者也。

向因某父弘道托孤于轩，轩遂入主家政，与寡妇某氏通奸，并及其长男之妻陈氏。有仆刘二汗遇于奸所，令之同乱，墙茨不扫，闺中鼎沸者久矣。既而居某娶妻向氏，淫妇不容独洁，奸夫意在兼收，红裤赠作缠丝，先鞭诱引后进。向氏志矢靡他，归家一年不返。从夫义无终绝，再来数日云亡。灼以沸汤，丛以拳棍。二汗受居轩五金之托，重以主母之同心。可怜贞妇向氏，不逾时而殒命矣。某氏给自缢于亲儿，孝者唯母言是听，不穷诘也。及氏父闻讣而往，见尸有多伤，合之道路之口，乌得无告？告而不及居轩者，畏之也。轩本宪役，州道二词俱吊销，彼优为之。迨轩请集邻族，欲舁向氏棺，始有居习文者出而阻之，因告轩，悉发其奸状。讯习文之父，即弘道祖，期功之服，义不容默也。历审以来，各持一见，为之出入。卑职一审再审，会审独审，及宪台亲审，得其情实。核以尸图，命确奸真，重以伦分，拟居轩斩罪，犹恨限于法。刘二汗同斩，有以原其情，何则？若论二汗，奸两主母而杀其一，应拟凌迟；但挟之以不能不奸，处之以不得不杀之势者，皆居轩也，斩为允协。居轩与二汗既重，则二牝不得独轻。某氏、沈氏以奸杀并论，法也。尤可异者，某氏以家事赖轩主持，献其身以酬劳，令为媳者亦与之奸，从者偷生，拒者立死，何等威福？今某氏子为母请命，孝治者不忍入之以死，而循法者似难予之以生。况一经失身之后，向氏死于殴，长子死于讼，其呱呱襁褓，咸不能生。某不言母过，而但言嫂奸，且云哥子之子皆危毙，真令石人堕泪也。此淫与杀之一案，无容议矣。由是而及打点钻营，种种赃秽云云，俱耳不忍闻，口不忍齿。但无确据，不可悬断，唯赃交对手，断在居近楼、居轩名下，追还给主。居轩、刘二汗仍照原

拟。申氏改拟奸律，依期亲减等流罪。居近楼仍杖。张氏以一妇犯淫，满门屠戮，改流为斩，不敢于法有纵；若夫子为母乞，是在宪台法外施仁，或可宽其一线耳。

【眉批】淫之为祸，大矣哉！

活活打死男命事

太平二守沈惠孺　讳迪吉　义乌人

王良玉之殴打郑仁，固人所共见。特郑仁之死，实不死于案内之殴，而死于案外之毒；不死于仇家王良玉之手，而死于已妻丁氏，与侄郑奇，及舅丁好儿之手也。丁氏与郑奇通奸，仁知风而吊拷丁氏，且有“必杀郑奇然后甘心”之语。郑奇逃匿邻村，久而不返。某日，郑仁赴集，偶遇怨家于狭路，乃以他事结仇之王良玉也，彼此交攻。适良玉之弟良珍在，亦挥拳助殴，仁遂于当夜毕命。此仁母王氏，所以有人命之控也。在良玉自揣，杀人抵罪，王法昭然，绝不疑其有别故。兄弟二人，遂不待刑讯之加，而自分首从，甘认抵偿。听断者至此，自不复于抵偿之外别寻枝叶矣。此丁氏与郑奇辈得以漏网经年，有病而莫之发也。卑职辗转是案，独疑其被殴之后犹能独自归家，归家之后犹能饮酒吃烟。似非狼狈太甚者，何以能死，且死之若是其速也？及问临死之声音，考尸单之颜色，声音则满口叫号，颜色则遍体纯青，其为中毒也何疑？因密访郑仁家事，始知原有中冓之言。且闻丁氏身旁，别无臧获，止有一弟名丁好儿，遂疾提到官，与众犯隔别严审。给以王氏口供云：“药死郑仁，由于丁氏。”又给以丁氏口供云：“毒死是真，但毒药出于好儿之手。”好儿闻此，遂张惶失措，急辨曰：“此事与小的无干，如何倒说是我？”夫有无干，则有有干者矣；于我为倒，则有于人为顺者矣。少加刑鞫，则郑奇之畏祸生奸，与丁氏之乘机下毒，并好儿迫于至亲，不得不为助恶之事，皆和盘托出矣。复讯王氏，何以舍毒死不告，而告殴死？则云：“初亦疑其中毒，只缘恨良玉之深，故一口咬定，不欲使他人分过耳！且欲卖丁氏得金为养老计，是以隐忍而不言，虑其无售主也。”讯谳及此，实有鬼神指使其间，非卑职片言所能折也。彼三犯者，亦自良心勃发，皆俯首甘罪而不辞矣。人命重情，前后审毕，卑职不敢擅专，理合具

由，连人解夺。

奸抄事

严州司理嵇尔遐　讳永福　无锡人

余某一案，凡经五谳，或出或入，迄无定招。职奉驳批，层层推勘，则黄丽中之因奸而被殴，因殴而致死，其情事固较然也。当其入室和奸，时已昏暮，母吴氏键诸内，令余春狗以告某。某从外归，遑忿力殴，而丽中且俯首就缚。夫使以争山为泄怨计也，岂能推而内之胡氏之室，既键之。且殴之，且缚之，能禁丽中之不叫号称冤乎？且也诘旦并缚其妇以鸣官，亦既彰明较著，播扬于国中矣。果春狗以挟仇之故，令某指奸以图之，则当黄族聚众而要诸路，何不昌言问罪于余，乃甘心隐忍而负伤以退也？据供丽中与春狗争山，今其事由春狗发难是矣。某独何心，肯无端自衊其妻，竟以其妻为春狗雪仇之借哉？是丽中之越七日而死也，谓死于殴则可，谓非因奸而致殴则不可。独可议者，奸夫既获于奸所，则宜并奸妇而骈刃之，此烈丈夫事也。乃计不出此，丽中已就拘执，则岂复登时杀死可勿问者，顾不执送之官，而擅杀之致命乎？在某哓哓置辩，谓曾缚丽中赴县，而中道失之也，谓其父即日以奸抄控县，亦明知丽中身负重伤，已预白其子，非无故而殴也。然检出尸伤累累，非死于官府之桁杨，而死于私家之毒手；非死于奸妇同时并杀，而死于拘执之后。留奸妇而殴杀奸夫，则丽中虽有自杀之由，而余某难逭擅杀之律。按律拟徒，庶无枉纵。春狗虽系同谋，实非共殴，合议减等坐杖。再查事经屡赦，各犯应照例开释。其黄丽中久暴之骸，复经检验，或量断某出银六两，给金矿领埋结案，是又在宪台之仁行于法也。

急救男命事

浙江宪副张蕙嵎　讳汧　山西人

奸夫之死于淫者，难更仆数，类皆自作之孽，谁其惜之？独何某之死，令谳者有遗恨焉。何某为世宦苗裔，讵肯以色事人？只以陶某多方哄诱，且令继室麻氏以叔事之，何某昵于情而迷于色，遂致失身。乃某既以艾妻为饵，又吝不使吞，致两相爱慕，而形于笔札，亦其不得不然之势也。某疑忿填胸，置毒于饼，令食者越三日而殒命，何其律于待已，而刻于绳人也！伤证既确，律抵何辞？

奸情六 杀奸类

自首杀奸事

文太青

张守禄私通侯节之妻杨氏，一乘其夫之远出，一乘其妻之他往。私申中苒之好，敢为同梦之甘，不虞侯节之夜归也。小家门扉，一推而入，两人犹在睡乡也。侯节怒气填胸，授梃而挞之，登时毕命，保正邻佑之目睹可据。及委官就尸所而验之，下体裸赤，不挂一丝，禽兽之行，死有馀憾。侯节编氓，而有不可辱之气，本县锡红迎示境内，以寒淫奔之胆。

禀报事

王望如

审得蓝寅同妻某氏之杀林迈环也，不起于暮夜之奸淫，而起于操刀之欲割。使某氏聚麀情笃，终始不露一言，则蓝寅先触其凶锋，已久为釜鱼案肉矣。迈环因奸而起杀人之心，人未杀，而己先为人杀矣。自作之孽，人乎何尤！但蓝寅夫妇知“夤夜打死”之条，不谙“移尸他所”之律，薄杖不枉。林迈桢不思奸杀情真，辄敢借命诬控，并杖何辞？若某氏者照律应发官卖，但念后此悔心之萌，益信前此强从之实，始而包羞失节，继而仗义杀仇，可谓淫而侠者矣！应令续胶，无烦分镜。

霸卖拐逃等事

赵五弦

审得郑加祯一案，该县初招，引夜“无故入人家，已就拘执而擅杀至死”之律。历审皆照原拟矣。仰遵宪批，复取律文反复斟酌，诚有未吻合者焉。夫夜入人家，以之为奸，安知其非和也？以之为盗，安知其非窃也？和奸窃盗，罪不应死，而何以打死勿论？盖以其为登时尔！仓皇急遽之顷，虑其手有凶器，外有党援，稍一迟之，则祸必及己。若其既就拘执，即无“擅杀”之条矣。查律“妻妾与人通奸，本夫于奸所亲获奸夫奸妇，登时杀死者勿论。”盖奸夫奸妇，本夫杀之，实为应死之人。该县不引此律者，以系奸拐之后，捕捉而来，非奸所，非登时也。奸为隐情，然杀之必于奸所，不则恐其图赖。本夫之杀为义愤，然杀之必于登时，不则恐有别嫌。造律之意微矣哉！今则奸夫奸妇拐逃被捉，虽非奸所，犹奸所也。先以拐逃远去，莫能踪迹，忽然见面，怒气激中，虽非登时，实登时也。相应引用“捕亡”条内“应死擅杀”之律，庶情与罪两得其平矣。

解审事

赵五弦

审得刘华之杀罗八，所持者，非奸即盗之说。初谳者宽之，亦狃于“无故夜入人家，登时杀死”之律。但律之本意全在“无故登时”四字。盖无故而来，恐为奸人刺客，少一缓纵，则祸反及己，故登时杀死，可勿论也。今罗八鳞伤遍体，非猝然杀死者矣。两人相格，不应如许多伤，既已多伤，不应复加捆缚，宜宪台疑之骇之，而欲严究之也。仰遵细鞫以为盗，则无赃无伙，万难悬坐。以为图财，则图财害命者，其设谋必阴，其行事必疾，必不相格斗而至于鳞伤也。揣其情理，阅其前后口供，其为奸无可疑者。盖非捕于奸所，何以赤身被戮？非赤身被戮，何以体有伤孔，而衣无枪痕？况中夜有贼，丈夫格捕，为之妻者纵不赴援，亦当喊救，而华妻某氏，反从篱笆潜遁，情已显然。据冯可会供：罗八孟浪无妻，又常嬉戏华家，每闻吵闹。则罗八平日之目挑，刘荣之衔恨，非一朝一夕可知已。因奸妇既逃，不忍并杀，又欲借盗以掩奸名，故垂毙之馀，又复加衣捆缚，此谲计也。但某氏姿貌颇陋，而又坚不认奸，锻炼成之，不唯不足服其心，且详玩律文“夜入人家”条内，不言是盗是奸者，盖夜入人家，业有取死之道。必与辨盗辨奸，恐奸人喋口，不唯窃人赀财，又且玷人名节，故略之也。罗八之踪迹难名，而刘荣之所犯已确，应用“无故入人家，已就拘执而擅杀”之律，庶轻重得平，而情罪允乎矣。

【眉批】旁观以为嫫姆，当局者未必不以为西施。从来钟情之事多不可解，审奸狱者不得徒泥姿貌。

打死子命事

赵南金

审得黄运兴掠人妻婢，欲售平康，诚无良之尤者也。盛奎光因妻失节，不愿领回，盖犹有烈性存焉。后值运兴与族相讼，而奎光适与兄弟子侄扫墓而归。其族讦扬前丑，阳以暴运兴之奸，阴以激奎光之怒耳。尔时有不填胸嗔目者，非夫矣。故奎光等皆抱公忿，众攒殴之，当场毕命。奎光虽犯共殴之条，而运兴实有可死之道。初谳拟缳，论法也；恤审改配，原情也，况恩例可援。而兴父国瑜，又恨子不肖，递词拦息。相应与盛运亨等，并照原拟。

地方人命事

江宁太守陈斯徵　讳开虞　富平人

杀人者慎无赦，其以烈丈夫杀人者则非杀也，虑狱者之所慎也。谢武之杀戴高，缘高昵其妻王氏有日。邻里居人皆知之，未知者特武耳。或谓高与王无通奸事。查某月某日，高自上午入谢门，延及下午不去。适武还家，高始从后门逸，邻里居人又尽见之。武始觉，遂逐高于中途，揪而踢之，伤其肾。旋舍高返卧室，见王氏尚在整衣，武怒眦欲裂，殴之立毙。毒手哉！犹丈夫也。虽曰“杀非奸所”，律有“故杀”之条；然与其苛而入之，毋宁矜而出之，用振颓风，未为不可。

【眉批】《春秋》之旨，左史之笔。

【眉批】别调。

妒杀男命事

南昌司理赵南金　讳钥　莱阳人

韩其一与郭汝厚争奸，欢场构阱，衽席埋戈，必图歼之以自快。在其一，固为情死；而周五吉何为者？偷寒送暖之无缘，设械藏机之偏毒。诱赚郭汝厚于塘林，伏弩先张。扛钻相击，至沉尸伴石。虽其一之行凶，而白帽前驱，麻绳共缚，五吉同谋，且加功矣，况又剥衣攫取其遗金乎？死情者既伏断脰之辜，死利者应坐投缳之辟。

奸情七　鸡奸类

谋杀事

赵我唯

看得阴阳位以十五姣童，黄田悦其色，而求与为好。观其导款曲于谢红，候机缘于观剧，似非伧父狂且躁率无术者比。即使前鱼惊饵，向至焚鹤碎琴？况位果流水无情，谓当过门不入耳。乃寂寂书斋，双双入幕，月槛春阴，夜方丙矣，而忽作正襟之拒，以恼襄王，当非情理之所有也。且同出不归，红已可疑；捞尸而起，验已非溺。位母不于此时根究，而轻于深瘗；乃旷越经年，方修怨于夙讼之阴明翼，且有财买黄田谋杀之控，此其可疑者一也。鸡人始唱，行者渐稠，舁尸出城，见之者何止一曾天寿？迨事久而寿并游移其口矣，此其可疑者二也。痛殴之时，红宿何所，而不一救援？此其可疑者三也。捞尸之际，衣在何处，而不一致辩？此其可疑者四也。然则腹不胀满，甲无泥沙，累累鳞伤，胡为乎池中？则明翼情书粘单之诉，与其母文会不归之供，更逗一疑绪矣。窃恐少年场不无如田辈者，为之阴构于其间，此前院“应早有夙夜多露”之驳也。是狱也，终属疑团，要非铁案，夫谳狱

者每于死中求生，未有于矜疑可释之人而反予以死法者。今蒙施祝网之仁，正合赦款改戍之例。

人命事

周栎园

审得傅东之自刎，盖自贻伊戚耳。东与王二有龙阳之好，其后来者，则吴庆也。新之间旧，亦人情乎？东之欲杀欲割，已非一日。某月日夜，赚庆至家，托其写信，甫搦管而秤锤、石块交加，头额破裂，血涌晕地。东惧罪情逼，遂作短计。孰意死者得救复生，而生者死，此鞫之地邻之口，甚真甚确者也。及捕二至，则巍然丈夫矣。龙阳君如此长大，不知逐臭者何所取而昵之，且皆甘为情死也？发难虽不在场，致死实由此孽，量断功果银三两，追给尸亲，以为寡廉鲜耻者戒。

【眉批】“逐臭”二字妙绝。今之好龙阳者，不问美恶，臭即逐之。由此类推，则犬与苍蝇，皆情种也。

妖乱横杀事

秦瑞寰

沈一郎以少艾行童，为淫僧洪雪所属意。雪当沈湎之后，求欢不遂，詈殴相加。淫色之戒，雪已自犯；而一郎鼓刀刳腹，初非其意，横逆之来，此际有难顺受耳！过失杀伤，情可矜也。

奸情八 诬奸类

奸杀女命事

陈卧子

审得胡廷象之女，配施洪六为妻，原词所称“瞽儒无为”者也。廷象非同曹公之爱才，而洪六适肖丁掾之眇目，是亦女之不幸乎？比廷象往来于洪六家，而洪六同居之弟施孝五，与廷象屡成睚眦，是衅端亦疑端矣。崇祯元年，胡氏产亡，其去廷象之居仅四十里，竟不一讣闻。死于三月二十五，而报于四月初六，其报者又非吴姓，乃亲邻之陶时裕也。以致殓不及凭尸，葬不及抚棺。奸杀之词，洪六实授之以口，况又有夙昔之嫌怨哉？但孝五果真盗嫂也，则有洪六在矣。今鸾镜虽孤，鸰原自笃，夫不为其妻饮恨，而父翻为其女诬淫，败伦伤化，俗之偷也，斯为甚矣！原情量科，翁婿均罪。

逼奸寡媳事

颜孝叙

审得何大时之与何仁安，初以户役起争，继因鱼塘角口。时周氏曲护其子，而又欲求胜其词，遂甘不有其躬，控仁安以强奸。夫淫以色动，未闻芍药可赠于鸡皮，而彤管肯贻于鹤发也。今氏年逾知命，仁安亦将耳顺矣 。已觉眊眼眯眵，不堪窥穴，岂在龙钟惫骨，尚可逾墙？纵感帨，不愁乎尨吠，讵求欢，不避其子孙？言之丑也，不可道也。大时以弱冠之年，而居然抱告，是母之强奸不必问，而己之不孝，几莫可逃矣。

强奸灭伦事

颜孝叙

审得夏良俊，无以为家。见抚于夏文炳，而以罗氏配之，则炳亦为有恩者矣。事无大小，自应禀命，虽区区三斗谷，不问而自取，长此安穷也？炳加呵斥，亦田畯作家之常，俊即诬其子以强奸，真背恩而不知法者，杖之犹为宽典。第俊实炳侄，而氏乃炳婢，以婢配侄，是侄可为奴，而婢堪充媳，其颠倒于良贱之间，较俊罪为又浮矣。亦惩以杖，俾知法不可以情夺耳。

势夺大冤事

颜孝叙

唐伦之于唐国祥，财力相帮，祥固未可仆视伦也。伦妻邹氏，纵为国祥所配。然既已配伦，又未可仍以婢视氏也。执役虽同下贱，非所论于同姓之间。何国祥之不知大体，概以奴婢畜之，致伦有不平之鸣也？及当对簿，见伦乃残疾之人，问氏果否愿从其夫，氏则誓同偕老，其冰霜之操，凛不可犯。若国祥果与奸宿，其情自密，氏亦何有于伦而甘心随之？亦何忍于国祥而甘心证之？其言伴宿国祥者，恐厥夫以此坐诬，故不洁其躬。氏故有智，亦奚逃本县之烛其微也？非杖国祥，不足以释伦、氏夫妇之忿。

污喋黑冤事

浙江学宪张蓼匪　讳安茂　华亭人

余祖舜以失馆之故，仇其旧主汤仁三。仁三年逾四十，望一子之青其衿，不啻鹄之欲黑，乌之欲白，移山倒海而不可得。其择师而教也，固宜。何物祖舜自号“婺州名士”，撰写《红梅记》一段，粘贴通衢，污其处女，嘲及新馆之郭生员？揣其胸中墨水，亦止有《红梅》数剧耳，试以他艺，殊觉茫然。欲涂他人以花面，而不知公庭窘辱，已面之更花于人也，犁舌地狱之设，正为此人。痛责枷示外，仍杖之以砥颓俗。

通奸事

竹淇园　讳绿漪　泾阳人

审得了圆乃僧，而悟真乃尼也。了圆之寺与悟真之庵接武。适因盆莲盛开，了圆手折一枝，授悟真曰："作清净供。"夫男女授受不亲，礼也，岂僧尼授受独不妨乎？此邻媪高氏从旁私瞷，以通奸首也。及召诸尼僧合质，则云是两人者，本中表雁行，故时一接语，实无他也。然始以语接，继以手接，恐浸淫不止，势将无所不接矣。清净法坛，岂应有此暧昧之事？但审高氏之控，则因贷米不获，与悟真有夙恨焉，故以空载月明者，为僧敲月下之控耳。了圆迹涉瓜李，一杖示惩。高氏应杖而不杖，惜其贫耳，非直之也。

敕斩淫豪事

扬州二守翁维鱼　讳应兆　辽东人

秦好爵以幼子如保，质于卢君瑞家。如保窥主人不见，窃米数升，潜归以遗父母。其迹虽类狗偷，若原其心，是亦前人怀橘之遗意也。君瑞若敦古道，当付之不见不闻可耳，胡亦潜尾而踪迹之？因好爵他出，随与其妻程氏争哄。此事之曲，在君瑞也。奈何忽有好事之庄头，见事风生，唆好爵以强奸控，以理之本直者而故为曲之，是真不可解耳。研审再三，奸情绝无影响。即询之好爵，好爵亦云"事属传闻"。

乃庄头则满口称奸，证之甚力。夫奸情何事？庄头何人？若是乎见之真而知之确耶？其为主唆构难，挟仇妄证无疑矣，不杖何以儆刁？好爵愚农，姑开一面。

急救女命事

淳安邑宰张梅庵　讳一魁　广宁人

审得王颂娶宋邦寿之女为妻，后买程氏为妾，绿衣黄里，情实有偏，自是哗然于室矣。势既不能两全，理则有其一定。众令留妻去妾，王颂虽迫于清议之难逃，强为割绝。然心愈忿而怨愈深，满腔愤懑，安得不于宋氏泄之？终风且暴，有不止于谑浪笑傲者矣。邦寿不忍其女之受凌，因速之讼。据云指奸毒杀，询之实无其事。夫中冓之语，婿不言而翁言之，是自污也。姑各贳之，使亲者无失其为亲耳。

资治新书初集卷十二判语部

钦案一　文职类　湖上笠翁李渔搜辑

考察事

南昌节推李少文　讳嗣京　兴化人

伍之甲以明经而除别驾，罔知爱鼎，一味营膻，已挂“幽黜”之条，难逭“科敛”之律。但列款多端，间涉风影。如漕粮改斛，葛第洪悉已拟徒；人命纳贿，邓郑九坚称未有。受杂职之馈，滥委催征，无显证也；婪盗贼之金，轻为释放，无明供也。三审之口不移，四知之心久昧，则亦无凭悬坐矣。其查追税契，而干没银若干；给散工食，而抽扣银若干云云，前招已成确案。至于捕盗，其职掌也。父为盗而用子为捕，不行觉察，先已教猱升木矣，又何怪众役之横噬无忌乎？方今圣明在宥，极意安民，顾墨吏之法不严，则苍生之冤莫白。

今国祚身为郡佐，兼摄邑符，不惜万姓之膏脂，用填一人之溪壑。兵既哗而民复

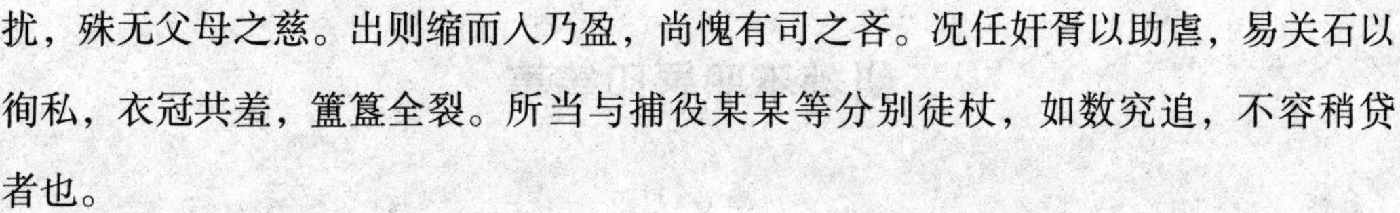

扰，殊无父母之慈。出则缩而入乃盈，尚愧有司之吝。况任奸胥以助虐，易关石以徇私，衣冠共羞，簠簋全裂。所当与捕役某某等分别徒杖，如数究追，不容稍贷者也。

覆审得江省地瘠俗刁，瘠则襟捉而肘见，刁则贿入而舌出。官兹土者，即行同趫跖，而牛蹄之涔无尺之鲤也，明矣。伍之甲，贪人也。然未有操钓上山，揭斧入渊，能快然饱其所欲者也。只缘鸡卵之馔不避嫌疑，遂令鹅目之钱若为窥视。赃估已定，追拟何辞？若谓尚有溢数，是以一年而兼数年之征，虽欲取之，其谁与之？朝廷惩贪虽峻，论辟宜平。有者不敢曲庇为无，上期以伸一人之法；无者必欲周内为有，下何以服本犯之心？前断业已尽辜，研鞫委难重坐。唯丰城县户书黄堂，乘九坊仓头葛第洪等改斛事发，每坊各诈银五两，前止供五两，遂有四十两之剩赃，必极讯而始承，徽宪驳之无漏矣。他若隶役下走，如馁虎饥鹰，逢人则啮，情殊足恨，然追赃拟配律止矣。系狱者或肌肤之糜烂，波连者亦皮骨之空存，穷究不过锱铢，比并必殒性命，安见河水之少而泣以益之者乎？合照原案呈详。

【眉批】此谳尽美，后谳尽善。然不列此于前，不知后谳之原委，故并录之。

纠劾不职官员事

李少文

审得本官局促短辕，尩隤暮气。推心任役，致鹿马淆混而不分；束手观兵，听貔貅狂逞而无策。摄邑符而愦愦于帑藏，交盘辄出谇言；管捕务而泄泄于千陬，守望曾无安枕。最可讶者，东西两河之商舶，止供官黄二吏之饕吞，迨发觉而究追，遂垂涎以点染。名为修署，实则充囊。若克减于倾销，竟尔下累银匠；若弛禁于屠宰，不免阴纵捕官。总之土木为偶，则巫觋之权尊；城社不薰，而狐鼠之势横。所由来矣！拟之城旦，用肃官常。

纠劾不职署印等事

李少文

审得苗时中以寒毡冷席猝代邑庖，不免见纷华而心战矣。乃节守一縻，防闲尽倒，多赃阅实，屡谳核真而宪驳所致疑者，则火耗之加，与巡简张维光沿乡之索耳。夫江省刁瘠无两，本犯即操北海之壶，翕南箕之舌，如田无禽何哉！每两五分，再难溢额。若维光么麽关柝，拳勇几何，而委查有二十两之诈矣，追征又有五十两之诈矣。此外亦无处求多，惟纵盗刘爱吾，拏访杨乘恩，刑房刘福兴之居间，书手李逢春之改票，尚有三十两剩赃。反复推穷，乃始吐露。独念三月署官，款迹如许，内不惭于相鼠，外不惧于乘骢，亦何其贪而肆耶？赃照数追，与张维光、李愈京等，俱各论罪如律。

军器敝坏一案

扬州司马翁维鱼　讳应兆　辽阳人

国家分阃固圉，全于将士是赖；而将士陷阵摧锋，又全于金革是赖。当此海波未靖，汛御方严，开局设官，督造军器，诚重之也。部院甫临京口，诸事未举，即先讨论军实。见扬左二营所列器械，率钝敝不堪御侮，且开销钱粮过多，此督造之某官所以挂白简也。蒙牌行职查看，即拘有名犯证，并移取两营领过器械年月日期文册，会同僚寀，严加讯鞫。据某自供，其任事始于十四年十二月，并未大造军器，止令督修敝坏，发给两营。及查对两营册籍，亦复相同。再审，既已督修，缘何钝敝如故？则云："系十一二年所领，因御寇江干，难于覆盖，经霜冒雨，渐失锋铓。"于二营回覆手本无异。用久而敝，似与初造欠利者不同。至于开销钱粮，查系部议定价，已经漕抚部院疏请开销过者，本官之罪，或可稍逭。但以么麽微员，奉委管务，俨然乘舆张盖，假冒同知名色，与府厅颉颃，僭分极矣。相应拟杖示惩，但事在赦前，应否原宥，卑职未敢擅专，仰候宪裁定夺。

缉究逃官事

南昌节推李少文 讳嗣京 兴化人

看得某官，系永平府司狱。当元年二月就任时，圜扉颓塌，人犯俱发他监，虽无钱粮守御等责，居然一职官也。至三年正月，流寇突来，空拳莫御，家属被屠，身亦受创数处，其去死者无几耳。此时能佩印捐躯以明职守，则狱吏寸符不与汉节争光耶？且妾子死矣，妻母死矣，仆从又死矣，孑然独存，顾不若妇孺臧获之能引决何也？纵恋垂死之馀生，而印与身俱存，犹可借以逭罪。今试问司狱之章安在？本官无所置对矣。第以越度关塞之罪罪之，则自永平至江右，不系缘边，本犯之心不服也。若止律以避难在逃，本犯已经失印，岂一杖所能宽！如更借口水火盗贼，本犯又多在逃，岂容以显迹为解！合逃官与失印，则以遗失丽之城旦，俾幺麽下吏，咸知绾篆之匪轻。即事变相遭，毋敢偷生而一掷，庶国法伸而臣节其有警乎！

纠劾不职署官事

李少文

审得原任抚州府通判程某，秉性易昏，居心未净。铅刀偶试，茸阘适以养奸；庖俎无长，迷谬因而丧守。彼于东乡之署仅两月，崇仁之署仅三月耳，乃积蠹某某等，炀灶借丛，导膻于堂上，则禔躬束役之义何居？神棍某某等，樗蒱构局，大横于邑中，则戢奸易俗之权安在？且使常兵门役，亦乘考较而指骗托名，关防尤为不

毖。至于二子随衙，辄因醉酒而阋墙外哄，家教亦已全隳。故有为各役所欺，而本官懵然不觉者。如给散捕兵工食之常例，吏书某某等得银若干矣。如管修贡院钱粮之陋规，门役某某等得银若干矣。云云及放支崇仁兵饩共若干，每百扣五两，前审为书吏分受，兹谳亦系本官所得。总之，木朽而蛀生，衔辔既已失驭；猫眠而鼠狎，嗜欲况复易投！止知削铁针头，竟委全鼎于不爱。及至破甑委地，尚云名节之可矜，不亦晚乎？虽委运竣事，颇著勤劳；而贻玷当官，自干国宪。拟徒褫职，孰能宽之？某某等并仍原议。

钦案二 武职类

婪弁事

宁波司理李映碧 讳清 兴化人

审得张全斌、盛攀龙，皆定海衙弁也。先因攀龙与全斌以他事不协，开单控宪，然半属乌有先生也。其实者，不过十之一二耳。兹提干证诸人，一再询之，则动日“常例”。夫全斌之取于人也，犹御也，非例也。甚至管班之杨二、王寿等，恣意蚕渔，而全斌竟骄子护之，随线索以默转，傅粉墨而登场。以愦愦如全斌者，而立军人上，恐其大事糊涂也。至千户盛攀龙，亦既挺身攻全斌短矣。今取全斌反辱相稽者逐款细诘，亦非尽属无是公也。望嫫姆以掩唇，而不知其自处无盐之陋。谈盗跖而切齿，而不知其原非伯夷之廉。以斯人遇全斌，正堪引为佳伴，奈何语语骂人，声声自詈耶？且朦胧付贴之郑之珍，亦杨二等雁行耳！孰辩泾渭？孰分苗莠？语及此，诸犯亦当相视而笑，莫逆于心矣。合各罚谷示惩。

【眉批】向有嫫姆笑西施之陋，盗跖诋伯夷之贪者，以此较之犹然高等。

微臣巡历所至事

绍兴司理陈卧子 讳子龙 华亭人

审得白羊坳为由虔入吉之间道，阻山踞险，唯借偏师扼要，一旅当关。即卧鼓櫜弓之日，未许逍遥，况补牢窒穴之时，讵容儿戏！是以原设兵八十名，去年九月，新添兵二百二十名，上台之计虑深远矣。陈一豸职司统领，自应加意申严。乃受各兵馈银一钱，滥容老弱至一百二十七名之多。曩非本院亲临委官查点，其虚冒安从问乎？方今贼氛未靖，武备全单，可守而不守，固属兵虚。乃有兵而无兵，实由将玩。不厚责将，何以束兵？如一豸者，虎帐未娴，志先昏于凫镪；猫眼无忌，迹已涉于狐欺。坐赃拟徒，乃其本律，该府以枉法科断，从重论也。合照原拟呈详。

微臣巡历所至事

陈卧子

审得南赣坐营邵勋，质问缩猬，技逊奋螳。无临戎裹革之雄风，谬托诣阙请缨之壮志。自愿杀贼报仇，数语何如激烈！比题授赣营，目击群丑之披猖，则誓死先登，灭此朝食，宁烦再计！乃提兵数阅月，糜费不下数千两。仅自泰和之东沔，及兴国之绮冈，逐贼河口而后，绝不闻有尺寸之竖也。六月二十三日，引广兵至石俞岭之南北坑，去贼营仅一舍耳。此时乘机直捣，贼必駴溃，于以扑灭无难。而反自退回宁都，不料畏之如虎耶！然犹曰"宁亦要地预防，奉有屡檄"也。乃贼锋已挫于黄牛峒，邓同知密约本弁，偏师出下流，扼其归路，正贼草木惊魂之候，一鼓可歼。顾缩朒不前，逾日始至，而贼已收合馀烬，过瑞金而四逸矣。惜哉！鸱挂网而旋飞，鼠入橐而复出。避锐击惰，全筹罔效于先几，玩寇贻殃，开戾弥深于后至。微劳难以掩咎，一杖亦岂蔽辜！律以贼寇滋蔓，不即发兵策应，救荒荷戈，戎行庶有警乎！第本弁年贤止戍，使过可期，合无准与立功自赎，则圣明法外之仁，或不终锢其策励者也。

访犯一　衔蠹类　告发者亦附此

访犯钱文料案　以下访拿

开封太守孙北海　讳承泽　高阳人

审得钱粮之欺隐，莫甚于屯；弊蠹之丛滋，莫大于卫。钱文料，卫书也。其人伪而辩，黠而多机，卫屯之窟穴，以身稔习其中，渔猎成家，饕吞致富。又思为保全之计，窜迹本府粮料，每以“摘隐发幽、清稽搜括”之说取信于官。用其言亦时有效，是以积威则人畏之，攻恶则人恨之，放利则人忌之。网不漏于吞舟，谤忽腾于通国。单款累累，强半卫事卫丁。比拘审问，被害有物故者，有北运未回者，有矢天日而不承者。亦何能凭纸上之赃，为捕风之案乎？唯就其指证真确者言之。如馀米扣抵正征，则得银二百两矣；解淮先期给散，则得银八十两矣。放运旗闰月之粮，四年十金，安享其馈；发卫官预支之俸，每员一两，巧剥其赢。以至重名之陶玄冥等则有骗，退役之刘宇则有骗，接帖之听事吏则有骗。或三钱或七钱，或银簪、耳挖，何莫非本犯婪取之实也？刘爹爹之绰号“鼻祖”，不免噬肤；吴小官之招摇雉鸣，几于求牡。总之本犯才能煽虐，狡足济贪，膻嗜不减蜣螂，横啮有逾鹰虎。巧言动听，惯献其小忠；辣手攫金，实行其大诈。徒拟追赃入官。吴门子过付无据。免科；其父吴万垓不能箝束，杖惩。

访犯祝启明案

孙北海

看得吏之为蠹也，止于剥民膏。而库吏之为蠹也，敢于盗官帑。故法独严于典守，罪莫甚于侵欺。如陈留县库吏祝启明，真见利而忘其身者矣。公府岂营私之窟，彼则视为膻途，官钱岂润橐之资，彼竟认为己物。云云总之，按以监守自盗，则本犯已罪浮于律矣。赃私有据，城旦犹宽，周清党恶，应从徒拟。廖文抗侮粮官，徐勤一、徐仕六群赌废业，各杖惩之。

访犯邓升等案

平湖县令吴蓼堪　讳方思　武进人

审得邓升之为捕快也，倏衙倏堂，役已再更；为昇为龙，名亦两易。兼有朱胜、周光辈佐之，而眈逐之罪状，遂可更仆数矣。原款除审虚不坐外，其最确者，则有云云。他如盗坂之胡富七、陈倚洲，窝未真而诈赃反实。又若乐户之刘才、段正一，事虽异而取镪则同。虽各犯贪婪之迹互有浅深，其自干“城旦”之条，殊难轩轾。

访犯朱应杰等案

应天府承张二玮　讳玮　武进人

审得朱应杰，旧以倾销为业者也。金银之气，日炫于临炉；偷盗之工，手试于点铁。旋而农民，旋而库掾，其有取帑藏，巧者不过习者之门矣。云云横胆济其贪肠，柔绳可以断木，险邪舞其奸智，泼口可以铄金。法止一配，有馀憾焉！库书刘裕以出纳而烹侵，民快王朝以嫁娼而烧诈，蛇之与虺虽有大小，其毒害则同。并从追拟。

访犯余良等案

杭州太守岳舜牧　讳虞峦　常州人

审得应捕之名，为弭盗设也。方谓获一盗而民害去，今则获一盗而民害滋矣。盖盗之线索，无地不与捕役相通。一逢劫掠，则借缉盗以索盗之金。倏而擒，倏而纵，百计鼓弄，比及到官，而谿欲已盈矣。一经提获，又借盗以索盗扳之金。某为伙，某为窝，四出网罗，求其不到官，而饕腹已厌矣。盗尚有道，捕盗者之为盗，尤穷也。如捕兵余良，么麽卜走，恶未至于滔天；豪横假威，毒几流于满地。见盗则盗心生，起赃而赃状著。当崇祯元年，典铺余元益被劫。易吴五，其窝盗也；张乾二、熊秦八，其伙盗也。乃廖奉九，不过吴五之房主耳。几脔是视，吓骗公行，至拏张乾二，而什物半属侵渔；拘熊秦八，而曹显竟遭朘削。贪婪是其本色，钓取则其狡谋。将使一家被盗，百家被累，亦安用捕盗者为？念款迹虽多，阅实无几，或风影之挂陷，或党与之波连，仰体台仁，半从开释。王文、廖平分赃有据，并拟难宽。

访犯褚沾舜等案

岳舜牧

审得褚沾舜，海宁县之饕奸也。无子而多畜义子，更名为魁，为贵，为凤，为茂者，凡四人。盖匪徒蜾蠃负而肖其翼飞，实亦爪牙全而济其搏噬耳。先是署印李通判，以征粮激民鼓噪，当时里递虽已伏辜，而舜实漏网之鲸也。且乘其去任，辄敢沉匿扛箱。究明拟配，乃略无羹藡之戒，转工城社之营。寄居会城，凡该县粮米兑银，悉行揽解。巧攘未餍，旋厕身为学道门皂矣。通省贡士之谒见，常例先饱其贪；阖邑船户之装粮，旧规如取之寄。该县曩无省仓，顷方鼎建，土木之工未竟，而舜已钻纳把头，转卖高价，约略至二十金之多。此一犯也，小人而怀谿壑之肠，或官或民，相值总无空过。积猾而识金银之气，或邑或省，稍试辄已充囊。今不即芟，害将滋蔓，拟之城旦，夫复何辞！

访犯殷瑞等案

王贻上

看得宝应县地小民疲，原无深渊可窟鲸鲵，而皂隶殷瑞、韩木，其亦细流之蛰螯乎？奉宪访拿，得三款而讯之，一款云云，二款云云，三款云云。衙蠹犯赃，概应流徒，不敢稍有区别。但二犯在本邑则为首恶，较之十属之巨蠹，则又瞠乎后矣。且皆十八年赦前之事，应否免罪追赃，此则震霆之下，沛以甘霖，非卑职所敢擅便也。

侵欺官银事　以下告发

山阳县令黄坤五　讳文焕　永福人

帑库之储，关系甚巨，故管钥之寄，责任匪轻。专设库吏以掌收支，兼置库书以稽册籍，诚重之也。旧例即有久役，无过一年，盖有一番之替更，自有一番之清核。彼后来者不任代僵之累，则先事者难容藏窟之奸。若山阳县库吏熊贽、赖从云，真通身是胆矣。当崇祯三年，两犯已经役满，仍复夤缘接管，岂非漏卮敝瓮，败坏难支，思为弥缝补苴之计耶？追彻底查对，两犯势迫情穷，熊贽先逃，其迹始露。赖从云侵欺，数倍于贽，惧罪自经。今幸贽已就擒，一锱一铢，其数具在；一出一入，其籍具在；一与一受，其人又具在。水落石出，

较著彰明。有多征而漏报者，有寄库而擅用者，有给领支销而影骗入已者。在赖从云名下，共约三千二百两有零。在熊贽名下，共约一千一百四十二两有零。总之皆闾阎正赋，军国亟需。二犯视若家藏，略无顾忌，肆情花费，任意欺瞒。按册至有数千，藐法竟无三尺，殆已狼吞虎啮，非直鼠窃狗偷。若夫营谋接役，且以三载述职者不必还，而五日代庖者为可罔，上整冠而下纳履，难免嫌疑。行人得而邑人灾，谁从究诘？推其意，不至窃凫须之藏，而括方府之金不止矣，其罪可胜诛哉。始恣其溪壑，如蚁之恋膻，卒殉以身家，似鱼之贪饵。熊贽俟赃完日，申请定卫发遣。从云盗用官银，难以缢贷，当于家属名下究追。熊昌、许富虽库书非经手之人，而盘算舛讹，发觉不早，并杖。

剿叛事

山阳县令黄坤五　讳文焕　永福人

本府民壮卢凤、张瑞、周升、施宾尝有四凶之号，而赵元、王成、钱科等亦四凶之亚也。以豺虎相济之威，成鸡犬不宁之患，盖有日矣。除卢凤已伏天诛，与张瑞现经访拿外，若周升、施宾，则以他案拟徒，而犹坐拥金穴之富者也。若赵元、王成、钱科，则以党恶漏网，而犹半挟蜂房之甘者也。今取诸状阅之，则列单二十四款，引证二百人，讵曰无因。但恐纷纷拘质，则里至村诣，反为蚕渔之资，是奸未锄而良先累也。于是悬牌以示，凡一切干证，准自行投到。其未到者尚四十馀人，姑置高阁，而提此一干犯证，当堂拘质。嗟乎，此恶难罄竹者，一徒遂足蔽辜乎？且入官纤纤，缓急何济？于是开其一面，谕以大义，谓今者海氛告炽，舟楫缺如，莫若以捐资为赎过地，而宽尔缧绁之系可乎？若辈皆叩首输服。特酌产之高下，为银之多寡，周升愿捐二百五十两，施宾愿捐一百二十两，赵元愿捐八十两，王成愿捐九十两，崔科愿捐八十两，为造舟之资。此一举也，有三善焉。海上获金钱之利，小民省瓜蔓之苦，余党示罗网之宽。况用之则为虎，不用则为鼠，行县革役，想此后亦无能为矣。今而后，凶党空矣。

藐法违禁

淳安邑宰张梅庵　讳一魁　三韩人

审得衙门之白役，依草附木，市虎人豺，恃官票为护身之符，借帮役恣饕餮之术。本县久行严禁，不意犹有胡道应太其人者。方应武、毛十老，门枕溪流，见有一物随波而下，于是捞而分，分而不均，以致争哄。据方云野犬，据毛则云虎也。毛遂捏里长营五朋名，以藏匿虎皮，首鸣捕衙。夫吾辈为政者，不能使猛虎渡河出境，固已有愧于心矣。况此时者，又非拥皋比而讲道，饰文茵以兴师之日，曾何取于炳蔚之文，而屑屑与民争之乎？衙役张武往查，乃有白役胡道应太，辅之以行，狼牙鹰爪，于是乎无善状矣。得银三钱五分、麻布二匹；又波及于王四十，得银二

两；又波及于僧人如曾，而缧绁之。嗟嗟，若辈不过衔衙命以往耳，尚骚然若此，使不重惩，则奉堂票者不无更甚，乡闾焉有宁宇哉？杖惩之外，仍行枷示，借一以儆百，谁曰不宜？

削蠹全规事

扬州二守翁维鱼　讳应兆　辽东人

审得秦鲲化，工吏也。昨以军需铁炭暨废铜等项，仰奉宪檄严催，不得不派征各里。惟在坊者，因念伺候勤劳，姑行免派。此出自本县加意坊民，原无旧例可循，亦非乞恩可免。何物鲲化等，巧指曲禀，免派为名，索坊里谢银十五两。又何物余绍祖等，妄听而公然行贿乎。本县三载于兹，何事假手吏胥？若辈纵有神术，焉能只手欺瞒？今细察其由，皆因目前军需协济银两，坊里已派入数内，比例前事，故贿免该承以试其验否，验则前例蠲除，可免后派。不验，以赃为据，可以摘伏其奸。不知前日之免，固出自本县，今日之不免，亦出自本县，岂若辈所能上下其手？前铁炭细务为数不多，可量免也。兹协济军需动辄论万，自当均派，可幸豁乎？据坊里呈云，自明季至今，除南北二解之外，各色杂差，悉蒙恩免。试问明季之时，曾经几次大兵云集，派及额外军需？而在坊可引前例乎？今日之控，欲清指骗之弊则可也，欲为后日免派张本，则万万不能也。愚哉鲲化！受此鼹河之私，致招蜂聚之口，可为见小利而忘大害者矣。鲲化等分别杖惩；其银虽系同役烹分，亦止于鲲化名下追出，作修桥公费。杖惩之外，仍革役示惩。

宪讨事

扬州二守翁维鱼　讳应兆　辽东人

郑学之父郑登，总里书也。吕从达有田八十馀亩，均里之时，已推入高兰亭户下。是在六总当差，而本里之役，已为金蝉之脱壳矣。奈何复以从达之祖名，仍开于八总鞠华宇户下？是一田而两赋矣。将为朝廷广课额邪？抑私意有所不遂而为之也？虽云父作之孽，而为学者，独不能干父之蛊，而为此依样葫芦乎？笞之以儆不法。其赘开田米，即令削除。

指饷烹灶事

扬州二守翁维鱼　讳应兆　辽东人

兴化县里长杨继武，应纳漕折广饷银两，先差王盛行催，继差姜耀带比。两人皆因私愿不饱，未免奉公太过，致逼继武变产以应。此二差者，若果能自信无他，则亦催科之能役矣。迨其事过痛生，而有指饷烹灶之控，则知前乎此者，尚有织毫芥蒂于其中。訾詈督责者，不尽从公事起见，故无以服受者之心，而来今日之哓哓耳。然据词指为白役，控为烹诈。乃今对簿之际，则原票尚存，非白役也，审赃乌有，非烹诈也。或亦知其意有所属，故律以《春秋》之法，不诛迹而诛其心乎？从来衙役犯事，有赃则坐，无赃不坐。为继武者，若果抱恨之深而志图报复，何不故投香饵，预为今日取胜之地乎？愤浅言深，此讼殊属可已。杖之以戒多事。

天讨巨蠹事

太仓刺史陈麓屏　讳国珍　金华人

陈懋德于顺治某年，有仆妇缢死，妇亲控之于县。差役胡秀行拘，不无奉行过甚。为衙役者，料不能为吸泉之蚓、餐风之蝉，借恐吓以赚锱铢，在所不免。但今事已三年，令已三易。即云投鼠忌器，不便控于本官之手，而后此二令，未尝不开听讼之门。乃缄口不言，直至今日，而始为冷灰之复焰也，其谁听之？况秀极口不供，虽有护民惩蠹之心，则亦无如之何矣。杖懋德者，非罪其他，罪其当鸣不鸣，而为事后之哓哓耳。

欺君陷儒事

太仓刺史陈麓屏　讳国珍　金华人

审得颁行优免，例有成规，生员止准免其本甲，原无越甲混免之理。若夫挂生员之名，而学册无生员之实者，则又未可引例而邀恩也。徐某于前州在任时，曾批例免之折，而方某则总书也。批行而不肯入册，或亦知其为赝鼎乎？此非作弊也明矣。今据某所控不烦多驳，止以两言为断。请某自反于心，果属真正子衿，自应优免，而总书难辞措勒之愆。倘或未然，且无暇深求县册，而本州方借学册为凭，以究名器所从来矣。

访犯二 土豪类

访犯童贯等案

孙沂水

审得土豪其何能自豪？有豪胥为窟，有豪差为朋，又有豪宗为盟主，遂岸然称豪闾左矣。如童贯聚众恶于一身，而书手陈镐、皂隶江升、其心腹之内连，爵宗统钧、庶宗如澄，其气焰之外烁者也。蚁行狱市，烹分染指之甘，狼藉平康，霸夺缠头之锦。在乐户之被害者，有某某云云，几无幸免之青楼矣。他如借解纷而诈罗梦吉之多金，假人命而诈罗大、罗四之卖屋，忿拘倡而诈县差李良之三两，则贯之公行而无忌者。至于盗扳之李希寿，讼屋之段志二，又升与镐所视为几肉，而吞噬不劳馀力者乎？此数犯者，居心如市，强鹰与馁虎相成，敛怨为山，下贱并良民交怨。人言啧啧，恶迹业已满盈，宪网昭昭，罪状岂容偏漏。并应徒拟，以快人心。

宪斩事

李映碧

吴舍三，鄞县赤棍也。先因樗蒲兴浓，曾经本府枷责，不意反戈以攻者，转借樗蒲为勒诈之端也。据诸人口供，每见舍三一至，如虎之畏毛间虫，象之畏钻耳鼠。需求稍不如意，即以赌首，不顷刻而拘牌至矣。始而吝果，继而亡树，未尝不追悔前事之非，故此后有见舍三者，皆乐输恐后。若而人者，软求不屈乞儿之膝，霸取不持暴客之戈。与之则为摇尾之小喜，拒之则为伏爪之暗击。原其心，非欲横

行里邑，广攫金钱以润屋也，必餍酒肉而后反，为蜂为虿，总求不负此腹而已。以为一方之虎狼则不足，以为一方之鹰雕则有馀。按律拟徒，亦足以惩其后矣。

乱鹾事

李心水

审得程俊者，盐中蟊螯也。当季、额互争时，俊独挺身具疏，奉有俞旨。于季商则功狗也，是其簇簇而拥之登坛者也。于额商则敌国也，是其眈眈而群欲下石者也。彼为俊者，独不宜一洗秽肠，而俾诸人塞口无名乎？何为纲纪后意气扬扬，甚自得也？且于盐之中，有私垄断焉。今取胪列各款逐一研质，或藏头以行蜮潜之奸，或借题以遂狼吞之计。其所骗二百二十两，亦既彰明矣。以掀髯阔步之横，行磨牙励爪之贪，若俊者，真所谓胆大于斗也。夫人行事，无为爱我者所顿足，而仇我者所鼓掌；今俊之所为，真季商顿足浩叹之时，额商鼓掌群起之会也。合革其纲纪，仍追赃拟配。

发审事

兴泉巡宪胡贞岩　讳升猷　大兴人

审得袁文甫者，大盗袁三狗之弟，访蠹严学曾之婿也。其所以武断一方，使人不敢撄其锋者，恃有两祷杌在耳。需求富人而不得，则通盗兄使劫之。指使贫民而不听，则唆蠹岳使害之。试问乡闾之间，富民不畏动而贫民不畏告者，谁哉？于是乎文甫之居乡，遂无不行之令矣。然此犹谓豺狼当道时，正其张牙舞爪之日。迨兄既犯而岳既访，皮之不存，毛将安傅？既远窜他方，犹虑风波之及，奈何愍不畏死，犹视奇祸为福，欲垄断于访盗之间哉？择民之可食者，非唆岳扳赃，则令兄扳盗，使人奔命不遑，何怪乎抱牍纷纷，咸向乌台乞命也？兹审云云，证既满庭，赃亦累百，按以新法，投畀何辞？由此观之，其不凶之避，而为网之触者，盖天厌其毒，若或止之，以明彰瘅之不谬耳。

访犯三　追赃类

急救阱毙超生事

兴化邑宰郭汉李　讳启宸　圭海人

审得张有能，定海关积棍，包揽课税，与厅书、县书鼻息相通。商税之侵，应坐戴范之名下二百两，已经前县审详在案。今之盻盻解网者，冀引戴应兆事例耳。以赃言之，范之应追五百两，已完一百六十三两，有能丝毫无输，殊与钦赃酌减之例不符。且范之之死，虽非毙监，然病笃保候，似足服其辜矣，故犯男应兆，得邀宪恩。今有能羁禁虽经半载，偶一保出，而齿爪复动，遍剥商膏，故复入笼，如遽为解免，放虎狼于定关，不知其将噬人乎，抑委肉道旁而弗视乎？如此大案，得脱然漏网，又长几许风声矣。且烹公镪至二百两，而法纪未加，何以昭示地方，儆戒将来？此有能所以难从宽政也。

殛蠹事

阮霞屿

访犯俞则恕，为库书一十七年，穴狐潜鲋，养虺已深。比其身为怨的，断赃二百有奇，又皮存骨立。昔之所为婪赃居货，罄费于花酒之间，计自纳赃银，仅三两六钱。其馀非痈溃于所亲，即毒流于所恶。计扳害三四十家，奔命缧绁，而因事吓诈，以供养其福堂之用者，铢铢两两，几六七十人。瘈狗未毙，涂豕横行，婺州之切齿腐心，不独一王桂标。而桂标以青衿自护，故敢怒敢言耳。迹其同恶库吏应宗荣，表里为奸，库书罗德仁，鹰犬为嗾，应各代完赃一十五两。俞则恕等各杖，犹为末减。

盗帑事

王望如

看得孙奎监守自盗，追至数年，尚欠四百有奇。律以藁街，何容再议？但岁月既久，监比法穷，彼将视囹圄为福堂，以敲扑为衽席，日复一日，骈首何时？应饬该县设法迅结，以正典刑。至徒杖诸犯，援赦已久，皆不必推求者也。

清查屯粮馀银事

解石帆

漕船军费，每年额设银一千零一十两六钱，院允豁免。今奉通查各犯，委已人销物故，既无产业之可搜，即今巢卵池鱼，终亦缧绁之非罪。况恩诏蠲除，敷天共沐，即近在崇祯三年以前，尚沾浩荡，岂事经三十馀年之远，独靳恩膏。又查同招之徐照，亦与思寅并拟遣戍，先年已蒙恤宥。则思寅之家属，得邀一视可知，而拟徒刘七孙等之家属，又可知矣。销豁允宜。

通 海

查获通海人犯事

李心水

审得孙十一者，乃台之松门卫丁，而居宁开饭店者也。夫借店糊口者，每逢客过，则质囊群招，其举动犹倚门妓耳。独当海警戒严，而宾至必择暂作迎门之吠犬，此亦十一所宜为意外之防也。奈何以通逆之游坤阳辈，而亦主于其家，以此累及十一，讵非林鱼之殃？但阅鄞县招词云："楼中了无长物，惟数客徘徊楼畔。"今召十一面诘，与县审略同。夫十一随父寄宁已廿五载，想首丘之归，当指宁不指台，何乐乎勾引外贼，以残坟墓而毁庐井也？若云来历不询，谬主匪人，则以一载图圄之苦偿一日居停之误，十一之罪止此矣。合无依鄞县所拟，从轻改杖，今而后，过我门而不入我室，十一无憾焉，且摽而出诸大门外矣。

捉获海寇事

李心水

审得陈可权、袁大秀，俱鄞民也。今读张知府审词，业被掳有日，报掳有人矣。至掳而逃，逃而获，令巡司熟于计，当慨然解笼耳。然外寇之汹汹方炽，则该员所万不敢出也。兹提可权等对质，谓囚首贼中者几及一月，适于七月廿三，暴雨淋漓，咫尺晦暝，于是大秀以一鼓先登，可权以二鼓继之。盖掩口惟恐出声，而举足犹防露影，战战兢兢之状，两人描摹如画，然未敢遽尔狂奔也。迨天色微曙，携手移步，方欢然有更生之庆，不意又为乡兵胡和尚获也。今召胡和尚诘之，云"手无寸刃，止徒步耳。"杀人以梃与刃，今并梃而无，何说刃也。且自张知府审质时，两人日赴公庭，呜呜泣诉，若中情怯乎，已捷足先奔矣。陈可权、袁大秀之拟杖，非曰两人有罪焉，亦以当行道而蹩者之一厄可也。

覆审得陈可权等一案，业经再驳矣。今提胡和尚等再质，止云手无寸刃耳。夫鹰之搏物也以爪，虎之啮人也以牙，若爪牙咸去，一雀鷃困之，一猘狗制之耳。夫器械，两人之牙爪也，牙爪不设，意欲何为？盖同党则入舟，唯恐不深；而异己则上岸，唯恐不迅，两人情事止此矣。至两人上岸，原无成约，乘便而奔者，乃不期而会耳。然无翼而飞，两人既所不能，而我能奔，彼亦能追，当日潜踪僻所，是亦猫啮鼠避之说也。若和尚等手擒二犯，非以搜匿得，谈笑拱揖之下，如客行者，子东我西，适相凑于中途耳。去贼已远，固无就缚求救事。而若云格斗，则存空拳，若云鼠伏，则已纵步。此两人与胡和尚供吐若合符券，而所当解网者也。

拿获叛犯事

李心水

审得乐清县人蔡国京，乃遇害蔡来源子也。先因来源捕鱼为生，往来温宁间。而宁人许绿野，其牙行也。当国京垂髫时，曾携至绿野家，且握其发而抚之曰："数年后，其代我贸易于此。"未几随来源偕归。而于崇祯六年后，携国京并同伴九人捕鱼海中，不知贼舟潜泊韭山者，且视若辈为鱼，而悬网待之也。时来源等乘风破浪，方击楫兴歌，而忽见张弓叩刃，呼风尾后者，则韭山之贼至矣。于是九人并来源，皆垂首就戮，独释国京不杀，盖贪其壮，而欲奴隶之也。适诸贼入犯，逼国京汲水，遂弃桶溪边，狂奔大岭山，而已为我兵林永茂等所缚矣。兹阅参府解批，与前道台审语若合符节，而顾以觅巢之旧燕，久作縶笼之困鸟，嗟乎冤哉！今召绿野诘之，则云来源故人也。未几见兮，突而弁兮，虽国京稚齿已壮，而追谈往事有同列眉。且国京朴呐后生耳，每一启口，则双泪垂颊，盖痛伊父之惨死，伤我生之不辰也。吾不忍其觳觫，若无罪而就死地，职曰舍之，宪台亦必曰舍之矣。况幽囚一载，形销骨立，夜台滋味，谅不殊斯。所当亟为开笼，而无使哀哀年少，行就尘土也。

泣救冤民事

蒋楚珍

审得奉化人袁可功，真善识酒中趣者也。夫可功之家，徒四壁立耳，奈何心周京酒肆为家酿，而不醉无归。彼京之恋恋蝇头者，肯为武媪折券乎？此所以索逋不获，而禀捕差拘也。时可功心念甲首任天鲁，曾欠粮银三钱，可偿酒逋，而于初九离奉化，于十二抵舟山，乃道经酒肆而热涎垂地者，又不觉为猩猩之恋矣。此踉跄入城，有以来旁观之疑端也。适寇警方殷，正在盘诘，于是不以市中之醉人为瑞，而以贼中之醉人为奸。无怪其疑而执，执而拷，而何可功满口招承，几为醉梦中呓语乎。今召周京、董礼细语，则若呈官，若差拘，俱凿凿可据。且读参府原招，谓可功入党，实于崇祯四年，而京则谓数年间，正其恋觞伊店，苦于驱蝇之不去者也，则可活此酒徒矣。今而后，若再为一卮之耽，则请以今日之事当一酒箴，而有不损觞毁瓮，恨仪狄之杀人，怨杜康之害我者，非夫也。杖之以戒酒过。

出巡事

蒋楚珍

审得林洪之以辟拟，不过因买票一事，坐以蔡三老羽翼耳。兹再四提质，实系舵工。夫无票则死于海，尝诸贼之手刃，而有票则又死于市，罹法官之笔阱。吾惧洪之进退维谷也。今呜呜伏地，鬓发苍然，况同舟诸人，半赴夜台，独洪奄奄白日耳。犴穴之伶仃无偶，故园之逍遥有限，恐昔叹日长，今嗟晷短矣。改杖非纵，合候宪裁。

海贼潜入内地等事

蒋楚珍

审得柯车之流落台乡也，十年前其主杉客，以海禁没官，贫丐不归，佣食于陈行比之家，五年于兹矣。某月日偕陈景新等七人，驾陈大恒船出海，泊担门山系索。适盗殷大王突至，以格斗杀陈见初等二人，馀俱被掳。各家闻难，于某月日共凑银若干，付陈行吾出海取赎。比至，则盗闻官兵两路合剿，遂弃诸人于竹笥园山庙中，扬帆鼠窜，柯车等因是得附舟归家。踪迹显露，遂为游府所缉。此辈以海为田，因渔为命，金清一港，连艘四百，有海税必有渔船，有渔船必有被掳，其间往而不返，如陈见初、陈汝宁决脰屠肠者，不知几何。风波之民，走死地如骛，入虎穴终陷虎口，迎潮篝火，日徼幸于盗之不来，若候伺骊龙之睡窃其珠，而得免者几希。被掳之后，愚民不知边海法律，往往鬻妻卖子，飞船取赎，为蜉蝣而延午息，冀魂魄亦返家乡耳。既罹海禁，法网难逃，但严刑遍讯，实无酒米通洋，断发毵毵，显是绝其归路。如刑法从重，借一儆百，肃清海宇，则各犯宜从骈首之诛。如被掳与接济不同，救死与通洋尚异，悯其离海无生，入海又死，则一面洪恩，矜疑在上，非本职所敢擅轻也，伏候宪裁。

又

蒋楚珍

审得严横等八名，同系闽人，其始为风波之民，或因盗报，或因盗募，以同乡二里之故，转相招致，联艅抵敌，鼓枻扬波。商渔莫敢必其旦夕之命，上下宁、台、温，望之如凫鸿往来，即之如鼋鼍出没。天丧其魄，一旦犁沉阵获，同党自供，口口指实，微独包红执刃，逃水换衣，当日情事，历历逼真。即如孺子郭一全，一手指定，严横等俯首无辞。以是正海贼之诛，令洋波惕息，骈斩又何疑焉。就中惟郭一全，年才十四，

与贼同铺不及一月，虽被掳不尽可知，然非系被掳，亦系被诱。同舟无父母兄弟亲戚，岂遂鲸鲵之种，实伤鲲鲕之生？数其年，毁齿以上，按其时，月计无多。即使摧蛇尽虺，何妨祝网开罗？至陈韶胤等一十三人被掳打票，事与接济不同。细审当日，实系同时被掳，取赎布、袄、鞋、袜等件，以是为续命之膏、延喘之药，非资贼之所无，利贼之所有，有心接济。亦非军器、硝磺、酒米等件利贼之利，而因以为害者比也。自十一月十八日至二十三日，中间被掳不过数日，严究并无馀赃，事同违禁，匪枉匪纵。其他已经审豁，李升高等十六人乞贷无路，老稚居多，残年饿喘，既蒙恩拯，应即给文放释。

前案

蒋楚珍

复审得正贼严横等八名，冥息游魂，冯波起立。海上往来商贩，供就刀俎，付之洪涛者，不知凡几。一旦生擒阵获，贯继连缨，累累于鸟沙门之捷，此天夺其魄，数于焉尽者也。即其魋头突目，鳄无善族，鸮有同音，非里居出入之群，即姻党相招之侣。以械则执斗，以获则成擒，往者皆既午之蜉蝣，来者亦新生之蝨贼。联艅抵敌，武夫力而拘诸原，尚安得以渔衣为赎命之膏？以被掳为求生之路乎？骈首就诛，理无可说。但内中郭一全，年才十四，蚩蚩者何所知？生犹乳臭，死尚彀音。虽与贼同铺，给佐使令，然非诱则掳。察其情词哀恻，非秦舞阳十三杀人，目不定瞬者也。至如接济贼犯，陈韶胤等一十三人以为接济，则与贼何殊？然各犯一一供吐，杀伤同类已非一人，携带幼男同时被掳，所追鞋、袜等赃，实因打票取救。一时愚夫冒昧，比于无知入井，云云既蒙恩拯，应即释放。

塘报贼情事

台州司理王浴青　讳阶　景州人

沈廷秀临阵投诚，前谳以为势穷所致，与倾心向化者不同。兹职再四研鞫，廷秀泣辩呜呜，谓被逆贼擒缚七昼夜，脱投胡弁，愿为向导，此其情之可矜者。闻此泣命之呼，合当予以更生之路。盖以倒戈而降，较之对垒以获者，情事原有分别。至奉新令谆谆，每以招携怀叛为首务，蔡民即吾民，既来则安，奚事穷其真伪，以塞向化归诚之路哉？卑职实从招来起见，非有私于廷秀，而为理屈称冤也。况与王进仁、王五等，归同顺同，当皆待以不死。何独致严于廷秀，令其有向隅之泣乎？似应一体安插，恩出宪台，非卑职所敢擅便也。

匿 逃

援赦超释二命事

赵五弦

审得王炳等一案，屡经详请，未蒙批示。盖以事关东人，理宜慎重，而抚宪又有咨部请示之批，是以不敢轻释。但是否东人，须经督捕审过始明。督捕之审，须经主子识认始明。据王来福呈词，又取有甘结，先系投募，后又逐出，王来福已不认主子矣。查督捕司呈堂云："若系募民，即行释放，查明咨部。"督捕堂咨院亦云："若不系王来福家人，即行释放，回咨结案。"是部中来文，一面释放，一面回咨，非必待咨明然后释放也。其仍欲咨部者，所以销号件，其即行释放者，所以恤淹囚。原文极分明也。今咨部业已一年，诚恐督捕堂司查照原案，谓二犯已经释放，不发回文，恐待毙累俘，将终为狱燐矣。圣明之朝，草木咸若，匹夫冤系，上干天和；况二犯无辜，实由错误者哉。合无呈详宪台，电阅督捕原文，呈请裁酌，不独二命苏生，而宪件亦可早结矣。

左 道

斩乱事

李心水

审得原任通判韩廷诰者，鼠啮再戢，虿毒旋肆，其以白莲教告，已两见矣。当宪台发审时，伊仆韩福即气喘胆丧，不寒而栗，曰"家主教我。"问谁教韩通判，而授以姓名，则韩正也。今提正公庭，与被呈诸人对质，皆氓之蚩蚩，勤百亩于十指上者。廷诰虎而正伥，每导之脔割此辈，如其不与，则遽思啮人。止缘家罄樗蒲，遂以猎人为事，唯愿其一掷得卢，即是诸人安枕时也。今问白莲教果有据乎，廷诰则云得之耳闻。干证何人？事实安据？说鬼说梦，口吐莲花者，廷诰也。而反欲诬人以白莲乎。韩正、韩福拟徒，张廷诰拟罚。

串烧罔法事

李心水

鄞县人曹元，乃妖道王法师之徒，而慈溪县人钱德，又元弟子也。先因王法师流寓慈水，建立无念社会，乃率先拥戴，推为一佛出世者，则元与德也。于是设坛聚会，名“归元堂”，非其会中人，不得厕足焉。初相崇奉者，犹愚男子耳。未几少女艾妇，络绎奔趋。一入“归元堂”，则如重关秘扃之不可复诘，而聚以暮，散以晓矣，甚至弃产卖宅，从如归市。则堂之外，所建又十数坛，而坛之内，所聚又百馀人矣。噫，此殆不必赤其眉，黄其巾，而为乱者也。时慈溪县素闻其名，方捕获以绝乱源，不谓浑身是胆之曹元，乃敢毅然诉宪也。尤怪该县审解后，案已如山，尚有慈溪里递邵朱等、定海里递曹徐贝等，皆挺身代辩。噫，此岂元等之护法与？则皆饮狂药而未醒者也。问以曾讲经乎，曾聚男妇于一室，而夜集晓散乎，皆不能措词矣。涓涓不绝，遂成江河，东省之前车可鉴也。曹元、钱德应发口外为民，王法师仍行严缉。

妖术事

李心水

审得王胤祥者，乃王贞轼兄，而张氏则胤祥妇、贞轼嫂也。先因贞轼以童生赴府，屡考不录，未免以嫂不为炊者，兴苏季子馁腹之叹，此所以愤懑成疾，痴癫时发也。今具呈控县，岂曰“无因”，但不合曰“之死而生，业非一次”，又不合以怒嫂者移怒于兄。而忽云“仗术残命”，且附一结于词后，以所求观音签为证。其娓娓强解者，半诙谐，半轧茁乎乃尔，所恶于智者为其凿也。此子以解签之法移而解文，无怪乎屡刖荆山而遭黄堂之按剑也。

地方事

秦瑞寰

审得施伯亭，遵无父之教，编卦连宗，妖妄特甚。呼群引类，几令举国如狂，惑世诬民，法宜投之有畀。但念情无谋逆，迹非妖淫，始终为邀福所误，犹可矜也。并为从曹道生，一体释放归农，取结附卷。

妖僧惑众等事

台州司理王浴青　讳阶　景州人

审得妖僧某者，由异域入中国。因其自名罗汉，愚夫不察，遂俨然以罗汉事之。更可异者，以男子而作妇声，不但真伪不分，亦且雌雄莫辨，侈口造讹，罔上惑众。当此功令森严之日，乃敢窝隐逃人，招携无籍，声言欲往朝南海，到处索兵护送。于是兵杖森然，俨若满洲一贵介矣。道路传讹之口，不但尊为罗汉，又且目为崇姑，始知女音之作，初非无故而然也。若非抚宪参拿，按以国法，将来为祟为毒，正不知作何底止，岂肯仅以罗汉终其号哉。兹奉明旨严究，刑讯之下，始吐真名。听言语，则满口汉音；问照身，则并无一字。佛氏之真诠未解，山鬼之伎俩全无。其所恃以惑众者，唯此一种似男非男、似女非女之妖态耳。愚民易惑，千吠一音，甚至舍身护从者，几同归市，讵非咄咄怪事哉？其随从之某某，俱系某旗下逃人，由是推之，是

以一妖僧而匿三逃人矣。左道不足，继之以隐匿东人，且一匿不已而至再，再匿不已而至三。是何其扑火如蛾，而走死若鹜也。今以一身难坐数辟，姑依妖言惑众律拟斩。某某等各按不应先逃，解归本旗。不到某，严缉另结。

诈伪一　私刊假印类

出巡事

李映碧

覆审得桑成璧之雕印骗银也。止以空头白纸，出自伊父，而欲假死父以脱生子耳。善乎，陈知府之言曰："空纸用印，必字在印上。"今验系墨上朱，而成璧何以自解？善乎，黄推官之言曰："昌国所印，文斜曲而疏。"既纹画不符，其为黄蜡所刻明甚，而成璧又何以自解？以数字之雕镂，而百三十金之攫，有同扫叶。其从空虚入者，几欲盗空空儿妙手而用之，而一搏不中，能为乘风之远逝否也？按律拟斩，何说之辞？嗟乎！手之作孽也，嫁祸于颈，成璧其有悔心乎？

捉获假印事

陈卧子

缪栋士颠越不恭，剞劂作伪，私雕县篆，诓纳粮银，至五十馀两之正供，尽饱奸橐。推是心也，直可暗盗铜章而骤移金穴矣。乃鬼魅之奸，猝难掩雷霆之击，迨县官闭户一搜，则折角之印宛在瓮中，私开之单洞如观火。矧覆刻相同，欲卸之已死之王万一，而手腕其能易耶？律斩当辜。

假印殃民事

倪伯屏

审得房荣，乃靖安县革役当兵，稔熟衙门者也。有建昌案盗彭胜六、胜七逃匿

靖安。因行关提，县差徐正，续差徐贵、张华，俱未拿获。荣憾胜六曾窃其母舅之猪，欲探虎穴以见功，遂自标硃票一张，仍写徐正名，而以己名副之。又将紫石雕本县印文钤盖，持票行拘。至阳河遇王太催粮回，拉之偕往，给以票为黄主簿所发。太信为真，而胜六、胜七果就擒矣。盗戚熊月七认是伪票，当即收藏。今年二月十六日，首县验明，将荣监禁。方在根究，适三月廿四日，余仕伍趣余五五迁居，五五不从，仕五忿揭房瓦，椽上之石篆宛然也。县讯五五，供其妻闵氏与荣通，五五住楼下，荣居楼上，闵氏幼女兰秀亲见其持石在手，此证之最确者。荣覆刻无异，甘心伏辜，此供之最实者。驳查唯致详于五五伙奸、王太朋诈。今反覆推求，若五五知情，伪篆应贮之笥中矣，何以荣自置椽上？非惧他人知见乎？其同居不同谋可知。若荣果骗财，宜得财纵放，而胜六、胜七何以并执送官？二两八钱之赃，荣尚诉为悬坐，又安从及太耶？当日同行实缘偶值，且谓擒盗可邀上赏耳，固知天之巧于败奸也。假票先扎其身，俾无脱网，假印旋出其屋，更无展词。早露或纵之捕逃，需迟则投之水火，而犯与证凑，候与事符。尤异者，毁瓦之人即发覆之人，不然，梁间卷石，其谁见之？非人也，天也。乃荣犹辩质为木石，文系描摹，行使初无几时，擒捕又属真盗，似有例可引，其如新条之罔赦何？亦难径为之求生矣，合仍论斩。王太拟杖，彭胜六听县案另详。

诈伪二 私铸假钱类

私造钱事

倪伯屏

彭亢十五等，以农户而操国权，释菑畲而行鼓铸。彼其居在长源，系三邑接壤，犬牙形隘，倚窟穴之难窥，鹅眼价轻，诱市墟而广布。官钱壅而商货亏矣。赖铺行公禀，县幕密擒。炉锤橐籥之具存，主匠行使之齐获，潘大其操作之精者。一

以贪贾祸，一以技杀身。彼遣配已伏其辜，二犯何辞骈绞。

诈伪三　私煎假银类

煎伪除害事

兰溪县令季沧苇　讳振宣　泰兴人

审得杨春之首假银，词曰畏株。察春与叶翠宇风马无及，得无藉公呈以快私忿耶？然翠宇身非银匠，背地倾煎，恐红炉亦未必无赝鼎耳。念原银无据，姑免拟。

土豪事

淳安邑宰张梅庵　讳一魁　三韩人

审得舒良甫性同蛇蝎，心比豺狼，其为道路侧目，不啻南山之白额、长桥之巨鳞也。各款姑置勿论，即其素手擅造朱提，黑心变乱白镪。赝鼎之行，毒流远迩，弼铜之号，岂属虚传。遂使贸贩小民，人人饮恨，以至斗粟尺布，在在受亏。只此一端，已难逃于国法，况有盗砍墓木，勒诈役银，窝盗拒差，种种不法之事乎。按律定罪，合仍前拟。

烧丹惑众事

兰溪太尹赵松涛　讳滚　四川人

审得低银之禁，严饬已久。何得复有张十八其人，惯倾色镪，假冒真纹，致来地方之首。虽倾银与烧丹有别，验系八色，亦非全假，但恶其为术太工，使低镪与真纹无异，卒急不能辨之。间色夺朱，郑声乱乐，恶其似也。杖而遂之，以为赝乱真之戒。

【眉批】儒吏折狱，在在引径，妙绝。

忤逆

杀母大变事

开封太守席竺来　讳式　陕西人

胡之甲德门败类，身列胶庠，弃天伦于弗顾。据继母某氏哀吁，实堪发指。且无论攘产夺资，殴母致跌之虚实，但以缨仁戴义之士，而令其母匍匐公庭，鸣鼓攻罪，尚有面目立于圜桥，而与同俦相向乎？虽曰从来继母尽有短长，而粗知礼义者，且知伦分所关，逆来顺受。况之甲出自宦门，躬亲儒教者哉。法宜申革，姑令改过自新，罚浚泮池，时往湔洗其过。

忤杀事

南昌司李李映碧　讳清　兴化人

审得妇人之善妒也，皆以妒生斗。而今忽有妒死者，则李文继妻蓝氏是。夫文前妻赵氏婉顺，惜中夭耳。蓝氏庭谒舅姑后，命谒赵氏亡灵，则矫首而不拜，且出诟詈之词。嗟乎！赵氏往矣，未闻阳世之宠幸移入夜台，即曰为恒情，当为将来之婢妾计耳。不于来者是拒，而为往者之追，亦太苛矣。乃今节届清明，群奠亡灵，独摈出赵氏之灵，使不得与于受飨之列。争之不足，继以咆哮，甚至谇舅姑，箠夫婿，又甚至抛其三月之子于地，殴击践踏，以泄毒愤。悍哉！放而不祀，是女中之葛伯也。故邻里有忤杀之控，亦日为其杀是童子而征之。犹幸此子为妒妇子，而前妻未有遗雏。若以赵氏一块肉，而遇此蓝面鬼，其吞咀又作何状？合令舅姑执杖痛加箠楚于公庭，仍杖赎以儆其后。

【眉批】舍生忌死，为妒妇别开生面。

杀母异变事

兰溪太尹赵松涛　讳滚　四川人

审得胡氏之以杀母探朱仁也，其讼不始于缺膳之日，而始于争继之年。子有应继之实，母无钟爱之心，据族众公议而强立之，苟非曾闵之孝，求其上格母心，而使内外无间也，亦难矣。况仁不善事母，而更不善事其母之兄弟者乎。但使仁有缺膳殴亲之实，胡邻里宗族不行公讨，而代为声罪者，独出渭阳一姓乎？其间情事，不问可知，清官难断家事，诚有不必断者在也。朱仁不尽子职，致母出词，杖之以全大伦，兼戒其后。若欲执此无据之词，欲黜现在承祧者而别继他子，不特官无是法，亦恐民无是情也。

【眉批】松涛先生治兰八载，异政累千，惜乎得稿最迟，可谓后来居上。

犯　上

灭祖杀叔事

张梅庵

审得棠芾之树，后人勿剪，路马加敬，齿者有诛，盖敬其人则并敬其物也。况于祖遗守墓之仆，而可盗卖之乎？胡族司空庄懿公遗有臧获二人，世守公冢，族众罔敢私役，此亦帷盖之仁也。何物胡其耀，独据仆男益儿，且擅卖之。无论众怒难犯，专欲难成，且将来石卧麒麟，冢眠狐狸，其谁为看守者？生员胡宗明申义呵责，礼也，奈何令伊子德尊蔑分而横殴之哉？是父是子，不独名门之败类，亦人群之祷杌矣，分别杖之。益儿着备原价赎回，仍听守墓。

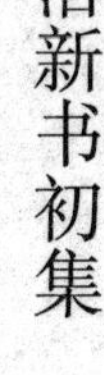

逆祖杀兄灭伦大变事

张梅庵

审得胡氏为青溪右族，子姓极繁。族有胡学仁，娶婢为妻，有乖伦理。樵青虽韵，难配志和，朝云纵佳，岂逑苏子。似此菲葑之采，讵胜蘋繁之任乎。新春携之入祠，告之宗庙曰“妇”，称之同宗曰“妻”。不料以名号不顺，同族尊幼群起而攻之。廪生胡尔藻词议侃侃，学仁不知自愧，而反攘臂相加，其为肆横可知矣。伊妇贬为妾，不许入祠。杖学仁，为犯上者戒。

【眉批】咄咄胡生，何幸得此高比。

直陈知县激变事　以下犯官长

汀州司李赵我唯　讳最　余杭人

看得军馆快役陈俊等，与本府捕役叶美、蓝荣，皆奉署府沈丞之票，往宁催粮，而蓝荣之票，倩同役方顺代行。夫青衣追呼，但当昼行勾慑，奈何角楼之银漏沉沉，而城下之狂呼烈烈也。维时宁武多警，鱼钥方严，忽有使酒闯关者至，令尹于是乎无恕词矣。迨叶美先奔，俊、顺两责，而后列名以报曰：“吾府役陈俊、蓝荣也。”宁令于是乎以门禁夜呼，申文报馆矣。居无何，而新守莅汀，忽闻有诸军索粮之帖揭诸通衢。卑职欲消于未形，即进汀卫指挥刘霖而问之，则曰：“荷戈之流，时方散处，摩肩偶语，曾莫之见。彼匿名谤帖，意者其假虎而驾驭者耶?”未几而宁令谒守，将出大门，则汹然鼓噪矣。其随从舆台，或身负殴伤，或抱头惊窜，致河阳香令孑立徬徨，不亦仅见之变哉?维时观者如堵，职等闻哗，急出严谕，遍索其人，则翟然散矣。迨询之门皂吴松，而后知陈俊、方顺、叶美等实为祸始，此府馆之所先经责禁者也。复采之舆论，而后知余三、陈宪、赖魁实为助阵焉，此卑职之所续获禁夜者也。今据陈俊口供，则俊与顺实以受责之故倡首报怨，而叶美、陈宪及白役余三，皆以狐兔之伤，同殴宁役雷震者。至于赖魁，虽未助力，乃云：“我辈规矩殊不可坏，故从旁鼓舞。”噫，若辈之规矩不可坏，而县令规矩顾可坏欤？要之，于令初不知俊等为府馆人役而责之于先，沈丞初不知俊等有报怨之谋而治之于后，两贤岂相厄哉。若曰军实为之，则不独府馆所当下责禁者无之，即陈俊等之口供亦无之也。不独指挥门皂所目击者无之，即陈宪等叠叠之诉词亦无之也。是役也，争始于下，其流及上。泯于无迹，复于无言，是在宪恩之调护。而卑职据实详报，可矢天日，不敢有一毫偏护于其间也。

【眉批】趣语解嘲。

察究事

赵我唯

审得府役陈俊等之报怨辱令也，以“上下”两字横亘胸中，而因以决“上下”之防者也。当陈俊、方顺手握郡牌，昂然下县，其目中固已气吞云梦矣。独不曰星横午夜，非追呼之时，鸣柝崇城，非叫嚣之地乎。况寇警震邻，严关戒肃，而使酒排闼，不即痛惩，何以固城池而弭奸宄？此门禁夜呼一申，卑职正以此觇该令之风力，而不意竟以此撄若曹之蜂虿也。以为吾上役也，乃为下吏所挞，

则向后之威损矣，于是令方修谒，而俊等即修怨。嘈然以哗者，俊等怒也。漓然四奔者，县役窜也。漂然流血者，宁役雷震被殴也。孑然延伫者，于令之无舆无从，而逗留宾馆也。以此言变，变莫大焉，以此言辱，辱莫甚焉。而要以陈俊、方顺倡之，叶美等佐之，赖魁复从而怂恿之，此不特门隶吴松当下目击，即俊等口供亦和盘托出矣。陈俊、方顺挟怨辱官，合拟城旦。叶美、余三、陈宪攘臂助阵，合与从中鼓舞之赖魁、倩人行票之蓝荣。分别杖治。

【眉批】细柳遗风，讵可抹杀？

【眉批】以赋体为谳词，灿然夺目。

抗　官

欺君隐税事

淳安县令张梅庵　讳一魁　三韩人

审得陈光叶，桀骜不驯之民，且恃两子为青衿，所谓夜郎王者，不知几许人矣。去冬张仁控其隐税，事之虚实虽不可知，然不妨赴庭一质，而无如其坚匿不出也。及肆赦之后，仁复控之，其不出犹故也。生员吴达经以逃差控之，而不出又犹故也。本县虽无破柱之威，颇饶强项之性，匿之愈坚，提之愈力，未几而项正等，又以殴差控矣。夫百里长奉朝廷之法，不犯则已，苟有所犯，则片檄勾提，孰敢不束身阶下？区区蠢顽，乃敢刁横若此，姑置隐税逃役殴差于不论，试问官可抗乎？捕可拒乎？有县令提一部民，抗违不出而遂已乎？不大创之，则官长之令不行，而三尺之法，亦可废矣。因诸青衿匍伏乞怜，姑从宽政，幸矣。罚造浮桥船二只，限半月完工，以竣事之疾徐验悔过之勇懈，不则三尺尚在，不难以宽于前者绳其后也。

婚姻一　逼嫁类

奸骗撤拐事

漳州二守陈斯徵　讳开虞　富平人

世之穷凶极恶，逆理悖伦，一刻不容于天地之间者，未有若卢文、卢春生、卢夏生之父子兄弟者也。文之弟质无子，立长房子孟生为嗣。质弥留之日，见继室韩氏少艾，虑其守节不终，以田一百零五亩及鱼池、果园、菜园等业，托胞兄文执掌收租，给韩氏自膳，俟应登承立之后，始自为政。疑妻子而信手足，薄恩爱而厚天伦者，盖以程婴、杵臼视其兄，而为千百年之嗣续计也。为文甫者当如何尽心，以期不负所托？奈何弟棺甫盖，而嗜念遂生，无日不以钱粮户役为词，而盗卖其嫂产？千五百金之美业，不五年而销铄殆尽，更欲卖其栖巢，逼之改嫁，氏坚执不允。而一父两子，遂轮班搆衅，与氏为仇。一的而承三矢之射，皮鹄有不坏者乎？可怜弱妇所存，仅奄奄一息耳。文复矫制，以店屋三间典与侯四。侯四铁匠也，煅炼锤击之声昼夜不息，加以火焰烛天，令人有咸阳不测之惧。料氏聒于耳而警于目，即欲安居而不能，阿奴火攻，诚上策哉。奈氏坚节自守，不以耳目易其心，只哀恳四妻，求他徙以安弱息。四乃打铁之人，宜其心随手硬，乃竟为贞烈所感，欲撤炉灶以远冰霜。则氏之诚能动物，可概见矣。文父子不学豚鱼而甘为豺虎，必欲噬寡吞孤，置之死地而后快。则其心硬于铁，手辣于锤，毒焰狂氛之炽于洪炉烈

火，亦可概见矣。四欲返券于文而索其原值，文父子不从，且以恶声相吠。谓四因其妻而私于氏，为人所觉，故思远祸。氏房中细软，久为所侵，欲除典价，以尝所值。氏以冰清玉洁之躯，而受此无因之谤，能甘心乎？且探知文父子私爱聘金，以氏许某生员为妾，令某稍需时日，俟其可遣即遣之。氏情极控县，文不赴质，而越诉宪台。职奉批拘讯，但问拐带之有无，不审窃骗之虚实，以拐带为章明较著之事，有之不能讳为无，犹无之不能饰为有也。至窃骗则两人阴事，臧获不得而见，况门以外者乎？乃邻族某某等，百口同声，皆为氏称屈，谓不但无拐，亦且无奸，氏之素履可信也。唯干证俞君才稍有微词，似袒于文而不直韩氏者。据氏哭诉云："县词之控，实欲保节存孤，不独为房产计。"职初疑其诞妄，世未有妇不思嫁，而人能强之使嫁，且预择其人以待者，乃密唤某生面讯。则云："受聘无其事，许嫁则有之，以媒人之口，谓出氏意故耳。"询媒人为谁，则指阶下一人以对，即袒于文甫，而不直韩氏之俞君才也。职讯至此时，不觉鼓掌称快，非审旁见侧出之某生，则此妇戴盆之冤何由得白？匪石之节何自而彰？即文父子种种恶迹，亦从何处探其底里，而按以抑暴惩奸之法哉？韩氏至此遂叩头流血，出其佩刀，谓于赴审之先，自料此冤必不能白，拟为安金藏之剖心，不图为幸之至于斯也。卢文、卢春生、卢夏生，父子济恶，蔑绝伦理，不得齿于人类，与无故议亲之俞君才，分别杖治，各加痛惩。留其一线馀生，不即毙诸杖下者，欲俟宪台亲审，面加惩创，始可痛快人心耳。卢文卖去田地，着变己产赎回，给氏母子管业。倘宪台鉴其苦节给匾旌门，亦砺俗维风之盛举也。

【眉批】神明之誉，所自来也。

恳案逼杜事

汪长源

审得秦孟俞之妹嫁陈大畏为妻，大畏之客死他乡，虽有风闻，尚无的耗。妹氏寄身佛刹，犹有镜合之思，兽心哉孟俞，饱虞生之多金，遂尔逼字。李友杜以族长呈告，谁曰不宜？据诉：大畏食粮新河，今年三月病故，而取报证于吴乾生。又云，胞弟仲璘亦同押婚券，意青衿势张，可作步障耳。本县正以青衿之故，当礼义自持，大畏即以三月死，妹亦缞绖未除，三月无夫则嫁，不以急乎？总因孟俞兄弟有口斯张，故令妹氏荷丝难杀。虞生局娶服妇，秦孟俞逼嫁幼孀，与越礼主婚之仲璘，俱分别杖警。

恩批全节事

湖西守宪施愚山　讳闰章　宣城人

张氏以未字之女，闻夫故而守贞，此人情之最难者。本县且敬之畏之，不敢以寻常节妇相待。姑舅之恩斯勤斯，所以曲成其志者，当无所不至。奈何动加诟詈，每以遣嫁为词，节有余而孝不足，岂其然乎？此妇人偏爱少子，虑其有守必有继，不若逐妇以杜立嗣之源，令小子独承其业耳。前案已定，孰敢更张？

婚姻二　强娶类

宪究奸骗事

严州司理侯筠庵　讳维翰　陕西人

章文奸骗妖嫠，并思得其少艾，可谓有淫癖者也。叶氏殒所天，携孤雏并依母

氏，三雌合居，即宜同志砺操。乃叶氏久与章文苟合，尽窃母蓄以遗之，岂效鞶于汉皋之解珮，遂尽发其母箧之藏与。乃章文得陇望蜀，更欲邀其幼妇为室。妄言纳采行聘，询之实无撮合之人。叶氏拚此一女，永图聚麀，而此女顾深以为丑也。质询问，母不以为儿，女不以为母，交口诋詈，而章文犹思一箭双雕之为快也，宁可冀哉？相应重杖，并追其窃物以偿。

【眉批】出污泥而不染，较寻常守贞者更加一等矣。

借禁刑掳事

李映碧

彭二以市棍而放浪平康者也，又有熊五为之帮闲，沉酣于华妹之家。彼妇情痴，以身相许，或亦有之，何不能从容以觅爰卿，乃竟奔忙而偷梁玉？遂于本月十九日，邀饮抢归，有此嘉会乎？诚狎邪之恶少，而风月之罪人也。所念彭二眼底留连，既切死生之愿，华妹门前冷落，终兴老大之悲。姑准五日为期，百金纳聘。虽为浪子妇，犹愈于人尽夫也。第蓝桥玉杵，果能如约以输将，斯章台柳枝，不受他人之攀折。若娼妮单中衣物，未必尽真，即真亦作华妹妆奁。万一事从中阻，即以此为慧剑，断其妄想，剩黛残脂，俱堪魂绝。相应免追，仍杖彭二，情不废法也。

诈掳惨变事

李映碧

审得萧魁即萧元，身为白捕，兴发青楼，与郝七妈之龙妹一宿留连，遂求伉俪。倚虎寇之焰，夺鸨母之雏，竟将龙妹诱骗入室，占吝不还。乐户熊文，以宦债未偿，具词控县。及拘审问，元无辞置对，反诬文得财礼三十两，许嫁从良。妄捏婚书，则开写四月，而占龙妹乃在十二月。安有与子成说，不即于归，尚需之数月后者乎？其真情固已自败矣。假约假婚，何以缠头之锦？无媒无妁，谁为撮合之山？杜牧多情，千载犹怜薄幸，君平未遇，一枝仍属章台。难驯之龙性，发付娼家，陌路之萧郎，应从罚杖。

劫掳人财事

扬州二守翁维鱼　讳应兆　辽东人

黄朋石、黄宾王等，皆朋伙丧心之徒。王振原住下河，因遭水难，挈妻卢氏、妾黄氏，避地于冷家庄。石等见其短褐不完，而据有妻妾。妻虽老而妾实少艾，遂以拐带相疑，而奇货视之矣。不知二女同居，原非怪事，彼乞食之齐人尚能享有此乐，况为田舍翁而多收十斛麦者乎？迨至稽查踪迹，无隙可乘，亦当已矣。奈何欲心不死，必欲得此而后快。以银数两、麦数石为聘。有宾王等硬执斧柯，为买臣者欲不弃妇，其可得乎？若银麦果归振手，彼亦甘心弃去，不料有许无偿，悉归中饱，举人与财而两失之。贫民避难而投难，是地棍之虐，更甚于洪水之灾也。黄氏断归王振，原聘银、麦以未得逸追。朋石坐买休之律，犹为幸矣。三犯杖治，庶足以惩淫而儆暴也。

掠妻事

赣州司李周计百　讳令树　河南人

孙某之强夺民妻，不自今日始也。职受事三日，即有周龙以占媳告。职审实判还，薄加杖治，以其身为宪役，不便深求故也。讵料未周一载，复有掠妻之控，岂其娶妻必于有夫之妇耶？总以“宪役”二字横据胸中，故犯法同于儿戏耳。情事已具前招，连人解夺。

婚姻三 争婚类

掳占事

颜孝敛

审得诸生贺全璧与妻某氏，生当时命不辰，蹇值豺狼当道。璧则携妻而走荒郊，剑戟丛中，遂失燕莺之侣。氏则觅夫而悲道左，流离旅次，别联鸾凤之班。历三夫，而后嫁刘钦臣，身似落花无主。育二雏而重遇贺全璧，迹同覆水难收。前情未断，后恋又深，故夫可归，幼儿难割。氏因徘徊于莫决，璧即号泣以具呈。众为曲处，官徇公评。贺全璧备聘以赎妻，刘钦臣还妻而留子，使遗簪复归前度之刘郎，而索栗不随还朝之蔡妇。将见钦臣抱子入孤帏，蝴蝶梦中，竟剩鸳鸯之谱。黄氏随夫返旧室，弋凫语里，犹兼舐犊之悲。更此藕断丝连，泪滴胡笳十八。怜其珠离璧合，俱免汉法三章。

劈破事

李少文

审得任春龙，乃不僧不俗之流，而道念不胜其欲念者也。妻李氏，乃宜室宜家者。不知谁为棒喝，而忽焉削发披缁，且传语兄嫂，为妻另觅好逑。嫂氏误听其言，遂以兄严凤应。夫李氏既为凤妻，与春龙决矣，即令春龙沿门持钵。与李氏为狭路之逢，当自附于李下不整冠之列矣。胡为乎忽而逃禅，忽而还俗，乃欲仍归李氏，冀为覆水之收，犹呼俗妇为梵嫂乎？从轻拟杖，犹幸其不敲月下门耳。

活拆事

夏彝仲　讳允彝　华亭人

审得沈洪之以女许方胜子也，乃崇祯元年事也。迨延至三年，则是女红叶欲沉，而摽梅已过矣。盖因胜家窘甚，故迟回至今。而未几忽以果盒礼往，曰：“吾将娶妇”。夫洪窭人子，生男弗喜女弗悲，非曰门楣是望也，盖将藉掌珠以易笥金耳。胡胜不以数金往，而率略乃尔，将谓田舍翁之十斛麦真可得妇，而以果盒代乎？宜洪妻郑氏，怒不与婚也。时胜转展无计，浼其表兄李春转言于洪，谓“吾家壁立矣，合将原聘见还，以伊女另嫁。”于是洪与郑氏皆允其请，而又斟酌果盒之费，则于原聘八两外更加四两，此退婚一纸所以出自郑手也。此女之转嫁李万，已成覆水难收，当寄语旧燕，另觅雕梁可矣。何胜事过戈兴，复以活拆控，既饱其金，又涎人妇？鱼与熊掌，可并得乎？本当以诬反坐，姑念贫而退婚，非其愿也，且婚姻论财，夷虏之道，沈洪亦不能无罪焉。合与分鸿断鸳之李春，各杖示惩。至此女，则万妻也。流水落花两无情矣，方胜不得再有呶呶，自取反坐。

势豪惨霸事

赵五弦

审得张滚与侄女张氏，虽同籍乐户，而实不同居。氏女小八姐，原买之黄七家。十二年间，张氏死于贼，小八姐以棺殓无措，积逋难偿，兼之孑然无倚，遂愿已鬻其身。有高友者，葬其母，偿其负。氏同户头王辅，契卖为妾，业三年所矣。何物张滚，敢捏势豪惨霸之词，诳耸宪听哉？夫烟花眷属，聚散如萍，非良家姑侄行也。张氏之踪迹，滚亦不得而问之，而况其家之鸨女乎？张氏既亡，小八姐之去就可以自主，出烟花而入闺阁，择人而事以托终身，诚善事也，滚亦乌得而禁之？而况先费多金，后有媒妁乎。律宜反坐，念系寡廉鲜耻之辈，一杖示惩，付于不足责而已。

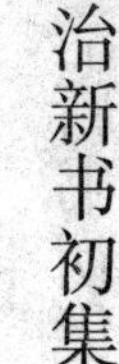

恩完骨肉事

赵五弦

审得凌有带妻陈氏，乱中逃散，为兵所掳，业经一十三年。展转飘零，三易其主，最后而为萧加善之妻，亦已十二星霜矣。有带访知，具控兖西道，将氏断归加善，给银二十两，为有带再娶之资。乃有带不遵，又复控宪。破镜重圆，诚仁人君子所乐闻者，但妇重初醮，宜归前夫，谓“前夫偶尔隔绝，有未断之义，后夫婚配不正，有离异”之条耳。今有带之失散，既成覆水难收，加善之成婚，又觉恩山已重。夫妇大伦，此而彼，彼而复此，是以乱易乱也。况鼎革以来，妇人之被掳者，例应备资取赎，今有带流落多年，谋身寡策，取赎无资，恐夙好不谐而仳离兴叹也。况加善以佣工之辈，费半生血汗仅得一妻，一旦割此和弦，完彼破甑，岂情法之平也哉？合无仍归加善，给令有带再娶。赤贫之子，得此二十金，不独可以娶妇，亦复可以资生矣。小二姐已嫁刘章，玉台久定，则又万难移易者也。

整肃纲常事

赵五弦

刘氏之女，嫁杨玉升为妻，业已一年所矣。刘氏以觋为业，每携女出入人家。玉升虑其引入左道，禁妻归宁，亦所以闲有家也。玉升既拂刘氏之意，刘氏又疾玉升之贫，遂致屡次鸣官，希图改适。虞山择女，河伯娶妇，渎乱不经之说，忽行于儿女骨肉间，亦狂悖甚矣。今复妄控，以“开张略卖为辞”，谓“欲整肃纲常”也。然则重帏薄，别嫌疑者非纲常，而习邪教，恣游侠者反为纲常邪？张弧载鬼之谈，不犹是吐火吞刀之幻耶？婿愿得妇，女愿从夫，宜尔室家，永无异说。刘氏本应重惩，姑念穷妪免议。

法斩事

仁和县令张玉甲　讳能鳞　直隶人

审得沈珏与生员张二木，皆朋比为奸者也。先因陈世杰无嗣，曾聘二木家婢为妾，而珏则其冰上人也。夫翁已为鸡皮鹤发，而婢犹作艳李浓桃，得无误乃芳年乎？迨鸳颈虽交，熊梦无兆，越六载而改嫁刘龙，不可谓非世杰之德。两少相亲，欢同鱼水，其弃朽翁如弊屣耳，此亦何略何卖乎？沈珏分甘不遂，辄唆二木具词。今召世杰故妾诘之，问与新夫安否，则曰："安。"然则二木之呶呶者何为？甚至巧为说辞曰："刘龙偷儿也，非所宜嫁。"夫始适老马，终归黠鼠，《妾薄命》一词，亦听其自歌自泣耳。二木此告，无乃为百草忧春雨乎？沈珏应杖，刘龙仍听完聚。

硬配事

嘉兴令尹高恕庵　讳登云　湖广人

审得卫源芬出金二百，为少姬花氏赎身，非为色也。念氏堕足风尘，欲为援手，故以渡蚁之心移而渡人。近贸易粤东，犹遗书其弟源馨，为花氏另觅好儿郎，格调相称者嫁之。适柳氏子荣，青年未娶，愿纳花氏为妻。源馨即以配，此妇幸哉。若念成巢新欢，出自卷帘旧德，而潸然出涕，亦以恩非以情也。逝波不返，从此永作柳家妇矣，老鸨周氏之以硬配告，不过请益云耳。花柳同妍，正其佳偶，何硬配之有哉？周氏涎利无厌，合杖以儆其后。

拐妻事

李映碧

审得罗采之嫁妻许氏，本以贫故，想临歧恸诀时，当作黄泉无见之凄语耳。胡采数年后，忽以病笃为言，欲借原妻侍养？嗟乎！去燕有归，去妇无返，奈何欲以雁臣为雁妻，而去来几同转丸也？后夫程玉之慨然许往何为者？岂见采奄奄床箦，溘逝非遥，故以病鹤支离，不起云雨之妒，且死别生离，传语甚惨，虽新官亦下旧官之泪，而聊以明语仁乎？抑许氏旧心依依，犹念枕席有涕泣处，若非厚于前，则也薄于后，而聊以明吾义乎？是不可知。胡罗采亡后，竟以荆州之借为泉壤之寒也？问其故，则缘罗采有子义，为积猾王绍曾所唆，而欲以质母者为勒货地耳。夫罗采之借奇，程玉之允奇，罗子义之不还又奇，一事而三奇备焉，真欲令人绝倒。罗采之故妇可返，犹希转石；而程玉之令妇不归，翻同覆水，情耶？理耶？罗义与王绍曾合各杖惩，许氏仍归程玉。

劫亲大变事

失名

审得钱小江与妻边氏，一胞生女二人，均有姿容，人人欲得以为妇。某某，某某希冀联姻，非一日矣。因其夫妇异心，各为婚主，媚灶出奇者，既以结妇欺男为得志，盗铃取胜者，又以掩中袭外为多功，遂致两不相闻，多生诖误。二其女而四其夫，既少分身之法，东家食兮西家宿，亦非训俗之方。相女配夫，怪妍媸之太别，审音察貌，怜痛楚之难胜。是用以情逆理，破格行仁。然亦不敢枉法以行私，仍效引经而折狱。六礼同行，三茶共设，四婚何以并行？父母之命，媒妁之言，二者均不可少。兹审边氏所许者，虽有媒言，实无父命，断之使就，虑开无父之门。小江所订者，虽有父命，实少媒言，判之使从，是开无媒之径，均有妨于古礼，且无裨于今人。四男别缔丝萝，二女非其伉俪，宁使噬脐于今日，无令反目于他年。此虽救女之婆心，抑亦筹男之善策也。各犯免供，仅存此案。

豪锢女命事

蒋楚珍

锢婢之禁甚严，生员顾震娶不节妇为室，已属可訾。况于鸾胶复续，鹍柱齐鸣，而使前妻之婢娇奴，犹首如飞蓬，恨星之独小，叹命之不犹。终朝裁嫁长裳，目见银河两渡，而只影凄凄，河清奚俟？人寿几何？宜婢父生员吕应阳之告讦也。姑念聘娶未满一年，薄从处息，与王洪升各罚谷五石，仍勒嫁娇奴，以为不字之戒。

枉诈事

蒋楚珍

审得已故汪培寿，乃周氏夫。而周昌运，则周氏父也。先因周氏夫亡身寡，顾影无依，其徙倚培寿宅，非真曰故人恩义重也，盖明知亡夫之产业素饶，而欲攫家笥以上别船耳。时同族诸人，见其矢冰砥玉，词色凛冽，谓是吾家节妇也，于是共立族侄汪嘉麟，继培寿祀。胡乘回禄之变，诬嘉麟抢夺？噫，此借题耳。将无怜儿肠冷，求夫情热乎！暗藏皮里之风情，巧装口头之节义，即长民者亦难遽度，其以田产主之族长，号簿归之周氏，亦将曲为调停耳。岂料口松柏而心桃李者，已逐东风于帘外，转瞬又作他人妇乎？今据族人口供，则培寿之赀已为周氏席卷，移向新夫家。问其故，则出于昌运之暗唆，而勒银返簿，贪而谲，非此父不生此女矣。将无昔日之泥沙其行，而冰霜其语者，皆昌运之穿鼻附耳其间，而曰以待来年然后嫁乎？助女恶而欺甥懦，一杖有馀憾焉。

虚情甘斩事

淳安县令张梅庵　讳一魁　三韩人

审得徽民范元，于去春携妾叶氏及其子女来淳，因窘迫无赖，将氏暗招王君爱，以糊其口。异哉！一雌双雄，言之丑也。及野鸳情密，反视萧郎为路人，此元所以有刳肠之痛耳。但元贫无锥立，自难望琴瑟之和，而氏既见金夫，又自愿作琵琶之抱。且元只以恋恋小星，故落拓异乡，不能归里。今落花流水两无情矣，乃犹迷嚼蜡之衾裯，而置糟糠于不问，不亦愚悖太甚哉。姑着君爱出财礼银十两，聊充慧剑，助割爱河。俾元速理归装，以避他乡之笑骂可也。重杖君爱，以戢淫风。若元之寡廉鲜耻，则法所不屑加者矣。

背盟不法事

张梅庵

审得方国顺与吴学福之女，有婚姻之订，其来久矣。赋桃夭之咏，已存瓜期，奈萍逐之身，如同梗断。国顺我躬不阅，遑问室家。学福名曰催亲，实图翻覆。闺中少女，不堪虚度青春，露处窭人，无计能牵红幕。吉士徒有四壁，奚词以谢摽梅？淑女望断三星，何夕绸缪束楚？伤哉贫也。几致轻离，我则怜之，仍为复合。今本县捐俸八两，着冰人圆彼百年，庶免怨旷之怀，永遂唱随之乐。

杀孙夺媳事

张梅庵

方学经四岁值奇荒，膳母无策，将妻郑氏卖邵文显为妻。伤哉贫也。念菽水而弃糟糠，其心亦甚可悯矣。为之妇者，果情依破镜，愿续鸾胶，此其事非比于覆水难收，本县虽贫，何难为涓滴之助？今窥其意，反恋恋于新夫，而睊睊于旧婿，妇人之无情一至此哉？将无半菽不饱，短褐不完者久矣，为室中之交谪，而愿架弃夫之桥乎？见金夫而忘故侣，其势不能复合矣。所可恨者，周自明知罗敷有偶，而敢为此不情之事，是难辞于杖儆耳。

极惨极变事

高淳邑宰叶亮公　讳自灿　义乌人

审得芮成明于顺治某年，凭媒娶王代烈之妻诸氏。历年既久，生子而复怀孕，亦可谓夫妻好合，如鼓瑟琴者矣。乃代烈忽萌故剑之思，觊及七年不收之覆水，即凭媒议赎，亦觉难于措词，况以恩断义绝之人，而为桑间濮上之事乎。诱使远遁，欲借反目之名，掩其私奔之实，计则巧矣。其如乡邻有口，本县有目，如见其肺肝何？诸氏立意从王，誓不返芮，岂以王为前夫，而芮属后夫耶？断婚必归原配，理也。然以今日之事论之，芮以明婚正娶而生子，则后夫当为亲夫。王以鼠窃狗偷而致讼，是前夫反属奸夫矣。断归原配则可，断归奸夫则不可，拶判诸氏归芮成明，不特正夫妻之义，亦以全母子之伦也。王代烈责逐免供，幸矣。

承　继

急救烹寡事

蒋楚珍

审得徐达之从弟徐益，病故无嗣，一丝血胤寄之茕茕幼女。微独魂魄有归，致未亡人所以系萍根、荫葛累者，皆于是乎在。达等不谅，插继之以徐统。虽服义颇亲，鬼歆其类。然统年三十三岁，严奴二十九岁，灯前膝下，即号为母，安得以母道临之也？立幼徐二，诚为妥便。且四股均分，长幼并继，复助祀田十石，既不违族众之议，又不拂严氏之心。俟严氏赡给终身，仍以此田一半付女，一半付两继子，则存没俱安，亦可杜塞间馋之口矣。

亲剿烙诈事

沈惠儒

蒋阿陈一门四寡，凄花恤纬，吊影怜形。岂世界诚多缺限，而穹窿之上果有离恨一天耶？蒋性山死，蒋洪兴现继，又血养三岁蒋乾为义子，立亲立爱，均有其人。乃突出一服尽支穷、城乡迥别之蒋文如，伪造合同，冀与洪兴并继。溯立合同之年，洪兴才十岁，目不识丁，岂能书券？且伦谊所在，谱序昭然，即使合同非

赝，亦安所用之？欺孤灭寡，恃吏逞凶，杖之犹有馀恨。蒋慎齐助虐并惩。

醢嚼事

李心水

审得叶超者，乃已故叶茂嫡侄，而叶礼，则茂外妇子也。先因茂有女无男，曾典徐矮子妻胡氏为妾，以图生男。而茂妻汪氏，则非食仓庚而不妒者也。茂闻狮音而胆落，势必赁外宅以处。胡氏乃问："外宅安在？"则"去家里馀耳。"人非侯门，既无河广海深之叹，未知矮子遂作萧郎路人否？且胡氏之旧官、新官，皆俨然在也，万一野馆空房，内有矮人婆娑而至，胡氏将断筝不顾乎？抑故剑犹恋乎？生岂空桑，谁为若翁？独胡氏以万历四十二年典，礼以天启元年生，其为真为赝，虽未可定，然亦难遽语于非种之锄也。往定海县因叶招之告，曾断两股均分，非以兄弟之子犹子乎？蜂房之剖，岂曰无因？蚕食之侵，难许过分。而何汪氏忽以醢嚼告？夫汪氏，叶门罪人也。藉令无儿自伤，思均云雨之泽，当与胡氏合宅居耳。六尺之孤在抱，虽积金如斗，谁敢垂涎？而顾使妾为邮亭之寄、子疑柏舟之泛者，谁也？抚心往事，当弹指悔恨，今啾啾事后，因其晚矣。汪氏念系巾帼，姑与杖赎。其贪婪无厌之叶超，并杖以惩其后。家产仍照县断。

究抄事

李心水

审得陈世茂者，以长房应时之子，继次房应宗之后，而今复归本宗者也。元因应时兄弟五人，而应宗绝，故以世茂继。且因应时有子三，长世彩，次世英，而世茂其中子耳。今世彩以溺海死，而出继别房之世英亦绝无后，返果羸于螟蛉之宫，非曰中变，盖未有他家之蒸尝永奉，而本宗之血食可斩者。时三房已绝，四房止生一子，唯五房应昌子三人，则以应昌次子陈四九出继应宗后，此情也，理也。今天救之控胡为乎？不过谓出继二十年，且有披麻执杖之劳耳。夫世茂本应时子也，今仍以世茂继应宗，则应时当以何人继？将又易四九以继应时，而为此蓬转蝶翻之举乎？何见金不见父也？惟继已二十年，而今忽以驯笼之鸡驱之户外，未免怅然于遗簪敝屣，不得不割一脔以酬之。合无于陈四九名下，断银若干两与之，酬其生奉死葬之劳可耳。如喋喋于继之可再，则请起世彩于海底，召世英于泉下，而后徐议之。

势抄事

翁维鱼

审得叶释者，乃已故叶文炌，暨妻沈氏所为，生则子之，而死则半内之、半外之者也。同宗叶二十，窥文炌夫妇偕亡，翼其弟培城争继。据二十口供，谓文炌无子，乃取之外舍，携之昏夜而呱呱者，曾得于厕上之耳闻。然则闻号之际，曷不告之宗族，鸣之公庭？昔为寒蝉之噤声，今为百舌之饶舌，嗟其晚矣。究竟"真赝"两字，安从辨之？滴血既所不忍，当合族议与县断两存之，割三分之一以予培城，亦曰"聊以止戈"云耳。叶寿阴阳反覆，赝则当日谁掩其唇？真则今日宜断其舌：本当拟徒，姑重罚示惩。叶二十垂涎太过，应杖以儆其后。总之此一事也，明有人非，幽有鬼责，此问官不能必其为真，亦不能穷其为赝，未敢以"莫须有"三字，遽作破巢毁卵之谋者也。

虐节奇冤事

翁维鱼

审得已故妇王氏，系已故民吴应凤妻也。氏适应凤，以青年寡。其苦有三：无夫苦，无子苦，无怜生惜死之亲姑又苦。所存止一翁，又不近人情之吴学礼也。姑亲犹可以衷诉，翁尊独难以言传，凄凄复凄凄，有泫然饮泣耳。

【眉批】俯恤民情，遂至于此。

况学礼不为亡儿立后，反为己立后，以壮年有室之犹子应龙当之。夫使翁达于情而叔近于义，犹相安也。讵意又不然，是此妇昔苦无夫无子无姑者，而今又增一苦为有叔矣。应龙欺其伶俜，朝夕诟谇不已。夫寡妇孤儿之受欺惨矣，况又无孤儿之寡妇乎？起龙以虐节告，情也。然王氏处此则甚难，咎翁不孝，咎叔不义，咎兄又不弟。而况一室之内，或疑氏授意于兄，或诬兄有私于妹，不独翁嗔叔嗔，即妯娌亦嗔，皆促氏殒命之罗刹也：乌能免于自缢？伤哉！此妇无殉夫之高名，亦无从人之卑行，而独以节苦数奇，致鼠思泣血而不得其死，此论者悲其遭，痛其志，而亟欲代白其情也。彼学礼、应龙不怆然悔恨，而反以唆死图诈为起龙诬，无乃更不情乎。呜呼！此氏所以死也。合杖治应龙；仍以应龙子子应凤，奉王氏祀。若有儿矣，灵其享诸。

【眉批】以谳语作祭文，奇绝。

逼寡事

张公亮

胡氏者，陶四二远房伯母也。其人如虎，其舌如鹏，此所以一逐于叔。再逐于婿，而今且怅无依也。于是飘零无倚，强欲求四二母之。夫高翔之鸿雁，肯托鹰鹯为卵翼否？合命亲叔陶文清出谷若干石，以糊其口，令转依女家。夫生非空桑，实本枭母，是女当亦恨投胎之误耳，况生养死葬，亦乌鸟至情乎。胡氏不得咆哮公庭，自取罪责。

截劫事

张公亮

审得淳有恶俗，小户生子繁多，不能膳养者，即行抛弃。万成生至第五子，即今世联，欲举而委之于壑，途遇周世芳之父，收回抚养。周世芳视若亲生，已历三十年所，呱呱入抱者，竟为伟然丈夫矣。在万姓已绝天伦，而周氏实重生父母。未几而万成父子相继病亡，户丁无人值役。而族有万廷赞等，欲扯世联归宗，值其过门，遂锁禁不放。虽劫银凶殴之事尽属子虚，但廷赞等既为万氏同宗，不能留养于前，而欲攫争于后。昔也多男多累，既弃苦李于道傍。今也一摘再摘，犹幸硕果之不食。世联于周，虽非属毛离里，亦多恩勤顾复。世有受人三十年恩抚，一旦昧心而委弃者乎？廷赞等分别杖治；其万氏户役，不得牵扯世联。伏候宪夺。

坟墓一　发冢类

发冢抛尸事

粤东宪副纪载之　讳咸亨　宛平人

覆审得掘冢，大罪也，骈死，大戮也，不得之所见，而得之所闻，疑事也。疑而辟，辟者不服，况疑中之疑，罪外之罪乎？如程明宇发掘赵山祖冢，所据者惟罗荣春活口。今前审罗荣春所报，报发冢也，未尝报发冢之为程氏也。揣其事理，幽烛隐情，诚哉于程氏不能无疑。谁无父母？道路寒心，宜初谳皆从重处。然拚老主谋之程士亭，毙于狱者，天刑矣，就使的无疑，程明宇已得徼为从之减。况四邻里长，并无一人见证，仅仅一黄口之罗春荣，而又不能一手指定，则将以何者为确供实据，而死程士亭者，又死程明宇乎？且妻死之日，即为掘坟之日。坟之掘去坟之造止隔一夜，揆之情理，谓程明宇妻死归怨赵坟，泪未收干，遂以松楸泄恨，锄锸争先，微独情有所不然，势亦有所不暇矣。今赵山以祖棺久露，士亭毙狱，亦愿息争，理应开豁，各照前拟。

发冢大变事

李少文

风水之说，最足惑人，而江省为甚。彭克台葬父于祖旁，复以馀地为生圹，逼近彭昌宁之母墓，而昌宁争衅开矣。乘其归穸之际，率众阻之。实欺昌孔之无能为也，何至迁怒于伯祖之骨？伐冢毁尸，沉之流水，忍心哉？使非圹前遗骸以露其迹，闺中私语以泄其机，则燐光暗野，寒声泣波，世皇长恨悠悠矣。死者之头颅既出诸塘，生者之头颅宜膏乎斧。今乃知所争非吉壤也，噬脐何及？

挖冢灭棺事

汪长源

审得周有用于去年八月间，为父卜葬，惑于形家之说，突于众房祖穴之旁，附近而营窀穸焉。族之人曰：“此地奉有族禁，世世子孙毋相犯也”，则群起而攻之。曾经县断，令其卜吉速迁，奈何迟迟吾行者，且曰“春以为期”也？于是伊族周思政、思丰、周贵等，聚族而谋，以为案如山峙，何待来年？即于十一月间，宰牲开土，起其棺而另厝之。夫六日不詹为有用者固然顽狠，然但当鸣官督迁，使自为之则可耳，若之何縠旦未择，畚锸遽施，父榇既发而不令伊子一闻也？可谓强而且忍矣。今据坟邻杨清及周贵等口供，固已无异。本应重究，姑念县有成案，棺不毁伤，量拟薄杖，以全族谊。

掘墓毁尸奇变事

两浙宪副张蕙嵘　讳沂　山西人

审得甘尧八之父甘积八，葬母妻于涂体四、丁本之公山。丁本兴讼，积八立约认迁，而体四贪忿之心生矣，密挖二棺，藏之丛草。积八觅棺不得，正在徬徨。而熊秦九与积八为表兄弟，探知踪迹，遂同积八至体四家。体四许以地一穴售之，积八方谓“无棺何用地”，而体四告以“买地自有棺”。比付价五两，而棺果寻获于龙福寺后矣。谓非体四为之，何以巧凑若是？而体四又何以预知其必获耶？但律称“发冢起棺，索财取赎”，指纠众而言，恶其强也。今本犯暗起潜藏，原无众可纠。且索赎则公然占吝矣，故比依强盗得财。今既称地价则五两，原为买地，非为赎棺，虽诪张簸弄，不无要挟之心，乃展转牢笼，未有劫取之迹，似难引用前律。止科以“发常人冢见棺，为首者发附近充军”，庶乎其中正矣。山地经县断明，混争之丁本合杖，价追给主。

复审得一山地，而涂、丁、甘三姓共之，必争之道也。故自有甘积八之混葬，而旋有丁本之告争，又自有积八之限迁，而旋有涂体四之妄觊矣。第发冢何事也？

而体四辄以积八之两小棺掘藏丛草中，为要求计乎？该县先以起棺索赎，比依强盗论斩，随细谳体四未有纠众强形，且索价售地，难与赎棺同科。改拟本犯“发冢见棺”之律，引例应戍。惟是公山不析，或贻后日争端，即通禁不埋，恐亦终有起而犯禁者。应行该县从公钉界而三分之，庶盗埋妒掘之事，可以永杜矣。

发冢斲棺事

李少文

审得豫章杨族，何不幸而生此穷奇之孙子也。参宪公文明与宜人刘氏，万历年间合葬山里熊，京兆已封，佳城方郁。乃子元文、孙之玉，落拓无赖，基业荡空。私觊冥扃幽隧之藏，妄作玉鱼金碗之想。旧年十月初六日，倩尤文光等，东方未作，掘开原棺，将骨另置小瓮中，潜埋祖垅，其遗指尚在地面，棺中银钱、金簪、带片，尽为腰缠物矣。元文鬻金挖耳一根，与婿石光，仅得银三钱五分。光坐不知，而两犯即以茔契抵偿杨弘傧夙逋矣，族祖之邱墓，岂弘傧亦不知乎？急利忘亲，亦云忍矣。族人杨宗义、亲兄杨之璧抱愤公呈，两犯犹谜云卜吉，欲去马鬣以就牛眠。夫迁坟重事，何独不商之阖族，并之璧亦不一与闻？有此情理哉？不谓宦裔而为此大逆之事，犯兹不赦之条也。嗟！嗟！夜台见日，何处藏舟？诚严封树，难保抔土于沧桑；死为含珠，不免发冢于诗礼。按毁尸之律，弘斌子也，何词于父母？之瑾孙也，何词于祖父母？应骈斩以正刑章。饶文光徒，杨弘傧杖。

伐墓酷冤事

陆耐庵

刘五五掘坟一案，屡谳而不得其情，是在可生之列矣。夫黑夜荒郊，既无明证，开棺之后，又一无所取，止以初谳所供，有“报仇雪忿”四字，遂费人两载推敲。甚矣，严刑不可骤施，而痛极之言不可尽信也。研讯云云，始知墓为盗劫。见无厚殓，委之而去；畏痛乱招之五五，则李代桃僵者耳。事在可矜，罪宜早释。

坟墓二　争坟类

枭坟侵占事

李少文

审得奉新县，地名北岭上，有刘元四合族祖坟。自洪武二年葬起，至万历十八年止，累累然计十数冢。而有庙在旁，有僧在庙，依刘族为檀越，所从来矣。内有一疑冢，今与罗族互认相争者。先于二年四月间，刘以户名刘祥永，告张明五放火煨坟。后又告罗梁十、智九改凿碑字。至五月间，复告罗豫八私禁刘百三，勒写首呈。而罗轩子等，亦与之讦告于县。寻有生员罗懋才诸人具呈，而举人罗公远，则为懋才等发愤者也。查懋才系奉新，孝廉系南昌，若风马牛不相及，而阅谱原系同宗。水木之谊，在远犹亲，袍泽之情，遇侮偏切，为之助一臂力，无不可者。但询始祖巨卿及其子罗轩，葬谷亩源在李唐之代，而今则地名北岭。源耶？岭耶？其陵谷沧桑之变耶？或如飞来鹫峰涌出庆山？皆难臆断。而细摩改凿之碑，则石埋粗矿，字画模糊，各存其半，此曰罗巨卿、邹氏也，彼曰刘学春、熊氏也。虽有蝌鸟之形，仍任雌黄之口，顾安得起九原之枯骨而问之？据罗姓坚称，刘墓在茭坑，另有碑记。比鞫刘族，佥云茭坑系学寿之墓，原非学春。又止一椁，并无熊氏合葬，而碑石则罗所私造者。夫葬茭坑之词，乃刘百三出首，今百三逃匿不出，非自揣情虚，即黎邱变幻，一纸之真赝又毋论矣。且唐天祐距今几八百年，北岭山头无罗氏子孙足迹，突告争于崇祯之二年，又欲以岭为源，以坑混岭。山邻之左右袒，总出传闻，系远时遥，茫无的据。若墓门片碣，埋没荒烟宿草间，藓翳苔封，扪而考之者，千百中无一人矣。自明五烧山后，两姓始告改碑，亦何能援古以证今也哉？职谓此一案也，即闻见近真犹当存疑，况乎其未必真也。盖周遭俱刘坟，罗姓所争者仅一冢耳，不若让为闲田，而障之以土石，永不许二族谋侵。其有孝子慈孙，确认为祖宗之遗蜕在斯者，不妨于霜露之辰望坟遥祭，亦足以展孝思而息争端矣。罗刘争坟，事关合族，而元四、梁十则启衅终讼者，各杖不枉。

【眉批】以不断断之，妙绝！

偷葬大害事

陆耐庵

审得石门秀地，埋葬仙骸，一境风水攸关。而雷茂林卜葬孙氏，逼处仙穴，虽真人羽化不顾皮囊，倘其华表归来，不无难保百年坟之憾欤？严著迁葬，庶使红粉青燐，不混金炉法耀也。

芟冢灭门事

李映碧

李兴隆者，何氏孙也。先因乐士骏父亡，将卜善地葬。而陈茂登，则堪舆自负者，为之徘徊山原。忽指何氏荒山一片，谓之曰："此吉穴也，葬之大贵。"士骏遂起涎心，闻何氏孙兴隆贫甚，啖以厚贿，兴隆遂盗卖其半。何氏不平而诉县、讨府，宜也。然以成事不说，既已定案中分矣，而今芟冢之控又胡为乎？盖缘何氏告县时，士骏曾以二两议找，迨事后往索，则如虎负嵎，前此所约，竟成画饼故耳。合照前断找价二两归之何氏，而以其地之半归士骏，仍与勾引关说之陈茂登分别杖罚。噫，自葬之后，叠讼不已，鞭非蒲杖，去有青蚨，得无此地之不祥乎。请茂登自剜其目。

势抄事

李映碧

生员丰椿乃丰宦弟，而余龙则管民颐、管民萃苍头也。先因丰宦以赎基地事，与管姓为难。迨经前厅明断，而东边属丰，案已炳然，乃管氏两堆犹宛在也。一朝丰氏贵显，想民颐兄弟固未免有贤不肖相去之愧，独是为丰宦者，以有志竟成之丈夫，而顾使他姓朽壤，尚逼处故地，则亦珠还剑合。时所介介于闲藤未断者也。今丰宦致政归里，方傍其地筑馆，而民颐仆余龙辈口詈不已，继以手挥。夫以黄金横腰之郡伯优游绿野，其薄圭组而甘莼鲈者，自以为于己无患，与人无争矣，而顾有此轻薄儿，辄以后进凌先辈。且余龙趋走下贱耳，敢逐吠乎？今奉宪批后，民颐等方搏颡求哀，而丰宦亦从沈、纪两宦请，置之不较。扩其大度，真足容民颐十许辈，而有不感愧交集者，非夫也。民颐、民萃既经和息，姑免深究。今而后登先陇而泫然流涕，自切景升儿子之惭可也。

势豪强占事

张梅庵

方家后有山地一亩三分，赵德恒之祖与庄廷拱之祖，各受其半。画中以分，不啻鸿沟之界也。生员徐国芳买庄地二分一厘，今冬葬祖。德恒谓侵其界，两致争讼。本县亲为踏勘，虽墓木已摧于烈风，碑石尽封于苔藓，而坟迹依然，灿若列眉。其东则余与齐主之，其西则邵主之。国芳如欲卜宅，宜于已业经营，奈何侵入其西而与赵氏争此土也？牛眠虽可涎谋，而鸠踞谁甘泯伏？昧心地而求阴地，山川其肯效灵乎？着国芳速行改葬，仍罚谷四石以儆其嚣。

资治新书初集卷十四判语部　湖上笠翁李渔搜辑

产业一　争田类

屠孤事

两淮运副李长文　讳昌垣　宛平人

审得已故钟日新，乃王明我婿，而钟一郎，则日新子也。考明我之素履，盖人面豕行者耳。日新临终之日，怅然于幼子之无依，以六尺之孤托之岳母，而不敢以百里之命寄之岳父者，正虑有今日卖田之事耳。智哉日新。昔闻知子莫若父，今且知翁莫若婿矣。日新以子寄养外家，以田若干亩，诡寄密友方宏仁户下，诈言卖尽无存，实非得已。乃为明我探知，立索归户，不三年而销废殆尽，竟成若婿先见之明。噫，彼异体之婿无论矣，亦尝念及地下有亡女，人间有遗甥否也？此儿三月丧母，四龄失父，所恃为衣食婚娶之资者，莫不于数亩硗田是赖。乃今尽委于云烟，使他日无锥可卓，于心安乎？今查卖去之田，已成破甑而不可问矣，其典而未绝者尚居其半。着令变产赎回，仍交方宏仁代管，交租膳孤，以全友谊，以一郎成人后还之。杖明我，以为负死辜生者戒。

倚势占产事

两淮运副李长文　讳昌垣　宛平人

审得灶户葛廷荐，有族叔葛瑁死而无子，立亲侄廷取为嗣。取于顺治五年，同母刘氏以田若干亩，质于寡妇李氏，得价若干。越三年，又加找若干。订于九年取赎，而实未之赎也。乃今典主、受主并无异说，而廷荐以局外之人，忽有倚势占产之控，非所谓突如其来者耶。据云："田遭李占，差粮累己，于今十三年矣。"试问孤身嫠妇，何势可倚？田将银质，何为白占？差粮不办，刘氏母子自任其责，于廷荐乎何尤？其言赔累者，或云一年半年，理犹可信，今以"十三年"为词，则甚荒唐而不中听矣。且此田葛瑁所遗，瑁死自应刘氏母子管业，去留由己，廷荐岂得过而问之？如果怜其孤寡，慷慨代输，则不合有今日之控，如以为桃僵李代，不平始鸣，又岂能迟至"十三年"之久？即云廷取他出，荐系总催，故累己代纳，则当问之刘氏，不当问之李氏。再云典限已满，粮宜分认，故告以除累，则此控当出之廷取。不当出之廷荐。辗转思维，代索一解而不得，是真可谓无情之词矣。阅刘氏典契，前叙所以当田之故，始知由于族人构难，不得已而为之。及查构难姓名，而荐亦与焉。是荐乃仇雠，非骨肉也。今日之举，告李氏而自能波及刘氏母子，所谓一箭射双雕者非欤？奸恶种种，一杖奚辞。馀犯无干，俱应免议。

【眉批】不如此反复辩驳，不足以服刁顽之心，听讼亦难矣哉。

灭案废祀事

丽水县人方绍村　讳亨咸　桐城人

审得陈氏祭田七十亩，轮收管祀，历有年所。祖训昭然，虽逆子顽孙，百世不能变也。顾有老悖生员陈之乙，必欲私踞二十亩，以厌贪饕。置前人垂戒于弗问，

不思颠毛种种，如寒炉煨烬，数钟漏曾几何时？生有限而死无穷，若敖无嗣，将依魂于祖宗血食之馀，奈何不为异日一盂一豆计乎？陈阿黄虽未亡人，一日为陈氏妇，则一日执大义，以伸宗祀之不可泯，照旧轮管办祭。佃户人等，不得以私租交纳。家吉蔑祖应罚，姑念贫老免供。

扫献斧苏事

邵阳邑宰颜孝叙　讳尧揆　温陵人

罗杰虎视狼贪，毒流乡里，院词审拟而不悛，反以赎锾为诈题。据告雷家冲田，皆系兴隆庵之废基，查庵产详载石碑，历有年所。今庵虽回禄，现有僧宗珍葺庐焚修。罗杰妄指为己有，而控夙愤之彭见义，逼之使买。彼见义即能买田，又何敢雠佛以济恶也。诈民不足而至僧，噬人不已而及佛，彼直以院犯无重科之罪，故敢恃之以播毒，亦奚知尚有加责之条乎？

扼吭事

侯介夫

审得王世裕之田，坐落赤山堰，与项应科之田，坐落澄清堰者，上下相承。然赤山堰田，多而势居下流，实藉澄清堰之馀润并滋其灌溉。前经争讼，该县断令稍平其筑，无损于己而有利于人。应科亦当不惮分甘，何世裕之不能稍待也？纠集多凶，力行拆毁。世裕毋乃过甚与？堰依县断，杖世裕，以为好胜者惩。

欺孤局骗事

太仓刺史陈麓屏　讳国珍　金华人

刘尊五以腴田贸瘠地，非拙于谋，以地在屋旁，而田落村外也。乃赚地入手，而复较其原价之重轻，令钟明割厕以找，将欲瘠其腴而腴其瘠乎？为己则善矣，其如人之失算何？厕不得而杖随之，今而后，可勿垂涎此厕矣。

宦屠事

严州司李嵇尔遐　讳永福　无锡人

杨时勤价买宋琦田十八亩，交易既正，契证炳存。其田系方售宋，宋售杨，业更三主。据称，方之前实为项产，而施与高珑庵者。在方得产时，缁流咋舌无声，乃越二十年，实有游僧照玺，串同互为狼狈之项学程，希图霸占。两经县断，持法未平，时勤宪词之控，有自来矣。若谓杨吞业，则有价缗之据，谓属宋产，实无旧契可凭。且空门产业未出朱提，难存实相，况照玺又非文贞嫡孙，何得妄争此廿载膏腴？前嘿而今哓，祖嘿而孙哓，又不哓方、哓宋，而哓杨，是诚何心欤？六亩之欲未厌，并垂涎其十二亩而强占之，无发灭法，奸宄甚矣。合改县拟，力杖恶秃以代棒喝可也。

宪剿势占事

直隶巡按祁虎子　讳彪佳　山阴人

刘宦告赎山田，该县断归原主。令备产价以偿，又许减半，以抵历年赋役，可谓无求不得矣。乃租收三年，而价不给主，将欲田价两获，而以堂堂县令为尔聚敛之臣耶？贪吝若此，居乡之素行可知，改断不准取赎，情法两宜。仍杖其仆示儆。

产业二　争屋类

势抄事

南昌司李赵南金讳钥　莱阳人

寺僧慧真所告，盖合两事为一案，而有藤难割者也。先因鄞学魏生员，曾读书慧真所，而案头数卷，忽叹亡羊，鱼蠹乎？鼠啮乎？原属乌有先生乎？俱未可知。

何于书籍外，更益以箱器等项，控之鄞县？魏生过矣。岂陈编果灵物，有同鹅笼书生之善变，自无而有者，尽冀其虚往而实来耶。时儒释两家，正相持不已，复有黄冠自外来，名曰解纷，而实为搆难。聚三教而哄于一堂，诚千载希遘之事矣。彼方叔耀者，卖药羽流也。青衿好货，已成锢疾。既不能出药以疗，而益之毒焉可乎？责偿不服，方就质于讼庭。更有踵魏生故武者，此索书彼执券，则同学沈生员也。夫沈生为故宦李侍御婿，而还俗智永，则慧真师也。据沈生口供，谓智永在寺日，曾贷李宦银百两，以房抵借，且出宦手书，云代妆奁者。果若是，则僧房固沈生物矣，慧真一身犹属假寓，岂得以所假者更假人乎？及取李宦书阅之，则赝笔耳。无论指天誓日，为智永称伪者人百共口，即以魏生之朝鸡暮蛩、曾作数年假馆者，何燕止识旧，而尤不吠新？噫，二生有同族矣，恐难以僧舍为秀才之外府，而欲两和尚倒行布施也。念系青衿，姑免究。

【眉批】阅此等案牍，如看《水浒》、《西游》，不惟忘倦，且能起舞。有簿书案为烦者，特未得此中之趣耳。

虎踞灭伦事

江宁守宪胡贞岩　讳升猷　大兴人

审得岳天民者，已故朱君房之婿也。先因君房无嗣，曾以庶女妻天民，虽设甥馆以待，然至则下榻，去则悬之，未闻常馆其甥于贰室也。迨君房物故，天民热中其产，遂携妻挈子而家焉。不思君房虽死，其小星之遗孕尚在，天民能必其无后乎？据云，岳父在时，曾有“以产房代奁”之语，若是，则君房在日胡不同居？直待宛其死矣，而忽为他人入室，谁其信之？况索一字之凭而不得也？呜呼诞矣！今据胡氏之控，实为有情，而天民之诉，亦不忍遽为抹杀。请以三月为期，视胡氏所诞之雌雄，为天民所争之得失。为男乎，则子承父业，非其类者急锄而去之；为女乎，则已嫁方生，均有半子之义，合二女为一男，分一宅为两院，亦情理之至平者也。两宜静听，无事哓哓。

产业三 家私类

宪剪叛抄事

夏彝仲

审得士林之有范芝芳，嘉谷之螟螽，康庄之陷阱，鸮音未革，巢卵俱残，名教于焉扫地，而人伦至此尽伤者也。前经李推官审，字字为之发指。后经李知府审，语语为之含冤。为芝芳者，省躬咎已，树德忘仇，犹可掩其前非，庶几今是。乃冒兄范兰芳，诳告所他范希阳等。盖兰芳为父起蛟之亲子，因嫡母徐奴，奇妒穷凶，生母银奴，从马房彘槛中抱出寄养，身罹百患。比起蛟病革，手抚稚苗，摩顶命名，一恸气绝。徐奴思以计夺其厚产，遂窜继陈姓已长之子，为生员范芝芳。虽恩继未为不可，然数十年享用之资，数千金坐踞之产，谁为创之？忍使范起蛟血胤一丝，居不得有其一椽，耕不得犁其尺土，茕茕母若子，萍浮蓬转。始犹鹊巢鸠占，今且入室操戈；始犹与兄寻仇，今且冒兄具控。间离叔侄，借手以驱除异己之人，狼心虎目，不可齿于人类，尚可列于缨仁带义之士类乎？念举族求和，恳全同气，甘认吐产，姑从薄罚，以待自新。范希阳在先开构，范兰芳不守父业，并杖示惩。

宪判黑冤事

李心水

姚五聚、姚五纬相争一案，皆因死父之胎祸，来生子之操戈者也。五聚为已故姚大化嫡子，五纬则其庶子耳。此子虽小，后自能得，岂大化真有知子之明。何厚嫡薄庶者，竟有四六标分之乱命乎？若为五聚者，果明而熟于计，当付是言于飘风，而兄弟相忘，自作止水之平可耳。及“父命为尊”一语，伯夷以此让国，五聚以此争家可乎？且食果取小，弟分固然，而非曰“兄之必宜取大”也。乃前府审断

时，忽于五聚名下追银二千两给五纬，是反瘦兄而肥其弟矣。况絷五聚于狱，以致身受箠楚，于五纬安乎？争皮毛而伤骨肉，无乃太不祥欤？该县斟酌其间，令五纬吐银五百，还楚弓而完赵璧，可谓两得其平矣。合照县拟，以杜争端。若今案已定，而复有操戈寻衅者乎，行见两分好家赀并归乌有，变素封而为乞丐，此一定之理，必然之势也，则请两人者各储一钵以待。

【眉批】两问俱可绝倒。

【眉批】痛棒怒喝，顽石点头。

惨斩孤命事

席竺来

何圣志与已故何圣忠，乃嫡出同母弟，而何圣懋与何圣慧，又庶出同母弟也。父遗腴田四十七亩，原属四子公物。止因嫡母骆氏无鸣鸠爱子之均，而一手握定者，遂为圣志掌中物矣。坐拥不已，旋复盗卖，得价银一百五十两，名入骆氏手，实暗饱圣志腹。然尤不能不致恨圣懋也，始与嫡兄吴越，继又与胞弟参商。问其故，则因骆氏与圣志等饮以旨酒，啖以厚贿，而改头换面之后，圣慧遂为孤掌之鸣矣。今庭质之际，圣志反寂然无言，而圣懋则奋臂扬眉，饰辩甚力，曰："骆氏母，圣志兄也。且愿以五十金为嫡母送终费，而所馀百金亦现贮圣志笥中，并未侵蚀。让哉圣懋乎！"何从得此礼义之言也？然今既知食果取小，而昔日关弓之首唱又何为乎？骤闻斯言，方在犹豫，而忽闻呼冤声急，则阶下之圣慧也。亟召而询之，供吐历

历，若指诸掌。噫，圣懋心死矣。合从公剖断，将卖田五十金为骆氏棺殓费。明知溢于数也，然子宜殡母，庶不先嫡，理实宜然。其所馀百金，则以四分为率，圣志、圣懋、圣慧与已故圣忠之子何文燧，各得二十五两。于是诸人皆叩首心服，默然而退。虽然，兄弟寻戈，岂美德乎？合将圣志、圣懋分别杖治。其应分百金，合从圣志名下追给。

宪究异案事

王贻上

看得徐、张两姓，同胞各自为仇，立党互相攻讦。徐位等仇于徐儒，而与张鼎卿为党。张士昌等党于徐儒，而与张鼎卿为仇。遂至困顿省鼠，委弃埙篪，几不知五伦三尺为何物矣。况复有捉刀纸上，佐刃局中，如张子标、吴兰生其人者乎？究其起衅，乃田土家私细故，披其讼牒，为首叛告盗大题。就中部分枉直，田已讼结，家已分定，位等与鼎卿，事属可已。且获叛猛于拘盗，致徐儒得祸倍惨。前审覆再四，得其情实，因以人伦大义，动其良心。泣涕满庭，稽颡悔罪。随分别徒杖，稍以三尺之法从之。始动以天彝，继绳以王章，卑职于此亦几费婆心矣。业经具情上请，再蒙批驳，仰体宪台德意，恐若辈革面未必革心，恃严法以坚其至性也。行提间，少长扶掖而前，怡怡之色动体由中，咸云求照原拟。自开谕惩戒以来，爱敬一堂，尽识天伦之乐，所全已大，似应情法互济，始终与以自新。法外施仁，或亦宪台所乐闻也。

恩准恤孤事

淳安县令张梅庵　讳一魁　三韩人

审得朱见十有子，娶唐汝嗣之女为媳。汝嗣夫妇，不幸相继疫亡，遗有二雏，甫离襁褓耳。则卵而翼之者，舍伯汝宾其谁赖？未几而汝宾又故，宾妻余氏女流，难以照拂，乃浼亲族徐致大、唐公乐等，立有嘱文议约，开载田产物单，交与汝嗣之叔唐公，彬代为抚养。因其属老成家长，又系宗支血派，情理俱宜故也。奈何见十与其族唐君扬，连兵而互攻之？虽未知其呶呶上控者，为公乎？为私乎？独是见十则姻家外姓，理难收抚其遗孤，而君扬则热中搆争，恐亦不利于孺子。且按单稽产，依然具在，则公彬曾未尝负托也，何烦见十等鳃鳃过虑耶。但岁月正长，抚孤非易，吾愿为公彬者终始其事，毋贰尔心，俾此藐诸孤他日得以成立，则婴、臼不得专美于前矣。免供存案。

群凶劫杀事

张梅庵

审得叶必鉴之妻李氏，瞽目无子，止生一女，配余志汶为室。鉴因伯道之忧，复娶妾许氏。但宗祧事重，迟暮堪忧，因先继弟妇王氏次男德继为子。迨后妾幸怀孕，而鉴又物化矣，呱呱遗腹，子母伶仃。李氏独不思妾子即犹子也，止思掌珠，罔顾胤嗣，彼志汶者宁不恃爱而操戈入室乎？及氏之宗族叶德崇等，公忿而理折之，李氏反以群凶劫杀为词，而王氏、许氏其能嘿嘿已耶。比对簿，而志汶复捏契一纸，上开腴田四亩，云“岳之遗赠”。无论契之真伪难凭，即曰“果真”，当日必鉴兰玉尚艰，产或可遗之半子。今已现存一嫡一继，区区数亩，糊口尚忧不给，志汶岂得过而问焉。原契涂抹，鉴遗家产着宗族注簿，赴县请照，为二子成立子需。敢有别端觊觎，定以三尺从事。

租 债

乱民抄杀事 租

蒋楚珍

审得万年寺僧如睿，以田佃与董继恩等，历租无异。至崇祯九年，剡台大旱，草根木皮食尽，而屑土以继。道府而下，捐俸设粥，每念恻然，何意豪僧以毒龙之

手、饥虎之心，向鸠形鹄面之人而吮枯膏，较升头不置也。据称他境虽旱，此独有收。夫天泉坑硐四等之田，水脉俱绝，何独芹塘一块土，别有慈云，能来钵雨乎？如睿一控之县，勘处饶四还六，捺写以后包荒。董继恩所佃七石。已还四石有馀矣，犹狞狞分头耸告，推其意，不过肉视此蚩蚩者，令之东西奔命，非累死则饥死云耳。嗟乎，入地狱如箭射矣！徐德包告包证，与如睿均杖，犹薄惩之也。

衙诈事 债

赵我唯

邓成为邓留之胞兄，邓岱达则邓成之堂兄也。成充户书，曾经宪访追赃，留与岱，俱以花萼相关，称贷而出诸狴犴。迨事结不偿，则成之鹰眼未化，而狼心可诛也。岂独岱怨之？即留亦恨之矣。居无何，而邓族轮流之里甲，方值成男邓文一经管，而岱达以榆筴轻钱，输粮不准，则文一且受征比之累焉。岱固曰："昔之所贷久假不归，则此日之追呼，即以累吾弟父子不为过耳"，独不曰："邓成大耳儿，射戟之恩久付诸行云流水"耶？于是成以逋粮受累之故，讼岱于县。岱以其明于责人，暗于责己也，讼府未已，复以衙诈讼宪。庭质之下，邓留所以祖岱而讦其兄者无所不至。阋墙之变，令人愤欷，阿奴火攻，无乃出下策耶。而岱以成为假官票而迫赴宾筵，成以岱为倡白莲而树邪阶乱，何其埙篪互吹，如赠如答耶。夫羞者之典举自子衿，妖言之禁严于守土，两怨必有溢恶之言，小巫大巫，只足供解人之一噱耳。尤可讶者，邓文一业经县解，忽然碎批裂卷，代役投文，以为岱达之中途殴夺也。及察诸地方，此事已属乌有，则又邓成之

教猱，而布此幻相，为此肤愬哉？邓成、邓留、邓文一，分别杖治。邓成书役，行县永革。

三命等事 债

岳州司马邵慊庵 讳廷琦 兰溪人

看得阴承乾系阴楚善之胞兄，而雷联则楚善之丈人峰也。楚善经商江右，贷族祖善本银贰百馀两，折阅溯死。同伴阴泽胜者沐猴而冠，簧鼓其舌，为之搆斗焉，欲以贰百金之贷，令承乾兄弟均认。夫士贾各途，家业久析，无怪乎承乾之不任受也。先以楚善之衣与婢抵之，抵之不足，继之以产，力且竭而计亦穷矣。夫何雷联不以正道规女，率同党阴巢、范根、黄起，将乾母张氏听赡仓谷数拾馀石，擅发以去？为妇不由姑命，因亲而擅他财，于理可乎？乃雷联不自悔过，方且捏词控宪，而雷氏、罗氏，或弟妇也，而辱其伯，或义妇也，而蔑其主，岂阴家果以阴道胜，而奇兵间出者多娘子军耶？则皆联与泽胜，执羽扇而为之指麾也。雷联嗜利唆讼，与同党之阴巢、范根、黄起，各杖以儆，仓谷照数追给。始祸之阴泽胜，照提另结。

奸恶吞骗事 债

颜孝叙

审得借债至百十多金，而止凭数行空白。当问之结绳之代矣，近世恐未易矣诺。况借自万历年间，积今数十余载。放债、借债之人，又皆已故之祖父。当庭对簿，正冯煖所谓不可知之人耳，安能起九原而讯质？焚券之风，愿本生创行之，为近世劝可乎？仍劝赈谷一石。

叛诈事 债

李心水

审得汪生员者，乃认途人作仆，而思饫其一脔者也。据本生口供，谓郁文锠父郁秀，曾奴于其家，以银五十两借。夫明州所谓家奴，非有世臣之谓也，惟去来一任自便，但可名雁臣耳。来则君之视臣如犬马，去则臣之视君如国人。以主仆而宛君臣之分者，未可遽律此地之苍头，况并无委贽之事乎。何汪生忽奴其父，并欲奴其子也？嗟乎！彼银借五十两，时过二十年者，果谁授谁证，乃忽指野凫为堂燕耶？执路人而求货，有奴心矣。合杖治之，以为借题御人之戒。

更夜打抢事　债

文太青

刘亮假资于李天才而业夜行，永宁之王范镇，固洛西之洪澳、熊耳之渭水，古所谓崤谷者也。斩䅟𥢆而贾三倍，反唇齿而负五铢。及惧讯于公庭，而急完璧于故主。虽曰无良，尚知有法，姑以杖警。

火坑杀命事　债

文太青

许良正之以晋人而贩水绵也，申爱民、孙继祯持情而命价焉。絜袍已经卒岁，行旅尚倒空囊，质对无所掉舌，愿偿其赀。杖之以安远人之抱贸者。

朋谋打诈事　租

文太青

张九成之归地于王进福也，而粮尚寄九成之籍。端宜输纳以时，而逋负不前，及投牍执讯，而甘罪称谢矣。合杖而按亩追科。

违断抗纳事　租

文太青

吴世祯之抱牍，已经郭令断结，杖董迁儒而追租，奈何其愆期弗付也！吴生再控，迁儒舌结，不可不再杖之，以斥梗令者。

法剿大变事　债

张梅庵

审得贳酒豪饮，韵事也。若贳而不偿，不偿而速之狱，则不韵甚矣。胡三德手乏青蚨，心耽绿蚁，每挈瓶而过吴从先之肆。数年以来，共欠酒值四两有奇。即无杖头可酶，貂佩可解，鹔鹴可质，亦不宜偿之以怨也。奈何以起毒谋，乘从先于算帐之时，用村童校书之丹铅，以牙筹其酒簿，而遂藉为图赖之资？夫所恶于擅用朱笔者，谓其冒公行私也。必如三德之论，是欲执世之滴露研硃者，概绳以法而后可，有是理乎？岂其饮中山之酒未逾千日，宿酲未醒，而尚作此梦呓耶？昔人谓请酒须择人，今而后知贳酒亦须择人也。原值如数追偿，并薄责以代酒诫。

悍兵抄孤事　债

文太青

审得妓女张玉，向揭杨美吾本银贰拾四两，岁久无偿，征逋甚意。有朱升明者，浪迹风尘，与玉偶结缱绻，怜其追呼之迫，而即毅然任之。虽云千金买笑，亦自顾其力量何如耳。且认银徒托空言，卒无所与，既立召约，则债主杨美吾，不得不向升明追楚。他日玉得托身，自当效衔珠之报。若终老烟花，则升明此番豪举，亦不失为平康佳话。有谁强之，而以鄙琐之事成行上控哉？或亦其乘兴而任，兴尽而悔乎？杖之以儆妄渎。

争　　殴

仇抄事

慕鹤鸣

余明、余龙，从兄弟也。两人以手足之戚，沽酒为欢，剧饮不已，因而猜拳赌胜。其胜乎，固臆则屡中，不胜乎，亦驷不及舌。何鏖战不已，遂交手乎？果犹取小，拳何争胜？让道衰矣。于是龙控衙门，明控本府，皆胎祸一觞，而起衅十指也。今庭质之际，复愿和息，岂以一拳之胜负难必，而一纸之胜负更难必乎？合允其所请，而分别示罚。

屠劫事

慕鹤鸣

张氏之与幼男同居，其涂瑾塞户，亦常事耳。族恶周升，之恶其修房，而借题兴戈。何为者？欺孤虐寡，罪不容逭矣。然此犹为同宗之斗，彼会稽生员沈阳春，复为周升作后劲，又何为者？信如两人所为，将令张氏母子，竟露处于雨雪霏霏之下，而谓“不如是，不足表其白雪之操”耶。杖有馀憾。张荣则张氏抱告人耳，若与人并杖，虑此寡妇孤儿，将来门无吠犬矣。原似相应豁免。

验伤救命事

慕鹤鸣

审得张印畜鸭营生，而王闯关则佣以喂养者也。数十红掌，躅蹢水草，劳苦功高。算帐不敷，乃饱毒手。何功人之遽忘功？狗也。夫妻扛打，砖瓦频加，血流被面，凶狂甚矣！原约工价五两，追给闯关。张印以野鸭起衅，复以牝鸡召殃，竹杖之加，聊以报尊拳耳。

谋饰纵戮事

颜孝叙

审得李瑞卿，倚兄弟之多人，而又有其父李荣楚，容纵养其横，视里中群弟子皆“蠛蠓”耳，亦何有于李运中，而不以老拳安鸡肋也，纵畜践田，又残同姓，于女安乎？若不杖无以警众，将使多子者，可霸一方，而独立者，不复支其世业矣。

昼截劫杀事

文太青

王茂与陈应选，以中圣沉酣，唇齿相角，亦酒人之常态。遂抱牍而重诬之，两造在庭，而舌本木僵矣。据情宜徒，而氓之蚩蚩，姑宽而杖之。

恶弟杀兄事

文太青

张有库，草野之蚩民，弗闲于尚齿之风，而敢以谇唇侵其兄，吹篪之谊谓何？谨杖之以教让。

抄　抢

烧劫事

纪载之

安潭、徐应时、金真、娄参，佃生员朱锡爵之田，多越一纪，次亦五载馀矣。自非惆愿无虞，爵岂肯留积岁？突于三月十五夜，有烧仓、抢稻之举，盖失火非放

火也。据生员称，仓房一间，东与安接椽共壁，竹户绳床，炊朝爨夕。潭之六子一婿，倚庐而托居焉，岂其不自惜性命，而焚仓以自焚也？今所烧不止仓屋，并潭栖亦一半为灰烬，则不戒而延烧自累，洞如日矣。火烈风发，环村而趋救者，以为夺之火中，各挈所有而去。虽一间储谷无多，救火不知谁氏。潭与金真等休戚相关，宜力护之以还主物。乃扫拾剩馀，私为己有，盛称焦头烂额之功，而尽掩其藏匿之罪。控之捕衙，生员理合不平。乃耸词奔宪，安潭之不戒与其子安关之刁诬，百喙不能辞其咎矣。乘机或可拟徒，藏匿终无证迹，王性等口口称冤，终为窝顿。且庞生坝头之人，救火之人现有赔偿生员所失，以求自解免者。意外之虞，仓卒之际，纷如逐鹿，而独责安潭，安潭等拟徒，不禁号呼抢地也。自不小心延烧主屋，以致仓稻无存，俱薄杖不枉。安关子代父叩，王性淹禁垂危，量情均免。

诓　骗

亟剪事

李映碧

审得成献捷者，乃被黜青衿，成冬，其族侄也。先因冬以犹子之亲，曾执经问字于献捷。今岁县录儒童，献捷骗银五两，谓“将为冬求情地”。其取乎，则卷而怀之，不敢乎，则出而哇之。名遗而银不还，此弟子所以耻受命于先师也。尤可耻者，逆虑冬之索银叠至，思为先发制人，忽以老妻诬奸于幼侄，而控之公庭。夫所谓强奸者，岂非谓知好色则慕少艾乎？今据献捷口供，其妻已五十馀矣，若云强奸是实，须鸡皮之返少可耳，恐未必有神术也。合杖治之，以为不叔不师，并不夫者之戒。其原银五两，应追给成冬。今而后请存叔侄之分，而削师弟之称，庶不令斯文之扫地也。

劫命事

李映碧

审得胡师哲，乃故宦胡都谏之孙，而胡传二，则都谏之从侄也。都谏鸡香久息，马鬣未封，诒厥萧然，素交零落。有桂林兵宪苏公，为都谏浙闱所取士，思欲助之。乃师哲未行，而传二冒名以往。苏公赠之七十馀金，则在三之谊殚矣。嗣后师哲往，苏公乃觉其误，不能重赠麦舟，仅给印照使还，俾取资供葬。而传二逆取之，肯顺与之乎？师哲所为激而控也。迨阖族有言，传二难违公论，悔过伏罪，祭都谏之灵而归其金。其亲族生员胡从治等，欲全宗好，共求结案矣。夫传二虽都谏犹子，然物各有主，名难假人，初类王郎之诈子舆，谬沾三品；后识陈遵之非惊座，虚赠一枝。犹幸楚人失弓，得之不远，秦庭怀璧，去而复还。则玄冢之愿已酬，竹林之欢如故。似应准其和息，薄发杖惩，示无祇悔云尔。

匿　名

谋夫逐子事

陈木叔　讳函辉　天台人

看得何氏前夫彭荣，系南昌皂隶，崇祯元年物故。二年改嫁郑南星，业四载于兹矣。不知何人，捏本妇名上控，称南星毒夫谋娶。而南昌县先奉批词，又以鼓荣出名，称南星奸妻掳财。夫夜台之外，久无生荣，而讼牒之中。俨然活口，颠倒死生，玩弄法纪，明明投匿，扰害良民。研审邻人王文等云，何氏既无父母兄弟，素与南星相安居室，亦无反目之事。无端起喷影之沙，白昼现黎邱之鬼，惜无从得此神棍而毙之，以作匿名榜样耳。两词具幻，合请注销。

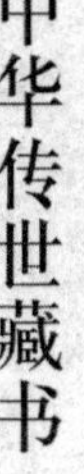

不宥事

秦瑞寰

审得伍默府众怨于平时，而决裂于一旦。时当抢攘，身命几危，祸延妻女，可以惕然醒矣。生平无一受恩之人，何必独疑于伍周。如谓首自亲父，今亲父力鸣，为借名捏投。不质人而质笔，岂非舍形而求影乎？仰刑官即审释，戒毋生衅，仍归于好。

法剿冒匿事

淳安县令张梅庵 讳一魁 三韩人

审得罗申、罗乙，真险健之徒哉。兄弟济恶，每鼓不风之波，耑捏无名之讼，受荼毒者，不知几何人矣。邑有王兴九、朱乾十、陆振宇、张思明等，皆负贩穷民，与二恶素有小隙。今春霹奉巡道宪提，事干谋命劫杀，而兴九、乾十诸人一网打尽。其原告之名，则祝时成也。四人扪心自揣，不惟时成素昧平生，亦且事无风影。正在徘徊惊讶，不知事起何因，而甲、乙暗搆江以宁，到处说合，索以重资，当立为免解。试问具此大力者为谁？而发纵指示之姓氏，则已昭然吐露矣。再阅票上之名，始知干证罗弈先，即罗乙也。众发公愤，群扭赴控，本县以事关宪批，定非虚捏，仅著乙寻出时成，则捏犹不捏，即以无是公为有是公可也。乃初则混指在杭，继则驾称远客。事经三月，限过数番，而终无时成其人也。此二犯者，射人如

含沙之飞蜮，变幻如白日之黎邱。观其倏现蜃楼，向后未必不指鹿为马，而受其害者，恐又不止四人矣。清天白日之下，能任此魑魅之公行乎？并杖罪有馀辜，如获时成，仍各解结。

资治新书二集

湖上笠翁李渔搜辑

判语部

《资治新书》二集序

笠翁李子裒辑缙绅先生吏牍之篇为一集，日《资治新书》。既已悬之国门，为海内诵习矣。兹复广为搜采，嗣成一书，特以示予。以予老于吏事也，属予一言以识其概。予受而卒读之，皆一时贤公卿所以裁断庶事、检察人情者。当其一行作吏，或分符郡邑，或秉节方州，其间几务纷投，众心隐伏。长才远驭之人，既不难以片楮相昭揭，一词为折服，而笠翁又取而衡论之，去彼取此，确有折衷。如酌生民之利病而陈之大吏也，如摄两造于庭而奏当不易也。予披翻故纸三十年，出之人之于此，扪心自问，尚茫然无以自必。而笠翁从屈首铅椠中博明世事之变，综括颐乱之揆，至于如此之悉。使出而宰制一方，必能理繁治剧，应机而给，取之胸中之夙储，无不裕如者，抑何其度量之相越乎！予尝推测其故，盖笠翁虽以高才未遇，无经营天下之责，而读书观理，专以世务人情为符合。室家之安危，未尝不以悬诸虑也；里巷之尾琐，未尝不求得其通也。以故生平之心述不务为无用之学，间以绪馀衍及志林、说部诸编而纵横出之。杂以稗官家言，无不曲而中，信而有征也。而说者谓笠翁少年骀宕之言，至是而尽递严正，是未深知笠翁者也。古今著作宏多，“六经”“四子”之书实与“二十一家”史乘相为表里。盖言理者，不征之事则无稽；而言事者，不衷之理则无所守也。故以笠翁今日之书为正断昔日之书。此犹汉人引经以断事，而以笠翁昔日之书为参验今日之书，此犹说经者分配汉魏以还而无不合也。由是言之，则《资治》一编岂偶然也哉！经济必本人情，理学不遗琐曲，是房、杜、周、张胥于是编见其合矣。将见奉是编以进，为良吏，为名臣，而学士简练为揣摩，亦必有经国之訏谟可拜献以为先资，以视前集，固有合美也，又岂名法之所能尽也哉？虽然，即以名法言之，亦有不可尽掩者。苏明允曰：“吏胥之人少而习法律，长而习讼狱，老奸大豪畏惮慑服，吏之情状变化出入无不谙究，因而官之，则豪民猾吏之弊，表里毫末毕见于外，无所逃遁也。”岂非识时务者哉！

康熙丁未孟冬吉旦，管理江南、江安等处督粮道布政使司参议加二级、前福建左右布政使、按察司按察使、总督京省钱法户部右侍郎协理院事、都察院左副都御史栎下周亮工撰。

资治新书二集卷十五判语部　湖上笠翁李渔搜辑
婿沈心友因伯订

人命一　弑逆

出首事

霸易巡宪张壶阳　讳汧　高平人

看得胡进忠以奴隶而蒸主母，窦氏以阃妇而私下贱，即无弑逆之事，已在骈戮之条。况复凶淫并肆，奸杀同科，弑夫弑姑之不足，杀婶杀叔而有馀，并其亲生二子一并裱杀，以绝根株。此种惨变，真是末季罕闻，梼杌不足喻其凶，穷奇未尽如其毒，虽锉骨飏风，亦仅偿厥辜之万一者也。惟是二凶手刃多命，其间不无加工助力之人，凶器得之何地，起于何日，大狱不厌推敲，是以复承宪驳。本道仰遵详慎至意，研加讯鞫，务求纤悉无遗，以成信狱。据该厅覆讯，进忠、窦氏坚供夫主等六命实实毙于两人之手，非止无人加工，亦并风息不闻于外。及供凶器之起获，又与原

供之期日、处所一字无异。是进忠、窦氏本以家庭最近之人，下手于夜深更静之后。又以锋铓最利之器，取命于衽席睡梦之间，进忠谋之于外，窦氏应之于内。观其前后口供，非特井井不乱，亦复恢恢有馀，则其当日之能运斤成风，使一家六命迎刃而解之情状不问可知矣。千古一见之奇凶，原非常理常情之可例论者，是宜急正典刑，以谢神人之怒。断不容须臾缓死，反干天地之和者也。

吴鼎案

嘉兴司李文灯岩　讳德翼　江右人

吴鼎等七人之弑主王户侯也，祸所未闻，惨不堪目。凶器不一而足，贼党实繁有徒。破室逾垣，若入无人之境；劫资行逆，岂为有法之乡？指盗贼若呕心，免申详如掩耳，自相攻击，各穷奇凶。吴鼎与徐忠造意，董一、董二狗、褚国祥、徐光裕、胡进寿下手。始也，鼎也漫赛神祠而幸非类之歆；国祥佯侍尸侧而乏副急之泪。当堂明供，祥独勇于自首，而鼎等之罪状，真上通于天矣。户侯性伤过急，情溢下愚，贼在旁而不知，身以货而被戮，是可怜也。诸凶行逆，起于怨什九，起于贪什一。然寸磔之律，何能为此梼杌辈宽一喙也？所恨诸凶天戮，未尽正典刑，仅吴鼎、徐光裕、褚国祥三犯在犴，倘不速断，恐金吾地下之目，终不得少瞑也。

弑父大变事

衢州司李吴幼洪　讳适　宜兴人

审得王达毛人伦中之枭獍也。陆岁随母毛氏转适江民王元，抚如己子，长为婚配，拨租拾石以赡其用。继父如此，恩良渥矣。达毛以赌费为事，往往窃取家财，元恒训诫不悛，反肆凶逆，持刀弑父。时有族人王明伦等获救得免。达毛登楼，见父在庭中，用石块扔下，击破脑顶倒地。当有里地王朋等呈县，止开持刀赶杀等词。元族以杀父事告县，亦开刀劈脑门等情，未几身故。申详两道，批府研鞫，达毛应在齐衰三月之例，照服律斩具详。今以刀石互异之故，致蒙宪驳。职谓以子弑父，何用再简？初既持刀追逐，旋即登楼抛石，彼时里递公呈止开有刀而不及石，

至王元初词，只欲以刀弑，形其凶恶，不虞以此开驳端也。夫弑父既真，以石与刃有以异乎？达毛之恶，真穷奇不足喻者。得以序服律斩，幸矣。似宜早定大案，无事推敲者也。

人命二 谋故殴杀

急典夫命事

嘉兴司李文灯岩　讳德翼　江右人

怀三之殴死曹芳也，冤沉不雪，且加城旦于死者之父焉，无天无日已五年所矣。惟怀三厚于资，而杨景文、施后山等多人亦不甚贫窭，知事起有因，人命重狱，苟累至典偿之日，则不止于破一家、丧一命而已也。故悉倾囊布贿，求已其事，而不知死者之妇怀氏伉俪钟情，必欲求伸于屡屈，逢人呼冤，见者未免心恻，故亦醵金助之。其五年讼冤而不致莩死道路者，公道使然也。不知当日死殴之案，则有伤单之凿凿。曹光礼以丧明之惨，告愈久而罪愈深。非宪发秀水虚公一检，则杀人者可以不死，而强有力者且因之以为利，几何不六月严霜耶？职惴惴此案，恐有失入之冥谴，誓之明神，以再检于演武场，目睁而手摸之，始翻然自决，不为前议所摇。其顶之伤红色，斜长二寸四分，阔五分；偏右之伤紫红色，斜长二寸八分，阔

六分；额颅伤红色；眉丛伤红色；两腮颊左又伤红色；两肋左四根骨伤红色；两膝左又伤红色；耳根右伤红色，斜长二寸一分，阔五分；脊背三根、四根骨伤红色；腰眼伤紫色。合之前招两检，伤痕大同，而此检又加详备。怀三自伏厥辜，认以棍击，一时之气为之，而干证俞成元言之犹如昨日事。伤真证确，绞抵又何喙焉？景文、侍山视死不救，可谓绝无人心，杖之。曹光礼既杀其子，又罪其身，可为省豁。嗟乎，怀氏手携三岁之儿，不畏死以必报夫仇，哀号之声天地为之惨黯，即不为死者惜命，能不为未亡人鉴此一段苦心乎？

出巡事

衢州司李吴幼洪　讳适　宜兴人

审得吴真一案，谳鞫已经数次，而出入未免参差。绳毛十三而矜吴真者，谓索工资而执扭，为主使之有因。律吴真而减十三者，谓持木棍而加殴，在下手之独重。续经府讯，因喝令之供未确，致命之伤最真，仍以后说为定案焉。二者均非无见。然不容不严勘，以成信狱也。夫真固十三牧竖，蚩蚩之氓，命打则打，诚如宪驳所云。但尔时吴、毛算取工价，以致十三被其执扭。忽遽之间，已有莫可如何之势，呼仆救解，此情之所必至者。真从旁见主受窘，不得不为缨冠之救。然止为解纷足矣，何至持棍奋击，俾头颅顿尔碎裂耶？下手之伤，受于俄顷，真即喙长二尺，无可辩者。兹面讯而托词于主使，乃因驳端而生辩窦，冀缓须臾之死耳。若以言乎喝令，则必从容运筹于先，斟酌指挥于后，即造意之别名也。十三被扭之顷，正皇迫蔑以自解，复何暇有主使之情？纵以呼仆一言为喝令注脚，然止呼之助臂解纷，岂必致之死地而后快也？吴宗训等止扶毛于真之室，不闻抬尸于十三之堂，当日目击之情事，有最真者。黄推官初审称为首祸，陈推官继鞫律以主使，总由开衅于十三耳。兹察检伤，全在太阳之一击，讯真及此，便已俯首无辞矣。如十三者，罪应重究，而情实可原，照原拟配，仍与加责，以稍快死者之心可也。吴真致命伤真，绞抵允协。

前 事

吴幼洪

复审得吴真之狱，各宪郑重人命，屡廑推敲，必求生死无憾，至详毖矣。缁阅前案，详鞫尸亲，绞真而配十三，将谓狱情斯得。乃宪台致慎于主仆之间，恐舍豺而问狸，复有兹驳，敢不虚公自矢，力破成见，以期仰副德意于万一？集两造而翻复讯之，夫事由十三主殴，当惟十三是问。尔时何不抬尸其家，而抬于吴真之室？舍其主而仆是求，是舍豺问狸，非自今日始，乃当日之尸主、尸亲自为之也。狱贵初情，不以真抵而谁抵？致命真伪，全在太阳一处，原系杠击，而执杠以殴者真也。真既自认不讳，职又何能代为之讳，而必移狱于十三，强为恶奴求活也？满纸疑关，一言可破，宁曰草菅奴命而故纵其主哉？绞真以抵，馀照原拟，似无枉纵。

急救二命事

吴幼洪

审得人命重狱，惟凭伤仗；伤与仗符，即成铁案。然往往前验后检，辄有异同，非伤有未真也，验多略而检则详也，故定抵以初供为确，论伤以续检为凭。如方之鼎一案，命之至真者也。当日忿汪价之割麻，夺棍逞击，致价越宿而殒。维时凶殴者鼎也，助殴者张国庆也。下手重者抵，鼎已安之若素矣。但该县先后验检，检则报左臁骨断，而验时无报；检称“项心碎缝，顋门打碎，及右太阳细缝，而凶器不明”。致奉批驳，诚欲质其至当，以杜后来辩喙耳。职行县复检，尸图所载，偏在右太阳、左肋第十一根、左臁帮骨等处，碎缝断折，直长分寸，俱属棍伤，与初检相符。其左太阳之骨碎，则又初检所未及详也。王知县亲至尸侧，手自量验，可谓确矣。总之，验系肉尸，骨断碎缝倘隐而未见，即青黑紫红之色征于外者是也。惟左臁失报，洵系仵作之疏，而骨断之伤在头肋二处，得其一可为抵券，况头、肋、臁骨种种惨烈之叠见者乎？蒙驳干证未到场，无人可据。职谓即使有可据之干证，夫证鼎者之确，孰有确于鼎之自证者乎？棍击已征伤仗之符，下手何辞绞

抵之律？国庆助殴，再审已定，元谋论配，允当厥辜。

【眉批】补刑书之未逮。

报单事

汝宁司李翟静生　讳廉　赵州人

审看得李黑之殴死刘孟晓也，起于争木之小衅，而成于揭地之背言。据黑自供：廿日早间，曾留孟晓饮酒，语不投机，因其赴城而尾至荒坡。初持棍痛击，继之以砖，将图满泄胸中之忿，而不意打伤致命处，遂越三宿而亡也。凶器俱在，尸伤昭然，为李黑者自应俯首无辞矣。但其事涉故杀，致烦驳批。今按律注，临时有意欲杀，非人所知，曰：“故”。观“李黑当殴孟晓之后，即回家告知伊嫂，着孟晓家遣人往看，令其呷汤等”语，伊嫂董氏并刘孟宣等口供皆同。则是黑在当时但有殴孟晓之心，而未有死孟晓之心也。且其家人到荒坡时，孟晓尚自能言。若黑果有意欲杀，何难立毙当场，而顾留呼吸未绝之气，以为保辜之左券，意何为者？以是知其是殴杀，而非故杀也。至尸伤共十一处，严讯再四，实无他人加功。然以黑之凶狠，殴孟晓自有馀力，想亦不待加功为耳。一命一抵，缳首允协。

劫杀剧冤事

吴幼洪

审得余有庚与余一品，无服叔侄也。籍系遂安，旅居开化，讼结数载，兴戎不休，复互讦于院。一品从开治装偕童子汪进宝贸易征途，将以赴理。而孰知有庚之杀机动也，瞯其离城，偕二子可昂、可晟尾至僻处，庚先出袖中铁锥奋击，折其肩肋。可昂即夺进宝扁挑，断其脚腕。可晟又拾道旁石块，裂其头颅。三凶攒击，一品尚有生理哉？即随行之进宝几及于祸，仅以泣求得免，喝跪道旁，袖手惨视而不敢救。故当时诸凶情事，惟进宝得而详言之。迨徐德魁闻风往视，品已无生理，旋不逾时而毙，固其所也。验检尸伤，论抵无疑。特以前后报伤稍异，奉驳再检，种种重伤，令人毛发俱竖，恨不立斩此獠耳。尤当辨者，在殴与故之间。以今确勘当

日情形，有庚携锥而往，指麾二子奋力交击，必欲灭此而后朝食。及提赴县审，尚自命为义士焉。有义士杀人而出于无心偶试者乎？是其杀品之心已自标榜于口矣。细加参核，实与斗者有间，改以故杀，此囚之铁案也。如可昂之死，可晟之逃，复经驳行严提。据谓昂死兰溪，伊伯余庆收埋。可晟惧罪，别逃无踪。假令二凶而在，别有应得之条，不能为有庚分过也。弃之西曹，又何喙焉？

检抵事

绍兴太守纪光甫　讳耀　清苑人

审得章百十二之殴死陈十一也，启衅虽微，凶状甚烈。太阳左穴一伤，前开深重红紫，今复加检验，仍系紫红血痕，其为致命无疑。盖以重大之物平击至死者，每于筋骨有伤而皮肉无恙，似不得以皮不破、血不流为展辩之辞也。况偏左、偏右、胸膛、两肋、脑后、背膂、后肋、腰眼种种重伤，悉关致命，求不三日而殒命，其可得乎？至仵作堵吉，复检报伤，于委因石棍打伤之下，加一“跌”字，意欲摇动爰书，此真胆大包天者。不知人命拟抵，但问其打与不打，即打而复跌，不能为打者贷死，况石块木棍之封贮县库者，一一具在乎！吉以得赃无据，姑重责免拟。章百十二仍炤原招。

稽查人命事

平阳太守程质夫　讳先达　休宁人

看得郭黑子之殴死柴货郎也，凶锋一逞，杀命须臾，抛尸取货，至毒至惨。按律拟抵，夫复何辞？惟是刘大定之通同与否，疑信难凭，不得不详求再四。先据平陆县详，称黑子见财起意，借口伴送，因而杀死，拟以谋杀得财，按律斩抵。而刘大定事后知情不首，律仗一百。此断狱之初情，不为无当。及再批夏县审拟，分别造谋加功，斩大定而绞黑子。据称大定先有问柴货郎“可取些”之言，后有月下埋赃之数语。且郭祥生结状，称大定与黑子同行，即此一语，堪为铁案。卑府参稽两招，拟议悬殊，复驳太平细鞫。兹据详称黑子抛担，系货郎婉转雇觅，黑子跌坏鸡蛋，被詈不甘，夺棍击死，乃一时愤怒所致，原无窥伺预谋之情。当其路过梁村，相值买布而散，并无货郎“可取些”半字影响。追讯持击之棍，系货郎手中自韩村冰地拄来，原非取自大定之家。布匹诸赃又在韩村黑子草窑内起出，并无月下同埋之事。复验郭祥生结状，亦无大定、黑子同行字迹，当日不过以打死货郎之后，黑子曾至大定家内，便疑为知情，此安可即指为铁案？将黑子依斗殴杀人因而得财，同强盗律斩抵；刘大定事后知情不举，照平陆仍拟满杖。招覆前来，卑府细加阅酌。大定既无指使取银之言，又无木棍交与之迹，则非造意主谋者比。与黑子同行之首不实，月下埋赃之供又虚，则并非先事同谋者比。况祥生恨他知情不举之确证，并黑子实实与大定无干之坚供，情词凿凿，允足为大定解网矣。至若黑子恶迹彰明，供证符合，虽虎食之馀骸，无从检验，而既获之棍赃，确有可凭也，相应仍火召前拟。刘大定仍拟满杖，以惩容隐之罪。其举首之郭祥生、郭良翰均免议。事干辟案，卑府未敢擅便，伏候上裁。

打死人命事

泾阳邑宰王书年　讳际有　丹徒人

审得李凤山，愚而且悍者也。李凤宇、李凤翅以争蜂细事攒殴族祖李登光，光以一牸而撄两虎，其势必毙。为凤山者，宜披发救之，否则闭户可也，胡为乎当场踍跳，反以凶焰助之？虽登光臁骨之折乃凤宇所伤，而馀人一条，不能为凤山宽矣。诘李登光之子李可德舁父告县，凤宇与凤翅各持木棍赶至河边。凤宇复殴登光，凤翅殴独可德，登光立殒，而可德亦鳞伤赴河。须臾之顷，毕其父子二命，检真证确，两抵奚辞？后凤翅知罪投缳，凤宇亦冥诛瘐狱。以杀人者杀己，一间之说，岂虚语乎？嗟嗟，以数人而争一蜂，遂因一蜂而殒数命，所谓季郈之甲起于斗鸡，吴楚之师由于采桑，不忍小忿而膺大祸，蚩蚩愚氓，殊可惜也！凤山次日之殴，实不在场，满杖以儆，足蔽厥辜。馀审株连免议。

子命事

仁和邑宰佟怀侯　讳世锡　辽阳人

看得王鼎、沈阿朝，乡愚无赖也。某月某日结伴驾船，至方兴之陈明扬、程叶二地上，借薙草为名，罄所有而掩取之。不料初遇明扬，交相争闹；再逢叶二，遂致厮殴。虽当即解散，然馀怒未息。于初五日复遇叶二于途。鼎复逞其老拳，阿朝经过，不觉分外眼睁，以致叶二狼狈归家，不半月而毕命。王鼎虽非过杀，实由致死；阿朝即非原谋，确为共殴。按律究拟，夫复奚辞？但尸伤非检不定，正在提集亲勘，而叶母金氏有免检全尸之控。幸哉！此二凶也。覆加庭鞫，皤皤老妪，涕泗哀鸣，谓尸经检验，则将永堕轮回，以此不愿求抵。斯言也，虽涉愚蒙荒谬之谭，实出儿女舐犊之爱。相应将王鼎、沈阿朝薄杖示惩，仍断给烧埋，与金氏延僧礼诵，以慰幽魂。王鼎、阿朝须念解网之恩，由其母氏；勿谓如生之德，出自问官可也。

劫财杀命等事

霸易巡宪张壶阳　讳汧　高平人

看得路承业狼贪枭恶，与孟全仁贸易同归，利全仁之所有，顿起杀机。遇黄昏而不止，值旷野之无人。是以杀人之人，又逢杀人之时，处杀人之地矣。遂乘全仁不备，暗从脑后搥以大木鞭杆。既倒，而虑其不死，再加乱击以毙之。既毙而防其复生，更解佩刀以刺之。是承业之死，全仁可谓不遗馀力者矣。于是尽有其资财，乘夜奔窜他方。改易姓名，仗横财以贸易。是承业之避凶，可谓飘然遐举，令人莫能方物者矣。孰意天网不疏，国法难漏，去则送行有人，来则相携有伴，从此根究而侦缉之，即为尸亲李维先撞遇，擒送丰润县。一审遂服其辜，起出血衣、银赃等物。是承业之杀人，又可谓脱兔于前而处女于后者矣。诚哉，恶之必不可为，而阴险狡猾之无所用也。据初审之供，虽有“与邢姓者同事，及寄赃岳翁王近全之家”等语。及反复研讯，承业杀人之日，即邢其馀之子邢路缘事羁禁之日，焉有一人两形，既坐狱中而复出杀人之理？盖承业离家日久，不知邢路之缘事，信口胡扳，使招案卒急难定，以缓须臾之死。至王近全以翁婿至戚，暮夜往投之事容或有之，但血衣起自丰邑，若承业杀人之后果以赃物窝顿其家，岂有不匿当掩之血衣而反以杀人之迹自随者？以此揆之，则并赃物未寄之情亦昭然可睹矣。其妻王氏之同院某等，皆全仁弟全义之亲戚，承业恐为所觉，不敢归家，亦属可信。今杀人者既已服辜，而邢其馀等均应开释，以绝株连。路承业劫杀情真，虽凶刃丢弃无存，而鞭杆血衣现在，赃证俱确，供检甚明，按律拟斩，诚为不枉。

真正人命事

文灯岩

孟文达、文远之杀闻氏，以诬其主陈有恒。谳者以文达瘐死矣，可以偿阿妇而宽文远，从末减之条似也。然如郁其、许云之证何？其、云之言曰：文达之用斧，一挥之右手，再挥之右耳，闻氏尚生，文达已出户呐矣。文远大言责兄曰：“嫂尚未绝，何能赖人？”遂以锄连击其脑，粉为十二块焉。嗟嗟，夫虽凶乎，手尚软于

再击，文远何狠至此也！犹曰，其、云之证，各为其主吠耳。孟信一小孺子，自述同母共卧，父戕之未绝，而小伯必血泥其母为快心，闻之令人指发酸鼻矣。此贼尚可以投荒已乎？细查额角、太阳、右眉等伤，长有一尺七寸，中阔三寸五分，深一寸五分，皆锄形，非斧形也，则闻氏之死于文远、不死于文达也明矣，安得以先后间而轻纵之出乎？论如律。

活杀人命事

文灯岩

郁达怀睚眦之怨于张儒久矣。新正初六，日已暮矣。儒剩船而过达之港，误触其船坊。两人皆为狂药所使，一言不合，故怨都来。儒奋臂上岸，达辄以桃棍挥之以散矣。而儒又诟詈于其门，故达重用桃棍乱击。儒无计避，一息尚存，自投于河。金五即救回熨炙，而次早殒命矣。问水几深？则齐颈已耳。问离家几远？则儒仅去达两家路耳。天下未有水未淹没头目，一俄顷间已就炉炙而立毙之理，则郁达之欲卸罪于冯彝不可得也。两简重伤，且合历历，非止一处致命也，此岂寒沍所能为乎？应抵。其子郁卯三幼未助斗，杖惩为宜。县招参差，应以金五确供为正。

惨杀人命事

嘉兴司李文灯岩　讳德翼　江右人

孔应昌孑然一身，挺而首弊。徐瑞龙、沃应忠、黄应元、葛兆庆等，以依朽之蠹，视军粮为家帑。一旦为应昌所攻，自揣必坐三尺死矣。共谋应昌以甘心焉，匪朝伊夕，故乍浦一遇，七人棍石肋拳，必杀之而后已。故真伤遍体，简无馀隙，繇来致命，无此之毒酷者也。七人当时自计不分首从，明欲以一死报应昌矣。奈何沦冤三四年，始得伸雪，而谳者尚因瑞龙、应忠之瘐，为应元、兆庆祝网也乎？同在共殴之律，与同谋共殴、遣戍之条例适符。职断此狱，以投北尚为减等，再欲轻之，死者不亦鬼号耶？夫应昌不顾孤危，为军除蠹，毅然犯难，有古烈士风。聂政好侠以亡，乃姊不惜一死，以传其名，古仅见此。应昌家无孑遗，故有司亦付之悠悠耳。而姊孔氏奋不顾身，以报弟仇，情甚惨淡而激烈，庶几政姊之流亚欤！官以法名，而不为匹夫、匹妇复仇，则凶人塞路矣。况以蠹军经摘发者，今犹未艾也，二囚何容宥哉？

杀死人命事

毛锦来

覆看得吴三养，凶愚牧竖也。负人升半盐价，穷不能偿，以致张国心登门索取。始而逼骂，继而交搏。国心身躯雄健，三养力不能支，随取腰下裤刀刺中国心，即刻毙死。杀人者抵，夫复何辞？但据干证李汝黄口供，国心曾与三养相搏，强弱不敌，遂用刀刺。盖大敌当前，刀适在手，自不觉其出之甚便而刺之甚猛也。细鞫情形，事起仓卒，诚非谋杀故杀者比。适逢大赦，又蒙宪驳，不可谓非小人遭逢之幸也。合照例宽减拟流。

打死人命事

毛锦来

看得薛稳儿，少年凶暴，所谓一朝之忿，忘其身以及其亲者也。因父薛永让与薛自熙神会聚饮，酒后争匠角口，次早见自熙出村拾粪，疑为赴诉于州，遂尔手忙脚乱，持棍追击。自熙既已仆地，而稳儿父子犹在傍叫骂，刺刺不休，愚蠢凶横，无可比似。当有薛僧保、薛永总目击，将自熙抬回，半日身殒。屡检多伤，拟抵无辞。但查斗殴律法，当究下手致命之人。今稳儿年少力强，持棍狠打，检尸尽多棍伤，则下手击自熙者，为稳儿无疑也。其父永让年迈古稀，虽曰同行助殴，心即狠而力已衰，必不能致自熙于必死。据稳儿初招，曾有“永让夺锨助击”之一语。及今反复刑鞫，则谓初审极刑，言词慌乱，今良心固在，自愿抵偿，展转哀号，乞宽父命。而其父薛永让又复以垂死之年自甘就死，乞留其子以继后。愚民性暴，一时忿不顾身，遂尔行凶并殴，及知法网难逃，则又父子争死。事固可恨，情亦可哀。又严词薛永总等，俱称永让夺锨一事并无的证。即尸男薛鳌，亦自谓杀其父者稳

也，非让也，则抵以子而舍其父，不独全此天性，实允为持法之平也。薛稳儿合照“凡人斗殴”之律拟绞非纵。薛永让应照“馀人满杖”，允蔽厥辜。

地方事

江宁太守陈大亨　讳开虞　富平人

看得张文秀之死，以同胞之兄、同族之叔、至亲之母舅共聚一堂，而同心协力以殴杀者也。然则文秀之非善类，不待辨而明矣。据张台等供，文秀为贼而逃于松江，复在松江为盗而逃归乡里，露刃挟兄，放火吓叔。文礼虑其贻祸，于是商之渭阳，谋之诸父。众论佥同，乃举一人而毙诸拳棍之下。揆度其心，似与“国人皆曰可杀，然后杀之”者同是一理，而不知有家法国法之殊也。夫文秀固有可死之罪，台等非可擅杀之人。“为士师，则可以杀之”，此家弦户诵之书也，岂台等数人竟未从事乡塾耶？据该县检验，殴死已真，而拟台、英、文、灿等以期亲兄叔故杀弟侄之律，似亦法当乎情。第奉宪批提，文秀松江盗案未到，则其果否为盗尚无确据。至造意首从，既有毫厘轻重之分，而尊长殴卑幼，尤有亲疏等杀之别，必俟提到张文礼确质，庶成山案耳。兹因奉有严限，未便久羁，相应据招呈覆。

地方事

陈大亨

看得龙氏等一案，一出入间，动关生死，非有确证实据，安敢凭臆悬断？承讯者所以反复研穷，笔屡搁而难下也。夫龙氏之天性鸷戾，与其夫孙国芳终日殴詈，既隐然一房帷敌国矣。然廿年来共枕同衾，亦既抱子，国芳之躁暴不情，似亦不免终风且暴之诮。该县初招所云，暴躁不常，屡蒙取死之道者，此也。否则，龙氏之罪，固应诛矣。若呱呱二雏，素未闻有侮逆之行，乃国芳题壁之语，欲并妻与子而尽歼之，是亦暴躁不常之一征也。至讯致死之由，据王氏、进喜咸供为银而起。但芳果因龙氏运银与兄致生疑衅，则其题壁数行，何无一字及此？查县招进喜供，主人因要银五钱买物，主母以没有回之，遂致吵闹。厅招据王氏供，子龙见娶亲，媳龙氏往贺，到二十九日回家。子国芳索银备办年事，媳龙氏不与，以致揪扭。二供者庶几近情，盖卒岁之需，非可已者，谋诸妇而不应，一躁一悍，触处成争，此所以有廿九日之殴，三十日之缢也。今尸伤经县检验，先殴后缢已明。国芳既以缳颈死于妇，龙氏自应以绹首偿其夫。

至若兄妹通奸一节，事属灭伦，法干重辟，诚言之污口舌者，非有的确证据，岂忍吹毛求疵？查龙见奸妹之说，出于芳母王氏之词，伊婢进喜之口。及庭讯之际问之王氏，则曰未亲见。问之进喜，亦曰未亲见。夫芳母与婢俱未亲见，则所据以质之者，惟一私运财物为昵兄，与昔年冤帖之中有无壮男幼女数言耳。就冤帖而言，即使此帖果真，在国芳亦不过恨深语激，原未指有中篝确凭，在今日又安得数墨寻行，遂执为桑濮定案？况此帖尤有可疑者乎！国芳傍徨旅店，濒死挥毫，此际方寸乱矣，而娓娓盈篇，笔笔庄楷，反工于平日写帐之字迹，此可疑者一。当昔年写冤赴溺之日，国芳之父尚在。既得此惨痛情词，岂不令邻里刮目，必俟十馀年后国芳父子俱死，而后出诸老篓笥中，曾无一亲邻寓目，此可疑者二。国芳初死之日，邻甲皆知其身死缘由，皆见其题壁字句，而并无一人见此远年之冤帖。且王氏告县初词已备悉子死之故，且引题壁为凭，而并无兄妹通奸一语、昔年冤帖一字。及龙采等有借命图骗之词，而王氏始有兄妹通奸、远年冤帖之控，虽欲不谓之诬捏，胡可得耶？向使国芳果有恨妻奸淫、私运昵兄情事，彼庄书缮写于十馀年之前者，何不尽情吐露于临死题壁之际，有是情理否？此足见兄妹通奸之无据，昔年冤帖之不足凭，断无疑矣。至私运财物，细讯并无确证之人，独一进喜揶揄窥揣数语。夫龙氏果私其兄，彼两兄平日过访何难亲手授受，必俟国芳往贺之日，一捆二捆，开箱入箱，使进喜得以从旁窥伺哉？查国芳止分父遗百亩，终岁之计一切资焉，似亦不能有囊橐之赢供其妻之私运者。云云龙氏照原拟绞，足蔽厥辜。龙见奸妹，委无证据，难以悬拟。馀犯无辜免议。

【眉批】大凡中冓隐情，多虚少实，闻者尽当阙疑，不独听讼为尔也。

接报事　驳语

甘肃巡抚刘耀薇　讳斗　宝定人

陈万策嗔恨李成，绳拴毒殴，是明怀一必杀之心矣，非斗殴可比。至检伤痕五处，致命者首在腰眼，长三寸，宽一寸，鞭乎棍乎，并无讯及。岂一棍击臀而伤分两处乎？且藤鞭非落牙之器，满面血流，鞭伤果如是耶？中途凶殴，情更昭然。伤痕并未究明，成何谳法？事关故杀，援赦殊属不协，仰司严加确讯妥招，如律解报，毋得宽纵，而使冤鬼夜号缴。

行查事　驳语

刘耀薇

驿丞李云蛟之死也，据扈光会所供，漳县以银六十两，即索取一百九十九两之领状，已先指勒于前矣。孙云锦恨其控告之仇，率蔺之高等凌辱拘禁两次，俱云晕倒。气乎，殴乎？至跪通渭县之门讨领站银，而衙役庞养才、叶贵但云扯扭，何遂至于晕倒？又据周文黄供，钱知县认银，劝回寓所，语言便已昏乱。即其所言，皆垂危永诀之语，非病狂丧心之言。既抹死矣，顶门斜伤从何而来？仵作云，系自跌床下，头触砖地而然。岂未死而仵作先已在侧，曾经目睹乎？附会显然。若夫无病晕倒，指为病狂。明明自尽，讳言错手，舍正犯而不究，夹无辜以示公，将谁欺乎？事关人命，又系职官，难容朦结，仰司确究真情，仍取李云蛟妻子实供，限十日内，连人解院审夺。

急救人口事 驳语

刘耀薇

葛国翰贿谋曹引福，故杀亲弟葛国选，木棍击脑，弃尸河流，希图灭迹，狡谋凶恶，莫此为甚。历谳者以臆为律，拟斩，拟绞，拟流，茫无定见，成何谳法？且王进良倏供同行，倏供未去，总未究明。李氏以拖累月久，辄递悔词。律有妻告夫免之事乎？官司受而为理，真读书不读律矣。事关人命，岂容草草？仰司严审妥招，确引如律，务成铁案缴。

群虎指命等事 驳语

刘耀薇

张凤翼之死也，明系同谋故杀，罪在不赦。李茂魁病故即真，亦与起解中途及累毙狱底之例不合。迨发县检，并无仵作一言，县官擘空臆断。至于子弟告免检验，官司受而为理，则又俱蹈章程矣。彼县官愦愦，已属可讶，何该厅职任刑名，亦视人命如草菅，高阁经年，今始具由请销？岂金能语而法无灵乎？经承真浑身是胆。仰道通提到官，严加检审妥招，确拟如律报。

焚杀事 驳语

署巡漳道福建右藩周栎园 讳亮工 祥符人

本司复阅此案，大端已定，无庸深求矣。但王兴福等既已杀死二十馀人，屋焚一百馀间，杀死二十馀人之罪岂反轻于焚屋？今只引焚屋之律而不及杀人，一不合也。杀人何事，宜有定数，宜有定名。既非两军对垒，难以稽查，岂可以二十馀人一语完之？二不合也。且该府并理刑厅审语中，俱有贼首揭毛姓名。揭毛的属何人？曾否到官？荚宗益之妻子既在揭毛巢内吊出，岂可置揭毛于不问？“贼首”二字，或系词内扳扯，或系官府素知。如系贼首，或别案成擒，或尚未就缚，亦宜叙明。倘曾经到官，则应叙入口词；如尚在逃匿，亦宜照提另结。而招内曾未叙及，三不合也。荚宗益、荚真发开衅拟徒，是矣。但所审只拟荚宗益，而未及荚真发，与府审互异，四不合也。且听审有“荚宗益亦必恃强武断，妄行抢夺者”之语。府审有“必多素行不轨，因而起衅”之语，俱游移悬揣，不似招中“肆恶妄行，抢人财物”二语之的确。案贵如铁，岂可以游移入罪？五不合也。王任之死，虽不知死于谁手，招中煞尾，亦宜点明，俟后察询明白，访拿凶犯另结。今竟不叙及，六不合也。为此牌仰本府，即提招内有名犯证，逐一再加研审明确，务期详慎，毋枉毋纵。

钦件杨良才等招

通蓟兵宪蔡莲西　讳祖庚　江宁人

看得逞凶犯必死之条，查例无可生之法。如苗友金伙赌泄忿，不问宗亲；张云鹤争妓报仇，遂成冤对；韩奎向酒肆而修怨，一言怒加；张成璋因姊丧而逞凶，片时毒烈。杨玉求只鸡之食，何至铊搠村邻？赵镗失杯酒之欢，遂尔石要义父，以至周世伏铁尺于田野，白武抽佩刀于城埤，贾正阳刺契友而药庙魂飞，薛金贵杀粉头而秦楼花谢。衅胎于饮博之微，而祸酿至杀身之烈。甚矣，六博之不可耽，而麯糵烟花之为祟，遽至此也！屡谳无疑，叠伤可据，分别绞斩，允正典刑。

戴定杜守山等案

蔡莲西

看得扞法者自取亡身，泣罪者何由解网？如戴定枣园构衅，刀锥碎其仇头；杜守山陌路相逢，麯糵恣其凶焰。吴奇文之灰价宁几？杨二厮至折股遭伤。李库之差粮甚微，张守义遂断骨罹祸。赵弘宰乞邻未与，顿教一命归泉。刘鹏杀妾无辜，难使双魂瞑目。亡兄纳嫂，梁进孔何所不为？斯主仆有同谋屠肠之惨。僦牛耕田，任福是亦可忍，乃叔侄骋要路毙人之雄。细事莫过戏水儿童，张国钦难免后悔。浪子莫交赌钱朋友，温思知罔救前非。冤仇应结于他生，王法不饶于今日。检审并确，抵偿何辞？

打死人命事

延安司李刘竹堂　讳翊圣　介休人

看得姬正儿殴死聂世福一案，伤真证确，悉载前招，缳拟何容置喙？兹蒙宪驳，职遵仍移城堡厅覆检，及准牒到职。从来审人命者，必凭尸格，而尸格必载长阔分寸。惟是耳根与耳垂相连，板榕系宽长之物，一击耳根，侧耳垂未免伤破。且耳根硬实而彻于内，耳垂虚软而现于外，是外伤因内伤而并及，则内伤因外伤而益重。凡人之面耳与鼻口，外虽分布，内实相通，故耳根受伤，遂致口鼻流血。又何况耳垂属耳根之门户，宁得脱然无恙？此长阔分寸之所以不同，有如斯矣。查尸格止此一伤，而本犯自认尤真，业经城堡厅亲诣尸所验伤，实与凶器相符，似可无俟再检，以徒苦枯骨为也。虽本犯哓哓，为麹蘖所使，然法无可贷，仍照原拟，允当其辜。

申报事

台州司李王旦复　讳升　景州人

悍兵何富，状极狰狞。无论心为杀人之心，即貌亦杀人之貌也。寓饭店宋麟家。因楼歇他客，偶倾溺器，误落涓滴于釜中，富遂大逞凶锋，操刀逐杀，麟惧奔逸，而妻若子均罹祸焉。妻受三刀，幸而不死。其子炳然，甫十五岁，身遭六创，越五日而毕命。以六旬老子止此一儿，一门宗祀为之遽斩。两检已明，众证皆确，即何富自供亦云“甘罪无辞”。当此边兵跋扈之际，长此安穷？斩抵之条，似不能为此囚贷也。

申报地方等事

吴幼洪

徐四三等之谋死何八十也，以奸何阿彭故。因阿彭狡舌如簧，致来宪台可原之讯。职查四三于衽席之间，先授意于淫狐。夫阿彭而无死夫之心者，四三敢以片语

相商乎？但曰“恐怕有人出首”，此外不闻片言，几于立视其死，而八十竟死矣。覆鞫已确，自非服之上刑，曷以瞑夫目而正三尺？改绞为磔，似不可移。

地方人命事

广东总督卢山斗　讳崇峻　辽东人

老陈一家四口，被贼杀死，地方官及该捕员役，平时失于防范，事后又不即行捕获，深可发指。仰道勒限严缉，如十日不获，即行提比。再阅刀伤，非有深怨积怒之人，未必如此残毒。或密访老陈夙昔有无仇隙者，设法严行查究可也。速速！

前事

卢山斗

前阅刀伤，已知为仇人杀害。曾令密访，今果缉到，适获我心，且信乎鬼神之有灵矣！仰严审妥招解报。

资治新书二集卷十六判语部　　湖上笠翁李渔搜辑
婿沈心友因伯订

人命二　威逼过失

惨杀兄命事

浙江臬宪毛圣临　讳一麟　关东人

审得郑于田之死于缢也，非以洪君甫索债之故。以桑文郎使酒骂座，引赖债之言诟詈之，于田愤而自缢，其咎在桑不在郑也。县审比于威逼，断给埋葬是矣。但重于田而轻君甫，僵桃祸李，何以瞑亡者之目哉？君甫索逋于于田，业已二载。初时词色甚厉，厥后料其无偿，虽时时索之于口，而不复索之于心矣，此文郎所以有赖债之言。赖也者，终身不还之谓也。使于田果为君甫而死，何不死于词色甚厉之日，而死于仇威稍霁之年乎？且逋主之气可忍，不负其逋，而以赖逋相辱，此气难忍。县审拟杖，引伯仁由我之言，是单从“债”字起见，未尝分别债为谁氏之债，而赖债一言出于谁氏之口也。合移君甫之重杖杖文郎，文郎之薄杖杖君甫，而以断给埋葬银两，注于文郎名下，斯为允协。两人之得失虽轻，而关系于明刑弼教之义者，则甚重也。[旁批] 诚哉，臬宪之言，可谓顾名思义。

图财杀命事

平阳司李毛锦来　讳达　新昌人

看得卫加凉之缢死，原为蔡宗圣之威逼无疑矣。但加凉身为雇工，理宜恪职，乃以嫖饮旷役致来诃责，又复不能顺受，辄行自缢。愚忿轻生，自取之也。救缢者，则有其亲叔卫国奠，收埋者，则有其亲祖卫东兰。尸亲森列，既非孤独无依者比，使当时果有冤抑，岂宗圣二十两之埋葬，遂足以餍尸亲之心，而掩族众之口，数年以内寂然无声，以待今日杜监之控乎？然宗圣之所以蓄祸至今者，亦即此二十两之埋葬为累耳。细鞫当日行财之故，缘宗圣一见加凉自缢，虽非手毙，然实胆寒，故不觉其出银之速，以求悦东兰之心。东兰见孙自缢，原无别情，骤得此二十两之埋葬，亦觉心悦诚服，而无复仇恨宗圣之心。此始终情节，前勘甚明，一望而了然者也。蒙宪驳审，职仰遵复勘。奈日久事湮，无可搜求，但提当日之原卷，一一细勘，据尸亲之口供，再加体察，其救醒而咽喉复肿者，缘当日之缢急而伤重也。缢急而不即毙者，缘解救之速也。救苏五日而终毙者，以咽喉为饮食呼吸之门，伤重则肿，肿则不得呼吸，延至五日而食绝气断，不毙不已也。据此口供，指画如见，似无别弊。总之宗圣虽无杀加凉之事，然诃责过当，加凉实由之以死，律以威逼，夫复何辞？与付银之王仲乾，俱事在赦前，应免拟。卫东兰老病残喘，当于赴审之后即毙寓中，取有结状在案。其私和银两，无从追还，然查“威逼”之条，例当断给。况东兰已死，相应免究可也。

扛尸杀命事

毛锦来

看得张自修，小民之纵肆者也。素于浮山县开张纸铺，稍有蓄积，遂尔矜张。

于某月某日往邻境收取赊帐，跨马挟从以自豪。路由某地经过，某地三家村也。忽见飞骑驰来，误认匪类，鸟窜兽奔，莫知所措。及自修至村中，有相认者，始知非贼，惊魂稍定。本村有教官某者，曾欠钱粮。县差张景摧纳，教官惊窜未返，其子见催粮役至，杀鸡为黍以饷之。因景与自修一路同行，受自修干糇之惠，遂拉自修共餐，盖借他人之饭饭王孙耳。教官之子某不待景、修饭毕，渡河寻父，落水身死。虽非自修杀之，然伯仁由我，自修亦不能辞咎。断烧埋以服死者之心，仍应重杖，以警横肆。张景身为衙役，无故而饕餮良民之家，并照“新例”决杖。

复看得张自修跨马惊众，致范起凤寻父渡河，落水而死。威逼之罪，律有明条。张景与修偶尔同行，怀干糇之小惠，掠美市恩，呼朋引类，无故而饕餮民家，情实可恨，迹亦涉疑，诚有如宪驳之所云也。但么麽胥隶，为奉公追逋而来，尚非词讼勾摄者比，吓诈或亦无由。况教官虽微，其在三家村中亦俨然缙绅之列，非县差所得而睥睨者。兼之寒毡冷腐，吝啬性成，偶以鸡黍款人，自属奢侈过度。倘有勒索重费，则伤心之惨，不待叩而自鸣也。景虽百手掩喙，乌能使之嘿嘿耶？今拘范某反复细询，始终无异，则吓诈之科，似难悬坐张景矣。仍照前招拟罪，非纵非枉。

地方人命事

江宁太守陈大亨　讳开虞　富平人

看得韦嘉佑刎死一案，衅起于儿童之风筝，而祸成于兄弟之雀角。韦嘉义之妻谈氏，以殴其子而哓哓。谈氏之父谈文，复以讼其女而汹汹。嘉佑之激而自刃，致之者，韦嘉义，促之者，谈文也。太阳、眼眶、腮颊、鼻梁诸伤，载于尸单甚明，先殴后刎，至真至确，谓非威逼，其谁信之？该县因尸亲控息，止给葬埋，恐无以瞑死者之目。相应改拟威逼，满杖，韦嘉义仍追给葬埋银十两，庶几允协。谈文情虽为女，法难宽纵，并杖不枉。职府未敢擅便，伏候宪裁。

黑冤毙命事　驳语

署巡漳道福建右藩周栎园　讳亮工　祥符人

黄氏之死虽属自缢，但从旁冷言挑激者谁耶？室中既有王氏、李氏，则明明宠妾杀嫡之定案矣。但云角口，伤从何来？若不横殴，何因自缢？虽投缳无死法，或殴后逼勒，或痛楚自裁，似不当照寻常缢杀以一杖了事也。王氏、李氏激令嫡室自毙而逍遥室内，享死者之荣，竟不到官，天下之为妾者何自适，为嫡者何自苦耶？仰再确招解报。

人命三　误杀

吁天法剿等事

衡州司李王望如　讳仕云　江南人

审得朱玉甫以鸟铳中伤洪宗元也，无论在晨在昏，毕竟是误非故。闻湖阳恶习，乡居防盗，多用鸟铊，非恃火攻为上策，不过借为号召先声，使贼不敢近耳。彼时十人蜂拥入门，玉甫误认为盗，随用鸟铊号召，行故智耳，不料宗元应声而倒。如曰有心，则十人皆在欲杀之列矣。若谓并杀十人，恐非此理。若谓止杀宗元，则玉甫岂有穿杨绝技，能于十人之中遥择一人而毙之乎？即此一推，其为误杀无疑矣。熖斗殴律拟绞，此定法也。查斗殴不列十恶，追给埋葬，邀恩援赦，亦定法也。蒙批提同行县差某某等，立讯晨夜误故情由。今查某某一则久故，一则在逃，叠催年馀，县称无获。合无请照前拟，早定爰书可乎？

殴死妻命事

平阳司李毛锦来　讳达　新昌人

看得卫王胜，愚无偶凶无伦矣。晨兴而往刈于田，曾无宿饱，归家而求食于妇，难忍朝饥，忽见尘埋甑中，未免烟填腹内，遽雷轰而电击，似破釜而沉舟。夫方迁怒于盆盎，妻且爱护其罂罍。投鼠者宁遑忌器，抱薪者反欲救燃。讵意搏浪沙之一椎，误中于脑后，致令金谷园之六斛，顷碎于楼前。陇上锹锋，翻作吴起之剑；釜中妾熟，无补张巡之饥。卫王胜偶以饭迟之故击死王氏，论其凶状，缳抵何词？复蒙宪批，哀矜折狱当揆情理，诚所谓泣罪解网之鸿仁也。职仰遵细按族长卫王聘之口供，并讯尸舅王玉琦之来历，俱云半生夫妇，一室和好，育女六龄，养子半岁。虽无举案之欢，素鲜脱輹之隙。则前招所谓胜无杀妻之心者，诚非无据而云然也，止因索饭，遂至误伤。今妻为饭死，夫以妻填，两命毕尽之后，窃恐呱呱儿女亦致双亡。言念及此，令人心恻。查本朝律例，"凡斗殴人命，审系素无仇隙者，即在凡人，俱准免抵"，何况素无怼怨之夫妇乎？王胜凶暴之状固有可死之理，而挥鑁误伤之情，实无应抵之条。所谓情实可恨，而法不当诛者也。为引过失杀人之律，诚未为纵。

打死儿命事

五凉司马王旦复　讳升　景州人

看得已死郭允继，杜氏之庶子也。妇人之性，每每溺爱于所生，而肆凭凌于侧出。故嫡母之杖己子惟恐其痛，杖庶出之子惟恐其不痛，此恒情也。迨职详审此案，又不尽然。杜氏别无子息，惟于翁夫殉难之后，乳育遗腹允继，有如亲生。以至长大成人，娶妻生子。其为郭氏延一线者，亦既勤且瘁矣，何忍遽置死地？今据杨奇等出首，一似氏意狠毒，有心毙之。夫使氏于允继之外别有亲子，则毙之之念容或有之。今以六十馀岁之孀妪，一雄未卵，止靠允继以终天年，舍此尚何所冀？忍以饮泣抚孤之苦弃于一掷，养儿待老之念付之东流乎？其由于允继不肖，浪荡失

检，不得已而杖之，杖之失手，不知其毙而毙之，无俟推问，固可原情以决者也。但允继身故，速在受杖之次日，则其下手太重，究竟不似亲生，痛痒无关，以至如此。合依“殴毙子孙”律，拟满杖。

真命事

毛锦来

看得岳文全一案，已经十有馀谳，而本犯犹刺刺不休，盖亦有由来矣。初因文全之兄文通素有疯疾，于顺治十三年某月某日，疯至潘士秋之门，执秋乱打。秋之子潘加友适种地推车归来，见父被殴，遂以车辫击通。事急救父，亦犹秦医之以药囊抵荆轲也，讵意辫头铁钩误中文通颅门。此时有邻人杨尧进者适亦在旁，见文通僵卧在地，又以枣条击之，皆视疯汉为儿戏耳。孰意文通抵家，即致殒命。岳文全以积年健讼之老奸，忽得兄尸为奇货，遂舍贫穷冤主而牵告富室多人，使谳狱者无从究诘，止断葬埋十两，以图结人命之案，亦为文全图胜局也。孰知谿壑难餍，终讼不已，遍控院道，株连无辜，闾里之人莫不自恐。有杨强者，搜其累年恶迹，将文全父子四人举家罗织，至是人命之案翻然而变为衙蠹之案矣。夫衙蠹之案未为不真，然止究衙蠹，而遂将人命一概抹杀，欲使文全父子俯首不辨，其可得乎？此文全所以刺刺不休也。前奉按台驳府，府牒到厅，而守宪亦驳厅审。方在研鞫，而文全又以人命上控部院，行批到职。职以人命重情，前招屡谳，并多疑窦，而文全复逞其刁辩，至死不僵，于中恐有冤抑。且本犯坚执求检，职随行闻喜县，就近吊尸检

审，盖以塞刁讼者坚辨之口，而清累年不了之积案也。随据该县回称，伤痕历历，虽云岳文通以疯疾之人遍处挨擦，然而致命处所与铁钩、枣条相符有据。今潘加友虽逃，而其父士秋业吐真情云："车辫击伤是实。"杨尧进亦俯首伏辜云："枣条助殴是真。"虽文通疯狂，自速其死，士秋、尧进亦无必杀文通之心，然而误伤之罪，律有明条，安可逭也？潘加友、杨尧进应准过失杀人之律，决杖一百，追银二十两，以瞑死者之目，而箝生人之口。岳文全所告人命既真，无从反坐，唯代子岳振雷充当驿书，诈赃有据，合照新例流徙，以除积猾。若是，则人命、衙蠹两案俱清，而数年之葛藤可断矣。

宪件

太平二守刘松舟　讳沛引　大兴人

看得汪六，水户也。倚粉黛作生涯，耽麯糵为性命。有同类之赵华，所去冬十月来芜，六邀入赵培初酒馆。虽云与赵拂尘，然尝借客陪主以快，其朝酣暮醉之常也。讵意三爵甫行，六先酩酊，兼之烟味相冲，酒与气逆，遂长醉而不返矣。职初疑有别情，故尔据呈上报。兹集诸犯细鞫，有同会之沈文甫等供吐甚明，实系醉死。即汪六之母游氏亦称六有旧疾，则为培初者，以赴无心之招，适逢多事之会，早知刘伶遄死于荷锸，悔不温峤长往于绝裾。［旁批］苟非人才，何从得此韵语？已经批委县丞，相验明白，委无别伤，相应详销，以销宪案。

人命四　矜疑平反

提审重犯等事

金华司李李邺园　讳之芳　济南人

审得季三弟等殴死进才一案，在兵丁擅离营伍，卤掠良民，固其自取。然非受

害之家所得擅杀者也，律以绞抵，诚法之平。但据督抚原行，并阅初招，俱称李六狗等殴死，况又尸藏六狗之猪栏，则六狗为首犯可知。后亦未有确证，姑坐罪于年长之三弟，不得已也。至四年十月解赴省城，宪台亲审，六狗受责之后带回还监，即毙于原差叶文魁家。虽非狱毙，然死于刑杖与死于囹圄一也，与律载“解审中途因而病故者，准其抵命”之例适相符合。况原招指为凶首，又不同于馀从可知。至于同殴之李五弟，又以旧年驳审，往返郡城，饥馁受病而殂。词内之李两狗，当日张遑远遁，五年无踪，生死未卜。是以一兵丁之死，而致李氏阖门灰飞烟灭，几无噍类。揆诸情法，即以六狗准抵进才之命，尚觉法浮于律，未有于爰书不合之情也。引此而全三弟之馀生，抑亦宪台祝网之仁。况事久人亡，别无确据，止存知证李得顺，而得顺当时亦未目击何人下手，即再使严讯，经年终为疑狱，不如早结重案之为得也，伏候宪裁。

杀兄裂尸事

衡州司李王望如　讳仕云　江南人

审得此一案也，拖累五年，狱毙多命。戴林之之裂尸，固极人世未有之惨害，而戴运之之叠告，亦极人世未有之株连。况吴际泰已经瘐毙，吴继禄将填狱底，一命而以多命相偿，是以命博子钱，今已子浮于母，死者亦可瞑目矣。奈何生者无厌，尽日呶呶，岂欲十倍其息而后已乎？常宁县申详语多激切，自是为民父母，不忍多杀其子孙，而为此舐犊哀鸣，似可鉴也。又为设法代偿谷米七十馀石，为领尸江南以及埋葬之费，则生者亦可甘心，不必更为死人蛇足矣。立斩葛藤，端在此举。吴亨四等数十人实系无辜，株累已久，请照县议归结。所存吴继禄一犯，因去常宁路远，狱食雇送为难，并求发常宁监候，其黄金漏斩一词，合无总恳注销，以清积案。

活杀父命事

江宁司李谢傅公　讳铨　建宁人

审得梅继志、张五襄同恶相济，称雄闾里。继志与张于廷为田亩构讼，廷弟于朝以诸生而代声其罪。继志县审被责，心颇衔之，而五襄又以同宗外向，为继志左袒，此二恶殴辱于朝之自来也。惟是于朝之死未得确情，以致宪台慎重人命，再行驳审。卑职反复细研，继志县审之哄在二月二十八日，于朝之死在四月初六日，相隔已久，无事推求。至于五襄之殴，据中证孙元清口供，“于朝经过伊门，五襄逞强追赶，将污秽涂打，计在辱之。时继志父子一同在场，并未动手”，言之历历。在五襄自恃，不过谓“为本宗撒泼无赖，莫我谁何耳”；继志虽袖手在旁，是亦不殴之殴也。于朝负一乡之望，奚能堪此？满怀愤郁，而命随之，不可谓非二恶所致。然欲据是以定其罪，实多未协，盖秽污非杀人之具，而人命无气杀之条。况行县检视，其子嗣良又不忍起棺，到案亲供，惟痛父受苛辱，死且不瞑，冀得一伸已耳。继志、五襄虽罪无可加，而情则难贷，除原拟决杖外，仍行痛责，以雪幽明之愤。［旁批］片言折狱，此之谓欤？

谋死亲夫事

毛锦来

看得赵国贤，蔡氏之母舅也。蔡氏谋死亲夫，已就碎戮矣。独是赵国贤于蔡氏正法后始经炤提到官，其初拟斩，继而拟杖，继而拟徒。拟杖者，则曰：“国贤不能以义训孙甥，且为谑言以阶祸”。拟徒者，则曰：“国贤虽不知情，亦曾口出谑语，家藏毒药”。拟斩者，则曰：“河津县审，据蔡氏口供，毒夫改嫁，实系国贤教之”。详部二次，勘驳多番。或因部驳稍重，遂从徒而加斩；或因部驳稍轻，又递斩而减徒。数年之中，屡出屡入，竟成筑舍。揆厥所由，盖以人命重情，国贤虽非正犯，然既挂名案中，又安得脱然网外？遂不得不游移于三罪之间耳。职按国贤是案，不争罪之轻重，惟争情之有无。使蔡氏之谋杀，国贤委系知情，则骈斩何辞？

苟非知情，则一杖且枉，又何有于徒且斩也？然欲辩国贤之知情与否，则有说焉。向因蔡氏之口供而坐以同谋，以为狱据初情，此说似是。然何初审之时，蔡氏并无一言及舅，而斯语出于河津三谳蔡狱将成之后，乃以此语为此狱之初情可乎？止因蔡氏于重刑之下知身必死，无计可延，见其舅未到官，以为国贤一日不出，则其身可以一日缓死，此恶妇之狡计显而易见者也。即使蔡氏今日犹生，与国贤面质，此亦为案后生情，尚不足以定国贤之罪，况其已死，引一无据之言而遂定国贤之斩案，断断无是理也。且今日可与国贤对质者更无他人，惟张通、蔡胜玉两人而已。张通为已经毒死之人之父，蔡胜玉为已经凌迟之人之父，使国贤当日果与蔡氏同谋，则管子之死与蔡氏之刑皆由于国贤，而张通、蔡胜玉宁不儿女情切，其视国贤虽食肉寝皮尚有馀恨，何至事久论定，曾无一语相尤？则是国贤之未必与谋不待辩而了然者也。至云“口出谑语”，“家藏毒药”，故减等拟徒。据国贤供云，当初因蔡氏哭诉丈夫丑陋，故答之云：“依你这等说，终不然要谋死了他，再嫁好的不成？”以情理推之，实是顺口责备之语，非谑词也。至若“家藏毒药”一语，若使国贤之药，原为谋死管子之故而藏之，则是同谋无异，骈斩何疑？若曰原藏以毒田鼠，而蔡氏以毒虱诓去，遂云不合家藏毒药，则凡蓄药毒鼠之家当人人坐之以罪，恐无是法也。按律法“谋死条列”有云：“毋得据一言为造谋。”今日国贤之狱，正与此例吻合，虽欲去徒拟杖，亦无从而拟之矣。国贤年逾六十，气息奄奄，张通、蔡胜玉皆近耄耋，倘再拖累不已，不但国贤必为狱中之鬼，通与胜玉终为道路之魂。即国贤不足惜，而张通既死其子，又累其父，胜玉女已正刑，身亦不免，不几为已死之一人而坐毙未结之三命乎？国贤情罪实在矜疑，无可悬坐。但未早出辩明，以致游移九载，遂成疑案。叠烦部驳，咎无所辞，合照前审拟杖，以结钦案，似为允妥。

杀父命事

平阳太守程质夫　讳先达　休宁人

看得冯继丰认尸一案，事历四载，审经三复，只以尸身失去头颅，遂致真伪莫辨。州审冯继丰情遁而不招，厅讯冯通衢招承而复遁，疑信相参，究成悬狱。卑府遵奉宪驳，随传当日验埋官役，并缉获久逃之冯继宗，虚公研审，乃犯证供吐参差，犹然如故。且无论世信未死以前吃酒回家与并未到家等情，种种互异。即讯继丰认尸一节，则供伊父穿蓝布棉袄，袄上盖有青衣。而仵作师三锡供，尸身穿蓝棉袄，并无青衣。翟洪亦供，尸浮水上时，止有蓝棉袄一件，并碗一只，载在尸上。据犯证所供，矛盾若此，得无水上之碗系从别处流入尸身，而袄外之衣预为捷手所得乎？不然，何无碗而有碗，有衣而无衣也？又讯埋尸之事，翟洪等俱供，继丰打开苇席认尸之后，仍用苇席包裹，埋于土中。因思继丰当日寻父傍徨，历有岁月，一旦得尸，正宜抢地呼天，殡殓惟恐不备，何到漫无棺椁，仍委路旁？虽其尸之真伪不可悬度，而继丰忍于若是，亦大非人子之情矣。然必谓其匿父以冒尸，又复去头而饰诈，是丰既于认尸之后为计若是其密，又不应于认尸之先为计若是其疏也。且稽其事，起于争花小衅，又非怨毒之甚，岂至冒险深谋，狠图报复？此情事之近无者也。夫断疑始可成案，悬揣难以定情。各犯供证不确，则尸身真伪不明。尸身真伪不明，则此项无头公案即再历五年亦不得决，诸犯有老死狱中而已。卑府以为继丰认尸之真假虽难决断，而二犯割头之妄举则有可断其必无者。何也？盖继丰业经领尸，责任在身，方冀验出真伤，立正通衢之典。若恐识破而断去残颅，是自本无罪而求为有罪也，天下必无此愚人。通衢之父既经自缢，即系真命亦可对偿，况乎信系溺死，律无议抵之法！若以伤重而窃去残颅，是自舍生路而故趋死路也，天下亦无此拙算。至于尸头之去向虽不可求，而原其失之之故，则可以理决其间矣。当日丰之掩尸裹以苇席，盖以浮土，无砖石之压其上也，无守望之居其旁也。旷野荒原何所不有？狼衔狗窃，孰得而禁？或剖土戮尸，另出仇人之手，或开颅取脑，间遭术士之凶，皆情事之常有者也。倘必究其尸身之真否，头颅之归着，则世信一日不出，尸身之真伪一日不明，头颅一日不还，则割尸之断案一日不定。承问者刑楚徒加，受谳者招成无地。淹羁年岁，衽席桁杨。嗟哉数命，不至尽为狱底游魂不止也。合无请乞宪台念属矜疑之案，幸逢恩赦之年，法外施仁，阙疑解网，俾证佐无缧绁之冤，各犯免夜台之泣，则鸿慈直侔大造，而好生之盛德允洽皇仁矣。

人命事

毛锦来

看得张文通与席应召比邻而居，素无仇怨。一日文通之子张蛇蛇被人打死，弃尸于应召之地内。文通因疑应召杀之，遂捏蛇蛇先盗应召枣果，而应召之子席福庄，曾有欲杀蛇蛇之言，两造告县。方行检审，而忽有文通之族弟张登阁者，于候审间无故投井，乡邻地方不解其由。及至端详始末，盖缘蛇蛇死处系席应召之地，与张登阁之地阡陌相连，登阁素与蛇蛇作息同处，一旦蛇蛇被杀，而登阁无故自尽，此未必非天道昭然，欲以雪应召父子之冤也。且二人前后之死，其情亦显而易见。据蛇蛇之母孙氏口供，蛇蛇每日与登阁相随打草，则其贴身不离可知。使蛇蛇死于他人之手，登阁断无不知者，自当急为鸣冤，而何以未经投井之先嘿无一言相报也？且据地方邻佑口供，当日随张文通踏验蛇蛇死处，但见登阁地上人迹纵横，有似相搏蹂躏之状，则蛇蛇死于登阁之手。登阁移尸于应召之地，以脱己祸，踪迹显然，复何疑乎？复讯登阁之弟张一海与其子张上斗，登阁平日在家有无冤抑不平之事，俱云并无冤抑。但奉本县票拘，审检蛇蛇人命之事，不知何故忽然投井。夫人非有万不得已之情，断无轻生之理。登阁心亏畏罪，情状昭然。今虽不得起九原而质之，然杀人之情已画出一纸供状矣。且严鞫地方邻佑俱云，蛇蛇未死之先，并无盗应召枣果之事，而应召父子亦并无同往张门叫骂之情，则是文通见子惨毙，不得其由，因其尸横于席氏地上，故指名以控，独

不思席地无迹而张地有迹，何也？岂应召手长数十丈，能毙人于百步之外乎？文通不察虚实而妄告，自应反坐。然子死情迫，罪有可原，应照“无辜”免拟。蛇蛇、登阁，宿债前冤，暗相抵偿，两置不论。

吴若稽案

杭州司李纪子湘　讳元　文安人

查得吴若稽因亲韩侍泉有田五亩，在祝嗣蕃甲内办粮，向托吴若稽料理。若稽与嗣蕃偶遇于吴环峰门外，嗣蕃清讨粮银，若稽不应。嗣蕃酒后忿争，头撞栅木，血流晕地，当为邻人吴明宇等扶归，半日殒命。伊子祝寿枋呈以秤锤殴死，伊妻徐氏又告以屠刀惨杀。历经府、厅、县检审，诸证俱未目击，凶器一无指实，又与秤锤、屠刀伤痕不符，则不在谋故殴杀之例也明矣。今吴环峰已经监毙，此案若不迅结，必有为环峰之续者。吴若稽应照“素无仇隙”之例，断给葬埋，以结此案，免化狱燐。

前案批详

浙江总督赵君邻　讳廷臣　铁岭人

据详祝嗣蕃酒后使气，头撞木栅，流血殒命。历审吴若稽、吴环峰，伤器一无指实，且吴环峰业已毙狱，即人命果真，已经罪抵一人矣，况审无实据者乎！如详断结烧埋释放，仍行按察司销案缴。

朱君伦案

杭州司李纪子湘　讳元　文安人

查得朱君伦与已故朱继祥素无仇隙，只因酒后忿争，继祥死于君伦之石块。祥妻王氏告县，业经司道刑官审拟绞抵，奉本部院批候会审在案矣。职细查全招，二人之争殴也，继祥动手在先，君伦起而应之。继祥之手又不施于他处，而施于君伦之肾囊。夫肾囊，人身之要害处也。岂有要害受攻而袖手不应者乎？此石块之击所

从来也。由此观之，不惟谋故之律不得加于君伦，而君伦原无死继祥之心，继祥反先有死君伦之势。况二人俱在泥醉之后，非人殴人，酒殴人也。酒殴人而致死，与醒眼观人力攻致死者有别。推详及此，则是此一案也，情有可矜，罪疑难抵，应照“素无仇隙”之新例，断给埋葬发落，尽足蔽辜。事关大案平反，应候宪裁定夺。

曹仲案

纪子湘

查得曹仲之殴死蒋元也，检验伤真，历审证确，绞抵之爰书已经久定不易矣。兹蒙宪台慎刑驳讯，卑职敢为依样葫芦，不求情理至当，潦草以结重案乎？查人命法律，首重限期，死于限内者抵，否则不加刑辟，此成法也。蒋元既死限外，则与不得滥拟之律相符。是此囚之无死法，已先为古人说破矣，予以幸生，岂曰今人之私意哉？再查当日曹仲之殴，起于戏谑小嫌，偶尔争斗，初无杀元之心，既而保辜调治，逾限身死。则初审之时，即当援律定罪，不必俟今日之宪驳，始开一面者也。应援新例，断银二十两，给付被杀之家，庶无枉纵。

电怜七审无辜等事

杭州太守王鼎臣　讳梁　辽东人

看得马骏千一犯，只缘徐胤骧身死不明，尸浮大井，骏千屡往顾盼，近井居民正欲脱地方之咎，遂以疑似而执之送官。骧兄徐胤骥始从而补牍，初非告发之词也。业经钱邑署郡历审甚明，情节毋庸复赘。然俱以应释存疑，另缉凶犯为请。兹奉驳发，不敢附和随声，惟期得情上报。反复严鞫，胤骧致死有伤，而于骏千则毫无凭据。盖骏千则与胤骧狎昵有素，其数数往观者，皆是不能自已之情。设果骏千致死，必系妒愤衔仇，惟恐人知，方图敛迹，又何瞻顾之有乎？即卜课追寻，皆与胤骧及伊亲兄弟同往，本非一己潜行。若既杀之，何须卜问？而且以告人，自彰其罪，以召祸耶？今求确据，惟在凶殴、移尸、抛裤三事。其如证见无人，即旁推曲讯，无从索瘢。本府因至骏千之家以及大井所在，亲加察验。骏千居仅斗室，又且临街，非深处密院内殴人而外不觉者。矧距大井约里许，又有栅栏数重，岂能飞越？势必负尸以行，而尸则又赤其下体，负有多伤，宁不虑守栅者之盘诘，乃一一侥幸以遂所谋？此皆情与理之当推测者也。胤穰娈秽，死似因奸。然人亦知其为龙阳君也，安知仇凶不故作因奸致命情状，令人不复他疑，遂得逍遥事外？今向骏千根究，风影无端，而三载刑羁亦足以惩昔时淫纵。惟是情事皆属影响，无怪从前承问者之请揭覆盆也，穷研之下，又不敢立异矣。合无俯照原详，即与保释，仍行严缉真凶，获到究拟。

杀死人命事

霸易巡宪张壶阳　讳汧　高平人

看得杨得花之穷凶极恶，虽自为贼始，然亦不自投诚终也。其初啸聚绿林时，胥乡人而受其涂毒，不俟言矣。迨奉招抚归农之后，恃斧锧之莫加，如虎狼之傅翼，乡民之遭凌虐、良妇之被奸淫者，较从前更难仆数。于是，一方之人，莫不腐心切齿，欲与偕亡。有李登云者，首先倡率，而刘才等四人遂群起和之。夜伏林莽，伺得花之醉归，合力奋击，而欲得甘心之人果死于怨毒之人之手矣。云等即日投县服辜，不俟差票之及，可谓义不惜身、勇能就法者矣。及经本道庭鞫，而五人又复争抵。杀人而不忍死其同杀之人，是又以勇而兼仁义而合体者也。不正其罪，无以彰国法；苟正其罪，又恐无以快人心。然令求死者得死，是杀其身以成其仁，死之诚是也。按以不先鸣官擅自杀人之罪，分别首从，斩登云而戍刘才等，再杖刘洪宇

以馀人，于法似无遗议。但登云虽犯故杀之条，其杀怙恶之元凶，原与杀平民者有间。而杨治又借花命居奇，率诸降贼往哄，逼死登云之父李岗，是岗业已代登抵命。若再坐登以死，是以两善易一元凶，揆之于法，未免过峻。虽登云等招案已成，不得不为平反，况又恭逢恩赦，正烈汉得生之日而凶魂丧气之秋也。合无与逼死李岗之杨治一并邀恩援赦，用广皇仁，以回天变可乎？

惨杀女命等事

杭州别驾许汉昭　讳天荣　固安人

审得吕氏八载贞守，一旦病殁，其亲戚乡党无不共见共闻。沈敬南系吕氏之夫兄，同居各灶，抚恤遗孤，已费若干苦心。乃吕氏之后母王氏，听唆于罗昌，视乡愚为可啖之物，遂“捏奸婢翠云，布计毒谋”等语，初诳本府，次呈仁和。欲壑未填，又以惨杀女命控之臬宪。为鬼为蜮，长此安穷？但重杖罗昌，而王氏无风之波自息矣。

殴杀妻命事

许汉昭

审得张大，盐场灶户也。曾欠姜子美之弟姜元公之盐价，屡索未楚。子美于二月间控之鹾宪，批运司提追。彼时该场差弓脚张华、王耀拘唤，张大潜避，伊妻葛氏挺然拒焉。以女敌男，恃有莫可如何之势也。华、耀奉宪拘解，不敢空回，将葛氏扭禀本官，彼此互讦，故祝凤、王茂有听闻喊救之供。不意张大之叔张君仪，乘葛氏偶尔抱恙，遂于三月十二日具保辜于海宁县。至五月二十九日，葛氏自病身故，张大遂有活杀妻命之控。查保辜呈内所告者姜元公也，今控宪则列姜子美，岂人命凶身可以彼此互易？又保辜者，保其所伤之处。乃呈县则云打伤胸腹，今词又称脚踢阴门。阴门非致命之处。又律内保辜之限，折跌肢体及破骨等项，无问手足及他凶器，皆以五十日为限。今即据张大之供，只云乱打，未曾注有某处之伤，而屈指辜期已有七十八日，是于五十日之限已逾二十有八日矣。以时考之，益难信其死于打也。总之，张大乘妻病故，借此报复，律以诬告，何说之辞？张君仪本属扛唆，同科不枉。

毒鸩活煅等事

仁和邑宰佟怀侯　讳世锡　辽阳人

看得柯懋者，不端之徒也。胡彦升有仆进寿得病骤亡，当被里蠹何兰、王卿等登门寻闹。彦升喊鸣抚宪，送台庭鞫，业将何兰等责惩在案。是胡仆之死并无别情，岂柯懋者又以漠不相关之人，为忿懑不平之举，牵扯多人，忽发大难，如所称“始而淫奸，既而毒鸩，揿棺活钉，烈火毁尸”。披阅至此，几疑六月飞霜，不禁怒发上指矣。乃提讯之下，影响全无。即据懋亲供，亦云原不曾见，惟因死者梦魂缠扰，故代为申冤。则诸凡所控，病狂耶，梦呓耶？听断及此，又不觉哑然失笑。懋无端诬诳，罪乌容辞？念诈未入手，姑责惩枷示，今而后庶足以褫其狂魂而醒其睡魔矣。

【眉批】嘻笑怒骂齐集笔端，读之起舞。

地方事

仁和邑宰佟怀侯　讳世锡　辽阳人

看得已故之姚思华与被告吴阿龙等，皆居同乡里，而陈君美与吴阿龙尤逼邻也。思华贫无聊赖，瞷君美之家有腌鸡一只，乘其不见而取之。虽非君子之道，然事亦甚微。岂吴阿龙者，以其与已有瓜李之嫌，倡言搜取，偕众入门。乃思华四壁萧然，除此腌鸡一只之外，则无盖藏，是以应手而获。彼时群焉讥讪，势所不免。不虞思华因惭致愤，遂尔阖户自经也。凡为鼠窃之行者，屡扞法网尚转展求生，何至以一鸡之微自陨身命？为思华者，行虽可鄙，而情则可怜矣。乃其妻叶氏平居不闻有戒旦之贤，相夫以义遇难，则以攘鸡之失归怨邻人，人命之控，波及多人。推原其心，岂怪其夫月攘一鸡之不足，而求其日攘一鸡于死后耶？当经发衙收验，呈报前来。确加研讯，前回委系实情，致死并无他故。但念死者为贫捐命，不妨为生者略法原情，准照衙审断结，用度幽魂。阿龙等以小忿不忍，致滋大讼，古所谓季郈之甲起于斗鸡，然乎？否耶？可取而鉴也。薄责示儆，谁曰不宜？

抄家杀母等事

仁和邑宰佟怀侯　讳世锡　辽阳人

宋履之讦告殷瑞宇也。按宋履父存之日，曾借瑞宇多金，后履父讼费无措，愿将住房作价抵还瑞宇。彼此原无嫌隙，不意履父不久身故，停柩在堂。迁延两载，始让搬出。瑞宇既厌鹊巢之久踞，宋履又怅燕垒之空衔。两愤于中，而交相角口事或有之。适缘履母病故，遂起借端雪愤之心，捏词具控。乃提集各犯研讯，为宋履者乃一黄口痴童耳，操纵指使者，皆伊堂兄宋桢也。严鞫各犯证，佥云痧发病死是实，并无推倒踢打等情，则桢之插词捏告，百喙难辞。自为瑞宇者，不能效麦舟之助，惟思拔眼前之钉。按法虽无致死之由，原情则有起衅之实，与教猱之宋桢，允当分别杖惩。但念均属乡愚，且时际艰难，姑从宽免供，准与结卷存案。

活杀子命事

钱塘邑宰梁冶湄　讳允植　真定人

审得张升已故之子张仲，生前以屠宰为业，而李顺泉则开猪行者也，二人相依为活，已非一朝。近以会钱不楚，致有嫌隙。今四月间，张仲因病需用，令其父张升与弟张宪往索。适值顺泉远出，因向伊婿陈三索取，交相角口，而张仲实未同行，且升父子与陈三亦并无殴打之事。此各证之口供凿凿也。随据吴维初从中调剂，令顺泉之父出钱一千文交与张升。是还会欠，非调理也。越二日而仲死焉。今据医生张某供，仲喉下患癣是实。又据仵作孙某称，咽喉肿胀，并无别伤，则仲之死于喉癣也明矣。焉知非宰杀生灵之果报乎？使能放下屠刀，未必不能免此。张升当以义命自甘，活杀之控，得免坐诬者幸矣。姑念悔过求息，相应请批加责，以儆将来。

人命五 假命诬诈

人命剧冤事

金华司李李邺园 讳之芳 济南人

审得胡某，衿而健讼者也。其兄胡琎之女胡氏，嫁生员陈今彦为妇。今彦阻氏不与归宁，致氏于八年四月初七夜嗔愤投缳而死。此与律文所载“殴骂妻妾，因而自尽身死勿论”之条协矣。及胡某兄弟率众登门，今彦避不与见，以致告县委验，再以胡俊之名控府，词称缢死。夫狱贵初情，控词若是，则氏之死于缢也凿凿矣。自胡琦一出，认为养女。倏忽变端，指府词为匿名，翻新题为打死，以致仵作报伤难据，尸图填写未真，于是此案遂纠缠而不得结矣。若谓府词匿名，似不应有“今彦与婢徐氏宣淫”等语。据云此语系生前密告于父，他人安得而知？此匿名之说妄也。夫殴人重于凶器，眼证始为确真。夜静楼头，谁人得见？询其铁尺，则又全无。且府词又称木棍排打。前后互异。当日缢死之后，上楼目击而解悬者，则有地保张明銮、邵十九等，通都公结同口，此打死之说妄也。且当日相验之后，仵作吴良控明，曾于当场声报缢痕，诉词在卷。今吴氏虽死，即不能起九泉而问之，当日眼同验尸之地保固在也。问之张銮等，皆云曾报是实，其为胡琦武断乡曲，不容报缢之情无疑矣。盖衙官委验，仅充故事，下既哗然于阻报，上复掣肘于官书，因以草草覆县。问之地保多人，众目共见，其为胡琦把持衙门，不容下笔，又无疑矣。总之，妇女娇痴之性，动以一死制夫，燕尔情殷，有何深怨？若云今彦与徐氏稔奸之故以致其死，则一家之中岂无一人经见，以实其事，乃借已死之口为据乎？博戏斗牌有何足据？泉台鬼语其谁信之？今欲寻一打死胡氏之确证，无论不得于他人，即进胡琦而讯之，亦茫无归着。其所以一告再告不休者，不过视死居奇，有怀莫遂，故增此蛇足之种种耳。虽然检所以定案，非所以定情，胡氏死于缢非死于殴，

久已。彰明较著，赤何俟再检而予死者以一烹再刮之惨刑哉？况其祖母唐氏曾有拦词请免，不应重拂人情。胡琦反复播弄，节节生枝，难辞杖儆。今彦、胡琎原拟之罪俱在赦前，应否引宥，皆出自宪恩，非卑职所敢擅专也。

覆审得胡琦因其兄胡琎之女死，而插身叠控不休，推原其心，不过视死居奇耳。夫陈某与胡氏结褵未几，揆诸情理，必无欲死之心。即其投缳而尽者，一酿于闺阁之娇痴，再愤于归宁之不遂，三恚于夫婿之反目，四嗔于姑媳之勃豀。有此四端，激成一死。据柳生生之供，当日情景宛然如画，因争而缢业已分明，何所容支节于其间哉？自奸婶之鬼语一增，而养女之硬对阑入，纠缠不断，以至于今。固非检不足以折其心而定斯案也。今既检矣，确有系颈之痕，其为缢死明甚。即脑后有伤，要皆跌撞所致，此正律载"殴骂妻妾，因而自尽身死勿论"是也，复何纷呶之不已乎？委验之衙官可以掣肘，当日之仵作虽已云亡，柳生生系琦瓜葛至亲，不能讳其死后之缢痕。当场之报语，使非琦之把持武断不至此。总之，折胡琦之辩者在缢与不缢，而定陈某之罪者在奸与不奸。今检有缢痕，而审无奸据，琦之应杖，夫复何辞？此案先经前府审详，职实不敢泥已成之说。况两经宪驳，仰见各宪慎狱之心，事必求其至当，敢不矢公矢慎以报？今将两造解赴宪台，庶可以斩葛藤而成信案矣。

盗露投缳等事

松江别驾傅石漪　讳为霖　南安人

审得朱君尚之子朱玉，无良而轻生者也。前月十八日，有李天生者，肩负被囊棉花路经袁家桥。因桥危板窄，难于负载，遂置棉桥北，携囊先往。乃至复回取棉，则已为从旁觊觎之朱玉窃负而逃矣。夫遗金偶失，尚思返取，况身遭绿林于白日，目送豪客于通衢，有不追及其踪而故物是索者乎？喊投地方张舍，得以原棉索还，而天生复指以攫金四两。夫金之有无，莫得而辨。即使无之，而致攫金之疑者，亦玉身多蹠行而自取之也。其父不甘耻辱，诃谴迫切，玉即于当夜投缳。始而自败其行，既而自轻其生，夫谁惜之？当经沈典史相验，并地方供吐凿凿，为之父者亦可以已矣。乃尚不悔其子自作之孽，而以人命控天生，岂有盗死于家而令失主抵偿其命者乎？斯亦律理所无者。应坐反诬，但念老迈之夫，一子暴亡，舐犊之爱，人情不免。仰体宪台矜恤至意，姑宽其律。除自甘领葬外，理合呈报，伏候宪裁。

指官屠民事

江宁司李谢傅公　讳铨　建宁人

审得孙御霖，无赖之徒。包充布行，以资衣食者也。康熙元二年，两奉部文，采买夏布，御霖实董其事。除官给价值外，其不敷者，俱众行户敛银赔补，初不令其独任也。但御霖见事风生，每有见一科二之弊，众行户苦之，咸欲自行采买，不愿假手于一人，使得因之为利，于是闻于该州，而御霖随经黜革。御霖计无所施，遂捏指官屠民之词以上控。夫行头而果苦赔垫，则方以得脱为幸，何致反兴争利之师？则从前之有裨无损可概见矣。殆讯所指蠹官、蠹吏为谁，则曰“首犯、次犯虽俱布行，然戴裕先年曾充承差，而王溪之亲多为府吏故”也。更讯其活坑三命之说，死者为谁，则曰“有义男某，蒙府责过十板，未几身死；有继女某，意欲转卖他姓，以哭泣身亡；而自身亦危在旦夕：合而计之，实三命”也。笔与舌之刺谬，抑至是耶？本应反坐，但摈之不使值行，既已绝其生路，则困衡之后，予以自新，谅亦宪恩所不靳也。除重杖外，或再行该州枷示，以杜科敛之风，以存不尽之法。统候宪裁。

活杀男命事

绍兴太守纪光甫　讳耀　清苑人

审得张伯遴与其侄张捷以祀产相争，其子张时澍初未尝在侧也。后时澍以吐血病亡，而伯遴遽以男命控，诚为刁险。今询其干证张拱宸，固即伯遴之父也，亦称孙实病亡，原无争殴。夫子告父证，而彼此异词，讵非公道在人而良心未尽泯灭乎？法应反坐，姑念同宗吁息，量拟重杖示儆。张捷以微租构衅，犹子之谊安在？

亦应薄杖，以别尊卑。

苦死人命事

毛锦来

看得孟如松，狼心狗行之人也。有女孟氏，嫁与金玉为妻，养子已六岁矣。懒妇好动，屡欲归宁。金玉以农事匆忙，阻勿令出。松妻复来婿家，故作依恋之态。孟氏送母出门，瞻眺弗及，泣涕如雨，嗔夫绝袂，遂尔反目，因致投缳自尽。愚妇轻生，于金玉无尤也。如松始控本县，断孝布二十两，已非情法之所安矣。金玉乃赤贫穷汉，典衾卖襦，止给银十五两，尚欠五两，无从出办。何物讼棍孟如林唆松勒讨，立待取盈，逼以氏生六岁之儿鬻于完局。嗟乎，甥犹子也，兽不食子，如松竟欲自啖其肉乎！天理良心，澌灭尽矣。再控襄陵，三控宪台，总为鬻甥计耳。金玉既丧其妻，旋令鬻子，人非木石，奚能堪此酸痛耶？舍其虎岳孟如松，而攻讼棍孟如林，诚亦情不得已。而计固无可奈何也。孟如松既不能训女相夫，致令轻生以基祸，而且欲吞甥诈婿，叠讼不休，狼心狗肺，不是过矣。所当与主唆之如林一并均杖，犹有馀辜。至于妻死非义，不同殴逼，令其夫瘗之足矣，何断给之有焉？先经宁乡县所追十五两之孝布，速令如松吐出，以为醮埋孟氏之资。后欠五两注销不给，以斩葛藤可也。

咬死子命事

毛锦来

看得杨氏，悍泼无知之村妪也。有子杜纪娃，偶过市中，为疯狗所逐，欲避入刘三店中。奔不及入，竟为狗啮。刘三及市人段之章等共椎杀其狗，然不知狗之所自来也。纪娃归家两月，毒发而死。杨氏遂诬刘三为狗主，以为纵之杀人，讼之于县。县审遂之，理也。乃杨氏贫而无赖，冀得烧埋，择肥而食，又牵段之章入词，复行控宪。夫狗啮杀人，于狗主无与也，矧非狗主者乎？且疯使之然，即于狗并无与也，矧曰杀狗者乎？杀啮子之狗者，不知德之，而反告之，是非能爱其子也。无乃为疯狗复仇乎？可笑孰甚！蠢妪无知，逐出不究。

打死人命事

毛锦来

看得张加声、刘天禄与已死之杜彦魁，皆襄陵兵书也。于今某月某日，满洲经过，三役各有分管之事，而彦魁才弱不支，失误答应，畏惧满洲鞭箠，即行自尽。其子霍霍痛父无辜，恨同事者视死不救，遂有人命之控，亦人子迫切之情也。然不知答应满洲，役不堪命，近日无才之辈，以此捐生弃命者，官尚有之，何况胥役？加声、天禄自免为梁上之鬼，亦云幸矣，岂暇为从井之救乎？各犯口供甚明，投缳是实，而霍霍又不忍暴扬父骨，哀切告拦。合无转详，仍照县招，断给孝布外，张加声、刘天禄俱依新例重杖的决，以为同事一时，而不急病让夷者戒。

杀命焚尸事

江宁太守陈大亨　讳开虞　富平人

看得林某之弟林君兆，贫而善病。于顺治十八年间，其送入地藏庵，僧湛文名下剃度为僧，取名通宗。夫既改君兆之俗名易以通宗之梵字，则其为僧而非雇工也明矣。师徒焚修，历三年所。于今四月某日宿疾举发，淇文延医张某，诊治不痊，

至某日身故。梵教例应火化。湛文设斋礼忏，集僧僚俗众而焚之。以僧礼终者，即以僧礼葬，夫复何言？乃某涎其香积有田，顿萌妄想。需索孝布，而贪壑未盈，遂有杀命焚尸之控。夫卧病七日，医治有人，非暴亡者比也。林德、林五送丧观化，非不见不闻者比也。况释家焚化之例岂为一人设，岂自今日始乎？奈何死经两月，忽驾虚词。嗟哉，贫衲瓢笠之外，有何可啖，而某作此罗刹伎俩耶？地狱之设，正为斯人。姑念乡愚，宽以反坐，杖则不能免也。

乞究女命事

陈大亨

看得故民赛端甫，童氏之原配，而未执敬则其后夫也。端甫生时曾以女许王尚文为媳，及端甫殁，而童氏改适朱门，女亦从而之未矣。由是王请婚而未索聘，两姓呶呶，业已匪婚而寇。及女归王门，以宿构痨疾，才及再期而死。未益得以有嗣，尚冀其匪寇而婚，不可得矣。然而邻证阿玉甫等皆称病故，即马冲寰、马用之又皆童氏甥舅内戚，岂尽左袒尚文者？然则彼妇之口亦可塞矣，尚哓哓何为哉！尚文以报讣后期致滋雀角，一杖示惩。未执敬以前女居奇，纵妻兴讼，姑念其女已亡，量开一面。

地方事

陈大亨

看得李自伟、李自俊父子，贫民也。俊妻李氏甫一载，而嫁时衣裳悉归典库，氏怏怏者久矣。及兄来妹家拜节，氏耻褴褛而匿不与见。初三日，母遣幼妹来迎，氏睹妹衣之楚楚，益显己饰之寥寥，默然情伤，较从前更十倍矣。及妹去而悲啼不已，姑又稍稍呵斥之，氏心益愤，遂藏利刃于床头，俟俊既寝，起而自抹。及俊惊觉而大声疾呼，自伟夫妇暨邻佑张某等群焉奔视，其颡已断而不可续矣。经该县一审再审，及职府亲审，众口皆供自抹，总无异词。若李氏者，其匹妇中之好勇疾贫而自甘沟渎者也，谁能惜之？其父李洪源之控，不过痛深而言激，原无索偿氏命之心。李自伟父子以赤贫之故，至不能存活其妻，伤哉贫也！法无可加，惟有责其不善劝谕而已。然贫婿哀求甚切，妇翁之气渐平，以无可诛求而自甘终讼，又不可谓非贫之福也。

活杀男命事

江山邑宰马遇伯　讳瑞图　祥符人

看得柴春心怀鬼蜮，性秉豺狼，与朱齐别有小隙，遽以活杀男命控之。本县立法于前："凡告人命者，必先抬尸厉坛，相验果实，始准其词"。柴春计无所出，乃假故侄柴舍那身尸移来相验。小人多谲智，欲欺本县以方，讵料追觅儿尸之王氏已泣诉而随其后矣。假命诬人，又复盗尸罔上，罪合重科。但察其人，又系蠢然一物，所谓"今之愚也诈"而已矣。断将舍那身尸备祭埋葬，以赎其愆，仍加责四十板，以为弄巧成拙者戒。

飞冤酷诈事

抚州太守刘黄中　讳玉瓒　宛平人

看得李翰二等之族弟李翰十，佣工于蓝纪七之家。因病嫁妻，几历年所。翰十于四月初六日物故，自与蓝姓无涉。乃李翰二等住居隔县，闻信生风，而有打死弟命之控。翰十存日，贫病交深，至不能赡一妻子，未闻翰四等过而问焉。一旦云亡，亦其大数，何兄弟多人偏于此时认骨肉乎？明系诈骗，法何容宽？均应杖惩，以杜刁讼。

破海捞冤事

衡州司李王望如　讳仕云　江宁人

审得张可德之死，在五年六月十八日。其妻张阿蒋之告简仁所兄弟，在五年十一月十六日。人命重情，不逾时刻。隔至半年之久，乃行告理，情伪已明。况经刘知府委知事检验，载明八字伤痕，毫无别故，又成铁案矣。乃阿蒋听信喇棍刘汉升

等，妄将田间争水之简氏兄弟诬为黑禁登死。以女流为光棍之事，借夫命为吓诈之题，又以告状之虚名行淫秽之实事。虽未供出确据，然揆情度理，其事虽云莫须有，而其迹恐非莫须无也，真令人腐心切齿。念刘汉升等闻风远遁，姑不深求。合无恩请注销，以杜良民之积累。

打死娣命事

衡州司李王望如　讳仕云　江宁人

审得邹氏之被掳赎回，历今十四年所矣。王厂之不收覆水，起于执理太过。不以遭乱失身之故而稍有恕词，以致邹某兄弟欲甘心于厂，并欲甘心于厂之母也。邹章周兄弟之俨然敌国，起于矫情太过。不以胞娣被掳之故而稍抑其心，以致王厂不以其娣为妻，并不令其子视之为母也。十馀年来，经院、道、府、厅历审定案：为王厂者，即当安置出妻于别室。令其子祁儿任生养死葬之事，则不为厂也妻者，犹得为祁也母。然后别娶茂陵，以事其亲，而并育其子孙，亦处乱后权宜之道也。胡为乎送归母家，禁绝来往？致继室李氏续胶之会，突如其来，则其参视商仇也，夫有所导之矣。为邹章周者，自知其娣有被掳之嫌，复有殴姑之案，即当缓颊开陈，俾其娣于长门独守，以终天年，亦为不幸之幸，胡为乎于王厂重婚之日，欲以十四年不睹面之出娣，送归厂室，以作眼中之钉？谓非觅端启衅，其谁信之？致邹氏出不成出，归不果归，歧处于杜大之庄屋。延至五月之朔，已旬日矣，未见夫家作何着落，母家作何调停。邹氏以多病之躯，遭此极难排遣之遇，夫不以之为妻，子不以

之为母，又闻其新孔嘉，有不抚膺而顿足者，非情矣。溘焉长逝，谁云意外之事乎？于是邹章周以打死告，王厂以毒死诉。夫打死毒死，总非检验莫定。然提及“检验”二字，两姓均有不忍闻者在矣。王厂固是薄情，然不打死于十四年前，而打死于十四年后，且不打死于先娶郑氏之日，而打死于再娶李氏之年，此何为者？至于邹章周，一孱弱书生也。世无鸩人羊叔子，况毒死胞娣以图赖他人乎？且不毒死于王氏之室，而毒死于杜氏之庄房，又何为者？且闻王、邹两尊人皆名孝廉，均以理学文章自任，不幸值人伦之变，阅其往来笔札，皆痛自悔艾，耻蹈终凶隙末之辙。不意两郎君者，皆以执理矫情之过，卒至兵连祸结而未有已也。两庠诸生数百人，皆仰体宪台盛德作人之意，与民无讼之心，连名具呈，激切吁息。卑职细筹此案，止有善处之方，并无强断之法。盖王厂之于邹氏，夫妇也，夫妇之谊或可弃捐；祁儿之与邹氏，母子也，母子之伦断难澌灭。况今已及黄泉，犹令无相见也，于理安乎？是以卑职一面令祁儿成服终丧，设灵报讣，以尽子情；一面令王厂择地卜吉，附葬祖茔，以全夫道。王厂但知以烈丈夫事责之不读书之妇人，绝不知以孝义之道自勉，以勉其小子，发学戒惩，以为扑教，庶生者不借死者为口实，而子道又赖夫道以克全矣。

【眉批】欲使两平其气，必先两服其心。如此开陈，那得不大畏民志？

【眉批】里克善处人骨肉之间，吾于先生亦云。

奏讨婪霸事

王望如

覆审得阳世适死于顺治八年，历今二十载，其人命无可问矣。世适妻刘氏再醮于何尔发，事在顺治八年，历经十有七载，其奸占亦无可问矣。止因刘氏于康熙五年病故，楚有散帛之例，尔发吝执不与。世适之胞兄阳世远、阳世达年各七旬，合成一百四十岁，串两名为一人，以奏讨婪霸事上控。饰最旧最平之事为极新极异之题，几于商山四皓忽履讼庭，而加之宪台以恤老为心，有不加意发讯，讯不得实而严词批驳者乎？然实为索帛起见，无他故也。至于买息之事，又理所必无者。夫使

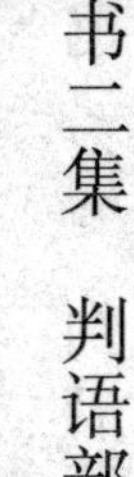

尔发稍肯圆融，则二老必无是控。未有一毛不拔于前，而肯滥金买息于后者。至刘氏养子兴铁，袖出尔发亡叔何其可批约，欲赎回十七年以前从嫁之婢仆，使之复归于阳，则必尽刘氏之衣饰，尽返于阳而后可。事隔两朝，人经物化。况舍活口不凭而凭故纸，恐从来无此断法。合于尔发名下各断二两，以给世远、世达，补从前散帛之资，此体宪台恤老慈恩，通权达变，以厚之者也。若论其诡情诳宪，年高有德者固若是乎？然则二老者固一方之贪民，非天下之大老也。

杀命分财事

宁国司马唐寓庵　讳赓尧　会稽人

审得赵汝顺与已故王次楼，皆山右人也。次楼与南陵居民光玉之合伙买船撑驾，于康熙四年十一月，揽彭大珍等竹箩、竹箱等货，往江宁货卖。甫开船而风作，以致次楼溺死，是以汝顺有杀命分财之控也。研鞫之下，不禁掩卷太息。驾舟作客，生计虽殊，总之为此蝇头而以性命相搏也。据玉之等供，开船濛雨，至谢家河，将出大江口，忽遇狂风，玉之拦头，众客协力摇橹，次楼则在舱司爨。未几舟覆，诸人尽落水中，有执篙橹得活者，有奔渔船获生者，独次楼在舱，舟覆无由得出，有与舟俱没而已矣。夫竹器，招风之物，而众客又非操舟之人，际此狂澜，不倾何待？其溺而不死者，天也；溺而死者，亦天也。玉之收次楼之尸，买棺殡敛，同伙之情，如是焉止矣。为汝顺者，果系次楼之亲，当哀其死而扶榇以归，夫何一控再控而不已耶？向之险在风涛，今之险在人情矣。夫次楼生长山西，素不习水，忽作招招舟子，固已非计。汝顺控玉之不已，又控众客彭大珍等。天下有萍水问渡之子而谋害操楫之长年者乎？有同舟合命之人反自倾其货物、舍己之身以谋人之生者乎？有在舟十馀人，以众耳众目之地而谋一人之命、分一人之财者乎？况操舟食力之人，亦何财之可分也？前府断给葬埋银两，汝顺领去，即可领尸了局。乃必欲借此以遍诈多人，是非伤次楼之死也，直利其死耳。念在异乡，姑免惩究。玉之等受累多年，冤苦已甚，俱应释放。次楼尸棺即着汝顺领回，听其安厝。庶生者不以讼庭为家，而死者不以尸场为穴。倘汝顺必欲穷其致死之由，则飓风骇浪实为厉

阶，问诸水滨可也。

打死儿命事

德安太守高云旆　讳翱　江宁人

看得胡发，乃胡君弼之仆，与佃户李俊及农人冯宾同庄而居。某月某日，雨中尽出栽秧。三家小儿群戏池内，而俊子溺焉。发闻儿呼，疾趋抱之，已无济矣。俊痛儿死，无所归咎，而咎及发，是以有打死儿命之控。夫盛怒不及于细故，大杖岂加于小儿？况殴儿无证，验儿无伤，众目昭然，合供无异。即欲仇发，将以何罪加之？且儿死于溺，即不能问诸水滨，亦何至诬及救者？岂救者有罪而反以袖手为功乎？再四穷诘，乃知畴昔之夜，俊妻与发妻曾以护儿勃谿，蓄忿于中，假此以泄。要之，儿溺于水，命也，势将谁怼？但俊客居穷民，儿既溺死，势难抱骨，姑断君弼出钱五千赒恤之。以田主恤佃户，义也，非罪也。

活杀妻命事

江山县令马遇伯　讳瑞图　祥符人

看得江思，乃江京之弟也。于某月某日，忽以活杀妻命控京。本县疑之，未有亲兄无故而杀其弟妇者。且该方地保绝无报呈，必非真命。适有往府公干之役，行至中道，忽迂其途而过之。呼地保邻右一讯，始知思以卖药为生，其术甚庸，其手甚辣。妻患和平之证，而思以狼虎之剂攻之，不旋踵而毕命，此其以刀圭杀人之长技也。不讼己而讼人，不讼他人而讼其手足，岂此杀人妙术得之家传，向为父兄所授，故追咎其所来耶？痛责杖惩，使之悔而改业。

资治新书二集卷十七判语部　湖上笠翁李渔搜辑
婿沈心友因伯订

盗情一　劫盗

大盗既获事

苏州司李倪伯屏　讳长玗　嘉兴人

审得张三胡子之为盗，可谓极恶穷凶，无慝不备者矣。其劫王戬谷之家，既已席卷其赀，又复面奸其妾。犹未已也，乃以乳哺缠身。淫不得遂，竟手刃其三岁之儿，使宗祧不绝如线者，而今斩矣。最可恨者，戬谷长跪乞怜，愿以身代，而淫贼终莫之许。杜氏以夺儿之故，臂亦受伤。是一部律文，其间所载诸重辟，悉为张三胡子一人所有，区区一斩，乌足以蔽此囚之罪之万一哉？暮劫而朝擒，且擒之之刻，轰雷骤起，暴雨如倾，天亦怒之至矣。所恨同劫之贼止获四人，不得一网罗尽，悉正藁街之诛，以大惬人心之为快耳。随劫随获，赃宜悉存，奈何尚少金冠、银镯等物。四人之中，张三胡子虽属渠魁，而纠伙

上盗者，悉属陈三等，是宜留此三人，以证将来继获之盗。若张三胡子者，是宜急正典刑，俾戬谷夫妇醢其肉而食之，庶人心为之稍快耳。

【眉批】数言示戒，亦不可少。

大盗横劫事

嘉兴司李文灯岩　讳德翼　江右人

锺二等一案，殆绿林之奇局也。彼何人斯，固治仓公之术者耳，无悬壶遁身之诀，有匿奸营窟之才。至盗魁王观吾者，其初衣冠舆盖，自称把总也，似贵客；能诗能画，出入于名公巨卿之门也。似清客，善谈黄白，欲假炉灶之术以济人也，又似羽客。呜呼，孰知其为豪客也耶！且以武举陶天宇为手足，以学究陈尔符为腹心，三人成奸，而诡秘之谋不难造矣。更有锯木之万一、游手之王彩、投宦之姜君锡等为之爪牙。诸丑毕聚，有不择人而噬者乎？故初试之刘君珮家，再试之钱宦家，未已也。李臣、刘万里，一夜两家，分党合劫，而富室为之空矣。王观吾神于盗者也，指挥诸伙收得阿堵衣物，聚而不分，以待其变，盖以一盗用诸盗，而诸盗不知为一盗用也。迨事一败，则观吾饱飏以去，不知南胡北越之何之也。故诸犯赃虽无多，而情已输实，虽元凶未获，其能免于骈斩之律乎？

地方大盗事

绍兴司李陈卧子　讳子龙　松江人

盗犯朱魁，系扬州宝应人，同党五人劫张奇，被捕快鲍学、沈卿等获于东关之白丁桥。其五人以度桥逸去，徐文殿后，而桥忽断，遂被获。送县一鞫而成招，绝无犹豫，从来盗案未有直截痛快如此招者矣。其致宪台再加详勘之批者，止以同伙五人之姓名未供出之故，乃今细询徐文，输服质对，并未加刑。自供彼缘贩鱼折本，自杭归扬，途遇惯盗李二钩引，其初止说穿墙，不意为此横举。赃证两确，一死何辞？但同伙五人俱系倾盖相逢，乍预其事，其实不知姓名。惟识李二，南京人，面麻身黑而长，此渠魁也。一姓陈，绍兴人，矇眼流泪。一唤王二，似杭州

人，光面而有黄须。一姓金，不知名。一扬州人，并不知姓。惟获李二，则五人可立辨矣。据口供，是强非窃已成铁案，再无疑义。至赴救受伤之沈尔铉，系异乡人，已经徙去不可验。然此案亦不俟伤人始决也。朱魁自以为不冤，天地鬼神共闻斯语。

首盗事

嘉兴司李文灯岩　讳德翼　江右人

采五、郭四、孙国正、王八等之为强，真强也。其共窝于郭少竹之家，真窝也。方徽商朱星卖布于王君茂家，五等明火执杖，且戈逐朱星，而后卷其布及衣囊焉以去。然诸盗不获于官而获于首，故未得其器而得其赃。赃多难掩，器忌易藏故也。郭四之已追十五匹，王八之仅追一匹，皆有朱星印号在焉。孙国正自供廿五匹，俱花费讫。采五则供廿五匹，寄在倪松泉家。夫倪松泉者，平湖之良民倪文也，鹤发蛇形，望而知其不为非者，素不与采五借面，乃捕蔡文，嘱之供以诈利。今文已另访，姑不罪之。若二盗赃虽未起，不刑自供，皆强之至确者矣。少竹真窝，且供上盗。其子守贤应无独豁之理，乃仅十五岁，一小竖子也，县豁以杖，念其不知情，以示罪人不孥之义，真克允也。王八为捕大索，遇于杨绍泾之门，非获于杨绍泾之家也。且一盗原无二窝，郭少竹而既窝矣，奈何又并杨绍泾而株连之？应豁。

拿获真盗事

文灯岩

顾阿虎之从陈文宪以为盗，至于再、至于三矣。据供，以古庙之病丐，为文宪误引入舟以致此。然使曩时安食卑田院，不饮盗泉水，则三木何至囊虎头哉？既混淆浊乱于非类中，赃已分而复化，即欲以入盗稍后而宽之，然虎虽近驯，不能纵之出柙也。断狱者但问盗之真不真，不问赃之费不费。假使赃费而徒减死，则当逻者物色之先，孰不思灭其踪响，以冀偷生于万一哉？惟诸盗奄奄圜土，而虎尚耽耽福堂，无有证佐，故得逞牙以辩耳。且原捕沈卿，非谈虎色变之人乎？论如律，以俟宪令。至若钱本高误市稀微之赃，以不知情不坐。嗟乎，阿虎以身一入盗，虽无寸赃，而不敢援“减等”之条，盖慎盗以为地方计也。

劫杀事

婺州司马许檄彩　讳宸章　常熟人

徐十汉等之劫卢方舟也，乘其服阕荐亲，尽延僧道二教，建水陆道场。斋散漏深，人方倦卧。遂火械辟门，尽胠其箧，并黄冠缁流之法器而空之，凶锋亦孔炽矣。及其俵分赃物，尽醉呼卢。一旦而就缚者七人，僧夸佛氏之灵，道赞真人之力，而不知为天网之无漏，国法之难逃也。如律骈斩，均难置喙。惟徐三保，分银二两，今已花销，借口幸脱。然各盗齐供，上盗有据，秋刑缓死，其本犯确供。

盗情事

平阳司李毛锦来　讳达　新昌人

从来剧盗之漏网也，多因事后缉获，盗首诛亡，未经面质，以致事久案沉，遂滋狡辩比比然也。兹如剧贼张洪，原系同州长安屯人。初为盗于秦之郃阳，打劫范家堡。为贼首王进才供出，此则太洪两县会审，据张洪自吐之口供在案也。旋蒙部院咨行秦省，查其原案犯事情罪。据该县回称，洪于十二年内同伙贼行劫冯长年骡马，行至澄城县地方，被防兵盘获，申解各院，驳审在案，此则郃阳县之回文可据也。又守东道行文潼关卫，查收张洪父母妻子着落，则又据本卫、本屯结称，张洪从幼在外，踪迹诡秘，止遗七旬老母行乞在庙，从不归家养赡。夫母犹不顾，自幼在外何为耶？此则本贯之来历可考也。且当吴胤芳初获之时，而即供张洪领粮侦探，此则叛逆渠魁之初供，屹若山立者也。又据平阳府详查吴胤芳盗案原卷，除胤芳供扳之外，又有奸细李成曾供张洪领贼一百二十馀人，此又其姓名事实错见杂出于诸贼口中者也。即累审之下，据洪自供，每月领受胤芳粮银四两，在河上侦探消息，唯唯招承，从无异说，则是洪之悬首藁街，较之胤芳犹恨晚耳。夫以案久奸生，一则诡诉于按台出巡之日，再则狡逞于本司亲鞫之时，支离闪烁，意图幸生，又安得不致疑于部院有“事属涉枉”之驳耶？职再研勘，据洪狡口，谓不识胤芳，然不知胤芳当日何以独识张洪也。洪又谓必得胤芳面质，死也甘心，则是胤芳一日不复生，则张洪一日不可死矣。欲求藁街之死鬼来与生囚作证，然后服辜，即三尺之童亦莫之听，而欲以此问官乎？且既曰“不识胤芳一面”，又曰“止凭一句仇言定我这等大罪”，正不知未经识面之人何自而有仇也。即此一言，自相矛盾，不几藏头而露尾乎？及询胤芳与汝系何仇隙，则又低头莫措一语，始知理屈而词穷矣。夫以踪迹诡秘之人，抛家弃母，为非于外，累次大盗供扳，到处犯案山积，若谓胤芳之事可疑。岂曩时打劫范家堡，贼首王进才之供扳亦无据耶？岂后来打劫骡马行，澄城县之申解亦涉虚耶？岂平垣营捉获奸细之供吐，亦为有仇而陷害耶？层见叠出，不一而足。虽有成汤、周文之仁，不能为之祝网而泣罪矣。总之，剧贼久羁狱底，供扳之盗首已亡，幸生之弊窦日出。刑之，则唯唯招承；宽之，则哓哓展辩。诚有如本司所云，事久计生者也。合照原招，实非涉枉。

拏获大盗事

广信节推朱周望　讳在镐　上海人

覆审得周三吉、郑喜等，伏戎窃莽，獠逞三年，连劫七家，手刃二命，砍伤吴仁宇父子，烧毁祝干庄房。事败被获，追出刀甲二件，赃证凿凿，律斩何疑？今以馀盗姓名有漏，与初招人数不符，赃仅牛衣等物，又花费难追，重蒙驳讯，职敢不加详，以绝凶徒之狡辩？再将各盗反复刑推，坚称县供多人原系乌合，既劫之后，各鸟兽散，委未道姓通名。细核该县原详，亦无实指，若必穷究，必致妄扳，合应就案结案。细查事主，俱系乡农。所告赃物本无珍贵，其衣被等件追出者，事主认领，馀供花费。且盗牛必供刀俎，必货远方，从无豢养待追之理。惟别盗无主耕牛一头，现存官卖。查例伙证明白，赃虽花费，罪亦不宥，周三吉等仍照前招，逃犯获日另结。

强盗劫财伤人事　驳语

甘肃巡抚刘耀薇　讳斗　保定人

凡人少而无凶器谓之抢夺，律载甚明。李二一案，人赃俱失主拏获，盗情逼真。初审亲供伙贼四人，即失主亦供四贼，狡饰咬扳，将谁欺掩？当日弓刀马匹，失主供之甚真。其未经追获者，彼积贼正恃狡顽，欲留今日之辩窦耳。承勘官但图草草了事，希结缉盗之案，独不思既无凶器，董凤宇耳边刀砍凭何中伤？看语云："绒帽，公共之物，难执为失主之物。"本官更何所据，而知非失主之物？岂当日亲炙之不真，而今日悬揣之反确耶？仰速秉公确审如律缴。

窃盗事　驳语

刘耀薇

贼至七名，已成大盗，据称抹脸，殊非鼠窃之形，地方官疏玩之咎难辞矣。且于十一月内行劫，靖远距凉不远，何无只字相闻？直致本院访确严查，于今岁正月初七日，始据该协轻描淡写，漫然呈报，该道、厅、卫仍若罔闻。果未之有闻乎？抑有心讳盗乎？隐匿不报，恐难为各官解也。仰道一面将见获各盗究审通报，一面先查被盗处所在城在关，被盗之情是窃是强，所劫之物确系若干，行劫者的系何营兵丁，贼未发审，何便致病，并将前后玩隐情由及各官职名，限文到五日内具揭详报，以凭酌夺，毋得徇缓缴。

劫杀商命事

嘉兴司李文灯岩　讳德翼　江右人

吴庆孙与监故龚士忠等之谋死孤商沈太也，泊之野岸，弃彼中流，互执棍篙，共卷赀货。黑夜宁辨舟中之敌？白昼难招江上之魂。所赖人谋不臧，天网弗漏。忽三尺之童为易背，吝五包之耋而弗予。百计牢笼，一朝败露，岂真吴阿曾之抱赃出首欤？殆沈太之冤魂未泯，托形而自诉者也。龚士忠虽经鬼杀，秦应芳尚作人妖，一息尚存，太目难瞑。倘能起死者于水国，或可放生者于圜扉。恨不立剥此囚，尚何呶呶致辩！

盗劫事

元江司李席觉海　讳教事　平阳人

覆审得强盗劫一，亦足以死，况再劫乎！劫盗得财，即足以死，况凶杀乎！如湖口大盗一案，刘启文主之，游继孟、余光佐、刘启满奴之。问劫财，则赵文君为之席卷。问伤主，则熊德化为之衔冤。问杀人，则方和尚为之夜泣。业经数审，盗真拟斩，夫复何疑？至于喻拐子并徐忠者，跃冶无良，包藏祸心，如受札列衔，招摇散布，令人不可易视，真盛世之戮民也哉。汪恒可、高习之，虽未身入不善，甘心受札，而隐忍不首，形迹偶涉，难逃诛心之法也，均配不枉。覆审与前招无异，合照案发落，馀免供。

捕剿真盗事

绍兴知府纪光甫　讳耀　清苑人

覆审得劳九之论斩也，以得财论，不问其分赃否也。周瑞龙既已失财，则群盗之赃即劳九之赃。劳九之论枭也，以杀人论，不问其下手否也。周瑞龙既已见杀，则群盗之下手即劳九之下手。查得律有“皆斩”之文。“皆”也者，不分首从之谓也。故刑官屡为解网而终不可得。至萧四一犯，必待王善长就擒之日，叛案已定，然后律以谋叛为从之条。今善长为叛为盗尚无定论，萧四似难遽从重拟。况今善长漏网逃生，并不顾其妻孥，又何有于萧四？故不得不以徒结此案。若必系之圜扉，以俟善长之获，则此犯终化狱燐，不若以三字定案，早杀之为愈也。

山寇屡肆焚劫等事

广东总督卢山斗　讳崇峻　辽东人

数十馀贼焚杀公行，而犹谓鼠窃狗偷，隐而不报。该地文武可谓视民犹菅、惜

墨如金者矣。查翼城失事，尚有白马村房、曹公堡两处，而止“云贼攻南常，且无伤人失马”，将谁欺乎？胡某讳贼匿报，已经题参，仰候部复行。仍通行严饬，无再违玩取咎缴。

拿获贼犯事

据详雷起春等供无持带凶器。岂有空拳徒步而反夺马上之弓矢者乎？事关大盗，必得失主对质，方成定案，何竟凭狡贼之口而议从宽政也？仰道速提姚应元确审另报。

盗情二　窃盗

地方事

江宁太守陈大亨　讳开虞　富平人

看得左某，一无赖博徒也。赌输债急，而出于穿窬，乘赵道夜出，遂隐身潜入，窃其衣帽数物而出。衣被质之典铺，手持帽袜，明货于市。当遇赵道识认，并搜获当票，取出衣被，一一皆道物也。赃真矣，某亦供吐无讳矣。第鬻赃市上，暮窃朝擒，观其行径是尚未得偷儿三昧者。既非惯窃，亦无伙党，科赃拟杖，律例允符。

猪八戒案

真定太守蔡莲西　讳祖庚　江宁人

看得李猪八戒者，本无牛鬼蛇神之技，妄作鸡鸣狗盗之雄。其窃赵建图家，初愿不奢，止窥其盎有馀粟已耳。及见瓶罍罄悬，怒贫却走，带便而探其曲突，亦可谓无聊之极思矣。讵意良贾深藏，反致多金之攫，不可谓非意外之遭也。屡判已

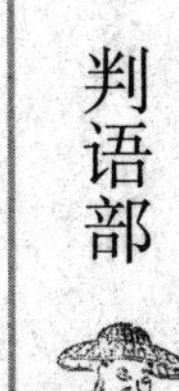

明，刺杖不枉。赵建科闻声惊觉，登屋抛砖，原为驱此鼠窃，乃因八戒既获，而遂张大其词，饰为救援强劫，则甚词矣。夫盗既入室而主尚酣眠，此非是窃非强之左券乎？张名旺等借端吓财，满杖不枉。

盗情三 窝盗

阮应科等案

杭州司李纪子湘 讳元 文安人

查得盗犯任大忠、阮阿黑乃玉山大盗周钦贵之党也。顺治十三年为绍兴施知府拿获。究其来踪去迹，供有同贼屠玉兔、王善长次子，曾歇饭铺阮应科、李相三家，吃饭而去。大忠弓箭寄放张清八十一、骆承宇屋内。该府审拟二犯斩罪。应科、相三实非识认知情，随行保释。张清八十一等严缉另结，呈解抚院陈批司复核。继而大忠、阿黑相继病故，张清八十一据县申称，遍里搜查并无其人。骆承宇年老佣丐在外，于顺治四年十一月间呈奉前司毛，驳批严缉确讯，尚未结案。今职细阅原详，首盗久已毙狱，张清八十一县复无人，骆承宇久丐无踪，该县节经结覆，止馀阮应科、李相三之名淹留在案，久而未结。是此番大狱不为大忠、阿黑而设，反为应科、相三而设矣。查二人原开饭铺，往来投歇者贤愚不等，岂止屠玉兔等二犯？亦何能识其为盗，拒而不留？既留矣，又何所据而执之送官乎？则二犯自属无辜。事经八载，犹然拖累，势必为大忠、阿黑之续而后已也。相应呈请宪台，速行销案。

前谳批词

浙江总督赵君邻 讳廷臣 铁岭人

正盗已故，张清八十一又无其人，则开张饭铺之阮应科、李相三其为无辜明矣。监禁八载，抱屈无伸，若非该厅奉查积案，细心检阅，焉知二命不终毙狱底乎？如详即日省释，通报按察司销案，仍候抚部院批示行缴。

盗情四　盗属，贼盗家属也

公首事

衡川司李王望如　讳仕云 江宁人

审看得易国玉之为盗，前后历审，虽云赃真证确，然据国玉自供，每每坚词致辩。正在推敲出入，而本犯忽报瘐毙矣。既碍结案，又碍具题，遍查律例，从无盗案未结而妻子入官变价一条。盖盗犯尚未题明，不使罪及妻子，相应发还原籍，以广皇仁者也。况恩赦可援，即使纵囚，亦与失出者稍别，况罪人之孥乎！

盗情五　平反矜疑

贼情事

平阳司李毛锦来　讳达　新昌人

看得王用中、王日新、王日省、王洪格、秦养民、申二孩，此六犯之斩罪，实一大冤狱也。用中、新、省三人与失主王日跻皆同堂兄弟，初受祖父之业，厥产惟均。嗣后生计不等，贫富虽分，然而日新尚列黉庠，用中、日省家道虽薄，颜面犹存，与日跻虽稍兴雀角，亦未有操戈叩矢之事也。忽于顺治某年月日，日跻偶出，家中失盗。洵是时也，比邻之鸡犬未惊，本家之耳目无扰，似非强横者流。及至日跻归家，遽以强盗控县。词称“撞门排闼，拷命追财。缉之数月，毫无踪影，无何

而暗中摸索，忽疑为路金全。金全脱逃，获得其婿靳国玺，遂援引而及于本家之王用中、王日新、王日省，蔓延而至于隔县之王洪格、秦养民、申二孩”。嗟乎，使金全而果为打劫日跻之贼，亦必捉获金全到案始可以供报同伙。若靳国玺者，不过金全之婿耳。据招内云，国玺自供，原未上盗。岂有盗首未获，而擒一不为盗者使之供扳盗党，是何异于执秦人而问楚事耶？是此案之初招，早已见其大概矣。至于为强为窃，其中疑团种种不一。以致院驳，洞悉隐微。蒙宪转发，职仰遵细勘。夫盗首获而后党与真，强窃分而后罪案定，此案之关键。盗首既未获，惟急急勘破“强窃”二字，始可定案。今审据日跻诉称，强盗撞门排闼而入，祖母被打折腕，将母秦氏烧烙追财。诚如是，则是夜之盗焰实轰且烈矣。乃四邻寂然毫未之觉，何也？又审日跻之屋，与日新联墙而居，用中亦复门巷相对。贼在隔院如是轰烈，而用中等曾无一人出援，以为有情弊，则似真有情弊矣。追鞫用中等，俱供当是夕也，除空阶夜雨之外，毫无响动。以情理揆之，撞门烙人，为时必久。烙人即云禁口，撞门必先有声，乃隔墙之叔侄兄弟无一过而问焉。使有声而不闻，难掩乡邻之耳；使闻之而不救，自彰瓜李之嫌，用中等虽愚，宁不虑人之疑己而故自呈破绽耶？且秦氏于贼去之后，即当诃诘用中等以知贼不援之故，乃从无一语，何也？即日跻归来，知用中等之形迹显然易见，母即不讯，子亦当讯，乃亦从无一语，何也？直待数月之后，缉贼不获，消息杳然，乃整旗鼓以相向，抑何前恭而后倨耶？由是数端观之，则所谓“撞门执炬、擒母炮烙”之说断断无有。而“暗进暗出”四字，招内始终不易，早已不辨而明矣。再审郑氏折腕之说。郑年八十有奇，状如髑髅，口不能语，两腕如皮裹干藤，惟右手腕骨拗出数

分，而皮色完好如故。及鞫氏侄郑应祁，乃知为昔年胎疾所致。再审秦氏炮烙疤痕，验其肚腹胫腕之间，虽似有横直白晕，然色久将湮，模糊莫辨。随据用中等泣诉，谓氏昔年发过霉毒，旧有灸瘵火疤。斯言亦未足信。然欲指定为贼所烙，其谁见之？且查招内所谓下手炮烙之人，初指赵银匠，后指王洪格，倏赵倏王，参差递变，已可见其闪烁支吾之一斑矣。再审王用中抹脸进去之语。据云，系王日新受刑妄招，而秦氏供明已无是说。再鞫使女见贼拷烙情形。据供，婢与跻妻被贼同禁西房，而婢适从窗隙窥见。以理揆之，蠢然幼婢当魂飞胆丧之时，恐不能如此神闲气定也。且何以跻妻未见，而婢独见耶？使女之言亦不过顺承主人，同声附和，正所谓“一犬吠形，百犬吠声”者是也。再查乡约之结状。结称本乡素无为盗之人，然则用中、新省独非本乡之人乎？何以有盗而结称无盗，则其素日之未必为盗益可知矣。以上情节，俱系抚院批驳之疑团，兹为逐一勘破，实无一事一情足以定六犯之斩首。至于六犯非盗之实据，又且详鞫而得之矣。盖盗凭赃死，法所首重。细绎院批，谓六犯等为贫而盗，何分得银布无几？夫使无几之银布果属真赃，则斩辟亦所应有，盖赃只论真假，不论多与不多也。如衣服之可以定赃者，或系失主素日做成，其式样、件数凿凿可认。绸缎布匹之可以定赃者，或系失主置买，颜色花样、长短阔狭、字号印记斑斑可考。器皿首饰之可以定赃者，必须款制轻重、数目多寡独我有彼无，皆确然可据，然后可以箝盗口而结其舌。今审王用中名下，起获布裤一条，新省名下备有衫裤。查招内来历，则曰用中等盗得跻家之布而分裂自成者也。夫粗纱棉布，耕织土产，人非鸟兽，孰无衣襦？即使全布而在，若无记号，犹不可指为跻家之物。矧曰某人裂数尺以为衫，某人裂数尺以为裤，某人得之而裂数尺以持赠其女，是何判案而可以服斩犯之心乎？诚不知当日问官，果何所确见而云然也。今幸日跻之良心不死，逐一驳对，而已自拒非己物矣。又王日新名下起获镶银漆钟五个、钟坯五个，失主已经识认。职详验钟底微有针画字痕，窃谓果系跻家之物，主人必能记忆，及举以诘之，不意秦氏、日跻、俱错愕莫对，心甚疑之。及审王日新，哭诉新父王建中、省父王执中、跻父王允中，原系同父异母之子，其祖在日，曾置雕漆镶钟六十个，父手三股均分，三家各得二十。今因跻失单开载镶

钟，而鞫盗之初，必欲按图索骥，不得已而遂出己物，借以免刑。今各犯尚有此钟存留于家者。职乍闻其说，未敢遽信，随令向各家中索取遗钟，果得二十四个。及持以前钟相较，字痕款样大概相同。查日跻失单止载失钟二十个，今各犯之家已取出三十四个矣，则其为祖分之物无疑。旋以质之日跻，而日跻语塞，则镶钟之不可指为盗赃已无疑矣。又王日省名下起获银簪一枝，失主已经识认。今诘日跻以此簪之轻重分数，则亦错愕不能对。及审日新，泣诉系伊母痛子受刑，乃向歇家段成万之妻头上借来，当面交与原差李守刚之手持送到官，以免刑者。及讯李守刚，供语相符。随拘段成万细鞫，亦能备述，则银簪之不可指为盗赃又无疑矣。夫以现在已认之钟簪尚属假冒，又何况花费之银与分裂之布，无影无形而莫可追诘者乎！以"有赃有据"之用中、日新等尚为刑逼成招之冤狱，又何况于王洪格、秦养民、申二孩三人俱无丝毫"赃物"到官者乎！是又不待质辩而知为无辜者矣。以上六犯均应速释，以苏冤滞。总之，此一案也，始于王日跻之挟仇妄指，成于靳国玺之畏刑乱招。合照"亲属相盗"之律，诬者反坐，与夫起赃不实之原差李某、乡约申某俱有应得之罪。但非故意陷者比，各惩以杖，亦足蔽辜。其偷盗日跻家之真贼，饬县另行严缉可也。

【眉批】如此断狱，那得更有覆盆？

【眉批】不止拨开云雾，且为揭出肺肝。

【眉批】看此等谳语，如阅稗官杂剧。令人乍惊乍泣，欲喜欲狂。

前事

毛锦来

覆看得王日跻失盗一案，只因缉贼无踪，遂致妄疑本家亲属，架捏拷烙虚词，冒认刑招赃物，种种狡毒，职奉审具悉前招王用中六犯之枉，所宜速释，似毋容再赘矣。覆蒙院批，谓日跻诬陷至亲，情罪重大，革衿拟徒，尚未蔽辜。职仰遵覆勘，阅及六命俱斩，诚可寒心，止拟一徒反坐，迹似犹恕。但查前奉院前批有云"亲属相盗，自有正条"。职即从此八字之中定出日跻之罪案。假使王用中罪为盗有据，亦当指引亲属相盗之律，其罪不至于斩。日跻以是律诬人，亦当以是律反坐，故职拟徒革，非出己裁，夫有所受之也，似不为纵。至于王日新前罪既宽，黜革实枉，诚如院批。应还故物，以昭宪慈。

盗情事

毛锦来

看得杜旸若、杜成章、宗起祥，虽曰俱非善类，然而截劫陈三之一事，则毫无影响者也。顺治初年，平贼作乱于蒲、解之间，成章身入其伙。后就抚归营。旋弃营归里，与旸若倚附族人杜太监之势，并村民宗起祥，狐群狗党，乘马胯刀，炫耀里邻，鏖骗乡曲。被其毒者，疾之则曰“仇雠”，诟之则曰“盗贼”，思得而甘心者，匪一人，匪一日矣。兹适陈三在杜家坡撞遇响马一事。蒲营兵丁李世汉等，踊缉真贼，日久不获，遂向失盗地方前后左右相近之处搜寻踪迹。乃以素常胯刀乘马之人皆物色及之，以为拨草寻蛇之计，此旸若、成章二犯之姓名所由以入其夹袋中也。殊不知响马劫人，往来飘忽，去留无定。今陈三于三月初十日在杜家坡失事，迨至五月初三日而世汉仍欲于此处觅贼，是刻舟求剑，舟在而剑去远矣。自获三犯之后，该州、县、营会审数次，问其马，则倏借倏寄，倏死倏卖。无论当日行劫之真马不可得，即所谓借与寄、死与卖之伪马，亦至今迄无定在，是响马而无马矣。天下有无马之响马乎？问其刀，则倏借邻佑，倏借亲戚，倏而打折，倏而丢弃。起刀未获，然后追刀。追刀不获，然后买刀。且刀无可辨而强辨其鞘，黑鞘不作准而强令换绿鞘。不唯真刀之来历不可知，即伪刀之来历亦无从考，是响马而无刀矣。天下有无刀之响马乎？问其赃，则陈三止失蓝兜肚一个，内银二两；问银，则花费无存；问兜肚，则追出而陈三不认。不唯花费者近于诬，即追出者比花费之赃而更诬，是响马而无赃矣。天下有无赃之响马乎？观其无马而认马，无刀而认刀，无兜肚而认兜肚，婉转叫号，不得已而应之，此情此景已毕露于数审口供之内。本道屡批，无微不烛，诚不待今日覆鞫而后见也。且更有显而可据者，查蒲州初审陈三，即供被贼砍昏，原不认得，奈何再审，而陈三渐渐认得矣。然犹曰似有一胡而两光

也，是犹然恍惚之词也。未几又审，而陈三不惟认得，且最真而最确矣：胡则直指为旸若，而光则直指为成章、起祥矣。始则不唯不知其姓名，而且未见其形状，继则不唯确见其形状，而且并识其姓名。观其由浅而深，由疏而密，皆属附和。此情此景，亦已逼露于数审口供之内，又不待今日覆鞫而后见也。若夫郭延吉望见胡汉之一语，查延吉始终实无此言，而指此为延吉之言者，出自兵丁李世汉之口耳。其造伪固不待辩，然即使延吉当日果曾望见响马之为胡也，亦非望见有胡之响马，即为杜旸若也。不知世汉何所据，遂执定以为旸若。苟曰因望见之贼为胡而号胡以求贼也，则天下之为胡者皆可危矣，何以他人不与而旸若之胡独不幸焉？此言之最不近理而令人喷饭者也。然或谓情之可疑者，在临晋县一角报文耳。虽然无疑也，盖因李世汉等方谓捉获响马有据，又加以旸若、成章素不理于人口。流言三至，曾母惑焉，又何疑于该县有是报耶？然查该县报文，亦不过曰“二人行踪无定，恐非善类”云耳，未尝确指其为截劫陈三之贼也。然则此三犯者，谓非善类则可，谓为响马则不可；即谓为响马或可，谓为打劫陈三之响马则必不可也。当日承问之官，因见响马一事茫无着落，难引本律，乃坐谋杀，原属牵强。兹既豁明，速宜保释，庶免瘐毙。若夫兵丁妄指，失主冒认，按例自当反坐。但审三犯素非善类，诚足以致人之疑，非因而捕风捉影者比也，警其孟浪，各杖蔽辜。仍勒限另缉真贼，以赎前愆可也。

窝盗事

台州兼摄杭州司李王旦复　讳升　景州人

审得顾文祉，湖州府学生员也。一以诬盗拟戍，一以窝盗拟斩。屡奉宪驳，欲以两案之重轻判一人之生死。兹职再三细勘各案，泾清渭浊，原自堪稽，文祉抢地呼天，实觉可悯，谨一一为宪台陈之。顾六、顾二隶籍绍兴，流寓乌镇，遂赁一廛于文祉之家。至二人寓后。文祉游学武林，去而未返，乃顾二已犯获吴江矣。谓其失于觉察可也，谓其知情窝盗可乎？且范大，仆也，顾六、顾二，他乡侨住人也，孰亲孰疏，于情自别。文祉知范大为盗，虑其累及于己，尚不稍贷于所亲而首之，则岂已知二等为盗，而不虑其累及于己，反庇所疏而以身徇之哉？以此推之，则非知情也明矣。今以赃物起于文祉屋内遂指为窝，则凡有屋出租之家皆危矣。夫屋一经租出，则租者为主，而主人反为客矣。当顾二犯事吴江，扳及顾六，汛官王家相到镇，搜取器械赃物，原起于顾二所赁之屋内，非起于文祉自住之室中。杨元等历历有供，兹再四审鞫无异。倘赃械起于文祉之家，则文祉真窝主也。岂窝主未获质明，而顾二之案可竣乎？赃械可散乎？观吴江之案早结，则知顾二之扳为寓主而不扳为窝主，赃械之起于二家而非起于祉家也又明矣。若夫顾六、顾二同寓祉室，顾六谋叛，亦累祉名。行提对诘，向蒙部台亲审，以事无确据而释之，且给印照，令投湖州府还其家产人口，则江督必有确见。虽六与二之犯案不同，然六与二之所谓寓主则一，彼以无据而雪冤，此又何凭而拟罪？至于仆人为盗，先行出首，远患洁身，不过如是。况文祉之首在前，而范大之犯在后。若反以出首之呈词指为豢盗实据，以辨明之手摺称为窝主确供，则文祉命实不辰，动罹网罟，必当如何而后可耶？职即设身处地，诚不能为之谋也。从来盗案以赃证为凭，窝主以得赃为据。文祉既以顾六之案中已经审释，复牵顾二之赃械，奚啻马牛？且械有贼认，赃无失主，乌可遽以大辟拟之哉？文祉冤抑已久，今职审得其情，若不急为申雪，何以官为？寒灰复燃，枯鲋再活。想犀照之下，定无遁情耳。

【眉批】从来祝网之词，未有激烈于此者。活人如活己，婆心哉！

大盗事

广信司李朱周望　讳在镐　上海人

看得盗犯罗壮五、黄开五、张京二，俱以辗转供扳而获之者也。失主之姓名，行劫之器械，自供凿凿。前审昭然，是三犯之罪，诚难宽贯矣。但查阅全招，从未获有赃物。虽花费之条亦在不宥，然必同伙多人，皆已真确，间有无赃可起，而供认已明者，始可定案。从未有全属空言，一无实据，而可以定不易之爰书者也。况壮五原系万元太所扳，而黄开五、张京二又与壮五同店并获。由干及枝，由枝及叶，使壮五等获到之日复有所扳，则是案之株连正未艾也。焉知非三木之下信口胡招，以冀苟缓刑讯者乎？失主龚霍芝，初以家资倾劫，怨毒甚深，闻获一盗即遇一仇，故尔随口供认。究竟黄夜被盗，岂识姓名？盗去之物从未认领，何所见而指为真盗乎？失出固宜致详，而失入尤宜加慎，罪疑惟轻，其三犯之谓乎？况逢圣恩浩荡之日，萎草枯木皆春，则又当仰沛皇仁，式弘解网之德者也。

申报拿获盗情事　驳语

毛锦来

审得姜集凤、姜起凤、姜云凤打劫僧人郭同会、杀死毛应龙一案。据平陆县初招则云：据郭僧被劫之后到县密报，火下识认真贼面貌声音，旋差缉拿，当在姜氏兄弟家内起获血渍僧被、鞋、褥、茶壶等物，又有腰刀、铊杖等械。赃经主认，械现贮库。夫果如是，则是强盗之真，未有真于此者矣。姜氏兄弟三人之首，即立悬藁街尚恨其晚，又于何处更置一喙耶！及本厅亲审，讵三犯谔谔称冤，任加刑鞫，而始终无一输服之语。则是盗口之坚，亦未有坚于此者矣。问其故，得无以赃非僧物乎？据曰亦有是僧物者，亦有非僧物者。是僧物者，则血被与鞋是也；非僧物者，则红褐被、蓝布褥与白铁茶壶是也。再诘之曰，一物涉真，盗即非枉。既获血被、

僧鞋矣。又何冤之有耶？讵三犯旋曰，无论非僧物之赃，坐己名下，冤不待言。即所谓是僧物之赃，其冤更有不堪愬者。旋据集凤愬称，己家初起血被一床，乃系集妻经血所渍，而非今日在官之血被也。今日在官之血被，乃抵换之物，而非原日起获之赃也。又据云凤泣愬，原日云家所起布鞋一双，乃系云素日所穿之己鞋，而非

今日在官之僧鞋也。今日在官之僧鞋乃抵换之鞋，而非原日起获之物也。果若是，则赃真而情假矣。乃据姜起风泣愬，起家所获红褐被一床、白铁茶壶一把，实系己所自制，非僧物也。诘其何以为辩。起曰：“红褐被面三幅，其一幅色微深，其二幅色微浅，盖以原系零星买凑之物，而非一褐之所裂也。”验之，果三幅，其色浅深亦果微异。再诘其白铁茶壶，起曰：“起壶不满二斤。”僧曰：“僧壶恰足二斤。”称之，果不满二斤矣。则是起风名下之赃，非僧物无疑也。又据姜云风泣愬，蓝布小褥实系己物，而非僧物也。诘其何以为辩。云曰：“褥上有小儿尿迹，僧家无小儿也。”旋以诘僧。僧曰：“有徒名大存者，甫五岁，系乡人杨得春之子。褥系得春送子出家之褥，尿系大存睡时所溺之尿。”旋拘杨得春及大存到厅。据得春供称，其子于顺治十八年腊月二十五日在寺寄名，未尝在寺为僧，以年小虽离襁褓，前后到寺五次，皆于本日即归，并未在寺宿歇，亦未尝置褥在寺。则尿褥诚为云家之物已有确据，而僧言之不足信已如斯矣。窃照盗凭赃死，赃真盗自无辩。兹起风名下之褐被、茶壶与云风名下之尿褥，其诚伪固已彰彰。独是集风名下之血被与云风名下之布鞋，将以为当日起获之真赃。何二犯之抢地呼天，一至此极？将以为后来抵换之物，而抵换者为谁？又无指证。但换赃之弊或难全疑，然起赃到官之后必无抵换之理，诚恐未经到官之前或有抽换，实难揣摩。本厅穷流溯源，查平陆县原日起赃之时，该县印捕并未经手，唯委汛防兵头薛可胜前往搜缉，则是此段来历早已启人疑窦矣。旋提可胜到厅，但见其人面目狡悍，语言闪烁，似非可信之人。及再讯当日面同起赃之地方李润，又云早已物故。迨将现在拘到之乡长李光辉，与同行缉贼之民壮刘茂盛等逐一严鞫，俱委其事于可胜、李润二人，而举无一目击起赃者，则此段情景不又启将来之辩端乎？至于失主郭同会，件件坚认己物，语语始终咬定，焉知不是排陷？今即以尿褥一物观之，如此有头有绪之事，尚欲虚言冒认，又何况“火光认识”等语茫然无凭据，安保其天理良心之尽在口也？又查腰刀、铊头，口涩铅钝，似非上盗利器。且审集风未久应县民壮，所以家藏有刀，似亦无凭执定，以为杀人之凶器也。事关斩罪重辟，且系一门三命，难容草率，未敢偏见。仰岳阳县会同赵城县虚公细鞫，务得真情，必须信心信手，始称无枉无纵，妥招

解夺。

烛冤劈枉事

台州兼摄杭州司李王旦复　讳升　景州人

审得刘佐，刘六之螟蛉也。刘六为盗，议者以父之于子，未有不同居之理，子之于父，未有不得财之事。兹职再三确审，始知佐本姓俞，向随母适刘，故姓则刘氏之姓，而居仍俞氏之居也。一住板儿巷，一住朱家桥，迥不相及。是以杭严道初时差捕起赃，一云起于刘六之家，赃私若干，已经主认。一云起于刘佐之家，财物若干，未有主认。两地判然，此非刘佐不同居之左券并其不得财之定案哉？况失主段玉等、捕差劳玉等历历口供，皆与刘佐无染，则不得律以同行得财之罪也明矣。相应据实详明，仰祈祝网。

刘有功等案

杭州司李纪子湘　讳元　文安人

审得刘有功、高库、沈能等，皆协镇擒获之大盗也。据该协塘报，口供凿凿，则是有功、库、能等俱系真盗真窝矣。蒙宪审明，发职招拟。若使据招定案，则各犯俱无生理，援笔直书，有何难事？然卑职以事关重辟，不厌再三穷究。乃今庭讯之下，惟刘有功一犯以兵丁从贼，所供贼首名姓及抢劫出没情形，言言吻合，事事逼真，其为强盗无疑。而高库一犯，据供八月十二日被盗拿去，十四日就擒，在贼营不满三日，委非盗伙。职以狡口难凭，再四严夹，终无上盗确供，是难悬坐。然此犯即不为盗，亦系游荡兵丁，非善类也。如或纵之，则此时非盗，他日必为盗矣。枭有功而配库，于法似无纵枉。至沈能者，则明明一被掳难民耳。因往苏州买豆，行至崇德，遇贼被擒入巢，后贼散而为捕兵所获，其居址生理凿凿有凭，是民也，非盗也。至所招朱君祖、程圣嘉、何英、冯韶等，皆其素所识认之人，非云素所同盗之人也。夹之使招，则举所知以对。不过信口支离，为缓刑计耳，查与盗情毫无干涉。岂有沈能非盗。而所招之四犯反属真盗者乎？计来之为刘有功所扳，严

审本犯，据供昔日曾因买柴争哄，呈送牛将官，将有功责治，人所共晓，实为仇扳。及与有功面质，亦俯首无辞，其非窝线也明矣。又据施子卿男士龙供称，伊父于五月内随施孝廉公车北上，而所扳乃八月之事，是又荒唐之甚者也。民命攸关，凡属矜疑，悉当平反。以上诸犯实系无辜，亟应省释。

杨阿春案

纪子湘

查得杨阿春，石门县渔户也，同已获监故杨四并其父杨胡子，假乘船捕鱼之名，日在河道劫夺，并掠本司公文烧毁。于康熙二年十月某日，被县捕范振等获解谢知县。审拟阿春为强盗得财律斩，招详本司。今蒙宪台以一应未完号件发职勘覆。职细参原招，阿春虽供同杨四等行劫南田圩陈家等处，但失主从无一人出质。且检伊父杨胡子口供，阿春乃杨四教他为盗。只此一语，便知阿春幼小无知，未识利害，随父为盗。亦犹士之子学为士，农之子之学为农，罪在父而不在子也。查招状果开年止十五，则其发觉时尚十四岁耳。今父杨胡子并盗首杨四俱已监毙，止馀一罪孥系监，无从结案。查律文内有“犯罪时幼小，事发时长大，依幼小论”。又注内云：“十五岁作贼，十六岁事发，仍以赎论。”则阿春当引老小收赎之例，斩罪赎银五钱二分五厘，用广宪恩，于理斯当。伏候宪裁。

【眉批】“罪孥”二字绝妙。

沈阿福等案

杭州司李纪子湘　讳元　文安人

查得沈阿福一案，初据捕役陆仲、张华将沈阿福、姚年并受诬监故杨继年妄报为盗，湖府捕厅审议，阿福等均斩，通详各宪在案。兹奉宪台批行到职，以事关大狱，详加推讯。从来盗案必以赃仗为据。或有伙盗供证，或因失主呈告，或奉上司牌提，捕役方可缉拿。今查陆仲等之擒阿福，则毫无风影。不奉官票，凭空捉害。此理法之所必无，而从来招详之所未见者也。细核原招，所据以定阿福、姚年之罪者，盗首则曰周福，失主则曰张秉实、周顺溪，饷户被害则曰沈九。今讯秉实、顺溪，则坚称并未失盗，沈九供未被擒。不惟阿福、姚年呼吁鸣冤，即里邻沈泉、陆初等亦愿保二犯为良民。而原招所列失主、被害秉实、沈九等，亦佥供二犯为良民。天地间有如此冤狱而不急为平反，岂止天日为昏乎？更可异者，所云盗首周福即周顺溪之子。查周福于康熙二年疫故，招称三年行劫顺溪之家，岂有人已死而鬼为盗乎？岂有子为盗而不劫他人反劫其父者乎？诘其成招之由，知为恶捕陆仲、张华、李石等逼写口供，计图挟诈耳。严究陆仲、李石，悉俯首服辜，惟张华惧罪脱逃。则真情业已毕露，沈阿福、姚年二犯即日省释，尚恨其迟，陆仲、李石诬指良民为盗，法应徒惩，张华党恶，应行该管衙门严缉另结。

【眉批】赵制台批此详云：从前问官，必天理澌灭，良心尽绝者也。诚如该厅看语云云，则知下吏神明，必能见知于上。

杨乌皮等案

纪子湘

查得杨三贵、杨乌皮等盗案久定，中多疑端。兹职借阅全招，知此案之亟宜平反，且复辗转推求，有不能为当日之承问官解者，试为条晰言之。从来盗情必以赃真证确为主。查此案之赃，止零碎珠子三钱及布被一床。珠系三贵之妻交与捕人，托彼换银，为衙门使费之物。被则获于刘淇之家。今讯刘淇，则纵脱矣。再查三贵，则宽释矣。无论珠之为赃，真假难辨。系真赃，断无自肯交出，送与捕人为费之理。况据以为赃，又舍出珠之三贵不问，而坐乌皮父子及王有庆等皆拟骈斩。此属何法？其不可解者一。查失盗者非兆贵，乃周六宇也，其被劫在十五年十二月初八日，杨三贵等之被拘在十六年九月内。既云珠子为原劫之物，当日何不唤六宇一认，及宪台提六宇出质，又供并不知情，则珠之为赃也甚不确矣。赃既不确，夫大辟何罪，而可草率定之乎？其不可解者二。据赵子介供，群捕之害杨三贵，非由许兆贵所控之盗案，乃十五年为杨小球事，即拘三贵到官矣。正月擒而复释，至四月又提，以三贵不在，擒其妻，始出珠子三钱，托许云晖换银为用。至六月初二，三贵不甘，控蠹捕于院。周鼎为缉盗之原差，既知三贵等为真盗，何不早早擒获，乃迟之既久，而获于告状之后乎？业指为盗，岂无寸赃可起，面必串通同事之云晖以珠子三钱为据乎？矧六宇所失累累多物，不止此珠，其衣饰、金镯等物至今安在乎？此其不可解者三。强盗重情，骈斩重辟，不容纤毫疑窦，况重以三不解乎！此一案也，明系陷害株连。始因小球而波及三贵，继因三贵之告，遂并及乌皮父子及王有庆等。阅县招，三贵审释，而乌皮拟斩，且父子一同拟斩，且并王有庆亦共拟斩。以漫无实迹之事而遽拟四大辟，不谓天地之间竟有如此之冤狱也。备详全卷，质以见在之口供，则乌皮之罪即欲不为平反不可得矣。况周鼎亦自吐真情，谓作赃陷害是实。许云晖等之罪真百死莫赎。其如事在赦前，不便绳以三尺，应请加责枷示，稍快人心。乌皮既已蒙冤而死，各犯解网似难再缓时刻，相应解宪亲审，以验卑职所言之不诬。

罗保等案

纪子湘

查得罗保、庞大老、谢恩溪等，于顺治十六年某月日，当官兵会剿，同潘氏避入芦窠稻田，致官兵疑为盗伙，一并擒获。先蒙兵宪审，无赃械，拟徒，详奉督宪批司覆勘，年久未结。阅其初获报呈，则是俨然真盗。及覆谳时，各犯供吐前后迥别。则其初招为严刑罗织，固情事之必然者也。是以道、府、厅从宽拟配，虑失入耳。今职细核各犯居住之所并盗贼出没之渊，益信各犯之非盗。夫官兵猝至，威若风霆，其恐怖而思避者，不定在素尝为盗之人也。若执避兵之人而即以为盗，则其为盗而胆可包天，安居无恐者不反脱然事外乎？况招获布衣，并无赃主出认。事犯赦前，应与潘氏等并释宁家，详销原案。

拿获洋盗事

杭严兵宪范正　讳印心　河南人

顾阿虎以少年乞儿，为二三乌合之盗诱入舟中。当斯时也，阿虎若介然不从，

则死于诸盗手矣。故阿虎之与诸盗作线，不得已也。今大盗悉伏天诛，陈阿六等四人亦经瘐毙。嗟嗟，诸狱底游魂皆为升合寸尺所误，非大盗比也，何况阿虎之一赃不挂者乎！今宪审明允，囚无死法，其持平之论乎？合改拟城旦，以明误入盗党者，虽无赃犹不轻科也。

盗情六 诬良为盗

大盗劫杀事

江宁太守陈大亨 讳开虞 富平人

看得伦常之变，至于黄金鼎父子而极矣。鼎之控大盗劫杀也，称搽面，称一伙，称刀砍头裂，称罄劫衣囊二驴，并银四百三十两。若是，则劫财伤人，亦甚赫赫可畏矣。问盗，则黄永裕、黄隆茂，皆鼎之子也。问窝，则叶蕃公，又鼎之邻也。至于首犯周新者，据天长县申覆并无其人。及提到叶蕃公等一干犯证，并铜城镇老人唐士魁、地保许清等再三严讯，咸供是年月日，铜城镇地方并无失盗之事。众供凿凿，此犹互相讳匿，亦未可知。若黄金甲者，鼎之弟；叶绍吾者，鼎之舅也。据供，因鼎再娶陈氏，欲移住省城，伊子浼身等代告其父，求分财物以度活。鼎虽依允，心实不愿。以此遂告打劫，身等其实不知。夫被劫被伤而地保不知，已属怪事，况伊弟、伊舅影响无闻，有是理乎？“盗劫”二字之为乌有，已不问可知矣。且正月初一日，鼎既被子劫杀，至二月内犹与伊子析产分居，此何为者？夫既已被劫被伤，则非子也，盗也；非亲也，仇也。以良民而与强盗分居、仇家析产，自古及今，有此创闻之事乎？况阅天长县原卷，正月初五日，地保人等据伊子永茂、妻汤氏称，鼎奸占其媳，容留来历不明之人，恐致贻累，各投报呈在案。至正月初八日，地保始据黄金鼎称，逆子黄永隆等率党多凶，截路丛打，遍体重伤，昏倒在地，抢去银驴云云。曹光祖救证，然并无一字及盗也。向使鼎于正月初一日果

被伊子伙盗劫杀，何迟至初五日，俟妻与子首奸媳、首隐匿之后，迟至初八日而始出词，且词内又无一字及盗哉？则“盗劫”二字之为乌有，更不待讯而明矣。况地方邻保皆曰无盗，而独一非地方、非邻保之曹光祖为之硬证，则刁唆诬告之必出于是人也无疑矣。黄金鼎应照“诬告”律例定拟，但念以父诬子，又当别论，应从“祖父母、父母诬告子孙勿论”之条，姑开一面，然实理穷于法矣。曹光祖教唆，应与本犯同罪。但鼎既有勿论之例，而光祖即无比拟之条，姑重杖示儆。黄永裕、黄隆茂不能承顺其父，以致兴怪诞之词，并依违犯教令律满杖。

【眉批】事奇文亦奇，读之可以起倦。

地方不法等事

杭州太守王鼎臣　讳樑　辽东人

看得张二、陈彪皆妄人也。比户而居，不相敦睦，甚至成仇涉讼。彪谓张二窃盗，曾控捕厅责逐。张二不甘，声扬放火，此里邻陈绍宗等惶惑不宁而上渎也。遵批提集三面庭推。据彪供，听得敲门响，起来赶贼，拿住张二，及讯赃物，不对。张二则供早至彪家讨火，见赌博人多，欲去捉赌，反作贼送。夫张二典屋以居，非同赤棍，又与陈彪近邻，岂不防其识认而遽为鼠窃，矧称听得敲门，赶贼拿住？夫贼必潜行暗盗，使人不知，从未有敲门候启迎贼以窃者。若云大盗行强，则又打入，不待敲矣。且问赃不答，虚诞瞭然。即欲放火，在

二宁不虑延及自典之屋乎？“放火”之说，不过市井无赖受责不平，一鼓唇吻，以抒愤懑耳。总之，张二性非驯良，以口舌犯众怒，而论盗则无据也。陈彪欲图报

复，架情以掩呼卢，而论赌则无凭也。二竖均于三尺，本应予以科条，但系已结之事而为旁人复告，当经分别责惩，免其问拟。陈绍宗等词多过情，念为畏累而起，与株连之张一并从宽政。

【眉批】求片言折狱者于今日，其惟王郡侯乎？

伙兵抄杀事

建德县尹李石庵　讳瑛黄　黎城人

刘祖深之上控也，以徐士吉指之以盗，而士吉之指祖深以盗也，则因小事而捏大题，借旧案以泄新忿者。盖缘某月某日，士吉牛驴逸入祖深麦地，穷民恃此为命，一旦遭其践蹂，未免声色过厉。士吉不胜愤愤，意谓旧岁某月油簏之失可借以恐之，遂邀防兵往问焉。盗情甚重，盗名甚污，祖深乌得不奔控哉？蒙批查报，士吉初具诉词云：“祖深挑簏发卖，人赃两获。”夫饥寒之盗，得物便思求售，岂行盗在旧岁十一月，而出卖直至今正？恐无此耐性偷儿也。且盗物成赃，自知遮掩，祖深虽至愚，亦决不明公挑出。恰好十九相哄，二十获赃，又何缘之巧凑乎。更可异者，士吉复投一词云：“今正十六日，访至彭邑，见簏诘人，知是祖深，赎回报营。”则前后易词，自相矛盾矣。油簏并无记认，何所见而知为己物？祖深果卖盗贼，宁肯示人名姓乎？无情之词，一至如此。就此数款折之，士吉亦无言抵饰也。诬良为盗，律应反坐，念系愚蚩，姑请杖儆。

奸违复盗事

兰谿邑宰杨玉衡　讳天机　关东人

郎六十于康熙十一年十月内，曾盗何廿八之皂木，被获鸣禁。六十惧到官司，罪在不宥，凭众立约，愿包疏失。愚民脱祸于一时，孰意终身不白之冤遂阶于此也。猫能盗腥，固其长技，然未必时时盗刻刻盗，而人则时时虑之刻刻防之矣，此何廿八奸违复盗之控所由来也。披阅之下，据供廿八之皂木坐落住屋之后，即有盗折生痕，必就当场捉获，始可鸣官。乃执三年之包约，捕风捉影，欲硬坐六十以盗，不亦妄乎！设此木一旦为飓风扬拔，或枯朽待炊，六十岂能一一包之？当年约内，曾以起死回生万年不朽之说一一注明否？当堂确讯，虚情毕露。薄杖何廿八，以肃刁诬。仍借廿八之口传示乡愚，今而后，勿再挟此等包约为公庭支杖具也。

【眉批】从来豪势之家逼写服词包券者比比而是，得此一判，可以醒迷，不止一邑苍生受福已也。

常属劫盗等事

江宁二守冯慎贻　讳萼舒　慈溪人

看得王二等一案，事起于七八年前。戚三曾与王二在小岸桥地方吓取猪客常例，当经地方扭禀常捕厅审明责逐，此往事也。兹为海子口失事，行缉真盗，捕役许佐等无以塞责，忽翻旧事为新题，以昔年小岸桥事迹疑戚三为匪人，又因戚三而溯及王二。初同张胜等扑捉王二，带至大王庙中非刑吊拷。既勒其自认，又逼之诬扳。王二身非铁石，万楚备尝，此时此际能为排难解纷者，惟有三寸舌耳。招则暂生，否则立毙，是以一一供承，而胡大等六人尽在罗织中矣。诸役又以拷逼王二之手转而拷逼六人，其不如出一口者，有如此囚矣。于是二等七人俨然真盗，碎首莫能伸其枉，剖心不足明其冤。甚矣，捕役操生杀之权犹在士师上也！然盗凭赃定，赃凭主认。所起之赃，事主郭有时、祁士明屡质不认。岂有被劫之人反德盗而仇捕者乎？况职等公审，备取原赃检视，其零星布匹既属民家所有，而布衫、布袍衣袖宽大，指为行伍中物，亦甚觉不伦。且胡大等数人皆比闾而居，当日果为同党，则盗首被执，虑其供扳，势必鸟兽散矣。奈何一鸟伤弓，群鸦尚集，有袖手旁观者，有糊口近地者，其不逃不匿，一一就擒？以是知其自信无他而不作非为之有素也。庭讯之下，无论王二等极口呼冤，即原获之弁捕人等口吻嗫嚅，亦不能指为真盗。严鞫张胜等曾否吊拷，则皆俯首无词，是亦不招之招矣。王二等之委系平民，无烦再计而决。不然，事关盗案，职等讵敢轻为失出，以自干宪谴乎哉？张胜等诬良为盗，擅用非刑，干犯明禁，引例充军，洵不为枉。但事在恩赦以前，应请援宥。

【眉批】有捕盗之责者，不可不熟诵此言。

【眉批】善折狱者折于词外，不善折狱者折于事中，观此可见。

潘启元案

杭州司李纪子湘　讳元　文安人

审得潘起元一案，初招拟配，继而改斩。细阅全招，究其为盗之确据，初擒启元，不过云，为大盗徐悦之熟识秦龙官。继而有被掠饷户朱美中、沈孟玉之供，遂以启元即龙官而定罪矣。庭讯之下，启元哓哓置辩，谓前供为吴百总逼招，并非事实。职以本犯在狱数年，从未经法司衙门一审，其狡辩亦何足据？但盗案全凭赃证，而失主为必不可少之人，器械为断不可无之物。舍此数者，即获真盗，亦难定罪，况其疑似者乎！查此案历讯情节，不惟无械证，且无赃据矣。据供启元并非龙官，为王必达之仆。必达与徐悦之相识，而启元又与龙官相识，故当闻悦之呼龙官，而启元代为之应。防弁但闻其声，即执以为盗，而是否真假皆不问矣。即使必达、龙官见在，亦应讯以悦之果与同伙，有无赃证确迹，方可定拟。况舍必达、龙官不问，而执一闻呼代应之启元，遂以为真正龙官而草率以定大辟乎！职恐事关重狱，难伏疑端，随严提招内取供失主与之面质。据县详则云，并无朱美中其人，止解沈孟玉前来。询据孟玉供称，当日被盗擒营，贼悉识认，并无启元，则此案洵为冤狱，亟应解网。

沈名贤等案

杭州司李纪子湘　讳元　文安人

审得沈名贤之讦讼沈君聘也。因君聘平日无赖酗酒，得罪于邻里亲族，机乘名贤家失盗之时，适君聘与贤子之魁有索逋之隙，遂借题陷害。名贤倡恶于前，曹景华等助虐于后，共诬为盗，必欲置之死地而后快。迨庭鞫之际，问盗伙谁人，无有也；问盗赃几何，无有也。即铁尺、金钢圈、尖刀、火草等物，无论为名贤家中之物与君聘随身之物，总未可知。但据火攻兵械之种种，要非一身所能备带者。再验铁尺、金钢圈、尖刀，俱朽钝不堪之物，执此以定盗械，恐无是事。数者一无可据，而前官徒徇哓哓之仇口，坐以强盗已行未得财之律，亦何以服其心乎？夫使为盗果真而论以盗律，其罪又不止于徒矣。岂有君聘一身既已行劫，又来拿人之理？名贤与曹景华同为诬陷甚明。张仲宇之妻死于产，曹茂先之马输于赌，固无疑矣。若范缙，若张望吾，一以争斗小嫌，一以旧讼夙愤，遂皆乘衅而起，自难脱然于法外。合将沈名贤、曹景华依诬告人律徒惩，君聘与张望吾、范缙依不应罪杖儆，允无枉纵。

鸣冤抄诈事

衡州司李王望如　讳仕云　江宁人

审得捕役邓文之指饶贞相为盗也。使盗而果真，即应送官究治；如其不确。即应禀官释之，胡为乎不纵不擒，只以虚声恐喝？夫贞相穷医耳，住通都卖药，有何踪迹可疑？乃以长房为盗蹠，逼使卖男鬻女而不足，并其所悬之壶而空之。与干证黄文当堂面贡，俯首无辞，诚法所不容贷者。相应徒儆，赃追给主。谢恩、萧太虽属同伙，审未分赃，姑宽一面。

审看得省会之区，幸荷宪台戢兵绥民，安堵乐业，以仰副朝廷保养黎元之意，从未闻有蔑法逞凶，擒抢民妇于禁城之内者。昨卑府公出，有百姓多人拥扶老幼妇女扭结一人，口呼兵丁强抢良家妇女，大骇听闻。见其人满扮营装，强悍之气现于颜面，其妇年少，甚有悲切情形。因严加讯问，据其人自称吴道兴，充闽总督标下高游击差官，原籍陕西，于本年三月间，用价契买沈氏并伊夫沈文龙、伊公沈君甫三人。及诘其中证，并无一人，索其文券，又称在金华，纤毫无据。讯之沈氏，则坚供素不识面，突遭强抢。揆其情理，明系道兴贪氏芳年姿色，欲念一炽，理法有所不顾。即果系价买，拆散良民夫妇亦非善念，而况中契无凭。据云“沈君甫父子逃回”，何不鸣官审理，而竟自唤舆抬妇？谓非强抢，其谁信之？此里邻之各怀不平，簇拥而声控不已也。捍丁肆横，法纪全隳，不特本犯难逭三尺，且此风渐不可长。省城禁地若此，其在小邑荒陬，又不知作何举动矣。除将本犯羁候外，理合报明。

申报事

杭州太守王鼎臣　讳樑　辽东人

审得沈魁乃福建镇标千总陈某营伍之兵也。某给票差拿逃兵，讵魁不拿逃兵，竟拿百姓，将陈一、顾彩君连锁街衢。值卑府公出，以致居民群聚喊冤。当经查问，陈一原与顾彩君薄有口角。据魁听李华、张君美、吴祥生指使，又持有朱票，遽至陈一家，押往顾彩君处，遂一同锁链。夫两人既非逃兵，其家又无窝匿，而犹然不肯释放，显有札诈之情。且向来凡有脱逃弁兵，例行地方官查拿，从无营弁出票差兵，不论兵民，擅自拘系之律，不特定例有违，抑且大干军纪，而并失宪台轸恤斯民之德意矣。当此四方多事，闾阎穷困之秋，即加意拊循，犹恐不及，岂容不法戎行，肆其残虐？事干营弁违例，差兵生事扰民，除经详明福建部院，请饬将领标员会同卑府查审外，理合详请宪台电行闽省督兵衙门，嗣后如有脱逃兵丁，照例移行地方有司查拿，不得差兵横捉，扰害民间。拟合详报宪台，俯垂裁察，严加饬行，俾营伍知有典章，闾阎得以宁谧，军纪民生咸有攸赖，不止于省会地方歌功颂德而已也。

冒充旗兵等事

杭州太守王鼎臣　讳樑　辽东人

看得闽逆变叛以来，肆行煽惑，以致土寇所在蜂起。昨於、昌二县告警，职府请兵前往，于本月初七日行至临安县李家弄地方，有居民受害声鸣，当获钱塘县民陆绍祖、仁和县民傅阿龙、旗下人黄阿龙、阿红四犯。随经查明，详报各宪。今遵宪批究审，已据陆绍祖、傅阿龙供认，伙抢平分，而又执有凶器，则各犯罪案业已彰明较著矣。若云所抢是何物件，是时百姓呼冤，群凶正在席卷，职府亲至民家查获，即有赃物，焉肯尚执手中？若必按赃始可定罪，则擅入民居，自供伙抢之罪案，竟可置之不究乎？此又当论其情矣。总因大兵前进，自谓尾随其后，可以乘机横行。在临邑平静之区遂尔逞凶，若此再遇有警地面，必致大恣淫虐，非尽掠民间子女财物不止矣。彼时若不成擒，由此而前，不知作何究竟。非不欲从宽假以示矜全，但恐姑息之政一行，凶徒愈无忌惮，从此效尤莫可底止，则地方倍加荒残，人情愈难收拾矣。理合备录口供，详请宪裁，必赐严审正法，庶国典既昭，凶徒知儆。关系非细，拟合详明。

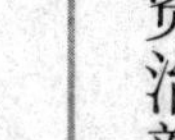

资治新书二集卷十八判语部　湖上笠翁李渔搜辑
婿沈心友因伯订

叛案一　谋叛

申报叛魁等事

金华司李许檄彩　讳宸章　常熟人

审得张六十三，逆贼许都之姻娅也。逆都倡乱之始，六十三原不与闻，以其囊箧颇饶，视家为重，则视命匪轻，必不敢试身不测之渊，付千仓万箱于一掷也。逆都亦以守钱奴视之，不屑与谋大事。然倡逆之资，不得不于钱奴是赖，此五百二十金之兵饷，六十三所由出也。虽曰诡其词为称贷，然不得此项揭竿之资，彼乌合者流岂能枵腹而聚于窭人之室哉？庭讯之下，备极哀号。明知情有可原，其如法无可贷，既无券约可凭，岂能逃于助饷之议哉？据供原有借票一纸，以避难失于山中。如果若是，则数行楮墨，殆有鬼物凭焉。券在命存，券亡命失；天乎已定，于人何尤？刑官之拟，似不可易也。

急剿奸叛事

失名

看得俞黑子之往来海上，居止贼营，其为逆贼之心腹无疑矣。独是原首胡士恺，据其不受伪衔，自行出首，可谓明哲保身，知机远害者矣。乃据进忠之供，则云前受伪札二纸，并不出首。其前恭而复倨者，及以向授文官而忽改武职，都督虽尊，终不若兵部职方之为清要。是以觖望不屑，而激为此首也。词出贼口，虽不足据，但县讯士恺之仆文童，有“向见进忠至家，从靴筒取物相赠”之语，则是士恺从前之受札，非无影响。为今之计．愈辨愈非，不若直捷自陈，出其前札。既有首词于后，即使从前亲授伪官，身为叛逆，亦可置而不论，况系遥授者乎！奈何见不及此，而使贼口嚣张，反客为主。首叛者现居危地，而受攻击于为叛之人哉！职奉宪反复推求，与前招不更一字。若反加刑讯，是塞天下自新之路，而快作贼者反噬之心。莫若就事论事，勿咎既往之为愈也。审今日之士恺，勿作平民论，竟作贼论，使贼能自首官吏者，尚欲嘉与维新，宥其前失。矧已不为贼，而首人为贼，反执“莫须有”三字苛求之乎？首叛无罪而罪叛者，自是正论，伏候宪裁。

叛案二 通贼

胡士奇案

杭州司李纪子湘　讳元　文安人

查得胡士奇，德清县一亡赖穷徒也。康熙元年之正月，有大盗沈贵、杨三劫拿沈文浦之子沈一昌与施一庭之子施阿圐，羁巢勒饷。文浦等计无所出，遂浼士奇觅信求赎。士奇本属亡赖，宁肯见利而却之？遂为力任其事。文浦共付银八两，一庭付银二十两。讵意银去而人不来，且闻一昌为贼淹死，阿圐被贼抱留。尔时文浦等切齿腐心，真有断肠不足喻其痛，而碎首无以泄其冤者矣。欲食盗肉而不可得，乃思寸磔识盗者而甘心焉。盖蓄怨既深，故迁怒愈重。文浦等今日之供，其事未必全实，而其情亦未必全虚也。但职历查从前案卷，如湖刑官之审文浦一庭，俱供大盗沈贵、杨三拿去儿子，因有胡士奇讲饷。至慕知县之审，顾同知之复审，费同知之再审，则文浦等口供叠改，既供士奇分饷帖矣，又供士奇来催饷矣，且供士奇拿儿子去矣。夫狱贵初情，乃迟之日久，递更叠变，将使听讼者何所凭而成信狱乎？据

地邻甲长姚继宰有“贼送饷帖，不见士奇”之供，而反有“文浦、一庭二人央浼士奇查访踪迹”之语，则士奇之罪无可卸，而情有可原也大概可见矣。若谓拿人者士奇，而分帖讲饷者亦士奇，则为士奇者俨然一贼矣。岂有身既为贼，而复挺身索饷乎？夫果如是，则文浦等不必输饷求赎，但执一索饷之士奇到官，则不特二子可归，而诸贼皆可犁庭扫穴矣。固知拿人分帖之事乃理所必无，何怪乎士奇之口愈久愈坚，而不肯自认为贼也。总之，“亡赖”二字足以概士奇之生平。托之觅信，则欣然而往，不知觅信之嫌疑；浼之交饷，亦欣然而往，不知交响之利害，则至愚至蠢而至亡赖者，士奇也。士奇自有应得之罪，奈何合群盗所为之事而毕集于士奇一人之身乎！细按士奇之罪，无过为沈文浦等赎子，为沈一华等过付。然过付之赃又转交沈善四等，未尝亲交贼手。相应依窝主不行，又不分赃律流遣，足蔽厥辜。

【眉批】服人贵服其心，勘讯至此，即杀之亦服，况生之乎！

周承槐等案

杭州司李纪子湘　讳元　文安人

查得周承槐之往赎陶二。因陶安宇念子情迫，嘱其代为变产，凑银付贼，乃出安宇甘心，而非槐所造意者，则承槐之罪自非通贼勒饷者比。当陶二落难贼巢，命悬呼吸，非有一人冒嫌往赎，何由出诸虎口？且通贼与不通贼止在分赃与不分赃，若通贼而以所勒之赃尽归贼手，则亦何所利而通之？今承槐业经府厅审勘，据详无赃入已，则非通贼也明矣。况事在新例之前，难与盗律同议，相应仍照拟流，与拟杖之许先非。请宪允详结案，以免瘐毙。

周凌櫺案

杭州司李纪子湘　讳元　文安人

查得周凌櫺身属子衿，兼充保正。于顺治十六年之七月，海贼南犯，风鹤时闻，随有大盗茆二等突至凌櫺之家，坐索酒食。凌櫺不即报官，且令醉饱而去。虽出畏患之心，然盗可畏而官独不可畏乎？至次年七月念五日，二等复至，凌櫺始生惧法之心，至念七日而递呈案候，晚矣。虽未寄顿赃船并被掳难妇韩氏，然自供饭盗是实，岂欲自为漂母而王孙视盗耶？坐以“窝主不行不分赃”之条，远流允当，罪无可矜。但其事犯谕前，复邀天幸，应请援赦，以沛皇仁者也。

擒获山贼事

浙江臬宪毛圣临　讳一麟　关东人

朱思湖以陶冶穷匠住梅坞山，土寇猝至，遂为所擒。及官兵进剿，思湖乘机逃脱。只以徘徊归路，迹属可疑，官兵望而执之。谓其似贼则可，若遽指为贼，恐揭竿队下无此徒手之兵也。且塘报既指为贼，又云“通贼”。通也者，身在局外而暗通线索之称也。既有线索可通，何必亲入其地？且既获之后，无一被害之人出讦乎。若非该厅虚衷平反，不徇成说，几于天日为昏矣。仰候详明释放缴。

叛案三　平反

出巡事

台州兼摄杭州司李王旦复　讳升　景州人

审得陆山二、岑宜，皆滨处愚氓也。山以卖苔为生，宜以捕鱼度活。于十四年间先后被虏，羁禁海艅者二年。各以有亲在堂，有妻在帏，生还之念无时不切。后以两人同处，知属乡邻，共谋归计。其谋虽就，其势实难，心欲前而步复止者，不知费几许徘徊矣。后随贼至洪家路。两人以家山不远，当求兔脱，遂尔毅然不愿横渡波涛而来，其恋恋首丘之心亦大可悯矣。识者谓其临阵投降，非出本念，辗转于出入之条。以职论之，使二犯原无归顺之心，则本船虽破，馀艘尚多，何不附他航远遁？目击官兵在前，矢炮如雨，愿舍生路不走而向岸就擒以趋死路哉？至于“手执兵器”之说，尤难遽信。彼溯乱流而冲巨浪，即一衣一裤，尚恐有碍不前，自为

褫去，而渭其手执兵器，有是理乎？是必官兵获于他所，有意桩入二人名下，以为冒功之地也明矣。兹职再四推勘，视其人固癯然两懦夫也。且听其言，惟恋恋于若父若母。不忍背亲，而谓其忍于背国，吾不信也。倘得邀鼓荡新恩，使之与于安插归农之列，亦招顺抚逆之先声也。

塘报贼情事

台州兼摄杭州司李王旦复　讳升　景州人

审得沈廷秀临阵归降，前谳以为势穷所致，似与倾心向化者有别。兹职再三究讯，果非久在贼巢者。据供被擒七昼夜，脱投胡弁，且为向导。有此一节，似宜矜其乞命之呼，而与以更生之路。盖倒戈而降较之对垒以获者，情自霄壤。至于新令谆谆，无非以招携怀远为首务。古岂乏思归无从，乘其辙乱旗靡之候而踊跃来奔者乎？请自隗始，尤当安一廷秀，以宏归顺之路。且蔡民即吾民，既来之，则安之，奚俟归诘诚伪？朝廷之大，正当如是。此职固从招徕起见，又不仅为区区廷秀祝网也。况王进仁、王五等之胁从，归同顺同，彼则留营得生，何独薄于廷秀一人，使有向隅之泣耶？所应一体安插，以示覆载之宽者也。

倒悬待苏事

兴泉兵宪叶函公　讳灼棠　江宁人

看得陈从纶，同邑民也。婿庄对入海数年，因黄起阴谋，戴将执而监之，令招回伊婿。若云通海之情，府、厅、县屡讯无据。即禀首拘拿之人，亦未有实指。幸天道难容，生擒俘获，而对之头已挂藁街矣。夫戴将之执从纶，为庄对之在海故也。谓一时之权宜则可，若乃贼既死，必欲取其未为贼之翁而并死之，则甚矣。矧同疆咫尺贼窠，其民皆釜底之鱼、砧头之肉，生杀惟命，莫敢言伤。区区从纶，生耶？死耶？又沧海一粟，何预重轻？第恐此窦一开，株连蔓引，必无已时。滨海之地，人人自危，其不至尽驱而之贼也几希。应照府、厅、县议，从而祝网。

李恩生等案

杭州司李纪子湘　讳元　文安人

审得李恩生一案，备阅全招。袁圣章将弓矢卖贼，以致败露，扳害恩生，事属叛案，概拟刑辟者，此初招也。继该宁刑官复审，本犯并不承认。圣章又唆宋周，认称面貌不差，必欲陷之死地而后已。时因宁刑缘事未结，袁、宋二犯相继毙狱，随将恩生等解院，行司转发前厅，谓仇扳陷害，与原招不符者，此方刑官招也。至驳佣书与行劫不同，打粮无分赃实迹，屡审则曰仇扳，始终不肯承认，加以谋叛尚未允协者，此年按院批驳也。审称袁犯赊米仇诬，委无确据，而请开一面者，此署事杨臬宪招也。奉院再行确审，查袁、宋二犯之初供，并不指其佣书片纸实据，又不质其打粮何地，分受何物。二盗在生，即无确情，而本犯从无认词，援赦改拟者，此卑职与冀臬宪之招也。又奉院再行勘审，谓佣书不惟字迹无凭，且不知二字出自谁口；称打粮，而又无地方失主可质；称在贼船书写，胡本犯出自伊家？是尤得情之至。种种疑窦，前案原属游移，委非信狱。逢赦诏内有“因叛逆干连原系无辜者，该督抚按审明，即为具题释放”。既与赦款相符，益信此囚之无死法矣。况本犯抵死不招，自始至今，供吐如一，非因袁、宋物故而始开狡辩之端也。总之，慎失出者不惮过求，慎失入者止宜平恕，亟应昭释，以雪沉冤。

惊闻神奸等事

台州兼摄杭州司李王旦复 讳升 景州人

会审得张才一案，历审已悉，而犹屡烦宪驳者，止因通寇之有无，与书票之果否，界在疑关，不得不加详慎耳。职等遵奉宪批，逐一细勘。夫讼人以不赦之条，必有始终确据，而改口于呈究之后，则其虚伪已明。使姚宦而果通海也，则其为计也必周，而为姚使者必慎，岂无一往来素识之人，而特使一两耳刑馀，以致张疑偾事哉？此前谳所辨明者也。即此一端，而张才之虚诞见矣。倘姚宦与海贼交通有旧，则使者之来方为隐匿不暇，岂肯执之送官？此一送官，即有千万疑团，可尽释矣。或者谓其形迹已露，不得不为下石之计，以为保全之谋。然暮夜叩门，宦宅深远，谁则知之，而必送官呈明，反自彰其形迹哉？以此推求，姚生之心事白矣。况才自供为素昧平生，其所恃以取信者惟凭书票。岂有初七入门，既见姚生身怀书票而不投，直待初九之夜而并付一炬也？夫才既恨其送官，当执来书以为叛据，则姚氏百喙奚辞？乃灭可凭之物而张无据之口，谁其信之？且千里密约，类用隐语，以防其泄。异国遐音，至封蜡丸，尚虞其疏。兹云签上则写“姚老爷书”，又用许大护封，此岂奸细可携之物哉？职等彻底穷究，其前言书票究无确供，止云原欲骗诈等语，此外更无他喙。至其兄张福、其党王虎等，讯究下落，总曰不知。无非初设骗局之时虚张羽翼，使姚生惮而疑，疑而不敢擅动之意。原其初心，不过谓姚生少年，畏动喜静，怵之以害，未有不挥

金求释者。讵料执之送官，以处女而为脱兔哉。既被执送到官，自不得不为下水拖人之计，此其自供之凿凿者也。诬叛新例，焉能为此囚贷乎？张才合照原拟，伏候宪夺。

叛案四　诬叛

拿解馀叛事

署上杭道福建右藩周栎园　讳亮工　祥符人

梁以政、梁以达一向在温州卖箦，其家中田地被地方范近达占种。迨以政兄弟归家，又与近达之男因会银角口，近达遂以四营遗叛报矣。询其实迹，则曰“有金镶玉图书为证。”及取图观之，则顽石刻“梁以政印”四字耳，人所共有者。即使以政兄弟从贼营遁归，改过迁善，尚不失为良民，况毫无形迹。即范近达，始薄责以警之；以政、以达，已经本司清监审明释放，并移贺镇矣。仰县立案缴。

假官播恶事

真定太守蔡莲西　讳祖庚　江宁人

看得杜瑜形类山獠，心怀狙诈，借乡民赛社之事，为公庭斗讼之媒。王符时当会首，分酒割肉，是其所司，乃以干糇之愆，致来鼠雀之讼。据瑜指称，符冒假官，擅用刑杖，大肆朱批。及讯伪官之服饰维何，则云头戴乌纱，为赛会诸人之首倡也。讯伪官之刑杖维何，则荆条数枝，为神前清道之具也。再查朱笔标判者为何字，则红土所画之神牌，凡属赛会者皆有之，不自今日始也。若是，则梨园子弟尽属伪官，傀儡行头悉皆叛具，且有冕旒其首而黼黻其身者，则所犯之罪又不止于头戴乌纱等项而已也，人非丧心病狂，何至诬诞若此？刁风滥觞，令人痛恨，法应反坐，姑念愚蚩，痛惩之外，一杖示儆。

奸情一 淫烝

大逆奸盗事

上元邑宰李维岳 讳如鼎 安福人

看得苏某，秦人也。侨寓芜湖有年矣。先买蔡福生为仆，后娶王某之女王氏为妾。仆少而俊，妾艾而淫。为之主与夫者，则已萧萧白发而成翁矣。男旷于外，女怨于内，即使钥门键户，朝夕防闲，犹恐不免于逾墙，难逃乎钻穴。奈何竟有豁达大度之苏某，自归三秦，久而不返，置怨女旷夫不问。鹑之奔奔，鹊之彊彊，不问而知其有聚麀之乐矣。迨丑声渐著而为苏某所觉，始芒芒然归。谋诸同乡李某，正欲促装归秦，为避惭计，而福生早已知之，乘夜入房，破其箱笼，席卷赀囊以遁。王氏自知事败，且失所欢，诈病绝食，口呼"待死"。为苏某者方恨窃逃之丧本，又虑人命之破家，但求免祸，无不听其所之矣。又有氏父王某，阳肆咆哮而阴为指画，令舍其女于拂尘庵为尼。苏某人财两失，不得已而徙居金陵，自谓逃者亡命，居者出家，奸淫之局从此结矣。孰意情丝难断，其为比翼鸳鸯，反自败坏之日始也。福生侦探苏某既去，即返芜湖，至于王某之家。王氏自入庵之前已怀私孕，未几亦还俗分娩。向为主仆，今则夫妻。在人伦则为千古之奇变，在奸夫淫妇视之，则居然百岁之良缘也。苏某闻之，恨深切骨，此大逆奸盗之控，为情所不能已也。蒙批到职，奉宪关提，乃稽延两月而犯证始至。其所解者，止有王氏父女及家属某、尼僧某等。讯巨逆福生，则云在逃未获。夫豺狼既失，安用狐狸？审得其情，惟有咄咄书空，诧为恨事而已。据福生之妻小王氏、小仆黑子等供，福生与王氏奸淫丑态，不分昼夜，不避耳目，虽夫妇琴瑟之欢不逮是也。及审王氏之孕受自何人，据苏某供，因妾不端，久不同寝，则为福生之奸孕无疑。王氏福生合依奴及雇工人奸家主妻女律不枉。王某知奸不发，始而容之，继而窝之，终则纵之使逸，实罪魁也，法应重杖。蔡福生行县严缉，拿解正法，勿使漏网。王氏因福生未到，姑缓其刑，暂监候结。

淫叛蔑伦事

湖广巡按张淡明　讳所志　辽阳人

据详，郑维四之奸，在自立门户之后，遂引“和奸”律拟杖。若是，则凡赎身之奴，皆可酣眠于主母之榻矣。抹杀纲常，成何谳法？仰该府严审确拟报。

奸情二　强奸

完斩事

金华司李李郯园　讳之芳　济南人

审得吴某，吴一德之亲堂侄也。德既巍然有叔父之称，则与其妻某氏尊卑之分较然矣。奈何以乞茗为由，词多亵嫚。即善戏谑兮，亦未应孟浪至此，况有褫衣为据乎。而其父吴某，乃假强占祀田之说为若儿解，此诚不知其子之恶者。家有败行之子，皆舐犊太甚之故以成之也。是父是子，安得免于并杖？

急冤事

李郯园

审得施祥为施某堂弟，不别嫂叔之嫌，与其妻李氏诟谇于室。后虽置鹅求伏，而某曰：“奈何以妻易鹅哉？”不听，遂以强奸控。祥惧无以抵饰，亦以隐粮控，而经承倪有道等遂乘机而勒其银四十两。奋而激鸣，良有以哉！但问谁为樊圃之瞿，而谁速鼠牙之狱，实祥为之厉阶，杖固难逃。倪某据详解粮赴省，相应另提追究。

衙蠹朋诈事

霸易巡宪张壶阳 讳汧 高平人

看得魏自友性淫而恶，貌丑而奸。乘张氏馌翁于南亩，伺其独返，遂为桑间之挑，乃牵衣逼体。不得张氏之欢，而反逢其怒，即抱头鼠窜，犹恐不免于问罪之师，奈何揪发碎衣，反欲问罪于不淫之妇也。及张氏归诉于兄以及若翁、若夫，且遍及邻里约保，是自友之无良已为十目十手所共证矣。又借六出之奇谋，以盖一朝之秽迹，诳县诳厅以及本道，不一其词。稽其所告之银钱，曰五两，曰十五两，曰五十，曰五千，曰七十千，又复不一其数。原状告于四月初五日索诈，而口供则称四月初八日。又称两次索诈，一在顺治十三年。岂有被诈于十年之前，而兴词于十年之后者乎？观其矛盾不一，有类丧心病狂。岂因调妇不遂而郁成是疾，迄今尚未瘳乎？及讯之王大经等，又皆自友所告之干证也，皆云自友与张机等并无银钱过付，则串诈之事绝无影响，而调殴之情确有证据，不俟再讯而决者也。计图掩恶，叠逞虚词，梗法藐官，莫此为甚。当依“诬告，加三等”律，杖徒纳赎，庶足蔽辜。馀属无辜，尽应免议。

大伤风化事

泾阳邑宰王书年 讳际有 镇江人

审得性类雄狐而行同黠鼠，未有如王某其人者也。弟妇杨氏既为断弦琴瑟，应听别抱琵琶，乃故索多金，阻其再醮，岂仅为奇货可居乎？亦图为鹿麀之可聚耳。孤男寡妇，密迩同居，故犯瓜李之嫌而莫之避，然尚有其心而未之举也。迨五月十三日赛社而归，如火之欲衷，为饮狂药而益炽，餍酒肉而后返者，无妻妾之可骄而骄其弟妇矣。闯入卧室，将以肆所欲为。幸杨氏有投梭之拒，未尝受玷于青蝇，刀斫其足而鸣之官，虽古烈妇不是过也。乃某不知自艾而反加氏以恶声，谓与其甥秦某稔奸，因恶叱逐而驾词以控。夫果如是，则此妇实玷家风，胡不嫁之于早，而故留此不端之妇以自辱门楣，何也？况秦某与氏居隔十里，讯某往来，又不甚密，指为稔奸，绝无证据。不若王某之刀痕现在，不俟吹毛索瘢而始见也。本应按律重拟，姑念尚未成奸，痛责杖儆，然终以未尽厥辜为恨。

兽衿败人名节事

蒲州刺史侯容庵　讳康民　海门人

看得卜某，佻㑭子衿也，恃其貌堪掷果，喜于户外寻花。窥吴氏之独居，乘戴某之他出，借名访戴，实为吞吴。未经谋面而称兄，且忽登堂而拜嫂。寒暄并无一字，亲爱遂及千般。方见色而魂飞，讵闻声而胆落？在内坐者尚无寸晷，而外来者谓逾时。若非邻里共见共闻，证其入门未几，则戴某几成不解之惑，而吴氏将蒙不白之冤矣。见色即慕，淫士之常；无因至前，惟尔所独。固卜某之不良，亦其父、其兄某某之失教。地邻共证既确，父子兄弟并杖何辞？至行学戒饬，又某分内应得之事矣。

指奸抄倾事

衡州司李王望如　讳仕云　江宁人

审得曾惟梅强奸曾某之妻贺氏，盖以堂小叔而奸堂长嫂也。贺氏不肯从奸，当鸣族长，夺有毡帽为据。梅知败伦有罪，耸其父贤成诳宪，图抵塞也。词曰："指奸抄倾，以为奸无据也"。又称嫂长叔幼，谓无以幼胁长之理也。不知人情止别贞淫，不分长幼，苟失孩提之性，即乳兽亦能聚麀，况于头可着帽，又非童心未断之年乎？不遇狂风，何由落帽？帽不足据乎？坐以强奸之律，夫复何辞？但念乳臭无知，姑从末減。贤成纵子乱伦，相应并杖。

叩诛强奸事

宁国二守唐寓庵　讳赓尧　会稽人

审得潘某只身亡赖，包充里役。某月日，催粮至陶氏家，乘陶氏之子他出，睡至夜半，潜入陶氏卧室而图欢焉。陶氏素畏多露之行，忽逢强暴之客，其张皇之状

有不啻口出者矣。以媳喊姑，以姑喊邻，不瞬息而观者如堵。据邻佑侯某、团长姚某公首凿凿，潘某百喙奚辞乎？枷责示儆，犹为宽政。

造谣挟奸事

太平二守刘松舟　讳沛引　大兴人

审得侯三，游惰轻儇之徒也。因某氏有夫外出，独处无依，就食于女夫之家。忽传谣歌，污以中篝，致氏不安其身而归。越日昧旦，侯三突入其门，求为桑濮之举。氏即喊鸣居邻，三随窜去。夫氏既有闻而归，三复无因而至，安知突如其来者，非即从前造谤之人欲以口实自媒乎？宜乎有造谣挟奸之控也。职讯其街邻，止见侯三抱头鼠窜，而暧昧之事无闻。氏亦何必强以枯杨生华，自彰其老妇士夫之秽迹也？至于持帖索诈，指证无人，谣惑奸私，亦无实迹。但侯三不避纳履之嫌，故蹈逾墙之辙，一杖奚辞？

奸情三　和奸

斩蠹事

金华司李李郱园　讳之芳　济南人

审得郑守初，于顺治七年间，有义乌陈某携妻吴氏僦居于浦。吴氏姿态飘飒，守初忽动高唐之慕，目挑眉语，早结心欢。未几而私奔相从，竟作逐队鸳鸯而双栖比翼矣。以致陈某告县，守初惧罪而逃，着其父郑良名下追寻，又复告缉在案。厥后吴氏去而复来，已暗归前夫陈某矣。孰意守初藕丝难断，鸳梦时寻，历数年而偶过其门，尚兴桃花人面之想。其以周承锡告者，盖承锡，县之保家，当日陈某控县时，适主其室，因波及之。乃进词之后，又复潜匿其踪，款犯屡提，而该县空回不解，无从审结，以致迟之既久。今始对簿，一鞫瞭然。总之，此犯初为淇狐，继为爰兔，再兴指鹿之讼，适张如蜮之奸，迹其行事，与禽兽又何异焉？惜乎犯在赦前，得邀祝网。痛责免拟，伏候宪裁。

奸抄灭伦事

金华司李李邺园　讳之芳　济南人

审得周某之妻赵氏，不烈甚矣。以妖妇而适孱夫，是宜实繁有词哉。周信身为堂侄，不别瓜李之嫌，致来奸抄之控，杖固允宜。彼证之者何人，则邵二十与周某之妻，又常通帷箔之好者也。彼周某之不智，不足道也。言之丑也，重责免拟。

激宪肃化事

金华司李李邺园　讳之芳　济南人

审得包洪烈有妹适于金门，而杜国初亦有妹适于金门，两人以情关至戚，往来宜也。但杜氏孀居，入其家者岂得越于非礼？奈何两人一辙，同耽情于侍儿之幽好，此奸婢淹儿之呈所自来也。庭讯之下，洪烈不敢自讳其奸婢，而国初亦不能自辩其淹儿。蝶闹蜂喧，同此风流罪过，并杖何辞？

盗蠹构戮事

金华司李李邺园　讳之芳　济南人

审得倪甲、倪乙既属同堂兄弟，则王氏固其嫂也。礼之大闲，嫂叔不通问。况乘兄外出，潜入嫂房，虽行奸未成，已无复伦理矣。前番宪讯之下，业已暴其情状；今再质干证某某，所供无异前招。即某善于自辩，而某复能为其子致辩，固不能使盗情之赝者为真而奸情之真者为赝也。视此雄狐，何惜投之有畀？但论其服制在缌麻之属，按以城旦，允足蔽辜。

灭伦杀舅事

钱塘邑宰梁冶湄　讳允植　真定人

审得叶耀先性比绥狐，行同艾猳。自幼失怙，依栖于舅氏蒋某之家。某衣之食之，与鞠育无异。耀先不思勤谨效力，以图报称，乃交习匪类，甘居下流。某徵色发声，曲尽渭阳之谊，而耀先自若也。更可恨者，某止一子一媳，相倚为命，而耀先淫佚荡心，诱奸其媳某氏，以致秽声播扬。某有面目，能不知怍？媳既甘作琵琶之抱，子难复望琴瑟之和。报德者固如是耶！某凭陈、吴二妁出之他姓，岂忍子媳分镜，以易此铢两哉？诚有大不得已于其中耳。灭伦杀舅之控其能已乎？今拘耀先到案，反复研讯，彼虽支离巧饰，其谁听之？严行责治，稍雪舅氏之愤。惜淫牝已出，不得按法以尽厥辜。耀先即行驱逐，无使败伦伤化者复居吾土。免供存案。

真盗被获事

萧山邑宰贾苍乔　讳国祯　曲沃人

审得王某之控方君仁也。其名为盗，其实则奸。诘其讳奸之由，则以名节虽失，廉耻尚存，不欲使乡间共闻其丑耳。庭讯之下具以实告。本县闻此，未尝不义而悯之。义则义其复仇，悯则悯其丧行。然所耻于辱人贱行者，为其藏垢匿污耳。既暴其事于公庭，志已大白，何辱之有？方仁潜入卧榻，子夜被擒，自供其奸而不居窃盗之名者，谓盗有严刑而奸无重律耳。然和奸之拟虽止一杖，而惩奸之痛否，则在司风化者之轻重其刑耳。挞之垂毙而仅留馀生，谁曰不可？

【眉批】贾公妙年筮仕，而断狱有如老吏，此尊公胶侯先生庭训之所致也。

奸横延烧事

松江别驾傅石澌　讳为霖　南安人

审得谢某即谢君台之侄，初时同爨。其侄与侄妇某氏向无睚眦，迨沈明诱之他徙，则异戚情浓而周亲陌路矣。某穷而有妻，明复鳏而与之共处。两雄杂一牝，能保某瓜李别嫌而节义共矢亦难矣哉。乃台素愤于中，寻侄及妇复归故土，与寡婶严氏共居，斯亦情理之至当。不意祝融为祟，房舍忽灾，此曲突徙薪之不早，所谓偶然之事，而必谓奸夫淫妇有意为之，故欲焚毁其巢，以为散而复聚之计，则惑矣。夫奸情乃容或有之事，而放火则"莫须有"之情。君台以"莫须有"之情而暴其容或有之事，是张之适以盖之矣。然谢某、沈明实难辞咎，均以赤贫免拟。

奏讨奸变事

衡州司李王望如　讳仕云　江宁人

许世钦首贺代旺之和奸其姊也。初谓既取僧帽，胡不竟系僧头？既脱僧袜，胡不并缚僧足？推详及此，似乎奸情未可遽信。追细鞫世钦及乡约人等，则谓世钦于某夜偶往叔家，叔老病卧床，僧排闼入室，正当脱履脱带之时，与世钦忽然相遇。彼此交斗，而僧力较强，故被逸去。其帽、袜、丝带等物，乃先期解脱在地，非世钦捉奸时亲自批剥于顶踵之间者也。据代旺、许氏如簧狡口，几乱听闻。然以帽置僧头，袜加僧足，大小尺寸毫不相殊，其为淫僧故物无疑矣。虽未行奸而势已成，未有脱冠露足而犹云漠不相关者也。查律和奸杖八十，僧道加二等，应杖一百。又查例，"僧道犯奸，各于本寺观门首枷号一月。"情重法轻，虽有扶伦端化之心，不能加罪于二者之外，应依律例发落。贺国位不愿许氏为妻，官卖可也。

【眉批】妙诘，殊堪绝倒。

族兽豪淫事

绍兴太守纪光甫　讳耀　清苑人

审得已故沈象韬，先年与土娼屠氏因奸成偶。未几象韬物故，屠氏名为孀守，而往来相昵者实不乏人。去年冬怀孕将乳，其伯沈熊韬暨同族诸人始执送到府。亲供腹内之妊为沈东生诱奸所致，以东生常往来其家也。查律称"奸妇有孕，罪坐本妇"，恐舍所爱而供所憎故也。又称"非奸所捕获者，勿论"。东生虽为奸妇所供，似难竟置以法。况屠氏阅人颇多，马牛嬴吕，知为谁氏之后乎？和奸之律，屠氏当自受之，仍勒令别嫁，毋再贻中冓之羞。东生不避瓜李，往来孀妇之门，重杖不枉。

岁考事

平阳司李毛锦来　讳达　新昌人

看得张某，老浮也。年已逾于知非，心不存乎寡过。好淫非好色，不暇择人而施；见己不见人，辄欲未同而语。偶乘麴糵之兴，闯入皮匠之家，托修履以为词，执老妪而求合。不思己亦有妇，遂忘彼岂无夫？恶姻缘未到床前，亲丈夫已来门外。当时随被捉获，今日犹有赃存。入圃盗瓜，岂止嫌同纳履？无风落帽，谁云衅起摘缨？虽曰“醉不知羞”，实是老而无耻。夺其故物，无致污我士林；杖其老臀，庶几祛此孽障。

岁考事

平阳司李毛锦来　讳达　新昌人

看得任某败检逾闲，无所不至。出身隶卒之家，滥厕宫墙之末。州官堂高三尺，自谓顶戴护身，便可排闼而上。邻舍之墙数仞，但逢酒色迷性，不待钻穴以窥，白昼而赤身露体，人而类于禽矣。黑夜而逾垣过屋，奸且近于盗乎。廉耻丧尽，名教不容，速宜申黜，兼正厥辜。

奸杀几毙事

临洮司李颜翔霞　讳凤姿　福建人

看得钱某，少年青衿也。别嫌明微之义知而弗守，乃出入于张某之家，肆其佻做。即使索负果真，亦无擅入房帷之理。况笔迹中人，茫无可据，又安可执此风影之谈为风流解嘲也？据张某供称，某日曾经捉获，但彼时既未鸣官，复不经众。奸情之案，难据一面之词而定也。即使果真，亦是和非强，罪不至死。合行学戒饬，以为不知守礼者戒。邹氏仍令张某领回完聚，严加防闲。如钱某再入其门，即无实据，亦以奸论可也。

宪斩淫衿事

衢州太守袁若遗　讳国梓　华亭人

审得王某名列士林，行甘败类。上年以寇氛孔炽，徙居于双桥徐育二家。二妻周氏野花带艳，密订桑中。久之，而王某之妻入室见妒，中冓外扬。育二须眉气盛，遂致结发情失，毅然出妻，改适于乡民周乾五。王某以一念恣淫，拆他人百年伉俪，揆之于心，当有悔过不遑，而迁善恨晚者矣。奈何藕丝难断，害一家而不足，又极之于其所往耶。今据乾五所供，周氏于归之次日，王某即至其家，谓周氏幼龄曾经寄养，俾乾五呼作外父。五以佣匠细民而得一衣冠姻戚为之色喜，不觉阴堕阱中，鸡黍为欢，留连竟日。至某月日，佣工外出，王某瞯亡复来，周氏亲馈嘉旨，宿宿信信间，井之人皆以五为茑罗幸附，而孰知其墙茨贻羞也。某日之暮，五归自外，而两人同梦方甘，无俟窥户证奸，而为春宫乐事者已亲绘其图以献矣。五目击心伤，奋然怒作。乘某未醒而啮脱其耳，喊震乡邻，随以宪斩淫衿具控。方提讯间，而居民周某等、宗族王某等纷纷赴讦，悉以淫荡为词。由是观之，则王某平日非桑濮之路不行，非郑卫之诗不读，女子之为周氏，男子之为乾五、育二者，殆不一其人，概可知矣。褫革杖惩，其何能贷？仍痛责周氏，以创奇淫，或去或留，当听乾五自决。

奸情四 奸拐

占妻杀命事

平阳太守吴亮公 讳用光 陕西人

看得丰士二处家极严，每挞使婢，必濒死而后已。婢女春花乘其出外经商，商之孙阿寿，私奔他乡，遂为夫妇。及士二归家，寻访已确，控县鞫之。阿寿自知不免，乃图先发制人，反捏占妻杀命之词控于本府。据称，凭媒朱子益，用价十八两，娶偕伉俪。今讯之子益，子益坚词不认。至于婚书一纸，又不知出于谁氏之手。则其奸拐情真，礼娶无据也明矣。本应法究，但念阿寿之拐，春花之逃，有迫于万不得已之势。盖救死逃生之念与贪淫好色之心交战于中，故为是举，与寻常奸拐者有间，量惩以杖，似足蔽辜。若以贞姑断归故主，必有性命之虞。合令官媒领嫁，聘给士二，庶为仁义两全。

奸拐惨冤事

衡州司李王望如 讳仕云 江宁人

审得舟子李从志泛船归家，其妻与子悉为他人拐去，物色无踪。疑左氏兄弟或有见闻，遂兴奸拐惨冤之控。此较捕风捉影犹幻一筹，因无可控之人而控之者也。业经前任文推官严刑讯鞫，总不得其踪影。复奉宪台驳批到职，有“着邻族协捕”之谕。夫人无故而敢于妻人之妻，子人之子？岂无三窟深谋以遁其狡迹者乎？势必鸿冥高蹈，入山惟恐不深，入水惟恐不曲矣。若向邻族推求，勿论无辜者不知下落，即或有知情纵逸者，亦虑风波及身，不惟不使之出，且将密令远徙，永无就获之日矣。语不云乎，“急则投诸水火，缓则仍归故处”。合无仍照原拟，伏恳宪台姑为批允，俟职悬示国门，许报信缉获者给以重赏，窃拟数日之间即有图金而告其处者。盖罚驱于后，不若赏劝于前，图赏者多，则虑罚者亦将出而先首矣。附呈管见，伏候宪裁。

奸情五　因奸致杀

强奸杀命事

绍兴太守纪光甫　讳耀　清苑人

审得朱会五之致死余氏也。始疑余氏与工人有私，遂尔乘间入室，其为奸情无疑矣。既又因失于赔礼，余氏矢天诅咒，复相争哄，遂至投缳，其为威逼致死又无疑矣。合而言之，则为因奸致死。夫因奸致死，非身首异处之狱乎？然查图奸事在初四，而余氏死于廿五，相去二十馀日，且有“失于赔礼”之说。使当日会五果如其言，则奸情一事涣然冰释，余氏不复投缳矣。故氏之死，其始死于争嚷新仇，不死于行奸夙愤也。不然，何二十余日之久，青蝇蒙玷，不为自裁之计乎？然该县仅以威逼满杖，则又不无遗憾。查律有强奸未成者，照例准徒四年，以定斯案，庶足蔽辜。律所谓“两罪俱发，从重论断”者是也。而余氏之死，又难置之不问，似宜仍照“威逼，断给葬埋”，律所谓仍尽本法者是也。拟城旦以惩淫恶，断埋葬以慰幽魂，而宽其大辟，则以体宪台好生之德，一举而备三善，或可以定此谳乎。

【眉批】曲为解网，用心良瘁。

号抵兄命事

杭州太守王鼎臣　讳樑　辽东人

审得戴其章与叔戴振宇，皆卤莽无知之人也。振宇又有侄戴瑞甫，因外出充夫，将妻冯氏迁至振宇之家，托其看管，而冯氏向与金伯明私通有年。伯明受雇于吴赞宇，日则帮工，夜则宿表弟吴应龙家。于上年某月某日之夜，潜进冯氏室中，

复修旧好。其如犬吠不休，人皆惊起。振宇指为穿窬，遂喊聚宗戚里邻戴其章等擒而殴之。伯明才获走脱，旋入河流急渡，遇吴应龙负之以归，延至次早而身故。此金凤、金伯华有号抵兄命之控也。随提研鞫，始悉前情。在伯明，当淫纵之后，惊恐奔逃，又值严冬，冲寒越水，即使不遭箠楚，似亦难望生全。然奸人之妻而致死，亦何足惜。至其章、振宇、瑞甫三人，既系同居之兄弟叔侄，原许捉奸，况遇此贪夜入人家之徒，按登时杀死之律，皆所勿论。惟是伯明既已成擒，自当鸣官惩究，奈何其章遽听振宇指挥，遂持竹杖奋击，而振宇之侄婿王冲霄与郁文龙亦从旁助殴。虽原告以仇口相攻，未免过情，理难尽信，然其章等自认口供，则皆凿凿可据。戴其章应依律例，引"夜入人家已就拘执，而擅杀至死者"拟徒。戴振宇惊闻集众，固无足怪，然殴时不行拦阻，与附从之王冲霄、郁文龙均难辞于一杖。冯氏虽原状无名，但事由奸起，且宣淫贱妇仍从本律，决杖以儆。戴瑞甫纵妻犯奸，自难逭罪，第无耻穷徒，佣工食力，姑宽之于法外。馀讯无干，俱应省释。

申报事

钱塘邑宰梁冶湄　讳允植　真定人

审得姜龙，藩司库子也。有妻夏氏，妖冶成性，狐媚为容。某月某日，窥夫上班守宿，潜约奸夫朱明岐移云就雨，共为长夜之欢。原思朝去夕来，以图天长地久。不料鸳枕情深，遂尔流连达旦。迨姜龙回家，连呼不应，毁门而入，夏氏始惊回蝶梦，跃出鸳帏，而张皇急遽之情状不能逃于姜龙之目矣。况帐中人影又难自匿于袒裼裸裎之际乎！姜龙初举床前木头打入，明岐扑出避之。龙复持利斧将明岐砍死，而并刃其妻。丈夫哉，夫纲虽失，血性犹存，亦可谓善补其过者矣。今蒙驳查，果否于奸所杀死，职督令典史一一严讯，并取邻里口供到职，并无互异。律查"妻妾与人通奸，本夫于奸所亲获，登时杀死者勿论"。今明岐、夏氏之死委于奸所亲获杀死，与例相符，相应备叙口供，申请宪台裁夺，非职所敢擅议也。

奸杀登命事

绍兴太守纪光甫　讳耀　清苑人

审得唐氏蜂虿其心，狐鸮其行，与奸夫俞四同谋，致死其夫高如福也，县详已悉之矣。今再加研鞫。氏与俞四居址相邻，稔奸自非一日。氏居楼上，翁姑俱处楼下，因西舍有空楼一间，四毁其笆篱以入。惟时漏下二鼓，如福以腹疾卧床，氏与四以脚带缠缚其颈，一手扼吭，一手掩唇，虑其喊叫出声也。彼此加功，立时气绝。氏翁高太于梦中微闻叫声，从楼下讯之，氏犹以深夜不眠为诟。比如福既死，乃潜越下楼，太复讯之，氏又以病渴索茶为答。于是与四相携宵遁，期为比翼鸳鸯矣。讵料暧昧之事固掩其形，而惶惧之心终现于色。虽诚中形外，理有固然，亦死者阴魂暗附，实有以使之也。黎明至长桥，始为地方物色拘送到县。时四已仓皇奔逸矣，越四日，而尸浮桥下，知为畏罪自死。天网恢恢，疏而不漏，亶其然乎？乃氏犹以不知情狡辩。夫脚带为妇人之物，非俞四携来可知，而咽喉、口、鼻、指甲诸伤，又岂一手一足之力耶？况两番饰词以答，中宵窃负而逃，非定谋有素，断不若此。至告称刺死者，因高太愚不识字，请人代书，“致”与“刺”同音，遂致混书入状，虽有异同，实无疑窦也。所恨俞四毕命波臣，不获明正以法，大有遗憾。若唐氏者，虽立磔市朝，犹恨其晚也。

【眉批】罹法而逃者，往往如是。甚矣，鬼神之足畏也。

活杀弟命事

衢州司李吴幼洪　讳适　茂苑人

审得张乌狗与被杀张利十二，均里中恶少也。利十二鳏而淫，曾通乌狗之母，复奸其妻，乌狗已恨之刺骨。元宵日，俗例敛赀祀神，因作灯会。利十二适主斯役，集里中人各出银一分五厘治具。恶乌狗不出，遂于公所涂抹其名，俾不得与祀。乌狗愧愤并发，因与十二互殴。乌狗遂追逐十二，将至其家，十二执刀拒之。当是时，乌狗尚无死十二之心，而十二似有死乌狗之志矣。不意为乌狗木棍所击，

刀因堕地，且入乌狗之手，反兵相接，十二登时殒命。嗟乎，一朝之忿，遂亡其身。杀人者死，谁敢以无知入井，为祝网之怨词哉？至其凶刺情形，地保某某等咸目击而能道，即乌狗亦俯首无辞矣。又验有后肋左边刀伤一处，围圆三寸，深三分；一处深二分，围圆四寸七分，血痕紫红色。凡此皆杀人左券也。张利十二淫人妻母，而反持刀出敌，虽死亦自取。但杀非奸所，以当死之身死之，而得附抵偿之列，是其幸耳。乌狗忽大耻而修小怨，宜乎以命偿人也。

【眉批】幽冥服辜，全在片言之折。绝妙文章。

真命事

衢州司李吴幼洪　讳适　茂苑人

审得周仲希谋杀徐恭和一案，已研鞫再三。止因迹近于殴，未见希与周子乐、周积善等作何商量，故为斟酌以求生耳。兹奉宪批而复讯之。当是时也，希以犯奸，善以争嚷，乐则恨其首奸，厥仇均非不共，乃计彼归期，预伏僻径，执锄持棍，毙其命于鳖湖，掘坎抬尸，掩其迹于河畔。自非三人协谋预定，胡若是之凶且惨哉？迨至天败其奸，破伞出子乐之手，于是大索觅尸，则已移擞湍流，随波而下。谁实巧图灭迹，则仲希一人也。嗟嗟仲希，桑濮之衅谁实启之？水滨之畔谁实置之？讯及于此，真为仲希求生而不得矣。夫律所称斗殴者，必其猝然相值，偶尔相争，彼此互敌，初无死之之心，而不觉毙之于意外尔。若夫鳖湖预伏，非猝值之形也，三人协攻，无互敌之势也，展转推求，总不离于谋者近是。

【眉批】注疏明爽，竟作律读。

逼死妻命事

台州司李王旦复　讳升　景州人

看得放债之利，每两只该三分，偿债之家，年多不过一倍，古例为然。杨成曾贷伪兵王有功本银七钱，叠年还过十二两，夫亦可以焚券矣。不料虎嗜难厌，仍逼六两欠票。以七钱之本，而索十八两之偿，此是何等利息！不惟子大于母，指粗于臂，儿至孙迈于祖，发重于身矣。扩而充之，即有郭家金穴，岂能厌其所欲乎？然而有功之心尚不止于此也，殆有甚焉。据成女口供，谓“本月某日，父出未回，有功率领枭仆王三同轿夫二人，先到母舅毛云家吃饭毕，转到成家索汤洗浴。时已将晚，即令铺床要睡。成家止得住房一间，成妻毛氏因避瓜李之嫌，不肯留宿。有功硬住不去，又讨酒吃。无以应之，致氏投缳身死”。迨鞫王三暨各证供吐，皆一一与成女同辞。夫傍晚索债者，何意？硬要止宿者，何心？为乘氏夫之不在耳。即使床头有酒，以待不时之需，犹恐醉翁之意不仅在此，况于色心不遂，酒兴徒浓，两无以应，有不咆哮而索命者乎？嗟嗟毛氏，苟非万不得已，何忍弃枕上之发夫，割怀中之爱子，舍生门而就死路耶？奸虽未成，死实由此。他人之为恶者，或因债逼命，或因奸致死，一之为甚，有功再焉，可谓具兼人之才者矣。天理赫赫，王法森森，职何敢妄为出入？

横杀人命事

平阳司李毛锦来　讳达　新昌人

看得胡养粟之杀死胡兴宅，所谓淫始而凶终者也。兴宅之与养粟、养年兄弟，查系小功服侄，分未疏也。夫何灭伦无耻，举家麀聚于一娼之身，人道绝矣，保无祸终，有是理乎？未几而果以厚薄起衅，嫉妒成仇，兴宅竟毙于养粟之手。天道恶淫，兴宅之死尚不足惜，而养粟之罪又何所容矜疑哉？狱经屡谳，伤真证确，无事再议。独是绞斩之间，似未允协，致烦部驳。职细阅全招，复提详勘，于中情重律轻，诚有如部驳之所云者。据供，当日养粟之欲杀兴宅也，邀其二兄与俱，且诳之曰“往李文升家取债”。夫既曰取债，则安有黑夜挟械之理，养年虽愚，未必信此。且查养年在先亦曾与吴遂儿有苟，遂儿独钟情于兴宅，养年岂独能相安于心？醋忌之事，在所不免。及闻养粟一呼，遂尔百诺。故当夜之往，谓养年全不知情，无是理也。但查吴遂儿之与兴宅往来二载有馀，与胡养粟往来方近一载，而养年之于遂儿不过倏一至焉。故遂儿之所钟情者，唯兴宅为独厚；因遂儿而怨兴宅者，唯养粟为最深。若养年之于兴宅亦不痒不痛之人也，故是夜之往，在养年度之，亦不过谓

殴辱詈骂，为争花闹蕊之故事已耳，宁遂逆料其杀之乎？观养粟暗藏曲刀于身，不使年知，则年无必杀兴宅之心较然可睹已。及细鞫老鸨王二儿、干证李永强，咸云眼见养粟先入兴宅卧内，移时而养年继往。则是杀兴宅者，为养粟一人无疑矣。再鞫囱门棍伤，据年供称养粟刀刺之后夺棍复击。其夺棍与否难信狡辩。然当养粟把火挥刀，排闼直入之时，兴宅微喘，早已尽于养粟刀下矣，何待养年一棒而后毕命乎？论伤必分致死，下手须究先后。诚如部驳所云“兴宅死于养粟之利刃，似非死于养年之棍下”，真可谓情形目睹，此如山不易之铁判也。养年不知有杀宅之意，率然助殴，应从初招，拟流非纵。至于养粟之杀兴宅，本为妒奸而往，非为劫财而至。杀人之后随带被褥者，盖不过欲借盗贼之名以混杀人之迹，所谓掩耳偷铃，小人之计狡而实愚者也。杀人为本，得财为附，止当坐以杀人之律，不当坐以得财之律。诚如部驳所云“服制未经说明，据拟斩绞，似未允协”者也。今查兴宅系养粟小功服侄，服制未绝。查尊长杀卑幼至死者，合依故杀律绞。其脱逃之胡养族，严缉另结可也。

殴死人命事

平阳司李毛锦来　讳达　新昌人

看得翟文英凶残无赖，以鳏居之淫汉，比鲜耻之顽童。醉宿酒店，嗔龙阳高五娃不为温存，故责以铺床叠被。又逢浪子张连升亦来逐臭，遂相与争花闹蕊，顿起凶状，大肆老拳。五娃之琵琶未过别船，连升之鸡肋立毙当下。三检伤真证确，绞抵亦复奚辞？张付寿既为文英寓主，又系连升族叔，情难袖手，谊合撄冠，先打其侄，以销他人之忿，所谓助骂乃以止骂，情亦有之。及毙其命以陷自己之身，所谓让尤反以招尤，计何拙也。细审尸父张所真，亲供死男连升素与付寿无仇，迹类助殴，意实解纷，照依悬拟，诚不为纵。高五娃以牛鬼蛇神之恶状，妆狐淫雉孽之奇妖，致毙两命，杖有剩辜。馀免拟。

人命事

平阳司李毛锦来　讳达　新昌人

看得吴国英之调奸邻妇，王国忠之殴死罪妻，其间情节固甚彰明较著也。万泉县初审，执未在奸所捉获一语，遂谓殴妻是实而指奸无据，以此定国忠抵填之案。噫，误矣！夫指奸者，或夫与他人有仇而指奸以诬人，或夫与其妻不睦而指奸以诬妻，是必无奸而后谓之指奸。今国忠与国英以比屋之邻兼瓜葛之亲，式好无尤者也。且忠以赤贫穷汉娶董氏有年，生子七岁，亦式好无尤者也。苟非有伤心刺骨之隐，而谓其一旦杀恩爱之妻，诬无怨之戚，天地之间断断无此人情也。查万泉县招看，有云国忠于旧腊见妻董氏向墙孔张望国英等语。嗟乎，丈夫亲遇其钻隙，目击其相窥，而犹谓不当以奸疑之也，天下有如是豁达之丈夫乎？故职曾驳曰："倘非事实有因，决不至伤心如是，即使奸虽未成，是亦疑或难解"。然此尚属揣摩之词也。今据稷山县审，国忠且亲见二人在窑相戏矣。既亲见其相戏，而犹得谓之指奸乎？以一赤贫穷汉与豪同处，竟至不能自有其妻，怨之不敢，止之不能，不得已束其妻而挞之，无论其无杀妻之心，即使其有杀妻之心也，是杀淫也，非杀妻也。杀淫者何罪？况曰无心，实难重坐，过失似足蔽辜。但系己妻，无容断给，姑念有子，合着妻父眼同备棺殓埋可也。若曰王国忠杀妻之罪轻，而诬人杀妻之罪重，是又知其一不知其二者矣。何也？使国英与董氏无奸，而忠故杀其妻以诬之，是正宜坐杀妻之条，正诬奸之罪。今国英董氏之奸实矣，假使忠能捉获乎奸所，即手刃国英尤且不坐，况诬之乎？故曰：诬不奸其妻者，则坐诬。奸其妻者，则不当坐矣。至其妻父董复亨，不护不洁之女，而反怜诛淫之婿，始终直道，此亦小民中之有气节者也。更何议之有焉？吴国英淫人之妻，酿祸至死，情实可恨。因系和奸，得免

重律。

【眉批】善读书者，始能读律。

【眉批】予性不嗜饮，读此快心，不觉浮一大白。

【眉批】数行楮墨，千载纲常。壮哉使君，不愧邦之司直。

【眉批】“诬”字亦须一辨，无其事而谤之曰“诬”，既有其事，即不得谓之诬矣。不诬奚坐？

劫杀大冤事

江宁太守陈大亨　讳开虞　富平人

看得杨文明之被杀，实以奸也。然不得以奸律拟之者，杀非奸所也。季猴子之杀文明，实以报奸妻之仇，非为盗也。然拟以盗律者，以既杀而劫其驴匹、衣物也。蒙宪改拟谋杀，因而得财，批云：“既曰仇杀，既曰无脏，拟以盗律，诚为未妥。三人之甘心于文明者，原不在于劫财。”宪鉴真毫发毕照矣。奉抚宪驳檄，季猴子脱去十余年，曾否仍然为盗？职府遵宪再三研鞫，据供逃后卖饼营生，盖因仇报耻雪，志愿已毕，所谓“原不在于劫财”者，于此益信矣。但所劫驴匹、衣物终无一物可据，“毕竟脏未起获”一语，真山案也。反复此案，宪定谋杀诚至当矣。而谋杀律，造意者斩，因而得财，则与强盗同辟。职府细绎律文，凡谋杀人者，但问造意与否。果系造意，即不免于斩。而条例内又曰：“果有诡计阴谋，方以造意论。”故职前审以仇杀与阴谋似有异尔。今林、宋二犯业服冥诛，此三人者，孰造阴谋，孰画诡计，今既无从质之矣。第就当日逞凶之实迹而推其谋杀之隐情，则林、宋二犯既杀人矣，而犹割其首，而犹裂其尸，其逞凶也至惨，则其造谋也必甚毒。即以是定造意之诛，二犯亦应俯首泉下。至杨文明淫虐贯盈，为一方不共戴之凶，而猴子尤受人世不忍言之辱，适逢众怒交作，率尔挺铊以从，不过痛愤求雪，似与割首裂尸之林、宋二犯宜有间矣，况又无现获之赃乎？此宪檄之所以致疑于此獠，矜其立膺显戮也。应否稍从末减，改拟加功，是在宪台解网之仁，非职府所敢轻议也。

强奸致命事

署巡漳道福建右藩周栎园　讳亮工　祥符人

律云："止杀死奸夫者，奸妇依和奸律断。"然不云"止杀死奸妇者，奸夫以和奸断"也。和奸虽无疑，奸妇已死，奸夫未必不欣然愿相从地下也。是否止于一杖，仰理刑厅再确招报。

勒死人命事

汝宁司李翟棘麓　讳廉　赵州人

看得葛氏髫年淫毒，心厌其夫梁五狗。张受儿往来接送，荒庄苟合，盖有日矣。康熙二年某月日，葛氏以绳勒五狗，五狗觉而未毙。复于某夜即用五狗束腰绵串缠绕项颈，一头系于床足，一头手执，加以脚蹬肩面，毙五狗于俄顷。县审初供受儿共勒，继供梁二狗共勒。受儿复扳及王二舟在院把风。历审数招，狡诈百端，供吐各异。虽二舟、二狗未罹重典，而受儿业已招成，同拟大辟矣。但两人同谋，则彼此加力，以四手勒一颈，毙之有馀，何用将绳头系于床足，且以脚蹬其肩面为哉？就当日情形而揣摩之，断属一人下手者。复审葛氏，犹然支离无定，再四穷究，

始吐真情：葛氏自勒是实，受儿奸则有之，未与同谋也，前审系畏刑妄供。及再讯受儿，供称与葛氏途次戏谑，氏露厌夫之意，受儿戏问戏答。不料一稚年弱妇，其胆之大，手之毒，遂至此也。葛氏按律拟磔，受儿应从末减。梁二狗奸情无据，似

应请释。

奸情六　诬奸

地方事

江宁太守陈大亨　讳开虞　富平人

看得龙氏一案，取府细绎宪驳，真靡幽不烛矣。遵即密提各犯，逐一研勘。据王氏供，因儿媳争斗，身往劝之，被媳龙氏狠咬一口。夫氏果意在殴姑，则当从妻妾殴夫之祖父母、父母之条。今龙氏意在殴夫，因揪扭纷然而误伤其姑，仍当从妻意殴夫至笃疾之律。盖其咬姑者过也，非故也，故不便以过误重科尔。至兄妹通奸一节，事则人伦之异变，罪则大辟之重刑，承讯者不敢以暧昧之情、无据之说而轻加人以骈首之条也。案查王氏告县初词，绝无冤帖奸情一字，且王氏进喜等历供，又无证奸一语。及龙见借命图骗之词兴，而王氏十二年前之冤帖始出，能无诬捏之疑乎？今遵宪细讯王氏，则曰："'奸'之一字，原非出于己口。"讯婢进喜，则曰："奸情之事并未亲见。"原其所以哓哓若此者，止为有十二年前之冤帖尔。今查对国芳冤帖字迹，与平日写帐笔迹不符。且细观国芳临死题壁数行，但云："又仗恶兄龙寀、龙见之势，终日打骂我身。"与十二年前壮男少女兄妹私奸之帖，其语意又复天壤悬绝。题壁是真，则前帖是伪，断断无疑矣。查犯奸律内，其"非奸所捕获及指奸者勿论"。夫获非奸所，尚不可以奸论，况以十二年前之故纸，绝无一人证佐，而欲坐人以奸，且坐以姐妹之奸、骈戮之罪，有是理乎？即使此帖果真，亦律所谓指奸是也，应从勿论，矧此帖尤属张弧载鬼，幻不可据者耶？以疑似杀人，职府不敢为也。相应仍照前申，伏候宪裁定夺。

窝赌有据等事

江宁太守陈大亨　讳开虞　富平人

看得顾之甲与顾之乙，盖同室而寇仇者也。甲之控乙为窝赌，言之则似凿凿。然潘某等系比间之人，为之交口称证，则“窝赌”二字诚仇口矣。乙之控甲，谓甲夜入其家，似涉暧昧。设果有之，即毙甲于登时，有勿论之律在。奈何不究于入室之时，而言于讼赌之后，难以信矣。诗有之：“所可道也，言之丑也。”非不欲以此罪甲，正不忍以此诬乙尔。及讯众证，皆曰衅由争产，而之甲自供，亦云为房起衅。岂鹊巢不应鸠居，而遂一现蜃楼，一呈海市乎？噫，幻亦甚矣！甲与乙既经构讼，难复同居，应令甲将房转典他氏，急迁别室，以杜衅端可也。薄责立案，姑不深求。

冒死鸣冤等事

嘉兴司李文灯岩　讳德翼　江右人

一款已故叶三，乃故祖某之仆也。三故，而其妻及女犹服役于其家。若谓祖某赋性佻侻，下渔婢色，则有之。至甚其词曰“毒死若夫”，更甚其词曰“并淫己女”，此嘉谟詈人之不择音也，曷足信也！

一款李素兰，剧妇耳。或弄箜篌于戏马，或抱琵琶于别船，自是若辈常态，今尚当垆于云间，未闻祖某当日有卜妾之举。既非祖某之妾，则其子以训庶母之号，胡为乎来？况彼时以训仅黄口，而谓之聚麀可乎？嘉谟既破其巢，又欲颠覆其卵，存心亦何螫耶！

奸拐伤化事

萧山县令贾苍乔　讳国祯　曲沃人

审得朱世淳之弟朱世溥经商而故，遗妻韩氏改醮祝三凤。主婚者有亲姑方氏，交聘者有堂叔朱允奇，为媒则有龚云、于自玉诸人，载在婚书。即世淳亦列有花

押，是婚娶原无弗明也。乃世淳借题起衅，则在夫死未久而凶服顿除。夫琵琶再抱，固属情理不堪，但此中薄俗，往往而是。尚有此方盖棺，而彼已合卺，甚且此未属纩而彼即牵红。风化之漓，积习使然，固难独责之一韩氏也。况改适于半载之后，又属寻常事矣。但三凤许于聘金之外别酬世淳，及韩氏过门而竟负其约，故有是控。夫弟死而以弟妇居奇，世淳固属亡赖，三凤勿许可也；许而不与，能禁他人之责备乎？追银二两，以践前盟，仍分别各杖，以惩不义。

奸情八 诬告

占杀朋害事

金华司李李邺园 讳之芳 济南人

审得汤仰、王魁，捕厅书役也。李同知摄篆义乌时，陈某娶妻方及一载，有捏淫词四句潜贴道途者，指陈瑞虞与陈某之妇有墙茨莫扫之秽行，而落陈三口之款于后。瑞虞见之，疑陈辂字为元品，所谓陈三口者必若而人。然亦不察甚矣，天下岂有扬人之丑而肯自署其名者乎？乃俨然登门辨诘，绝无恕词。及辂矢神自白，犹复追求不已。此纷争之必至，而县控所由来也。屡提不出，乃差署捕纪驿丞亲提，瑞虞早已遁去。再差蒋明拘获，于是汤、王二役得以乘机勒诈，受银二十四两，陈其卿见付最真，毋容置喙。至于占田一节，则其既往之事，而非词内之本情也。再鞫指官情节，瑞虞自称屡控不准，借此以耸宪听，亦非实情。总之，奸情乃莫须有之事，即淫词谤帖，亦出于乌有先生，未得其人，姑免深究。独是汤仰、王魁，见事风生，诈赃入己，杖而追给，夫复何辞？

斩奸肃化事

萧山邑宰贯苍乔 讳国祯 曲沃人

审得游棍方亨四，乃寡廉鲜耻之徒。借妻觅食，名良而实则妓也。富厚子弟之入其门者，可诱则诱之。如不可诱，而稍加倨嫚，辄以奸控。他处弗论，即其行于萧邑者，已不啻一试再试矣。周君立之逐队寻花，固非善行，然未闻有有意行奸而率多人以往者，况非不可奸之人乎？究其故，止缘郑氏索纱衫一件，而君立不与，遂至争哄，故饰词强奸，以行故智。邻右供吐甚明，合行严逐，以净吾土。周君立游手招衅，杖之。

玷陷抄屠事

云间别驾傅石漪　讳为霖　南安人

审得任氏孀居有年，抚儿女事老姑，情可悯也。乃邻棍徐某等，觑其孱寡，吞占是图，偶于水中捞一腐孩，妄指为任氏孕产，造谤招摇，以遂族鳄张某借端遣嫁之谋。夫氏果孀闺有玷，则腐孩不产于空桑，必有为之父者，胡不明指其人？况自受孕以及临蓐之期积有时日，腹必芃然而起，耦与同居，又胡不于私孕在怀之时指其破绽，而乃于腐孩去腹之后发厥隐私？其以嫠妇为赘瘤，腐孩为奇货，不鞫可知已。群奸心险而计毒，真堪发指。各惩以杖，未足蔽辜。

奸杀大冤事

杭州别驾许汉昭　讳天荣　固安人

审得李萧氏之夫李淑元，先欠沈阿酉些须茶价，乃阿酉舍白昼不索，而忽于暮夜追呼。是萧氏无桑中之约，而阿酉敲月下之门何为乎？无怪萧氏有奸杀之控也。讯阿酉与淑元比屋而居，偶因取火角口，夫岂昏夜有取火之禁耶？阿酉夜入人家，虽非无故，而不应之罪，亦何能辞？但事属微琐，应从准息可也。

资治新书二集卷十九判语部　湖上笠翁李渔搜辑
婿沈心友因伯订

吏议一　贪酷

发审事

浙江臬宪毛圣临　讳一麟　关东人

看得革职知县某，年过桑榆，性犹霹雳。罔知为民父母之义，止有视民草芥之心。以二十五板之微刑，而折汤文之双胫，犹曰“蒲鞭示辱”。以三钱六分之轻赃而毙郭太之一命，尚云“借杀行仁”。然此辈皆属衙役，犹得以疾蠹之言借口，至杨士云以酒酣闯道，何遽挞之流血，而致毕命于兼旬；周木商以纳税稍迟，胡为毙以严刑，而使不正其丘首？至于比粮之用刑，欠多亦责，欠少亦责，从无微天漏网之民。放告之收词，情重亦准，情轻亦准，似有乐讼喜争之癖。凡此皆出里民之口，苟非恃官以仇民，讵致为子而证父？至于火耗之加二，重等之加三，则皆审无实据。或者官之待民不堪，民亦疾官太甚，倡为时日

之词，冀人采风之耳，故按台据所闻而入告，谓从来不肖有司，必借酷以济贪。乃今水落石出，酷则有之，贪实未也；残暴既真，律杖非枉。

【眉批】无心琢句，自尔成文。铁笔生花，偏能夺目。

特参贪酷等事

平阳司李毛锦来　讳达　新昌人

看得龙某性既贪婪，心尤暴戾，养身惟酒，终日在醉生梦死之乡。牵鼻由人，无时非左顾右盼之状。秽声既著，清议难逃。蒙参发审，逐款严讯，内如杖死张义，固系征比钱粮而惩处顽欠，然父母之名义谓何，而酷烈乃尔？虽曰“出自醉后”，而因人拨置，将临民之体统谓何，而败坏若斯？尚不谓之民命如草，而官常扫地者乎？又如取用行户，屡奉严禁，而潞绸首帕，恣意诛求。既已狠索，又复严刑，以酷济贪，信不诬矣。又如蠹役冯元捷，诈赃累累，在本官不能觉察，已难辞咎，又从而护之，是谁之过欤？又如生员张复元，被盗打劫，耳目彰彰，在本官不能防护，已难谢责，又从而匿之，不知更何心也。至如有司关防，官箴首重，岂有家人出入市中，而主人若罔闻者？盖李管家亦好麯蘖，大有厥主之风，虽买货短价之事实无确据，然而烂醉街头，推倒肉架，指证有人，是谁纵之？以上各款，字字皆实。除措价轻罪不坐外，而杖死张义，自有“因公致命”之条，旨内未奉“革职”字样，不敢擅拟。冯元捷诈赃有据，流徙何辞？查系赦前，应否准援，恩自宪出。魏大征虽非索贿而拨置有因，李管家虽无短价而纵饮皆实，均杖不枉。

特纠贪吏等事

毛锦来

看得童某以买地细故而杖死巩万清，事出无名，迹如有意，诚有若部院之驳也。但审吴培基以积逋无措而告人买业，情非得已。童知县从催科起见而勒清受地，意似急公，但止为培基完逋之计，而不知在万清无应买之条。谓其断理无术而滥用酷刑，固所难辞，若谓其有心勒致而期于必毙，盖未必然也。查律，挟私杖毙

平人者，乃坐殴列。今某之与万清，非有所挟也，事由催科而起，则当仍引因公之例。

特纠贪吏等事

毛锦来

看得革职知县张某，原参酷款，前招俱已审实。唯是裴大祚、唐永定身死之由尚未明确，致烦宪驱，职遵严勘。据里老供称，裴大祚受刑在于三月十二日，而毕命在于十一月二十二日。窃照大计拜疏之时，正在仲冬月尽，唯此时大祚尚尔无恙，故原款亦载未死，则是大祚死于拜疏之后，不待辩而明也。唐永定被刑月日及命终时辰，伊兄坚供相去八十五日，凿凿有据。胞兄之谊，虚语何为？至于马胜龙、李光辉以狡书而立酷吏之傍，犹如夜叉而侍罗刹之侧，满堂杀气，人人畏之，一应一诺，皆似逢迎，一举一动，皆似拨置。至于如何逢迎，如何拨置之说，则又非事后之所得而闻。但以非甚重大之事，责人而至于四十五十，此即所谓滥刑之明验也。

特纠贪吏等事

毛锦来

看得张知县滥用酷刑，以致康永定染病，越八十五日而身死。数款之中，唯此件应从重坐。所以引决人不如法者，谓永定之病因刑致，非全死于病也；所以不断给者，谓永定之刑后病亡，非全死于刑也，故杖乃允协也。查本官犯事年月，正在新例决杖之时，而承问日时，适又奉新例赎杖之后，故赎又允协也。至于衙役有罪无赃，责革亦允协也。

发审事

金华司李李邺园　讳之芳　武定人

审得韦某篡身戎伍，未闻有摧锋陷阵之功。防守浦江，偏多此越职扰民之事。

如科派豆料，近城保正先餍狼餐。设非掣回，则婪诈之端方始。指称马草，通县烟居悉遭蚕食。托言公议，而乾折之害何穷？至于赔马，累及穷民，即鬻产卖田尚未填其欲壑；禁盐需及铺户，虽馈遗投赠，无不遂其贪谋。甚而纵虎噬之兵横行市上，谁不饮泣吞声？受害良多，故不能一一枚举。即无入己之赃乎，然统兵者约束安在？他若恣饕餮之技告籴民间，无异剥肤吸髓，送稻有据，亦可见事事要求。虽非款内之事乎，既受赂矣，狡辩何辞？此一弁者，卫民适以扰民，御暴先以为暴，视茕黎如鱼肉，借健卒为爪牙，秽迹彰闻，劣形大著，一朝摘发，犹如霆震。白天三尺森严，始觉心胆堕地。证吐既确，配拟允宜。李某并杖示惩，赃俱追入。

特纠贪吏以肃计典事

平原太守蔡莲西　讳祖庚　江宁人

看得杨某，民社是膺，簠簋罔饬。侵吞驿旷，是良驿丞不屑为者，而县令为之。克落夫银，是善夫头不忍效者，而官长效之。表既不正，影岂能端？群虎张牙，势所不免。衙役李炳等之丛奸肆虐，索赂分肥，又寻常不足怪之事矣。杨某婪职有据，城旦何辞？李炳等朋比为奸，赃私凿凿，但遵新例，流徙不枉。

吏议二　纵蠹害民

特纠贪吏等事

平阳司李毛锦来　讳达　新昌人

看得张知县劣迹四款，皆系纵蠹害民之事。累审俱实，罪案已定。复蒙恩驳，逐件再勘。如任禄指官诓诈，据解成英坚称，五两之外，委无丝毫隐讳。如佥报书皂一款，据供，山僻小县，书役止需十人，皂隶止需十六人，执争名色凿凿可据，恰与该县二十六里之数相符，每里报一役，报皂者不报书，报书者不报皂，每役帮

二两，帮书者即不帮皂，帮皂者亦不帮书，委无“每里一书一皂兼报兼帮”之说。若夫巡盐民壮，因其有每季解赴盐院比较之苦，故视书皂帮贴多加一两，委系三两，而并无四两之说。以上三款，名为帮贴银钱，实如雇募工食，委难追拟。内如索杖头钱之刘加玺，则已追已拟矣，无容再议。至于部院所驳“染指瓜分”之说，但观解成英父子俱受酷刑，则可以决张某之未有染指也。观顶替书皂之各有姓名，则可以知王管议之不得瓜分也。

特参婪弁事

毛圣临

看得杨某以完漕著绩，繇所弁擢至挥佥。初未尝不表表，而好刚招尤，疏防贻诮，弹墨相加，讵尽风影？如扣百户窦百龄九十二两加军之银，贸千户张文璧四百六十一担防欠之米，虽私有票券，公有批详，以二弁应有之赀，偿二弁夙逋之粮，于某固无染指，然谁实锲急，致令切齿，且不惮反唇相向乎？至纠恶棍之宋信、鲁国、钱科以供驱使，而烧诈未有姓名，已传诸道路之口。听册书杨应周攒造影射，幸被首明，未经捏领。则疏于束役与宽于自绳，其不克饬官常均耳。独如抵仓米收放隶之军厅，支给自有原额，虞凤固判不相蒙者，亦安所容其吮吸，而可坐以三千石之侵粮也？此一官者，小材易使，客气是凭。秦越起于同舟，消弥无术。狐鼠纵于庭内，法纪何存？量拟城旦，似亦足蔽厥辜矣。

史议三 讳盗不申

纵盗出入城垣事

太原太守蔡莲西 讳祖庚 江宁人

看得戴某分司民社，防范疏虞，虽三年职守无亏，而一夕堤防偶决。所谓一着

不先，满盘俱败者也。群贼窥伺已久，乘夜突逾署墙。戴令觉而登楼，虑其不测，或以身免，然犹不止为身计，为印计也。署中所有悉置度外，又何俟再计而决哉？案查印信、仓库、狱囚等项一一无虞，其所席卷而去者，皆本官一家之私物也。但隐讳不报，疏忽之咎难辞。向以惜官而讳盗，今以讳盗而去官，则信乎巧者，拙之媒矣！按律"凡强盗打劫有司员役，如有隐匿者，轻则罚治，重则降黜。"本官既经奉旨革职，无容更议。又注应申不申之律，应笞四十，法所不能宽也。至典史王某，平时既忘缉弭，临时又无救护，累及印官，罪何可贳？虽据本官呈称，彼时领解钱粮，未曾在县，而捕盗系其事实，似亦难以借口，惩之以杖，庶蔽厥辜。其逸盗仍行该县严缉，获日另结。

吏议四　城池失守

县城盗入事

朱周望　讳在镐　上海人

看得王某、郭某俱以浮梁失守题参，拟郭某以守备官骈斩，王某以印官边远充军，已经定案题覆矣。今王某以军机之责不在有司为词，冀欲邀恩援赦。卑职再四推原，当日海氛肆犯，土寇乘机，势同燎原，实难抵敌。浮梁以数十名之兵防守控御，诚有难为力者，然责以守土之义，某罪实不能辞。职非不欲仰体宪台矜恤至

意，并扩皇家浩荡之恩，但细查律书，无例可引，恐难遽从其请，以来徇纵之愆也。应否开恩援赦，出自宪裁则可。

吏议五 弃职潜逃

出巡事

失名

驿务难支，情虽可悯，然焦玉祚明诉可也，何遽潜逃？岂驿务可逃而国法亦可逃乎？不行缉究，何以儆其续也？

衙蠹一 侵挪库帑

侵帑事

金华司李李邺园 讳之芳 武定人

审得施尔秀拨管七年库务，后三月而访拿，即属黄一心接管，未经满役即登鬼录，而黄令亦溘焉朝露。其库帑钱粮未经交盘明白，以致纷若乱丝，或侵或挪，彼此推卸，不能起九原而诘之。此黄令之子昇胤为父控，而一心之父克沾代子鸣也。但按籍而稽，其详可考。库吏施尔秀季内实在该存库银若干，内知县黄颢中陆续支用库银若干。库吏黄一心季内实在该存库若干，内知县黄颢中陆续支用库银若干，黄一心自行侵用库银若干。此欠额之总数也。今水落石出，应照数追抵。其中借解钦赃一项，赵瑞挪移解赃银若干，黄鸿磐挪解赃银若干，应从本犯名下追补。至如无额款项，出入挪移，皆经库吏之手，虽非侵用之比，而典守谓何？相应即着两吏

名下清补。其施尔秀侵用银两，即从本人追补。黄一心侵用银两，应从父黄克沾名下追补。其知县黄颢中支用银两，合令亲男黄昇胤补还，以清库额者也。此一官二吏者，侵挪朦混，若取囊中，挪欠累累，律应重究。但黄令、黄一心已归大梦，恨三尺之法不能加于夜台。惟现在之施尔秀，自未能逭于城旦者也。黄克沾以部民而告黄令之子，兼诬匿簿情由藐视，诸孤难免一杖。

衙蠹二 诈害良民

发审衙蠹事

杭州司李纪子湘 讳元 文安人

审得衙蠹之得赃，未有不自贪吏始。所谓物必先朽，而后虫生之，古今通例也。而独于朱九辉等则不然，其诈洪汝绶等多人，反以前任知县某之不爱钱故。然则官不爱钱，反足以滋弊长奸，而适为民害欤？曰“非也。”汝绶等多人之钱，不费于官之清，而费于官之清而刻。其于钱粮不取火耗，清矣。然欠至五分亦责，一钱亦责，是亦不可以已乎！此皂头张玉之吓诈杖钱，不待既责而后取也。其于词讼不罚纸赎，清矣。然于当罚者必责，当责者或枷，独不谓之残民以逞乎？此朱九辉之暗抽状词与沉搁旧案，不计多寡而悉受也。然总计七人所行之贿不满四金，合四犯所受之钱仅以千计，则廉吏之贻害地方，究不若贪吏之酷。知县某去任三载，而尚留直道于人心，不闻有片词之质，受害者且然，况其他乎！职同日审某县朱九思一案，闻百姓诋现任之官不遗馀力，以彼较此，遂不觉其多恕词也。似应仍照原拟，从轻发落。

出巡事

李邺园

审得韦某，东阳县之蠹书也。假窃虎威，专一择人而食。恣情鹰击，由其天性无良。因盐引之掣错，勒胡周华、许仲仁之苞苴，而迟速唯命，不止蠹民，且蠹国矣。乘人命之牵告，竭包三桂、包应辉之赀囊，不止无法，且无天矣。杨禹泽被诬而银米毕诈，则贪甚也。屠良贺结讼而鹅鸭悉收，则鄙甚也。明知贾天聘之倾家，而犹思饱啖，至不仁也。既为应孝旦之盟弟而复肆阴唆，大不义也。蠹民蠹国，无法无天，且鄙且食，不仁不义，则此犯四维绝矣。四维绝而犹使之踞伏县堂，不几羞衙门而辱当世之吏乎？三尺具在，不能为若辈少宽，城旦示惩，良不为枉；赃追入官，某某严提另结。

出巡事

李邺园

审得陈国政逞狐鼠之奸，凭威易假。肆饕餮之技，惟利是图。勒毛铨、贝瑞之比较陋规，每季必有赂献，则逐年科索者不知几人，其吸诈盐捕者，此其一。指王文省、洪浩等报称谷户，每名必有赂贻，则辗转营脱者岂止五家？其吸诈谷户者，此其二。新年具认，自毛永杰之外八十名，各有馈遗，威行于通县可知，其吸诈总书者，此其三。提比批回，自陈此之下四、五、九年尽是包免，弊通于节年者又可知，其吸诈解户者，此其四。不宁唯是，借佥报则楼莹翁可诈，乘隐税则杨逢节可诈，因争坟则吴绍继可诈，由此推之，田舍莱佣饮泣吞声者，又不知几何人矣。尤可异者，刘守科因葬结讼，辄敢骗其多金，禀官踏勘，非巧于诈奸，能若是乎？此一犯者，嗜利如饴，逢人即攫，论其赃迹，已逾盈贯之条，示以创惩，当在城旦之例，革役追札，照赃入官。馀犯严提另结。

出巡事

李邺园

审得潘某虎踞公门，兔营库窟。凶锋虐焰，真有不可向迩者矣。即贩卖私盐，事涉影响者，姑不具论。他如借端而吓索萧唯植，明以木商可剥，而富室为之寒心；因奸而横吸陈克元，视为乡愚可欺，而平民为之咋舌。吴可隆被诬可诈，吴明泰争基可诈，则谁人不可行诈？被害且为之吞声。杨明振等献赂称冤，邵大寿局骗称冤，则诸款皆其积冤，道路且为之侧目。至于朱尚勤之饮泣，犹其小者耳。其最可裂眥者，莫如串诈戚继珮，忍令卖男鬻媳，以饱肥囊，人道绝尽矣。其最可指发者。又莫如勒索于汝康，致使破产倾家，以投溪壑，天理何在乎？而犹未也，雷霆震惊，已足破奸雄之胆，鬼蜮变幻，依然凭城社之威，辄敢告照先声，欲令证赃者代其完纳，使公庭环泣，敢怒而不敢言。嗟乎，小民之畏豪梁，甚于畏国法矣。如此市虎人豺，即革役配徒，犹恨创惩之晚。赃追入官，并请宪饬，永绝扳害完赃之弊，斯小民始有宁宇也。

酷诈父命等事

李邺园

审得吴某丛神载鬼，真蠹恶之尤者也。即龚之栋与楼洪昌买鹅，因低银致争，扭禀捕官，其起事亦最微耳。自呈堂之后，吴承之为经承，而睚眦之仇图泄，罗织之狱遂兴。株及于菜佣，择食于乡市，纷纷教扳，而低银一题，几令小民无帖席之安矣。如与童福故先讦讼有隙，遂嘱之栋诬扳，且及楼明进等若而人。拘童福到官，又令辗转波连郭念两等，差拘累累。贫民情伤于鬻子，虎噬不及于鸡豚，不谓衙蠹之足以残民以逞，遂于至此！设非童百十复行幽禁而有此鸣，其流害正未艾也。然其所报诸人，要皆出于童福之口，亦属可恨。念其既慑于蠹威，而复困于箠楚，迫之以扳，非其本意，是可原耳。吴某拟杖示惩，赃除告发者追给外，馀并入官。

出巡事

平阳司李毛锦来　讳达　新昌人

看得李花逢，老蠹也。在衙既久，作孽自多。乡里小民闻其声斯惧矣，州县役吏望其锋而避之。遇事既讵钱，因恶而致富。如包揽歇家，钻应里老，借名收解而科敛使费，则挟衙役声势，而为恶于本乡本里者也。指称公费而私派班银，则以快头名色而为恶于本县本衙者也。至若清查钱粮而指称调停打点，向河津、闻喜两县哄吓多金，此则又假满州为名而肆奸于各州各县者也。细按诸款，不唯以衙役而饕食小民，并且以衙役而鲸吞衙役矣。流徒乃应得之辜，缘赦实小人之幸。

发审事

毛锦来

看得侯威，本以汾阳衙虎，窜名于法纪之地。方以隐身为得计，讵知光天旭日之下，魑魅无所遁形，反为犀照所先及也。蒙本院廉发问拟，似无遗情。兹蒙覆驳，遵将十三款款证，逐一刑讯，而各犯坚供不改。此皆身受荼毒之人，饮恨方深，逼以重刑，断未有肯为本犯留馀地者也。前坐委无遗漏，至于前招未坐赃者，止有二款。内如生日送幛庆贺之事，即有赠遗，亦是亲朋酬酢之常，古礼不废，实难坐赃。唯强占娼妇瑞香一款，则诚有不能为本犯掩者。盖被害崔三虎则已死矣，事之有无，一任狡辩于瑞香之口。殊不知瑞香既委身于威，则威者，所仰望而终身者也，欲冀其作攘羊之证，何可得乎？夫以积年鸨妇，龟死户绝之后，求依于炎炎之衙蠹，其历来所有，岂遂委而弃之，势必席卷而来也。且以威之贪横，苟非利香重赀，而独眷眷于夕阳衰柳，岂情也哉？

出巡事

毛锦来

看得赵廷试狠如狼，毒如蝎，力能武断乡曲，才堪役诈小民。夺人女妻，犹如蛇淫龟穴；霸人房产，无异鸠踞鹊巢云云。以平陆弹丸小邑，而产此稔恶之巨憝，诚所谓勺水而养饥蛟，荒谷而藏饿虎，欲求虾鱼得活，麋鹿幸生，不可得矣。赃款既真，城旦不枉。

前件

毛锦来

复看得赵廷试真贪淫之老孽也。恶随年长，孽与岁增，前招画其皮毛，尚未伐及骨髓。讵此负粪之蜣螂，反作寻花之蛱蝶，因饱暖而生淫欲，怀燕婉而忘戚施，或买孀妇为妾，而并吞房地，或假放帐为由而算人子女。求婚媾如枯杨生华，弃旧好若破盆覆水。易喜易厌，任去任留，何物老狐，作此秽祟？真腐刑不足偿恶，而蚕室尚未蔽辜者也。覆审之下，环庭面质者，或望追偿其产，或求断归其妻，人皆切齿，孰不腐心？赃既相符，罪因按坐，因在赦前，遂得幸免。虽曰风烛残年，死可计日以待，尚恨蝎蛇恶种，见当掩鼻而趋。虽免桁杨，终投豺虎。

讨蠹究赃事

衡州司李王望如　讳仕云　江宁人

生员刘廷相与欠饷之曾祖述，郎舅耳。郎欠钱粮，追呼及舅，已属不经。乃衙役罗胜等，既因廷相而及廷枋，又因廷枋而及廷章，辗转苛求，因之为利，则是一人欠粮，祸延九族，有是理乎？此廷相讨蠹究赃之控，所不能已也。但查所征银两，俱代曾祖述完纳正供，收入红簿，应候祖述到日追给廷相。其罗胜等朋奸肆虐，声势极雄。及讯干证伍荣等，衙役虽有多人，被害亦有多户，乃合所诈而总计之，其数不过三两而已。名膻而利啬，此辈亦何乐乎为此，而为众恶之所归也？罗胜、王忠等各应杖儆，赃追入官。馀属株连，免究。

王昭等案

杭州司李纪子湘　讳元　文安人

审得王昭一案已经历审，谳者以证口确供，得赃有据，惩蠹不妨过刻，照例拟徒。宪台终以本犯无承认亲供，一驳再驳，诚矜恤至意。职备阅全招，细讯犯证，在黄天相坚供，银数月日，过付有据；而王昭则指天誓日，铁口不移。职为反复推详，而知此案之尚宜平反也。盖王昭以粮衙贱役，非有权蠹赫赫之威，天相以子衿而充粮长，亦非肯甘心受其鱼肉者，且诈银在顺治十四年，而讦告在十六年，切身之害，岂能延及三载而始发？至查天相本户，止该米八斗、草三千斤，约费银六七两即可完纳，乃舍六七两之国课不纳。而反以十一两饱催差之腹，以致马草至今未完，有是理乎？据天相坚供，实诈银二十五两，止坐赃十一两，尚自未甘，益觉不情之甚矣。况当日果否诈赃，止凭干证之口，而干证与原告又系朋党里役之人，所质自难凭信，此昭之所以哓哓置辩也。前沈、秦两刑官历审，俱云事属矜疑，止以惩蠹之法，宁失之过严，勿流于故纵，以此泥于初招，未敢轻易。然殚恶固是朝廷之法，而罪疑亦有惟轻之条，揆情度理，则王昭索诈之情或有之。若云果有十一两之入已，则未之敢信，改徒为杖，实足蔽辜。

黄之升等案

杭州司李纪子湘　讳元　文安人

查得犯人黄之异、黄之昌，兄弟济恶，一充捕书，一作地保。于顺治四年间，有盗吕小行、吕叔信犯事，之异兄弟代为挥金赂脱。后小行等怙恶不悛，复于十六年间，被合族公呈禁狱，因见之异兄弟有前功之可信，仍付多金，托为料理。讵意扶危于前者，忽尔乘危于后，私计二盗复犯，必无生理，匿其妇张阿金等于家，又复假称打点衙门，诳银一百馀两，再令写田八百秧。而二盗情真，终难出狱，始知从前之排难解纷皆徼幸成功者也。是以两妇情极吁控，均拟远遣在案。夫盗劫人，而人诓盗，虽云悖入悖出，事理之恒，然二人贪暴之心，较二盗为加甚矣。世有盗被人诓而肯赍志以没者乎？既贪且愚，戍诚不枉。

拥蠹抄诈事

金华司李李邺园　讳之芳　河南人

审得孟宝卿，粮房书役也。马光保轮充里长。于本年某月日，该县委赵典史下乡催粮，带宝卿同往，声明完欠之数。时光保外出，拘其子应比。祠长代出常例银二两，付宝卿收受。此二金者，虽非出自官保之手，然代者必索其偿，与取之囊中何异？故有此控。夫催科之令虽严，非借以饱奸胥之腹。奸胥之腹愈饱，而钱粮之欠愈多，是催之适以缓之矣。杖而追给，夫复何辞？

违禁横派事

江宁司李谢傅公　讳铨　建宁人

审得贾吕潘即潘元良，所告芮昇五款。如见面、磨对、察丈、解册、钉册等项，列款虽多，总不外“每亩派银八厘”一语。查溧阳县二百三十八图，分为一十六区。被告芮昇所管仅有一区，而原告潘元良所管，又一区中之一图也。其无人告发者不便苛求外，即以潘元良所管惠德区之十七图言之，元良过付芮昇银绸共计若干，供吐凿凿，即芮昇亦不能自讳。徐罗王各项使费若干，罗付孙各项使费若干，宗元高银若干，通计若干，此芮昇名下之赃也。卑职细讯款证，究其私派之数。有金章者，元良词中首证，即其同里花户也，据供共粮三百石，每石派银六钱，实派银一百八十两，俱交潘元良使用。夫潘元良既已派银若干，仅付芮昇若干，则其馀皆元良入己无疑矣。随经研讯，而元良以“使费”二字了之，岂芮昇所得一无使费，而元良所得独容其以使费开销耶？由是而知，条陈告状之徒，率皆里中大蠹也。至钉册之芮用，籍属太平，原系食力之人，非衙蠹之比，已经回籍，无从深究。芮昇赃银若干，合照“诈欺”律，分别绞流准徒。馀犯某某，质证无人，相应免究。

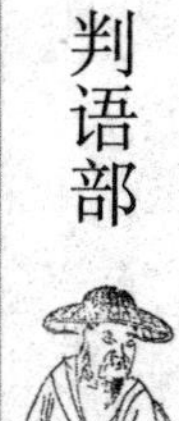

横饕叠吓事

毛锦来

楮才，蠹役也。有刘国者，新娶娼妇姬七儿为妻，而才先与七儿有旧，今忽归于国，未免醋心。且七儿之父在日曾称贷于才，今又死而从国，才遂以为债应国偿矣，因执券并索子母，而国未之应也。近因国奸族孙之妇，妇诉于姑，姑诉于翁，翁诉于州幕。才幕役也，承票行拘，所谓冤家路窄，今而后遂得操其短长矣。不唯索取前债，亦此大肆饕餮，勒过差银九钱五分尚不撒手，约偿前债，始行退兵。讵意才固善追，国亦善赖，及至事平，不唯莫偿夙负，亦且退有后言，两造之孽，俱可谓鲜耻无良矣。若楮才者，索债之愆犹可辩也，索贿之愆不可原也，因未满数，追赃杖革。若刘国者，负前龟之债犹可言也，奸族孙之妇不胜诛也，淫幸未成，依律拟徒。

出巡事

金华司李李邺园　讳之芳　武定人

审得张某、沈某，府吏也。以衙门为藏身之穴，依城社而丛奸。金某快头也，借差役为行骗之媒，委溪壑而无餍。张某身充府吏，云云即县丞林某投批，得银方为挂号，典吏赵某解米，无金不与回文。职官如此，其他可知矣。此三犯者，吮血髓有如虎狼，逐腥秽大类蝇蚁，狐鼠久遂其群谋，雷霆始彰于一击，人心大快，国法斯伸。虽其中有无稽之证佐，姑听虚悬，就其间论现在之赃私，咸皆真确。但金俊之恶，次于张、沈，赃之多寡既分，罪之轻重亦别，二配一杖，允当其辜。赃俱照数追入。

衙蠹吓诈事

广东总督卢山斗　讳崇峻　辽东人

石蕴玉刁诈百出，固非善类。但所告四款，岂尽属子虚乎？云云居官当使民隐上达，除害理冤，问官何每每横一诬捏之成见于胸中，竟置衙役于不问？殊不得其解也。仰该司再秉公确审报。

犯弁挟私等事

据详，高维洺初终异词，前后游移，胸中定有隐情，何不使其尽吐？王启元以“从未巡边，片纸无凭”二语摭饰。夫借名索诈，何论必巡？暮金夜投，岂形纸笔？情罪所关甚大，断难草草结局，仰两道复加讯审，妥招解报。

舞文一　增减文书

窝隐逃人事

江宁太守陈大亨　讳开虞　富平人

看得俞耀辉等洗补批回一案，前申拟惩以杖者，因疏纵致逃，系刑书陈绍杰之事，而杰则服冥诛矣。耀辉适承接管，奉查计穷，不得已而出于此。舞文是其大罪，而推原其始，则有迫之使然者，故开一面。兹遵宪妥酌确拟，按律“增减官文书，杖六十。”更从重焉，则有“规避、加等”之条。耀辉自知不免于罪而洗补旧批，计图巧卸，其为规避明矣。按律定罪，城旦奚辞？

舞文二 代书增减情罪

盗杀惊天事

江宁太守陈大亨 讳开虞 富平人

看得马化彪一案，遵宪拿代书秦森，与化彪觌面取供，究明得财包准情弊。今庭质之际，据化彪供，代写状词者，实程元甫，而秦森，其诡名也。化彪目不识丁，故元甫得以骋其刀笔，况有但告得准即酬若干之订。元甫志在得酬，即举其自家付之一掷所不顾也，而况瞒天造谎又其生平之长技乎！复恐审属子虚，究其所自，则代书者难免诬捏之罪，故于纸尾别署一名，即秦森是也。欲脱池鱼之殃，预为窟兔之计，亦神矣哉。孰知化彪虽不识字，而某街某巷之黑笆篱内，则其亲到之处也；戴何帽子，着何衣服，是何容貌，则其亲见之人也；买鸭请饭先付一两，后酬若干，则其亲付之银、亲许之话也。凿凿如此，元甫虽有笔如刀利，舌似澜翻，能逃“为人作词状，增减情罪”之律哉？与犯同罪，允矣弗枉。

大蠹灭法事

陈大亨

看得范秉元之控徐四如也，职府盖研讯者三，徐四如受赃无据，马正甫过付无凭，众口一词，始终不异。即秉元亦自云，因见四如自刑厅经过而疑之，是秉元以弓影杯蛇之疑，而兴鼠牙雀角之讼，坐以诬律亦未为苛。第元意在必报姐仇而虑其漏网，尚有一线之可矜。樊四念系秉元内亲，且素非刀笔，故不坐以仇唆。但不察情实而遽然珥笔，杖警亦不枉也。

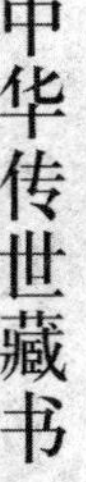

盗杀惊天事

陈大亨

看得马化彪一案，其愚懵情状，误罹法网，诚属可悯。第当程元甫代为作状之时，明谓此词一出，即可上耸宪听，尽扫各词，其扬扬得意之语，今化彪庭质犹能述之，则词内情节化彪非全然不知者。夫异父同母之弟，犹吾弟也，坐以绿林之名，陷以骈戮之罪，于心忍乎？谓化彪无杀人之笔可也，谓化彪无杀弟之心则不可。律曰："为人作词状增减情罪诬告人者，与犯人同罪。"备查律例，未有坐代书而径豁本犯之条。哀其愚误者，仁人之心；而拟以同罪者，士师之法。若出此而入彼，恐无以服程元甫之心而塞其口。至元甫刀笔者流，颖舌并利，化彪觌面直质，元甫犹狡口展辩，若不可屈者。然试问秦森为谁，何不亟为攻出，而甘李代桃僵也，元甫始期期舌结矣。仍照前拟，非枉非纵。

误公一　解犯疏虞

访实逃兵事

江宁司李谢傅公　讳铨　建宁人

审得严斌、高虎，乃安庆营唐千总名下管队。张得胜、刘拱吉、苏学礼、李有芳，则该营兵丁也。该营向有逃兵张成忠离伍二载，投入瓜州营食粮，该弁访知，差斌等六人往缉，业已就获矣。归舟过燕子矶，忽遇暴风，几至飘溺，斌等登陆挽舟，独留成忠在舱，不使上岸，虑其逸也。自谓以六人助挽一舟，舟可不没而人亦可不死。讵料成忠犯罪自危，即用系颈铁索自缢而死。夫以惊风触浪之人，不死于溺而反死于缢，诚意外事。时方溽暑，不能载尸归皖，遂质衣贸棺暂寄江东门外，而归报该营转详宪案，致蒙批究。"夫逃军罪不致死，成忠何遽轻生？"捧读宪批，有如犀照。然愚人畏罪，一时计不返顾，遂尔投缳，斌等仓皇救溺，初不意其轻生若此也。至于荷殳之辈，但知有一将主而不及其他，故急归安庆，不一闻之于地方官，是其愚也，非疏也。职深求其故，久逃之卒，谅无厚资，同伍六人岂皆积怨？则成忠之死宁得殃及斌等六人哉？查律文，囚因追逐窘迫而自杀者勿论。此指未就拘执者而言，与斌等情罪未协。合无依“狱囚失于检点，致囚自尽”者律，斌等比照狱例，各杖六十，庶足蔽辜。其成忠尸棺，应令该营查其原籍，令亲属领回葬埋，以正首丘可也。

申报事

平阳司李毛锦来　讳达　新昌人

看得报盗者必凭乡约失主之词，缉盗者必有风声影响之自，鞫盗者必求行劫分赃之据，解盗者必严程途防护之规，此一定不易之法也，从未见有始终孟浪如王东鲁一案者也。查失主崔凌云之失事也，盗方至而犬先吠，犬甫吠而主即登房，合村大哄，四处追赶，贼因有备而不得入，格斗之际伤及追者，此盖谓之盗警，而不谓之失事也。营官张皇而报于前，印捕张皇而详于后，又何怪闻者之严批促解，究疏缉逃之不能已也。嗟乎，此报盗之孟浪，可谓如儿戏也？再查王东鲁之被获也，由于他村乡民郭成超者，白昼绕墙而耕，忽见一人走过，沿墙而内窥，超恶之，及与通言，而东鲁又复傲慢狂悖，超愈恶之，遂执以为贼而送县。途遇捕官，即以相献，贸贸然曰：“此贼也，请讯之。”县官亦正在缉贼未获之时，忽见捕官以贼解，亦喜自天矣，遂并不暇讯其真伪，即以转报于上台，亦贸贸然曰：“今获一贼矣，请讯之而再报焉。”嗟乎，此缉盗之孟浪，可谓如儿戏也。再查该县之初鞫王东鲁也，所录口供不过自述其乡贯住址与素所熟识往来之人，并无一字言及打劫崔凌云之事。即末后有云：“他们俱是不学好的人，黑道日子便去做贼了。”迨至县官强诘，而东鲁亦强应曰：“他众人着我来。”此等言语，大似刑下支持，俱无着落。迨至该县遍缉所供之人，不曰某某则毫无姓氏，即曰某某有士民保结，而东鲁名下，始终究竟，不唯无一实事，亦且无一真言。忆此情景，其所谓王东鲁者，大抵行路

则獐头鼠目，语言则鬼谜狐猜，若非痴蠢，定属病狂，而断断不可谓之盗也。鞫贼至此，即刻释之亦已晚矣，何所据而再报也，何所据而再解也。嗟乎，此鞫盗之孟浪，可谓如儿戏也。再查薛用亮等之解王东鲁也，辰时在县起解，巳时即于裴镇借宿，路上先开肘铐，店中又不上锁。领批之解役，虽伴宿房中，只知鼾睡。护解之兵丁则远卧他所，漫不提防。有如此可逃之会而尚不乘时遐举，不惟非贼，亦非人矣。详究其所以未晚借宿之故，则曰天气炎蒸，今日早宿，明晨早行，欲避热而就凉也。究其先开肘铐之故，则曰东鲁受刑狼狈，不得已而雇驴与乘，不开肘铐，则上驴而辄仆也。究其不用锁之故，则曰东鲁受刑狼狈，谅不能逸，遂不加锁铐也。究其送酒与鲁饮者为谁，则解役亦不能指其人焉。究其有无贿纵之故，则曰东鲁自被获到县，囊无半文，衣有百结，在囚累时，孑然一身，前无室家居址，后无顾送往来，狱中则乞食于禁卒，登途则仰给于解夫，虽欲求贿，不可得也。细窥解役兵丁之意，总缘东鲁来历未真，赃物无据，方以似贼非贼而怜之，又以能行不能逸而忽之，遂不觉其防之疏而逸之速也。嗟乎，此解盗之孟浪，如儿戏也。总之，此一案也，崔凌云原未失财，王东鲁原不为盗，而无如报者、申者、执送者、起解者自作张皇孟浪之举动，遂不觉其纷纷多事乃尔也。然则东鲁无事再缉乎？或曰东鲁逃而盗益真，不缉不可也。曰，不然。一入盗案，牵缠无已，即使将来辨明，眼前亦无好处。今有即逃之机而不逃，必俟审豁而后释，此必德行浑全者能之，而东鲁非其人也。故曰东鲁之逃，乃常情也，断不可以逃后而遂疑其为真盗。可以不再缉也。然则疏防者无罪乎？曰，不然。龟玉，美物也，毁于椟中，与虎兕出柙等也。

东鲁虽非盗，亦不合使之逃，解役兵丁各有典守，同是疏防，罪宜均也。但曰鲁非成招之真贼，各无贿纵之情弊，杖蔽厥辜可耳。其执送帝东鲁之郭成超，始事荒唐，作俑多事，殊为可恶。但亦有可恕者，指东鲁为贼，而未指东鲁为打劫崔凌云之贼也，并杖不枉。崔凌云之家未经失财，张皇告缉，亦觉多事。但盗贼方来而即堵，尚知保甲之犹存；一遇盗警而即报，益见下情之无隐。文武各官，俱有可原，饬令与疏防之解役兵丁合力缉贼，以补前过。应否免开职名，恩出自上，统候宪裁。

误公二　囚犯越狱

劫狱事

金华司李李邺园　讳之芳　武定人

看得于国辅，闪烁变幻，真白日之黎丘；狙狡阴残，类含沙之飞蜮。当其潜居省会，专以罗织害人。一经诳准，辄即潜避；听其骚扰，以快私心，习智使然，已非一日。张汝绍亦其被害之人，故伺其旋家，同捕拘获送禁。方以为鸟于樊、兽在槛也，孰知其谲诈百生，乃因除夜疏防而复为爰兔之脱乎？一时乘间同逸，厥有潘宗、倪卸珍二犯，系窃盗而无事主者。问谁为典守，则禁子值日者叶德是也。乃惧罪在逃，久缉未获。即国辅之子于新颜，亦俱远飏而不可复识矣。若生员张一蜚，系汝绍之亲侄，因争贤田有隙，向者国辅投匿害人之单，疑为一蜚所授。今国辅既窜，亦何从而质其发纵指示之由哉？则其情罪尚未确也。其子奇英乃国辅之弟，楼惟星乃其子于新颜之妻父，而陈卸奶乃国辅之工人。其馀诸人，据汝绍亦称为风闻，国辅出亡时，或经其家，或赀其路费，然亦惝恍无据之词，不足遽定诸人之罪。总之，国辅实为此案戎首，酿兹厉阶，罪难轻逭。奈其久缉未获，以致宪法犹悬，所当与失囚之叶德，同逃之潘宗、倪卸珍等一并严缉，俟获日究结可也。

盗犯越狱等事

南赣巡抚佟汇白 讳国器 关东人

为照盗犯越狱，必有勾引之人，通同线索，谋定后行。夏元等系劫官重犯，司狱官卒漫不提防，以致越狱。平日往来何人，送饭何人，且当擒获、绑缚、解出身无完衣，后来谁人送与衣服，合应严审。仰巡北道，即便拘集司狱官提牢禁卒，严加讯问平时出入狱中送衣、送饭之人，根究脱逃踪迹，以凭缉拿。速速。

误公三 遗失公文

截夺公文马匹事

平阳司李毛锦来 讳达 新昌人

李逢春，普润驿之马夫也。身为马夫，则递送公文是其专责，自当执役惟谨，夫何雇倩无赖李荣代为递送，以致误乃公事。荣乃饿殍馀生，日得雇工微钱即资酣饮，于九月初四夜烂醉之后，递送文书一十六角，至洪赵交界地方，沿途散落，并其所乘驿马亦复奔脱，听其所之，及至酒醒知觉，已无从追觅矣。仓皇失措，遂捏被劫失马虚词归告逢春。揆彼之意，非欲嫁祸他人，不过图卸己罪耳。及逢春沿途追寻，拾还一十五角，仍少一角，查系宪台转报隰州逃人王成龙起解缘由。夫洪、赵二邑人稠地密，境内贴然久矣，无论素无盗贼，即使贼从天下，彼将打劫此空文何为哉？况馀皆沿途寻获，未几而马亦归厩，止此一角无可追求，其为李荣泥醉之后散落于水火之中不待辨而明矣。李荣合引沉匿公文之例，一角者杖六十；逢春雇倩匪人，致误公事，并杖不枉。

科场一 怀挟

科举事

江宁太守陈大亨 讳开虞 富平人

看得科场之弊，至今日而厘剔尽矣。职府凛凛奉行，而于搜检进场之际尤加详慎。乃今亲获犯生吴某，暗写文字于卷袋之上，真可谓巧弊百出，丑态备呈矣。夫袋上数行，为文有几？岂场中所试，不出此锦囊数字乎？抑本生胸中并此数字而无之，必俟怀挟入场，以作葫芦样本乎？是诚不可解也。庭讯之下，初供病疯妄写，及严鞫再四，始供腹内荒疏，不得已而希翼涂鸦，免于曳白。若是，则可怜甚矣。谁强之来而作此苦恼生活耶？按怀挟文字律例，枷号满日为民，加以重杖。第奉宪颁条约云云，应否从重究拟，伏候为裁。

科场二 假冒顶替

发审事

江宁太守陈大亨 讳开虞 富平人

看得科场律令至严肃矣，抚台颁示条约内，有必取诸生互结一款，其防闲诈冒至密也。乃犹有苏州府学陈某等举首崇明武生施某假冒一事。当此功令霜严之日，尚有瞀不畏死之徒若施某者，岂果通身是胆哉？遵宪严讯，据施某供，入学应试有年，首词系出仇口。此语虽难据信，然崇明武生某某又复连名俱保。呈称施某实系同学，并无顶替假冒等情。在首者，显攻其伪，在保者，力辨其真。科场何事，而敢据模棱两可之说遽定是非哉？总缘事关隔属，故得以各逞哓哓，相应呈请宪台改檄苏府，令本学官吏及该方邻甲，当堂一质，真伪判然矣。

逃人一 窝隐

发审事

江宁太守陈大亨 讳开虞 富平人

看得逃人律例最重最严，承讯者不敢不凛凛也。如正白旗下张某逃而自归，其于窝逃地方可免吹求矣。独是理事厅差役余文等有拒捕之呈，致蒙发究。职府遵宪再三严鞫，据张某所供，抢逃之人则周洪、周秀、周公立、张甲也。而厅差余文等禀武进县原词，止称万伦、伯金、达之、张四、张二、李和尚等，而并无周洪等四人之名。今讯厅差，亦并不识认。无怪周洪等之哓哓诉屈也。据总甲张仪供，周洪等另居一村，距太村五里。此必张姓窝逃之人欲卸己罪，而嘱张某诬扳尔。此一抢也，显系窝逃之人畏窝隐法重，故中途夺回，令自归旗下，希免重罪，其于住居既远、休戚无关之周洪等何与乎？抢逃之人即窝逃之人，两言以决，断断无疑矣。至于抢夺逃人之人，并窝家邻甲姓名，必须该地方官逐一查明详覆，并严拿张实申解，到日始可定案。相应备录各供，具由呈请。云云

拿获逃人事

广信太守栾馥宇 讳斯美 广宁人

看得索三太，于某年六月逃至石塘，东移西居。人但知为贸易之商，不知其为逃人也。在周宗文家僦住三月，询其邻佑，仅月左边周姓一家，右则尽属空地。近自潘廷宪出首，而宗文自知罪重，旋即远逃。奉批，窝主邻居均应拿解。但宗文吞舟漏网，视息天涯，有何幸原不求深匿之地？即严行蹰缉，亦非旦夕可获者。窝主

本身未获，恐难先罪比邻。若悬起解之逃人，而待未获之窝主，未免久羁时日。至于祝尔瞻之同赌，因太在地方，未免生事，瞻欲纠众治之。三太素怀忿恨，故以摊赌飞诬。即就其前招细察，始云赌去银三十两，继又云尔瞻未得，终又云诈银二十四两。天理难昧，则玷污尔瞻者三太也，剖白尔瞻者亦即三太。以斯知平旦未泯，公道犹存，在飞诬者尚有良心，岂承问者忍为悬坐？特以尔瞻厕足士林，不知自检，飘风萍聚，致识姓名，当堂戒饬，已足示儆。周宗文行县严缉。

逃人二 假冒

惨诈事

太平二守刘松舟 讳沛 引大兴人

看得姜某，市井无赖，挟刁逞强。假称投旗以诈人，惯起风波于平地，此诚民间之枭獍，清世之螣蟊也。僧人如鉴，收雇工金二在庵，种艺园圃。议定月值，给不如期，且香积厨中料无美食。二不甘淡薄，遂欲辞出山门。忽有王二与之口角，妄指金二为逃兵。鉴闻“逃”字，不觉心战魂摇，为之宵遁。姜某有弟某，赁居如鉴庑下，因亦挨身往来，怪鉴礼貌疏略，蓄愤而图之者久矣。以假冒旗下之人，忽闻“逃兵”二字，如饥虎侧耳于人声，馋夫触鼻于膻味，有不大张其吻而思啖者，非情矣。遂以窝逃诬鉴，并为金二索工值，勒其徒海舟银二十一两，止付金二银五两七钱，余俱自果其腹。如鉴事过痛生，因图报复，盖以一朝之忿易忍，将来之遗患无穷。以某非一饱遂餍之人也，惨诈之控，盖欲为惩前毖后计乎？今为质讯，非特金二之逃兵绝无影响，即姜某之旗下亦属荒唐，惟昔年曾从外祖宦游，习闻旗下规模，故尔效颦假借。此出之本犯与众证之口，毫无虚谬者也。姜某计赃论杖，未足蔽辜。但于别案已拟流配，姑为宽宥，赃追给主。

左道

邪教横行事

江宁二守冯慎贻　讳萼舒　慈溪人

审得赛良，系凶恶之徒，俗称地虎是也。又有讼师叶林者，为之发纵指示，是虎而加之翼矣。上元县徐界村，有茅屋三间，历年已久，土名呼为静堂。赛良等为祟乡曲，不必有风始波，以静堂之名与庵院有别，遂从二字起见，视为奇货可居。捏词控县，牵害徐嘉诰、徐嘉凤等多人。曲揣其意，止于恐吓取财已耳，未甚毒也。迨嘉诰等坚持不应，良复以并邪归正事控府，犹不过速之使至，必图饱欲而后已，未有始终为难之心也。乃相持数日，而嘉诰等不应如前。则骑虎之势不能自下，益复张大其词，遂有邪教横行之控，激叩宪辕。初意止于得财，至此则已势不两立，又视得财为第二义矣。严鞫各犯，如所告杨章甫者，查该县并无其人。即据赛良狡口，亦称游方，其为捏造可知。至于主事佐领，种种名目，情罪甚重，阅之悚然。及查：徐家村系本省通衢，若果有邪教聚众之事，耳目难掩。该地巡检司并乡约人等，何无一词申报？如牧牛之徐仁而目为守堂，孤寡之蒋氏而指为接众，训蒙之陈继纬、现年之马相贤、力田之陈君宠等，而皆称为道长，以至篾匠手艺之张君佐等，亦加以催粮名目，满纸颠诬，莫知所出。或院词所有而为府词所无者，或府词所有而为县词所无者，前后三词罗织多姓，赛良之肉尚足食乎？所幸天夺之魄，刑责未及两下，而真情则已吐尽。据供，始终酿祸，皆由讼师叶林，既造虚词，复纠证佐，思以一计陷害多人，叶林之罪，不出赛良之下也。赛良合依诬告律反坐，叶林教唆兴词，一并拟流，洵不为枉。杨秀、徐仁始而插证，继虽自悔，罪亦难逭。谢甫恐吓多家而赃未入手，陈国得赃有据而染指无多，均应杖警，赃追给主。徐嘉诰等二十三名，审系无辜，相应免议。

前 事

江宁二守冯慎贻 讳蕚舒 慈溪人

覆看得赛良一案，谨遵尽数究追直穷到底之宪驳，逐一查讯。夫邪教大罪，伙诈重情，非彼即此，何容少纵？即委江宁县，勘明静堂之有无与聚众之果否。随据该县呈覆，徐界村止有小小茅屋三间，系老妇蒋氏居住。松凹庄亦有极小草房三间，系杨一明起造安顿农具者，现为牧牛儿徐珠寄宿。此即赛良等造讹之口所指为聚众千余之静堂也。以四五人不能容足之地，而指为聚众千人，诞乎不诞乎？徐界村之草房，尚供有大士小像。至松凹庄之草房，则并佛像而无之，未闻牧牛为邪教之宗，而农器为横行之具也。总之，赛良等借以生端者，止缘蒋氏、徐珠等茹斋有年，而又为"静堂"二字，阶之厉耳。蒋氏所住之草房，乃徐嘉凤之父所盖，徐珠为杨一明牧牛之人，遂以一座蜃楼架起无穷烟雾。自谓讼题不大则乡愚不畏，乡愚不畏则赛良等之受诈不多，故捏题恐吓，惟恐其不尽变极幻耳。兹据里邻吕圣等各供，并无聚众影响，而行县分拿杨章甫，又回称绝无其人。研究再三，始终无异，相应仍照原拟，非枉非纵。但各犯事在赦前，应请援宥。

【眉批】如见其肺肝也。

为邑士雪冤看语

新蔡县令谭慎公 讳弘宪 文安人

看得庠生马文济，住县城之东四十余里，接壤颍州，与颍人马治安搆讼已久，此祸胎所由来也。准颍州牒称："追拿邪教水印、水清，被马家营劫夺。"据马文济禀称，水清系颍州捕役杀死，挟仇陷害，其情亦未可知。但查颍州来文，种种参差，前后矛盾，殊有不可解者。前据牒称，劫夺水清、水印，今查咨文内只有水印，而无水清，岂捕役明知水清已杀，故抹去不报耶？其不可解者一。又接该州缉批一纸，内称："水印伯母杨氏供，水印去投杨皇亲应兵，又着落乡长并谢秀才各处踩缉"等语。夫水印既被马家营劫夺矣，何又云投杨皇亲应兵，又着落谢秀才踩缉？处处要人，捕风捉影，其不可解者二。查该州行牒系正月二十四日，出批系正月二十七日，又不得谓出批在先，移牒在后，何以互异至此？其不可解者三。查禀报，劫夺之捕役内有刘星、韩臣、娄得、闻章，而承批踩缉之捕役，亦即刘星、韩臣、娄得、闻章也。四役既禀劫夺，何又承批遍缉？其不可解者四。总之，虚事不可以伪为，真情不觉其流露，捕役持批挂号，遂自立一大证据，不必马文济更置一喙矣。夫劫夺邪教必系同党之人，今邪教吴月前后供词并无及马姓一语，独此众役之口哓哓不已，岂凭一偏之词，遂可定劫叛之大案乎？从来买贼诬良，原为若辈之长技，更济以马治安通神之手。其中画策定计，实有出乎常情外者。如各役之追拿水清，奔走三十余里，乃不前不后，恰至马家营而追及之，谓非有安排，当不若是之巧。更可异者，前称拿获水印、水清，被马家营劫夺，今又云将水清拿获，水印奔马家营喊救。盖莫须有之情，宜其言之屡易而不自知也。其水清伤痕，不过据约保大概言之，原未去衣检验。今捕役已自认一枪，则余伤可类推矣。又谓放逃水印，故将水清杀死。不思水清若止脚面一枪，未至毙命，既欲放之，何不与水印同放，乃一放之，一杀之，是诚何心？此不待智者而后知也。况马家营四面无邻，旷野孤庄，前经刑厅与防将统兵围拿，仅有佃户数家，率皆懦弱农夫。彼所称四十余凶，从何一呼而集？即此足见其蔑诬矣。至张海岳一事，尤为可疑。据段从佩供，亲送张海岳至马文济家，及诘其房屋、门面、沟桥、树木等项，来役亲验，毫不相等，其诬害又不待辩而明矣。但段从佩与马文济既素不谋面，而忽行诬扳，其中定非无故。若严审从佩，究出主使之人，则

捏诬劫夺水印之人，当亦水落而石出矣。合二事而观之，其多方造谋，必求一中而后已，更显然可见也。乞提马治安、段从佩并捕役刘星等，直究到底，则治安等含沙之谋，自当莫逃于犀照。

势宧

冒死登闻事

文灯岩　讳德翼　江右人

故军祖某，殆所谓立身一败，万事瓦裂者也。方其掇巍科，涉清班，岂不思砥名砺节，以报国恩哉？迨其位高禄侈，意气渐扬。居里闬间，未免夜郎自大，兼有强奴悍仆，内则耸拥其主，外加凌轹于人。人方瞋目以视，皆思投袂而起，与宧相仇，乃祖某固握重自若也。岂知蜂虿亦能螫人，竟以一身为万弩之的哉。方其得罪遣戍，人情稍快，苟能由此敛迹，虽有宿怨亦当渐忘。乃诸奴犹假余威剩焰，以寻怨于乡里，固诸奴罪当贯盈乎，抑重烨之死期相迫也？张嘉谟，一么麽小吏，其势与祖某不敌，虽非善类，然岂奴辈所当鱼肉之？水无声也，风激之鸣。走三千里而叩阍以诉，奴使之然乎？木必自坏也，而后虫生焉，祖某不能无过矣。推鞫其始，盖争孀妇姜氏之田。士大夫清白遗子孙，十亩几何，乃与身名而付之一掷，愚哉祖某，未尝不代为噬脐。夫姜氏夫死而寡，自有应继之嗣，孤嫠治丧无力，卖田十亩于嘉谟，何与恶奴王泽辈事？乃冒为同宗以夺人，从而导佞于其主。使祖某此时以理自正曰：“利人之有，不义，欺人之孤寡，不仁。”重叱王泽辈而谢之，身虽得罪于朝廷，心犹无愧于乡党。乃今已矣，一闻讦疏，恐惧而亡，魂在夜台，能无身名两败之恨耶？细详疏列二十八款，虚实各半，真假相参。或摭小以及其大，或因一以概其余。然迹之近似者，宁为刻深，毋为宽纵。始以家丁而冒为兵，人田而攘为己，私能掩法，利欲害人，即祖某不入鬼录，能逃褫戮之再膺乎？独计为祖某者，固以一田为众逐之鹿；而为嘉谟者，又以一疏为负涂之豕。灭旨逃军，指摘犹似吠形；出海通番，捃摭何异射影？乳臭之儿而诟语为烝，侍婢之女而宣言为乱，祸延后嗣，丑至阖门，嘉谟何人，乃敢于君父之前不择言而告乎？法应并坐。但念凡人孰不爱死？中情一激，愤不顾身，苟非王泽辈凌虐太甚，区区十亩，一有司辩之耳，何至疾痛而呼天哉？王泽、王利等照款分别究拟。坐王泽等而贷讦者，非长刁风，使人惕然于祸之胎也，良可畏也。

劣　衿

岁考事

建昌司李周仙平　讳士二　江宁人

看得张某，乃宪台按临之日，某印官与该学所开报之劣行也。蒙宪发审，职转行该县严鞫，去后，讵县为之累详请宽。职以岁试大典，事关黜陟，孰敢为人阿庇？是以累详累驳。不意累驳累坚，迨严行该学查取开报缘由，乃该学之回称甚明，而该县之模棱如故。初请去廪而留增，继请去增而留顶。揆厥所由，无非顾惜于“廪”之一字，以为垂成之功名，不忍遽废，遂为支吾于其间耳。殊不知玉之损也，与瓦砾同弃，锦之碎也，与敝絮同捐。士之贤不肖，唯在劣与不劣，不在廪与不廪也。今据该学所揭张某放言秽行诸款，似若言其大概。至于占地争田、居丧搆讼之事，是则其有确据者。署县又何得代为展辩，以翼侥幸于万一哉？知弟者，莫若师，即其不理于师口，是亦不可以为人弟子矣。照例杖革，夫复何辞？

发审事

毛锦来

看得告赈一事，其鳏寡孤独情不得已者，应在王政哀矜之列。未有青青子衿，俨然圣门弟子而甘心为乞丐之行。一日之涓滴有限，一生之名节无穷，敢坏士风，实由此辈。更可骇者。内有老惫高某者，年近六旬，捏辞完娶，以帏薄之私情，为行乞之衣钵，不唯亵渎宪听，亦且丧尽天良。至若杜某者，自书养济院贫生。天下有生员而在养济院者乎？亦岂有在养济院而犹得称生员者乎？死心败检，莫此为甚。以上老朽惫行，皆得罪圣门而贻羞士类，所当严饬贴示，以警将来，以振士风者也。

哭剿惫诈事

抚州太守刘黄中　讳玉瓒　宛平人

看得青衿胡某，豺虎为心，乡人侧目。畏恶而不敢撄其锋者，以其善呼党类，稔熟衙门故也。董发二住于宜黄之崇二都，胡某往来庄所，饮食其家，酒饭之积，约有五钱。发二，人前取讨，已觉艴然，后又持低银求换，岂平日肆恶者所任受乎？未几而借名完粮强勒置产。吴俊十七、廖俊六朋比为奸，关说其事。发二买田未能，服礼不可，呈衙控县，亦胡某吓骗乡都之故智。而发二乃取遽履虎尾，控之学宪，虽其情有难堪，亦天之巧于瘅恶也。胡某胸无点墨，恶已贯盈，法宜褫其衣顶。仍应于党恶之俊十七、俊六各予一杖，以为横肆闾里之戒。

出巡事

宁国司马唐寓庵　讳赓尧　会稽人

凡开生员劣行，必实有其事，确有其人，始可凭以定案，据以黜革。今查郭某宠妾休妻一款，则其妻陈氏居然在室，拘而讯之，则谓因夫乏嗣，劝之买妾，词甚善也。使氏果为某弃，则此时方涕泣涟涟，咏“绿衣黄里”之诗而不暇，岂肯讳所难讳，故为《螽斯》《樛木》之词哉？则休妻一语，不独郭某不居，即陈氏亦不任受也。再查吞产一节，据伊侄郭某称，家产向属祖分，现今管业无异。据开，吞产而曰意欲。意欲者，即莫须有之变文也。是吞产一语，不独吞者呼冤，即被吞者亦且为之号屈矣。再四推求，则执某嫂侯氏向年禀学一词为据。乃侯氏死于某年某月，学词准于某年某月，时日不符，又非确案。置妾常情，何遂指有废嫡之举？吞产无据，岂得严以诛意之文？在该学，绳人于隐，不免疾恶太过，而本生无因得谤，合邀非罪之原。

豪民一　逋粮

岁考事

平阳司李毛锦来　讳达　新昌人

看得马某，本身欠粮，已属不法，虽曰为数无多，总在顽户之列。保逋脱逃，更为非礼。虽曰迂疏所致，难免揽事之名。查新例，生员欠粮，杖革追比，部议甚严。今某于举劣之后，始行报完。该县初拟罚谷，于律不协。驳拟决杖，可以蔽辜。

抗粮事

处州太守周宿来　讳茂源　松江人

看得钱粮至今日，催科之政万不容缓。然全在分别完欠之多寡，以为征比之宽严，使奸顽无所逃遁，而良善益加鼓舞，则庶乎茧丝之善术矣。所谓分别完欠者，总计其原额之多寡，而不当止问其欠数之多寡。例如某户欠银十两，而本户应完之数原止十两，是为十分欠之顽户。某户亦欠银十两，而本户应完之数共该百两，此户钱粮已完及九分之数矣。则此两户者，银数之多寡虽同，而钱粮之完欠迥异。不于此际分别惩劝，宜其堕误不前而百呼莫应也。今龙泉生员季瑶，统计其本户之田，原有二十余顷，应完粮银共该二百余两。以前十六、十七年分钱粮，查核已经全完。现今十八年分钱粮，于本年三月中共纳过银一百七十两。以本户分数计之，已完及八分五厘之数。其余即使迟至六月全完，亦与功令相符，宜在可旌之例者

也。今该县见此簿有三十两之欠，为数颇多，持之不免过急。季瑶自忖钱粮先期输纳，语言不无率直。差役因而肤诉，遂以抗粮申宪，似乎不揣其本而齐其末矣。今本生于奉宪批府追究之后，将本年未完银两尽数全完府库，凑解该县。应解在府兵饷，已经行县知照劄串。季瑶相应免议。

徐元选案

杭州司李纪子湘　讳元　文安人

查得徐某一案，江山县以抗粮情事列款揭申，屡经审拟。以贡衿抗粮，攸关功令，致奉驳查。今阅衢刑原详，则云所欠积逋悉经完纳，其贡生真伪，系已到监而未经廷试者，非出无因，故有请宽一线之详。反复推究，其始而抗粮也，谓之藐法，藐法之罪难宽。继而尽完也，谓之畏法，畏法之情可宥。夫王者立法，不过使民畏之而已，岂必置之死地而后快乎？应请结销免题，以开一面。

窝引逃民事

泾阳县令王书年　讳际有　丹徒人

审得曹大孙、曹汝兴，一系程统三之婿，一系程建极之婿也。统三、建极以抗差粮里长，挈眷潜逃，莫可踪迹。有催粮之责者，不得不于周亲是问。夫狡兔之脱也，必营三窟，而谓婿家非其一窟，谁能信之？且今岁田地，二麦颇登，即欲宵遁，未有不谋诸儿女，遂作神输鬼运，暗渡陈仓以去者。统三、建极应于大孙、汝兴名下责以查访，谕令速归。如其不返，王章具在，断不疏纵二人，使先去以为民望也。

豪民二　拒差

绑杀官差事

抚州太守刘黄中　讳玉瓒　宛平人

看得罗光告邓俊五等抗国揹累，是否实情，一讯即可立结。俊五等恃居两界，无法无天，差檄交提，屡拒屡抗。本府统辖六邑，此风可长，一切钱谷刑名尚敢过而问乎？未蒙檄行注销，亦未奉有知照，断无有因抗中止之理。前此号件，曾书原差本役复提，以销积案。不谓俊五等盘踞跳梁，愈欠而愈甚也，统凶徐佑七等，绑锁官差，擒归虎寨，此与叛民何异？若不仰藉宪威，严提正法，则效尤者众，而百务俱不可为矣。

豪民三　把持衙门

凶叛事

九江司李席觉海　讳教事　平阳人

复审得熊某以跳梁劣生，亲身不善，骇黎民而祸通族者欠矣。兔脱之后，鸷性犹存，若非五年援赦，终婴法网。乃九年间，又有窝劫一案。吴见明供之，熊祥六首之，迄今德、星二县，罪尚山积也。某思形难久匿，终不能为破柱之藏，忽于旧年六月有投诚之举。革面乎，革心乎？总未可知。然既蒙宪慈，准其归顺，则当取法于周处，奈何尚为冯妇哉？求保查天球一事，溷迹诸生，假冒标员，叱咤喑哑，肆孽公门。嘻，臬司何如地？堂上何如人？似此虎视眈眈，岂非鹰眼未化之一验

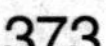

乎？除申详外，一面行查，而某之恶迹鳞集，尚可于大清世求活耶？其不即悬首者几希矣。但屡审前案，人亡无证。由前罪计之，所犯皆必死之条。由后赦宽之，所幸有回生之路。今某哓哓致辨，而合族青衿某某等，皆以身保，是亦相助为善之一脉。虽然司法重地，出入把持俱有明禁，某以武断乡曲之故智，移而用之公门，意欲何为？若不加法外之法，又何以诛心内之心乎？除重拟外，仍当笞责辕门，法晓中外，一以惩从前之跃治，一以戒将来之攘臂。若再执迷不悛，则三尺尚在，勿为两番援赦而遂几刑措也。

豪民四 武断乡曲

公举非类事

成都司李魏子存 讳学渠 嘉善人

看得王阿寿，幼失怙恃，长落飘流，所近非正人，所习非正业。留之恐祸地方，原有可去之理。但据国人皆曰可杀，即正两观之诛，恐古法不可行之于今，以今之国人非尽若古之国人也。阿寿平日为非，必廉其为非实迹，即云公举不法，亦须得其不法真情。如但以纸上极恶，口头至公，立置人于死地，恐朝廷无此法也。士师杀人，亦必三推六问，而非士师者又可知矣。王士忠等疾之如仇，亦除恶务尽之意，而王一元、王三凤等供证事款，率多扶同，则阿寿素行不善，终难为讳，责儆亦足蔽辜。如欲绝其生命，必俟怙恶不悛，干犯国宪而后可。

盐法一　私贩

禀报事

高唐刺史刘云麓　讳佑　曲州人

看得大商发盐凭引，小贩分引凭票。引不离店，票必随身，虽在肩挑背负，亦宜蹈矩循规。杨冯任贩盐二十五斤，询之则曰有引，索之实乃无票，私贩之律何辞？追拟之法不枉。

捉获私盐事

兰州刺史刘翔公　讳璟　固安人

看得兰州乡民乔俊英，探亲于河津境上，遂携私盐而归。虽曰食盐非贩卖者比，然而藏私犯夹带之条，盐且入官，无容告苦，罪仍拟杖，不必称冤。

私贩事

乾州刺史杨裔发　讳胤昌　盖州人

看得郝周孙以晋人而为秦害，用私橐而贮官盐，方将负贩出井，幸而公无渡河。赃已获而橐应入官，罪既定而驴难给主。

申报伤死大盗等事

程质夫

看得孙四等盗盐一案，解州临晋会审情真，按律拟徒，似无枉纵。伏蒙院批，谓四等聚众十人以上，当依豪强盐徒之例，则是各犯应得之条似无可宽矣。职仰遵复勘，实有可为诸犯原者。伏读条例所云："豪强聚众，驾船张帜，擅用兵杖响器，拒敌官兵，杀伤人命者，分别首从斩戍。"细忆斯语，似为白昼合伙公行无忌者而言，以其事类强盗，故以强盗之罪罪之也。而例后则曰："贫难军民易米度日者不坐。"今孙四等皆以破落穷汉，素环盐池而居，一旦计穷虑迫，为目前救死之计，其罪固不胜诛，而其情则甚可悯也。问其盗盐之党，则十人以上矣。然其中或有盗二三次者，或有盗一次者，且并有盗一次而尚未获盐者。问其盗盐之时，则曰在深夜以后，似非白昼公行无忌者比也。问其盗盐之具，则曰只有蹇驴数头，口袋数只，亦非若船载车推者比也。问其盗盐之仗，则曰只有钝铊一枝，别无军仗等器也。问其盗盐之故，则曰愿各分升斗，将以易粟赡死，非欲为兴贩射利计也。由是观之，

则与律中"贫难军民"无异也。即不然，亦窃盗等耳。独是拒捕一着，似无容置喙。然详询当时拒捕之状，谓是夜盗盐出墙，众皆驱驴负袋而趋，唯裴三槐一人执铊殿后。逻兵甫一追及，众皆鸟窜兽奔，弃盐不顾。唯追及三槐一人，转与兵角，因而被擒。以此观之，倘使皆存拒捕之心，则所带器仗不止于一铊而已，捕追方及之时，亦必不望风而走。且逻兵不过四人，盗盐已逾十辈，使果同心拒捕，则胜负正未可知。使逻兵而胜，则其所获不止于一人一铊而已也。则十余人者，正所谓挑担驼载之人也，非拒捕之人也。拒捕者不过三槐一人而已，即三槐挟铊殿后之意，亦不过小人愚卤，谓持此可壮众人之胆，鼓之使前，亦未必有敢于拒捕之心也。其后之拒捕者，亦如穷奔之兽度不能脱，遂反而触人耳。诸犯逃而槐独斗，槐死，诚

足正拒捕之罪。诸犯原未拒捕，则似不得概及之也。非曰因槐既死而遂卸罪于一人也。法曰："获盐不获人者不追，获人不获盐者不坐。"今审诸犯，皆系攀指缉获之人，但既已招明同伙盗盐，分别杖徒，似无枉纵。

盐法二　假引

密查假引等事

平阳司李毛锦来　讳达　新昌人

看得引以印信为凭，收必验明方缴。何物玩役漫不经心，嗟此愚民亦未着眼，坐视赝鼎乱真，径致碔砆混玉。如某某两县也，谨将宪发假引，提取经承严鞫。据供，侗愚乡民、新签衙役不知此弊，且云如此犯法重情，不唯耳目未经，实亦意想莫及。只知食盐引销，引到即收，收到即缴，但供登记之责，讵存疑贰之心？由此观之，疏忽不待问矣，别情似未有也。犹恐狡饰，未敢遽信，反复详查。某县假引四张，上书"张三"小字，盖即某县销引之乡民也。某县假引十三张，内有二张上书"邢家庄二甲邹"字，内有一张上书，"九甲广"字。邹则有姓而无其名，广则有名而无其姓，余则并名姓而无之。及究所谓邹，则曰"邹三"，广，则曰"张广"，盖即某县销引之乡民也。逐一提到，严加刑鞫，皆云市中买引到手，原自暗记姓名，以交于官。即此观之，未有自知假引而复自记姓名于其上者也，总由市上小贩往来飘忽，盐则卖于里下，引则得于市中。小民销盐，唯望其速来，不问何地之商。经承收引，唯望其速满，不问何商之引。愚民无知而妄买，蠢役不察而滥收，职此故耳，实他无情弊也。然疏忽之罪百喙何辞？均应重杖，以警将来。其伪造假引之人，奸宄狡诈，恐难骤致，严饬该县，加意密缉，务期必获，以彰宪法。其假引数目，先于经承名下勒令补填，无使缺额可也。

学　政

欺君凌儒等事

平阳司李毛锦来　讳达　新昌人

看得教职所敬奉者，祭丁是也，祭丁所首重者，颁胙是也。胙止及官不及役，今及役，渎矣，且及倡优，更渎矣。及役与倡优，而复夷然不屑受也，渎尚可言乎？师生鸣鼓而攻之宜也。问使之及之者谁也？曰，非颁也。祭肉出三日矣，颁于官，官不之尝，委于役，役不之食，故委之于倡优也，渎不胜诛矣。尽杖其役者，爱礼也。役亦仅止于杖者，以渎礼不自役始也。不杖倡优者，礼不为下贱逮也。词内之事，俱不究者，衍文也。

税　务

紊规违断等事

平阳司李毛锦来　讳达　新昌人

看得王加珍等，皆狡侩也。查临汾县杂征钱粮，有额设牙税六十四两有奇，系各色牙行，每年纳银换帖，方准开行，故有此税。又有额定商税一百两有奇，系远近客商贩货入市，随其货之多寡，自赴税课司完纳，故有此税。以上二项，皆为本大利多者而设，如绸布、菽粟、油盐、茶酒之类是也。至若蒸食一行，乃小民之最穷、最苦而无谋生之策者始开此铺，以觅蝇头微利。计本不上两许，每日买面不满十斤，做成胡饼、馍馍，倚炉而待，计个而出，日得数文，以为妇子饔飧之给。以言资本，既不在商贾之列，以言交易，又不列牙侩之俦。而王加珍等妄生事端，扳令纳税，是何异于刮佛面之金而削针头之铁乎？且蒸食出于面，面出于麦。贩麦之商既已纳过商税，为之发卖者又纳过牙税，岂有麦已成面，面已成饼，而更欲税之？则是一物而数税矣，是又何异征田上之籽粒，而并欲榷釜内之饔飧，有是理乎？王加珍鼓党嚼民，越禁妄告，已经道拟。吉庆随其鼻牵，同声附和，俱应同律。姑念赤贫穷牙，各责以警刁横。

行查事

毛锦来

看得任重身充库书，经管牙税，开报既已含糊莫辩，底簿又系一笔写成，迹似可疑，法实难宥，致烦宪台驳查，诚厘奸剔弊之至意也。职仰遵严行该县彻底根究。今据回称，该县原非商货聚集之地，只有牛马、花布、菜佣、酒保些小交易。故每年额定税银七十三两，逢闰照加，俱按藩司所给印帖牙侩名下写列名数，均摊征解，并非收于商贾之手，所以底簿一笔写成，职此故耳。至于货到有无，买卖多寡，悉由贩侩自操。该县除此额税之外，丝毫不得过而问焉。其说近理，似亦可信。虽然当日开报文内，亦须即以此情申说明白，奈何漫不经心，一任草率了事，虽无捏造欺朦之情，难辞疏略苟且之罪，杖惩经承，诚不为枉。

勒诈一　兵诈

急斩抢诈事

金华司李李郰园　讳之芳　济南人

审得金得胜以营兵而张虎翼，陈思能以地保而窃狐威，良可恨也。有应捕陈官郎、陈棍自桐庐归，途遇兵丁九名，不知姓氏。时夕阳西下，欲觅旅店栖身而不得

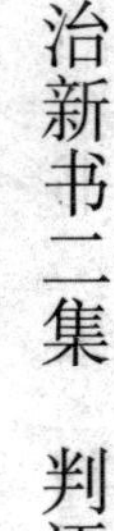

其处，官郎、陈棍二人即指引于同族陈七苟店中，暂为止宿。不期风雨连绵，狂饮数日，直待晴明始去。酒饭之费约算多金，无物相偿，不得已而留弓矢为贽，约次日赍银赎回。为七苟者，止知玉佩暂留，传作酒家胜事，不料银瓶指索，竟为马上粗豪。去即妄禀防官，以致差兵拘扰，复串地棍陈思能，以私藏军器为名大声恐吓。喧阗之下，遂亡其猪，食其鸡，取其女衣，复勒银十两始去。是何法纪耶？七苟遭此横逆，虽云事出兵丁，因思畴昔之夜，从旁指示而引入杏花村者，非官郎、陈棍而谁？因告思能、得胜之便，并波及之。虽然二人不过先容一宿，又安能逆料至此也？今严拘各兵对质，俱匿影无踪。若不请宪亲提，无以示创，其款内诸赃，必俟各兵到日审究得情，始便追给。云云

劫盗事

九江司李席觉海　讳教事　平阳人

审得盗凭赃，赃凭失主，千古不易之法也。如周起明之告余三八也，盗虽无据，迹实涉疑。夫何为而涉疑也？当三人被扳之日果系良民，自宜挺身与丁四出辨，何故而游于无何有之乡，借肖家岭为破柱之藏也？及闻募兵之示，出而投充，乃宿怨尚横于胸，攘臂复逞其毒，以索牛为名而引类呼朋，不分昧旦，以图报复，此何心耶？夫媸媸乡愚，远望者尚且却走，况破壁排闼，利器欲加，又何怪乎周启明之喊邻求救，乡寨等之鸣官立案也乎。究竟盗不见赃，伤不见痕，乃成兵盗两歧

之局。虽然盗实无据，三字狱何能死人，惟以兵论可也。夫三八挂名戎伍才数日耳，即以告假之身，下乡滋扰，如军法何？总之，鸷性犹存，鹰眼未化，启明之盗无据，丁四之扳有因，俟缉获丁四到日徐定盗案。先当移会本营，令以军法从事可也。

勒诈二　民诈

树党倡乱等事

衡州司李王望如　讳仕云　江宁人

看得审理状词，凡有语涉地方利弊者，当论其事之虚实，不当论其人之有无。盖人名可匿，事迹不可匿也。如万世泽之原告，历审皆无其人，谳者不得不信。而安玉卿等之为地棍，历审并无其事，卑职则不敢不疑。虽云庭讯之下质对无人，不便从空追索。但设签立关，及民间搭船，每人定索六分，则似不为无因。据玉卿等亲供，上自湘潭，下至湘阴，其载渡小船约五十只，每人搭船不过三分。其言如是，即使勒取六分是虚，而止该三分则是实矣。合无恳宪出示，即以三分为例，此外不得多索，违者治罪。再于每船立一小牌，载定船银数目，仍于西门码头刊一木榜，永著为令。不求其人而但用其言，则言路不塞，而地方之利弊可得而闻矣。此通商便民之事，亦兴利除害之大关也，伏候宪裁。

汤火事

金华司李李邺园　讳之芳　济南人

审得何某向以山木一片，得价二十两，卖与舒亨四。交易既成，即不得自变其说。奈何复欲自伐前木，立限状以返前银，殊属非理。此时内疚以省前失犹可，此时而欲生端再为已甚，则大不可也。一纸告词，捏称私当，命鲍百四持示亨四，恐

之适以诈之耳。乃亨四阳示以弱而留其状，即将稻二石、布一端、衣二件、银三两付百四转交，以寝其事。在何某，方且欣然得计，不料控宪相构者，已执票而随其后矣。总之，何某立计狡而浅，固不若亨四用意巽而深。原词俱在，过付有人，何某此时亦必自笑其愚而服亨四之谲矣。即欲强措一语，其可得乎？杖而追给，自不为枉。鲍百四持状付赃，不问而知为党恶，并杖无辞。

敕殛诈抄事

李邺园

审得生员童某，向与其兄童惠生，将楼房一所，得价一百两，卖与祝九百拆卸，系吴国栋为中，此顺治八年事也。至九年某月，又得过割银四两。至十月，又得找价银二十两。其为此屋计者，亦既不留余地矣。乃复倩原中吴国栋再为谋找。国栋难于措吻，遂坚辞以拒。然实大拂其心矣。无何而有祝二十之妇，以夫妻反目而雉经。此风马牛不相及之事，与童某何与焉？乃乘机写一手揭，指称百九纵令国栋强奸二十之妻，致令自缢等语，使其叔童而习持示国栋，以为诈端。孰意国栋不遂其诈，而反手揭是留，何某叔侄屡索不得，以致登门争哄，此国栋抄诈之控所由来也。虽八十两之银分毫未付，然问其执前揭而使之闻者独何心欤？况得价卖楼而称为“债滚”，加以“拆毁旗扁”“父忿惨毙”等语，尤属不情。童某如此举动而犹侧身士类，亦何颜之厚欤？姑从薄罚，以生愧悔之心。果能修省自艾，则此罚不为无功，不则较之夏楚二物为尤甚矣。童而习并杖不枉。

奏剿滥科事

衡州司李王望如　讳仕云　江宁人

刘钿镛之告里长江尚员等，以二石之粮索百金之贴。始因买田而当差，继因当差而卖田，情亦苦矣。总以地值冲繁，私派陋规，势难顿革，故受累至此。然以百金帮二石，为数不太多乎？合将所质原田若干亩，勒令尚员退还，以平其心。独是钿镛向为子户，既怪里长勒诈而控之，今为里长，又勒诈子户僧海微而反控之，以不欲者施人，亦何不恕若此也？海微买钿镛之田，其价不过三十两，而十年之内，两勒帮差，共计十六两，亦苦太多。岂前为里长苛索者，后必取偿于子户耶？应于钿镛名下断还银四两，以平其心。强不恕者而归于恕，所以息争端也。刘钿镛、江尚员各杖，余俱免拟。

匿情烧诈事

萧山县令贾苍乔　讳国祯　曲沃人

审得朱文才与方六二，向有灌田争水之隙，今一旦事出无端，有诡捏何文采姓名，谓六二殴死侄命，出首于县。六二于文才之外别无仇衅，不得不致疑于夙昔争水之人。斯时也，文才方避迹引嫌之不暇，况可与县差王禄并至其家贫餍口腹而为不速之客乎？虽投匿无凭，而六二之惑滋甚矣。至若陈某、陆某系经承吏书，六二馈银四两，欲以消弭前事，孰意赂贿空费，而勾摄复来。原差王禄复勒其轿钱、常例等项，共银三两。种种剥肤，能不归怨于偕往之人而兴不平之控哉？安可不杖文才，以儆其后？陈某等诈赃不法，别案已经追拟，兹不重科。朱文才投匿害良，审无实据，姑免深究。

豪衿抄诈事

金华司李李郇园　讳之芳　济南人

覆审得朱某，因妻属骆春，别案致讼，而为之关说以受贿也。先得春银若干，又龚静之付银若干，又陆长春付银若干。问之黄永日等，见证最详，且有彼之亲舅骆义同来见付者乎。而义设虚词以代饰者，特不过因某为姊夫至戚，为亲者讳，理有固然，况其初又曾串通朱某，互相诓骗，无惑乎供吐之不实也。今一犯呶呶不已者，特因家庭壁立，甑冷囊空，自知尽其家产不足以抵追给之数，故逞此悬河之口以救败。然过付证佐，供吐既确，虽欲宽之，乌得而宽之？相应仍照原拟。

勒诈三 诬诈

痛陈民害事

衡州司李王望如 讳仕云 江宁人

审得方某即陈万民，已经出认，则状非匿名，但所开单款实无确据，屡经审驳，似无徇纵。兹奉宪批，职复虚公研讯，逐款推敲。如里递帮贴马夫、水手、炮手等款，或因并无官给工食而民间私派完公，或因官给工食不敷而民间私贴以足之，授受俱属通权，谓之陋规则可，谓之赃据则不可。并非县官科敛，又非衙役侵渔，因时制宜，王道所不费也。至南漕米麦免灾三款，俱照由单征收，现留抵册可据。若谓由单、抵册而外，别有苛索，则各犯与方生员对质，并无确指。俾听讼者，何由悬坐？方某胪列款单，痛陈民害，自谓策效《治安》。信如所云，则必陆无车马，水绝舟桴而后可。岂由单、抵册，朝野所恃为信从者，皆不足据耶？人非丧心病狂，何以怪诞至此？应置严法。但念老悖腐儒，谅无怀私挟诈之情，姑发学戒饬，余照前拟。

叛宪屠民事

绍兴太守纪光甫 讳耀 清苑人

看得十五年冬季，奉文动支正饷购买稻谷，以济军需，会稽一县派办四千石。其时库币罄悬，该县即于欠粮里内派令完谷，扣除正粮。盖绍地稻谷原无铺行，而里递多力田之家，与其粜谷而完官，不若输谷以抵欠，诚官民两便之策也。但军需孔亟，追呼之令未免过于迫切。然上司催官，官催递夫，有所受之也。乃里长吴尚文等遽为叛宪屠民之控。据称：灾荒流免，并无拖欠，不知流免之文今春始奉知照，在去年冬季，此令未之前闻。逋欠既多，军需又急，官吏何由而豁免耶？况迩来师旅繁兴，一切马料、刀槽、草谷、船夫等项，无一不取足于县令。使尚文之计得行，则鞭策于后，维絷于前，几何其不泛驾也？违误军机，罪将谁委？乡民能出而任其咎乎？尚文等刁悍之风似不可长。但以里递告经承，不忍遽加之罪，恐阻言路而长胥役之奸也。倚蒙宪台，垂念贫民穷役，两易矜全，免其罪罚，则官役咸凛宪威，而后来县令之承办军需者，亦不致进退维谷矣。

违宪贡赃等事

纪光甫

审得桑某以余姚积蠹，奉前院访拿，问拟流徙。计赃三百四十余两，监追一载，仅完其半。该县叠奉宪催，势难复缓，不得已而以库银垫解。是桑某不但累民，且累官矣。讵料不自悔艾而反愈肆披猖，借摊赃而遍噬同役。复恐访后扳赃，奉有明禁，遂创为别词耸宪。阳为首弊，而阴图卸赃，计则巧矣。今所开里长、纳户、夫头三款，并无一人出证，其为虚诓可知。且钱粮利弊，或发觉于绅衿，或举首于被害，未有问拟流徙之衙蠹，身在囹圄，所得而讼言者也。应绳以律，但恨法无重科，除加责外，仍令补还库银，将各犯解宪覆核。

剪蠹正律事

抚州太守刘黄中　讳玉瓒　宛平人

看得舒爱九，即恺生，健讼逞刁，非一日矣。向与杨科七讼争坟山，乃一身之事，非通族之事。爱九赤贫无赖，安有多金付与歇户？伊兄爱二，现在可质，其主歇之黄希智，催审之黄远三、岳如一，住歇科七之杨遂三，不发看语之赵云子，跟随捕官勘山之裴英、刘孟三、曾有荣，一网打尽。犹有因端至从未谋面之王俊七，无故开列首名，虽供误听唆使，终不指其唆使为谁。若爱九者，真可谓善造空中楼阁不费斧斤之力者矣。庭讯之下，俯首无辞。诳耸渎宪之罪，断难为之宽假也。渐不可长，决杖以惩。

资治新书二集卷二十判语部

湖上笠翁李渔搜辑
婿沈心友因伯订

犯上一　诬官

匿妇奇冤事

苏州司李倪伯屏　讳长玗　嘉兴人

看得韩一鸣之告蒋士奇，因门子以及县官，其所恃者有三：一则以别县之民寄居辕下，因无部民之义，可避罔上之愆。一则以其妻罗氏被拐，罗氏一日未出，县官一日在云雾中，欲辨瓜李之嫌，必为多方缉获，计甚狡也。一则以士奇奸情有据，即使水落石出，而告门子者不为无因，门子乃近官之人，无风马牛不相及之议也。乃今罗氏既已缉获，拐者业有其人，则与士奇无涉矣。士奇初奸罗氏，已经知县某审明责革。合县士民有口，且各递甘结，则是亲近之人，已为风马牛不相及之人矣。以漆匠朱阿寿之事而加诸县令，以拐在邻县之罗氏，而诬在县令署中，一鸣之肉，虽狗彘不屑食矣。如此恶棍而不尽法创惩，则朝廷命官之名节皆操于辱人贱行之手矣。衣冠扫地，可胜悼哉。"投荒"之条，合从初拟。朱阿寿已伏天诛，免议

贪官嚼民等事

平阳司李毛锦来　讳达　新昌人

看得张懋修与其父张佩环，豪横武断，素不理于乡曲之口。隰州知州初行莅

任，而讦修父子者叠至，州官由是知其名而恶之。于十八年八月内，有乡民卜元祥者，与佩环比邻而居。环占祥屋，祥控于州。州官责环而断与祥价，讵环不遵，而横肆益甚。祥不得价而日哭诉于州。州官愈恶之，遂置恶人扁以悬其门，盖已与众弃之矣。又于本年三月内，廉得懋修劣款申报学道，道将懋修褫革，批厅拘审。该州又查出张佩环隐粮恶迹揭报抚院，院批该州审报。州委吏目缉环候审，而懋修早已兔脱，潜入京师，捏款登闻。此盖因州官之揭报而故为反噬之术也。鼓状单款，汾、太二刑厅会审全虚，明如指掌，而宪台疑有隐徇，严驳再勘。职仰遵逐件细鞫，每举一事，不惟盈庭之款证，诧为见鬼见神。即转以讯之懋修，修亦如醉如梦，而支吾错乱。请得而备述之：如所称，因衙蠹卜元祥告臣父张佩环，州官未审而先责三十板，要银百两。审佩环所占元祥之屋，乃是间半小房，而州官断给元祥之银止是六两屋价。其事甚细，其罪甚微，乃谓借六两之小罪，而挟人百金之重贿，不惟师出无名，亦婴儿孺子之所不从也。追讯所谓“蠹快”二字，乃知卜元祥不惟于州官任内原未供役，且自清朝以来并未进衙。及诘懋修，而修亦曰系明朝蠹快也。是何异呓语乎？追刑鞫款证黄运祥，事无影响，而修旋又移其说于张文，文攻其诞。更可骇者，修出一纸名帖，指为州官受贿之后通刺谢己。嗟乎，天下固有勒贿而投谢刺者乎？醉耶？梦耶？其词愈穷而愈幻，愈幻而愈穷矣。此懋修登闻之本意，其大概已如斯矣。复按其所列十款，句栉而字沐之。如第一款，额外加派而杖死纳户。问所加之额系何款项，杖死之人系何姓名，加派之据有无票簿，则不惟款证宋琮面叱其妄，而懋修已无一言相对矣。第二款，要豆九百石、草一万二千束，而分

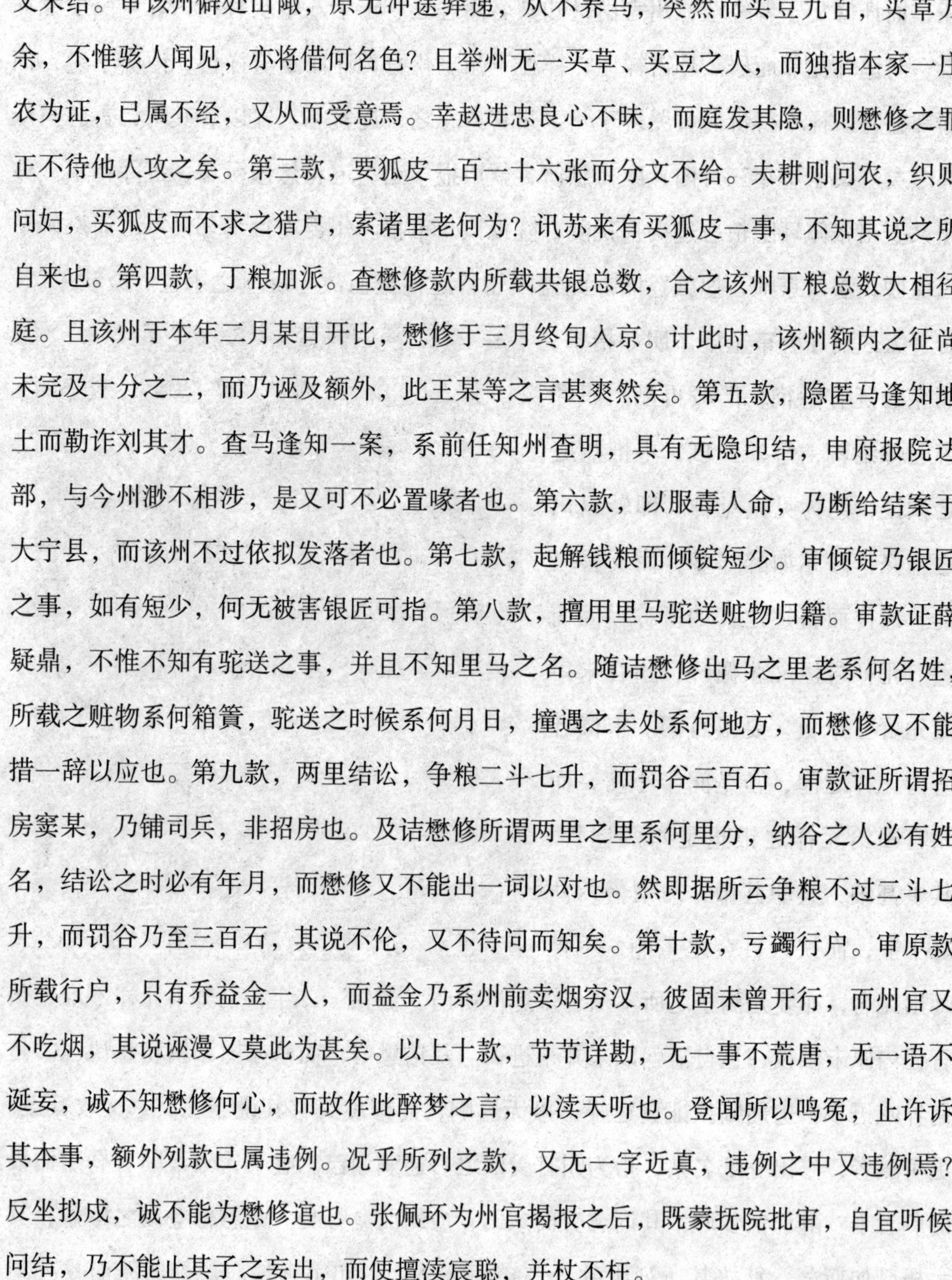

文未给。审该州僻处山陬，原无冲途驿递，从不养马，突然而买豆九百，买草万余，不惟骇人闻见，亦将借何名色？且举州无一买草、买豆之人，而独指本家一庄农为证，已属不经，又从而受意焉。幸赵进忠良心不昧，而庭发其隐，则懋修之罪正不待他人攻之矣。第三款，要狐皮一百一十六张而分文不给。夫耕则问农，织则问妇，买狐皮而不求之猎户，索诸里老何为？讯苏来有买狐皮一事，不知其说之所自来也。第四款，丁粮加派。查懋修款内所载共银总数，合之该州丁粮总数大相径庭。且该州于本年二月某日开比，懋修于三月终旬入京。计此时，该州额内之征尚未完及十分之二，而乃诬及额外，此王某等之言甚爽然矣。第五款，隐匿马逢知地土而勒诈刘其才。查马逢知一案，系前任知州查明，具有无隐印结，申府报院达部，与今州渺不相涉，是又可不必置喙者也。第六款，以服毒人命，乃断给结案于大宁县，而该州不过依拟发落者也。第七款，起解钱粮而倾锭短少。审倾锭乃银匠之事，如有短少，何无被害银匠可指。第八款，擅用里马驼送赃物归籍。审款证薛疑鼎，不惟不知有驼送之事，并且不知里马之名。随诘懋修出马之里老系何名姓，所载之赃物系何箱簣，驼送之时候系何月日，撞遇之去处系何地方，而懋修又不能措一辞以应也。第九款，两里结讼，争粮二斗七升，而罚谷三百石。审款证所谓招房窦某，乃铺司兵，非招房也。及诘懋修所谓两里之里系何里分，纳谷之人必有姓名，结讼之时必有年月，而懋修又不能出一词以对也。然即据所云争粮不过二斗七升，而罚谷乃至三百石，其说不伦，又不待问而知矣。第十款，亏蠲行户。审原款所载行户，只有乔益金一人，而益金乃系州前卖烟穷汉，彼固未曾开行，而州官又不吃烟，其说诬漫又莫此为甚矣。以上十款，节节详勘，无一事不荒唐，无一语不诞妄，诚不知懋修何心，而故作此醉梦之言，以渎天听也。登闻所以鸣冤，止许诉其本事，额外列款已属违例。况乎所列之款，又无一字近真，违例之中又违例焉？反坐拟戍，诚不能为懋修道也。张佩环为州官揭报之后，既蒙抚院批审，自宜听候问结，乃不能止其子之妄出，而使擅渎宸聪，并杖不枉。

剿蠹追赃事

抚州太守刘黄中　讳玉瓒　宛平人

看得丁瘦仔捕风捉影，匿名捏词，假公济私，抗官挟吏，非一日矣。东汝旱夫，为闽督五福之用，以旧属而念旧德，此理亦无足奇。而瘦仔以干糇之愆捏名张行，具控何净，犹云夫役是所经承。至架阁之王焕志，户房之何道仔，于彼何涉，乃以"一党"二字概之乎？乐年仔旧应里催，何黑仔同充夫役，睚眦细故，挂告无遗，其视官法直为彼报怨之具耳。况通邑公务，如有不便于民，岂无受害可以指证？乃雇何秋香改名罗洪，岂偏告偏证，遂可以偏听理之乎？此风可长，则官无以使下，而吏无所奉行矣。丁瘦仔、何秋香应重责枷示，以为诡名刁讼者戒。

极苦大冤等事

衡州司李王望如　讳仕云　江宁人

审得开款之虚实，必凭证佐之口供。即上司之揭报属官者且然，况属官之反噬上司者乎？被参知县某告道、府、厅各款，经长沙钱太守鹿戎厅历审，证佐各不招认。详请宪台转申督抚，已无遗议，仍重烦督抚两台交词严驳，卑职敢不矢公矢慎，尽法推敲？奈各款证佐终不易词，而某复哓哓置辩，谓各款证奉承见任之官而排挤去任之官。其言近似。独不思楚俗即云浇薄，人情自是炎凉，其排挤去任之官而奉承见任之官，情或有之，但岂有排挤未死之官而奉承既死之官者乎？词内之陈巡道，化为异物久矣，俞文龙等之口不肯因其物故而稍为游移，尚尔扶同攻击。则见在之金知府、潘推官又不待辩而明矣。潘推官之家丁潘六，讯之各款证，概云并无其人。若衙役之过付，亲手之面交，即据某所供，亦前后自相矛盾。最可异者，款开金知府每月得盐行样盐，讯之经纪罗君甫，则所持各票乃被参知县某所自取，与金太守无涉。伐人适以自伐，岂某亦奉承见任之官而自行排挤去任之官乎？况所开金知府之样盐，则谓之赃私，而自供衙役某所持之朱票，则谓之长例，何其待人则克而自待则宽乎？总之，被参成仇，含沙射影，浮词满纸，皆成梦呓。应从"反

嗑”之律定罪，洵属不枉。

官蠹伙通嚼民事

失 名

以民讦官，非有所凭，即有所倚。凭则凭其事款之实，倚则倚其谋主之雄也。王思明告无一实而敢于诬官，岂无所恃而然乎？是必有阴持讼柄者矣。云云

密揭访劣等事

处州太守周宿来 讳茂源 华亭人

审得鲍某以府胥之子幸厕黉宫，自矜搦管能诗，实习舞文故智。乡里比之白额，上流鄙为青蝇，放辟邪侈之行，有一日不可容于子衿之列者。东瓯官吏揭报按宪访拿，批行学道褫革，而按宪犹于法外施仁，免其三木。本犯自知颜面丧尽，瓯城难以复居，乃以括苍为避迹之地。然当韬嘿自艾，或者天地之大尚可苟容，岂意酗酒纵博，交结匪人。官于处者，岂能容他郡之流孽贻害于切近地方乎？及驱之出境而终不去，仍匿于城东之青林地方，狐绥狼顾，使乡民见而畏之，争首于县。县方出票行拘，而本犯犹不踉跄出走，复以威辖乡夫，擅役铺兵，真属包天之胆。县发其笥，则有《述怀诗》一篇，含

怨肆谤，大意萋斐东瓯送访之官，而并侵及于按宪。盖因刀笔是其家传，而舞文率其故智，所以字字寓蛇蝎之心，而言言带鼠雀之气。今遵宪批严审，其在青林不过

三日，奸淫之事未有其实，其他喝甲长以役乡夫，捉铺兵而挑行李，本犯亦无能展辩。至于假称乙榜，则其吓乡愚之由也。除轻罪不坐外，查律“囚已决而自妄诉冤枉摭拾原问官吏者，加所诬罪三等，罪止杖一百，流三千里。”鲍胤璋系案革访犯诬毁问官，相应拟流准徒，其勒索夫银一两，照追充饷。

犯上二 逆亲

缉获伪印等事

浙江藩宪袁辅宸　讳一相　顺天人

看得嘉兴府儒学书役萧远，原系秀水县礼书，伪造学印，该学历年学租文册皆远伪造。先据该学叶教官申详，今据该府审实前来。查萧远私报假印，一当死也。伪造历年文册，侵盗学租，二当死也。仅与一辟，尚有剩辜。第本司于此，重有慨焉。据叶教官所获假印，系萧远之子萧锃抱印出首，并供质甚确者也。夫攘羊子证，千古诧为异闻。今萧锃虽供出继，固萧远亲生子也。不意当圣朝之世而乃有证父以大辟之子，实系世道人心之一大变。此乃司世教者之忧，而于犯人奚责焉？谨按《大清律》有“亲族相为容隐”之条，凡同居及大功以上亲族，除谋反叛逆外，其余罪犯许其相为容隐，并勿论罪。夫大功以上尚许容隐，况亲生子乎？又按《大清律》云：“于法得相容隐之人为之出首，比同罪人自首免罪，其小功缌麻亲出首者，亦得减等。”功令照然，炳如星日。此千古帝王相传之法，斯真仁之至、义之尽也。而今之刑官，未见议及此案以子首父，比同罪人自首免罪之条，未知法司允从否耶。再按《大清律》云：“自首有不尽者，仍以不尽之罪罪之。”今萧锃只首萧远私造假印，未首萧远侵盗学租，则萧远侵盗钱粮之罪固自在也。又据府审，假印实系绍兴人沈抡生雕刻。查私雕假印之条“应以雕刻之人为首，行使之人为从。”今沈抡生尚未提到，其萧远伪造历年学租文册，该府未经审明，侵盗某年学租银若

干，均难定狱。此案事关大辟，应听臬司审理，拟合详请宪台督批按察司提审明确，详宪定夺可也。

毛章斐案

德安太守高云旂　讳翱　江宁人

看得毛章斐，蚩騃孺子也。中冓之言，虽路人不敢置吻，况以子而证其所生之母乎？使毛通明之麀聚果有指实，自当按律重拟。乃聚毛氏之族而庭讯之，无有能证其事者。母不受罪，则章斐宜加人一等矣。创惩之下，若犹不自悔艾，可退而读《凯风》之诗。通明若稍明瓜李之嫌，焉有此鼠雀之讼？本宜儆治，但恐刻画无盐，碍彼母子大义，隧而相见，姑体人情，今而后，其无近未亡人之侧可也。

杀母灭伦事

杭州兵宪范　正　讳印心　河南人

继母以不孝讼子，虽难尽信，然谳者往往以“继母”二字预先横踞胸中。不特虚者近虚，而实者亦难近实矣。据详，胡允安之持刀杀母毫无指证，焉知族众两邻之口，不怵于允安平昔之狰狞而故为左袒之证乎？仰厅再加严讯，务以得实情，以正伦法缴。

犯上三　背师

欺侮师长事

平阳司李毛锦来　讳达　新昌人

看得束修固弟子之礼，缺之则为不恭，怀利非师长之宜，争之亦觉失礼。但寒毡既属苦局，而岩邑又鲜多才。科岁两场，收门生不过五人而已，头角一换，见师傅亦当三有礼焉。半生老景，止靠此一度春风，千载奇逢，不过是几名新进。况教官之嗜欲无赊，非如万取千，千取百，尚曰吾犹不足。讵秀才之心肠太毒，即使与之庾，与之簠，皆云我昏不能，若非鸣鼓之攻，终无执贽之日。幸存羊而爱礼，姑略法以原情，归斯受之，可免穷途之哭，与其进也，益显师道之尊。

犯上四　奴仆背主

弑主骇变事

萧山县令贾苍乔　讳国祯　曲沃人

看得余昌三，徐氏赎身之仆也。初靠身于徐君仁之父，不数月而获罪于主。主人杖之，昌三不耐刑辱，遂备原价赎身以出，已历年所矣。今君仁父故，而为仇家所讦，列其事于款单，昌三因而反噬。夫君仁即不逞，他人可讦，而素尝投之昌三，何可并讦？若不论而杖之，是天下之主得罪于公庭，而豪奴悍仆，皆得恣其媟孽，非所以厚风俗也。前县拟杖，而君仁不服，故有是控。合移君仁之杖以杖昌三，于理斯得。

窝叛戮主事

衡州司李王望如　讳仕云　江宁人

审得袁巍之告刘正达也，以正达妻其义媳，子其义孙，十年之间，六词叠控，从不得理，似亦可以不终讼矣。乃犹喇喇不休者，则谓正达向年曾立议约，有“义孙长寿，长大归袁”之语。迨隔别研讯，长寿涕泗涟涟，但愿为僧，不愿为俗。是以沙弥之年而矢头陀之志，且不屑为刘氏之继子，又安肯作袁门之义孙哉？正达之议约，明是勒词，而袁巍所告窝叛戮主，真同梦呓。十年顽讼，何许子之不惮烦乎？本应薄惩，姑念赤贫，免拟。

情关叛逆事

江宁太守陈大亨　讳开虞　富平人

看得朱李保叛主情节，叠悉前详，无复再赘。今奉驳查卖身文券。夫吴友忠内外资产，尽属李保掌握，安知一切文凭券约，不尽在掌握之中乎？事至今日而欲索凭券于烬中，恐死灰不复燃矣。今李保且不认为吴姓之仆，尚可问其昔年身券之有无乎？且今日李保之敢于跋扈者，亦恃此身券之乌有耳。若心欲究出身券，而后定为奴仆，则恐反堕术中。夫友忠买顺姑为妾，以致家破人亡。李保之身券与顺姑之婚书同一辙也，尚可穷其踪迹乎？将谓李保非吴姓之仆，无论众口足凭，即据保自供，谓系乳母之子。若果如是，则其夫妻兄弟，在友忠家数十年，所干何事？岂母有乳，而其夫妻兄弟尽有乳乎？又安见奴仆之妇之不可以乳其子也？不待词毕而知为叛奴矣。但其罪浮于律，而未获重创，为馀恨耳。勉强前招，解候宪夺。

叛国杀主事

衡州司李王望如　讳仕云　江宁人

审得陈以彦为前宦陈圣典裔孙。宦存家赀，悉托故仆陈进管理。进本姓刘，刘如汉即其子也。鼎革以后，陈宦之子宾俊立有退役笔帖，许进自立门户。然犹力能弹压，虽无指使之实，尚有臧获之名。迨宾俊物故而进亦继亡，以彦纨绔家儿，菽麦不辨，如汉买充府吏，子侄又入黉宫，因而尾大不掉，如汉眼中不复有故人之子矣。据以彦供，其乘乱挥金，买官责主，通邑童叟无不代为腐心。其言虽无确据，然原其心，似亦莫须无之事也。以彦今岁轮充里差，四壁萧然，茫无所措，不得不望助于如汉，而秦人之视越人，不问而知其膜外也。以彦之控，其得已乎？蒙批到职，职于庭讯之下，先正主仆名分，后讯家赀有无，所告田租五千石，领本三千两，总无片纸只字可凭。只有以彦祖、父各批许陈进归宗笔帖，在如汉则奉为金縢玉册，在以彦则视为断简残篇。而听讼者于此，则当两夺其恃而各予以平。夫以汉之父曾受故宦卵翼，虽经自立，不应藐视其子孙；以彦之祖若父，既准旧仆归宗，亦不得因其跛扈而遂等先人手泽为故纸。但责以背恩，许其赎罪，则旧主之气可平，而亡仆之目亦瞑矣。合于刘如汉名下断银二百两，济以彦追呼之急，报故宦超脱之恩。此后以彦、如汉各立门户，即使刘氏家赀日裕，以彦不得过而问焉，并从前主仆之名亦相忘于不较可也。

婚姻一 强娶

劫女奇冤事

丽水县尹方郘村　讳亨咸　桐城人

罗孚中谋亲不遂而至于劫，是以强盗之行，而结婚媾之局者也。黄世荣之侄女阿绣，生而窈窕，人人思得以为妻。然饵以厚聘者有之。赚以巧术者有之，即求之不得而以大言恐吓，欲以从贼报于营，通海首于县者亦有之。未若孚中之敢作敢为，灭理灭法而竟以抢夺为事者也。据称黄阿绣未生之时，其父世贵在日，曾与孚中之父指腹为婚。夫果若是，则阿绣之生已十七年矣，何及笄以前绝不闻有通好之事，直至“桃夭”将赋、百两争迓之年，始有蹇修何雨若者过而问焉，岂非奇葩未艳，蝶使不知，异卉将开，蜂媒即至之故欤？况求者自求，而世荣并未之许。即其所谓十六两之聘，非聘也。因其完粮无措，欲以腴田二亩暂押于孚中之兄罗毓宇，毓宇付银而还其券，想即以为赚婚之由，而世荣莫之知也。夫男女婚娶有时，指腹割襟，律有明禁，况一丝全无，而谓百年已订，安能起九原二死者而讯之乎？据供，持灯之外并无多人，轿伞之馀别无他物。独不思，不由情愿而强之登舆，则明灯彩轿与明火执仗何异哉？即讯之赝媒何雨若，亦复嗫嚅其口，谓十六两之聘原系代交，但世荣口语模糊，有且待后看之复，则其中情弊不闻可知矣。恃强夺婚，大干法纪，本应离异，但念孚中年齿尚幼，主使由人，况婚已逾时，返非完璧。且讯之阿绣，又俯首无言，悬揣其意，得无有将错就错，从一而终之愿乎？除重杖孚中

外，仍加断聘银二十两给世荣以补不足。罗毓宇矫揉武断，何雨若左袒占婚，并杖不枉。

婚姻二 逼嫁

逆媳殴姑事

太平二守刘松舟 讳沛引 大兴人

看得妇人夫殁，之死靡他，理也。即有从傍怂恿，使之别抱琵琶者，大都早则期年，迟则三载，亦必出于公姑之命、父母之言而后可。断无有夫未死而先定议，尸未冷而便促婚，复由外甥女婿之硬为说合，而可以改节从人者也。如端氏与故夫王之乙，生前素称好合，已生一子，年及四龄。不幸而硕臣早世，遗此孤孀，形影相吊，惟赖亲姑倪氏暨夫兄王之甲为之内外扶持，使薪水之无缺，则孤雏有成立之日，

而寡妇无改操之忧矣。奈何有之甲之甥婿赵某者，立心奸险，硬设罗网。当硕臣抱恙之时，纠王族某某等三人，借嫁氏为名，诱骗许尔调聘银一十四两，只以四两为定，假倪氏出名，预立婚券。及硕臣既死，氏兄端君赤托赵某借银若干为殡殓之费。赵某立心不良，忽于事后假称满债，横语惊人，使端氏有不得不嫁之势。幸端氏不从乱命，矢志弗回，而赵甲等四人始计绌而气丧矣。然犹思出奇制胜，为倪氏装辞讼媳，加以忤逆之名而列君赤于词首，绝其援也。本厅初疑端氏不端，或者再醮之念勃然于中，事姑之诚果有未逮，致倪氏急于去媳，以拔眼中之钉，未可知

耳。乃故反其局以试之，不罪媳而罪姑，欲以刑加倪氏以试为媳之心。如果忤逆思嫁，则必神色泰然，是诚于中者形于外矣。不意才说加刑倪氏，即抱姑狂叫，其声彻天，涕泗滂沱，求以身代。本厅睹此不觉泫然泣下，敬之重之，且为致叹于往昔东海孝妇之衔冤，诚哉其不谬矣。彼丧心败行之赵某固无足论，独怪之甲为之乙之兄，忘吹篪之义，助灭伦之谋，独何心哉？本厅怒欲加戒，讵其母倪氏抢地呼天，哀求再四，姑与幸免。嗟乎，倪氏之悲痛若此者，为母子之情也，独不思孙之与媳，亦母子乎？必欲逼之使嫁，强之使离，岂牴犊之爱独钟于我而不钟于人乎？矧夫之甲、之乙均为子也，何忍于待死而溺于爱生乎？且也四岁孤儿，正需顾复，倘夺之襁褓而不获长年，则硕臣绝嗣，致缺蒸尝，为之母者独能安然于心乎？不特此也，之甲年逾天命，尚未有子，即不为之乙谋嗣续，岂并不为之甲计螟蛉乎？种种愚蒙，都不可解。总由一人作祟，簸弄其间，致此昏瞶老妪，堕云雾而不之觉也。为赵某者，等诸梼杌穷奇，尚有未尽之獠獍矣。本厅之断此案也，罚许尔调于前聘之外，再出银一十八两，中媒赵某等除追前银十两外，再罚银二两，追出王之甲前银四两，共计银四十八两，与端氏从祖生员端茂秀等，另有公议资助。合之前银，俱付端门宗老，合置田一区，为寡妇守节之资，孤儿养生之费。但无令赵某上门，复生他诡，庶冰霜之妇得以遂其本怀，而孱弱之儿，亦不致流离失所矣。万一事有中变，则此项仍作公费，他人不得觊觎。至于许尔调原聘一十四两，查律文本应入官，但守节抚孤，有关风教，追付端族，以襄义举。似与入官之律异旨同归，谅亦贵府所乐闻也。赵某恃强逼嫁，痛责以惩，仍与越礼助奸之王之甲、硬执斧柯之某某、谋人结发之许尔调，各加杖儆。倪氏听唆逐妇，不能无辜，因系亲姑，免议。

婚姻三　赖婚

母党祸延血女事

衡州司李王望如　讳仕云　江宁人

审得生员彭继时与生员刘承锜、刘国邻父子兄弟，皆至亲好友也。因故宦朱世潘之妻刘氏为国邻之姑母、继时之舅母，孀孤乏嗣，值朱刘两姓争产，彭继时误为朱姓作证，嫌怨自此起矣。继时与国邻堂兄楚英联襟，继时外父明经谢开春愿为蹇修，曾代通彭宅幼女庚帖，并未有纳采问名之事。及楚英捐馆，历甲辰至丙午，亦未尝以婚姻之礼相见。是此段姻缘，原在可联可绝之间，非若藕丝之难断也。乃刘国邻等，以彼为朱作证之嫌，遂兴欺孤拆枕之控，告学，告县，告府。嗟哉彭生，寡固不可敌众矣。从而砌款开单，谬讼宪台，希报东门之役，以防女吴之羞。迨两造对质，某案事在顺治六年，某案事在康熙元年，各有定案，无庸再讯。独是联姻一节，当日既无牵丝之缘，此际难充雀屏之选。况吴越之势既成，则秦晋之盟难合，不俟再计而决也。但继时所告国邻七款，含沙射影，一无确据。刘国邻以毁亲责继时，其言似公而意实私。继时以单款控国邻，所投者轻而所报者重。理应同杖，以儆恶习。但查贰生屡试优等，均号时髦，恐遭一时之惩，便贻终身之玷。仰体宪台宏开义学，作养人才至意，辄敢敷宣大义，责以自新。着令本学教官多方劝谕，两各悔过服输，式好无尤，合无藐恩，一体省释。

哭究二命事

衡州司李王望如　讳仕云　江宁人

审得萧一恕之与贺氏也，幼有秦晋之盟，长无伉俪之好。当鼎革乱离之后，贺氏失父，依龙大吟为养女，时方四岁，发犹未鬖鬖也。抚至及笄之年，嫁黄梦昌为妇，期年而作未亡人。再醮与王美寰为媳，又历二十载，所生男女不一而足。是萧郎之为路人也，屈指三十年矣。前此并无只字之诛求，不闻一声之叹息，乃忽于此时此际，忽鼓《求凰》之掺，而欲求破镜之重圆也，其可得乎？完萧郎未成之镜，而拆王门久配之婚，有是理乎？况庭讯贺氏，则供不知一恕为何人，其情可概见矣。事隔两朝，妇经屡嫁，从前不闻影响，而忽驾无情之词，诬枉极矣。本应反坐，念系赤贫亡赖，应与穷耄无辜之龙大吟概请宽释。

【眉批】才人落笔，自饶风雅。

谋割大冤事

建昌邑宰米子来　讳汉雯　宛平人

看得王铧三与邹魁五，原无儿女婚姻之约。止缘庚子年间，魁五之妻携女避乱于铧三之家，妇人闲叙，有欲结亲之言，过此则未之或及耳。铧三无聘无媒，安得以婆话为凭，遂盼百年之契乎？余意二左袒之言，较婆话更不足据。今魁五之女与娄姓缔结朱陈，系王锦三说合，其事已定，应准完配。铧三、意二商串赖婚，均杖不枉。

灭伦异变事

钱塘邑宰梁冶湄　讳允植　真定人

审得沈靖宇与沈鸿宇同姓不宗，合本贸易，称莫逆交有年矣。靖宇有子胤祚，鸿宇欲得而东床之。妻邵氏有女名福姑，妾王氏亦有女名三姑。鸿宇以三姑相订，而不言妾出，讳其所生之微也，且贫富不敌。在邵氏亦不乐以己女归之。康熙四年，凭媒钱希贤作伐，遂缔丝萝。嗣因鸿宇物故，家事式微，而靖宇日渐殷富，邵氏遂萌更易之心，欲以己女代三姑。是时家政悉操于外戚邵某等，鸿宇嫡子国昌惟拱手听命，邵氏遂为欲夺先予之计。去年某月，竟以三姑许俞某为孙媳，凭何懿甫作伐，先以庚帖予之，未几即受其盒礼，明示人以己女归靖宇。三姑身有所属，焉得起而争之？在靖宇则惟知所聘者邵氏之女，而不辨其福姑、三姑也。即嫡子国昌

知之，妾王氏亦知之，惟有敢怒而不敢言耳。国昌虽不敢言，以父命不可终背，具词赴县，求准存案。未几而里民乡约某某等以通里不平等事连名具呈。邵氏虽神于设计，能泯公道于人心乎？为邵氏者，既见众口之不可掩，二女具在，尚未于归，从容归正未为晚也。奈何于某月某日，见靖宇择吉迎娶三姑，邵氏竟衣凶服而出。见彼妇而出走者，不待其词之毕矣。牝鸡毒悍，遂至此哉。兹审原媒，验庚帖，及邻里口供，靖宇所聘者三姑，非福姑，邵氏所生者福姑，非三姑。婚姻前定，岂得因贫富而肆意叠更？本县采之舆情，按之伦理，即着沈胤祚与三姑当堂结褵，早偕花烛。彼即以凶压吉，吾为以吉镇凶。今而后，鼠雀之讼与狮吼之争庶几免矣。俞应祖不愿联姻福姑，贤徇情颠倒，本宜重处，审无赃贿，量予责惩。

婚姻四　悔亲

活拆惨冤事

扬州司李戴绅黄　讳王缙

审得王明宇之女顺姐，向许潘守魁为妻，受田十亩作聘。后因守魁之父缘讼脱逃，致累明宇鬻田代费。聘田既失，旋欲悔亲，于是顺姐愿归柳姓，此活拆之控所自来也。庭讯之下，明宇自知理曲，愿以所抚侄女代之，配守魁以践旧约。虽鹊巢鸠踞，破甑难完，而弦断胶联，葭莩如故，为守魁者，亦当返寇为婚而破其涕为笑矣。应令守魁再备聘银四两，为酒醴之费，与其侄女顺姐完姻。杖明宇以惩反覆。

婚姻五 误婚。嫁非其偶也

生离夫妇事

平阳司李毛锦来 讳达 新昌人

看得郑尔彦下体不全，生缺人道。聘妻李氏且八年矣，名为箕帚之妇，从无枕席之欢。李氏恬处八年，从无怨恨之语者，以有姑在堂耳。姑怜其不幸，再加意抚恤之，且订终养之后，许其别嫁，仍命子彦预立休书，付与氏父李光先为据。今年姑死，父怀爱女之心，不忍李氏之终寡也，急持原约求判于县。县谓阴阳失配，诚非人伦之宜，况有母命，子当遵从。哀李事姑有年而光阴已迈，断令伊父只备原聘之半与彦退婚，而准李氏择配，此合理顺情之事也。何彦乃必欲取盈，而旋有是控耶？嗟乎，八年真姑媳，诚可悯矣，数载假夫妻，实何辜焉。为彦计者，即不念李氏之劳，亦当思亡母之命，奈何无畜妻之具而怀陷妇之心，岂自恃无阳为奇货而故欲居之以为利耶？语曰："阴类之物，毒而不仁。"信不诬矣。姑念天劓残废，令光全给原聘，以断葛藤，准李改嫁可也。

宪殛冤拆事

绍兴太守纪光甫 讳耀 清苑人

审得赵志美有女二姐，先年受聘六十四两，许沈天魁为妻。其时天魁未娶，已先纳妾而生子矣。志美闻之，谓其已有嫡妻，自分明经之女，岂甘作妾？随欲悔婚。天魁逆料志美不敢他许，乃迟之既久，卜吉无闻。女年几三十矣。至去年某月，志美以女改适袁大。天魁具告该县。随凭刘某等设席调和，倍还聘金一百二十四两，天魁自立退婚文约，事已寝矣。乃今未餍其欲，复为冤拆之控。夫妻未娶而妾先来，已处婚姻之变局，况齿臻三十而未嫁，为父母者彼将何以为情乎？是志美之悔亲，与寻常倍盟者有间矣。但当鸣之于官，或投亲众议处，退还原聘而后嫁，夫谁而得议之？先嫁而后偿聘，亦谓告则不得嫁也，然授人以讼柄矣。为天魁者，设于讼县之后，不受聘资，不书退约，今兹之控。谁曰不宜？奈何宾筵甫散，肺石重来。试问一百二十四两金归之谁手？情愿退婚之语出自何人？则其意不在得妻可知矣。然以三旬不娶之妻居为奇货，倘再愆期一二十载，则岳家赔偿之数不愈多乎？天魁不情之罪不在志美悔亲下矣，分别杖罚，以存公论。聘还诸沈，妻归于袁。而今而后，二姐“摽梅”之咏可无作乎。

冒死鸣冤等事

嘉兴司李文灯岩　讳德翼　江西人

沈氏，名家女也，适倪大而大投空门。王奎故宦祖某之仆也，闻其色而悦之，遂谋为妾，而实受命于主人。夫人各有偶，偶分良贱，岂有良妇娉婷而狂奴畜为侍妾者乎？奴不足论，为主人者，独不念嫁前令之女还故家之妾，为士大夫美谈也？乃使王奎淫纵至此。奎徒，断沈氏离，另择配。

会稽女子判　拟作

高寓公　讳承埏　嘉兴人

婵娟碎玉，悍巾帼诚云厉阶，嫣婉埋香，莽须眉厥维戎首。盖雕梁本隘，鸾栖则雀啼，芳露难奢，蕙沾而蓬叹。酷洵馀辜，忌奚深怪？若夫幸拥慧姿，称情种，问骚雅，固无有乎尔，语温柔，亦莫知其乡。莺笼深院，携柑之酒翻赊，鸦啄芳林. 护花之铃靡设。遂使愁蛾陨翠，虚留怨叶题红。如哀哀越娥者，吾恨恨燕客焉。金屋岂其贮娇，怅矣飘英堕溷，纨扇徒尔工赋，嗟哉向犊操弦。既拙熔裁妒耦，比鹖羹以疗膏肓，复昧款曲啼颜，学珍珠而慰寥寂。闵斯长夜之摇魂，职竟不天之种孽。河东狮子，薄令石氏老拳饱之百击，负腹将军，直须来家铁瓮入以千年。匪曰虐其金科，庶用妥乎瑶魄。

婚姻六　苟合

子卖父妾等事

绍兴太守纪光甫　讳耀　清苑人

审得陈氏与胡谷，苟合夫妻也。先年陈氏夫亡子幼，家有讼事，浼谷代为料理，日久成奸，因而妻陈之妻，子陈之子，且自上虞徙居府城，历二十年，于今不复知其非伉俪矣。籍属丐户，贸易为生。陈氏虽有子茂豪，非谷所自出。谷乃娶妾滕氏，为嗣续计。在陈氏既恐宠妾以夺其爱，而茂豪又虞生子以分其资，遂母子定计，乘谷外出，将滕氏转鬻他姓。比谷归而查询，陈氏大肆咆哮，且匿其所买屋契田帖，而驾为奸劫之词讼于本府，此谷愤而上控也。夫奸情至二十年之久，衣食寝处，朝夕与俱，欲不谓之夫妇已不可得矣。况排门户册首列谷名，屋契田帖尽书胡姓，而称奸称劫，其谁信之？但既卖之妾，不可复返，谷与陈氏虽二十年旧好，一旦反目，视若仇雠，有不可复合之势。且濮上相从，非夭桃秾李之匹，悖而合者，亦悖而离，理所当然，无足怪也。兹既自愿离异，相应俯从，仍断家资归于陈氏，田亩还之胡谷，以两平之。茂豪始而卖妾，继而匿田，而又妻讦其夫。子告其父，律应重治。姑念妻非结发，子异亲生，薄杖以儆。

毒陷巧割等事

衡州司李王望如　讳仕云　江宁人

赵美祥之叠告罗秉怡，以买其妻而为妾也。初阅茶陵州词及臬司原词，咸以诬告坐美祥，而比其赎锾。及此番两造对质，隔别研审。前在茶陵州有“乞法正伦”一词，盖罗公正首美祥之殴母。今讯其母刘氏，则供美祥为亲生第三子，菽水尽孝，不间晨昏。夫母称子孝，而公正首以不孝，其伪端见矣。况公正并无其人，只

有老汉罗公所。自州审以至于今皆坚不承认，其为他人捏告可知。据美祥供，秉怡为茶陵州歇家，告状时曾主其室，凡事皆托料理，焉知代为解铃者，非即从前系铃之人乎？然此莫须有之事不足以服其心。但以居停而买客妻，即无他故，亦难免于乘危。况刘氏妖冶之妇，不类农家荆帚，据供宁随秉怡为妾，不愿归美祥为妻，则其先奸后娶不为无因，此美祥之所以叠控不休也。虽其前后状词更翻不一，然总由夺妻起见，情实可矜。秉怡自称有完赎救狱之功，适足以张其设阱攘妻之罪，相应徒儆。其妇刘氏，在美祥则称覆水，既不愿以为妻，在秉怡则称祸水，又不愿以为妾，合断官卖以备赈。罗公所等，悉属无辜，相应一体省释。

活拆发妻事

广信司李朱周望　讳在镐 上海人

审得李光正、李君德同胞兄弟也。君德以别案拟罪，该完赎锾若干，县票行追而君德远遁，累其兄光正拘比。光正收其田价、猪值等项完官，宜也。但其数不敷，当为设法以足之，奈何，卖其孕妾吴氏。使七龄长子离母病亡，腹中之儿谓他人父，较于弟之累兄，抑又甚矣。至于买妾之人，即其紧邻蒋贵七。夫贵七与君德比间而居，岂不知吴氏有夫有子，且有未生之孕，乃构光正以图婚，此中必非无故。又捏君德正妻杜氏出名，而杜氏回籍已久，谁为押字？更可笑者，婚书中有“从前并未来往”之句，自添蛇足，欲盖弥彰，则未婚之先不无苟行可知矣。及拘吴氏对质，则又明畔前夫，愿归贵七，寡廉鲜耻，一至于斯。若以此妇仍归君德，则大义已绝，覆水难收；若遂归贵七，则伤化败伦，义不可训，凡男子之久出不归者，其妻皆可别适矣。断离官卖，以为谋人妻妾及轻背其夫者戒。蒋贵七决杖示惩，光正、君德

不兄不弟，均当究拟。但念谊关手足，抑法申情，谕令释怨全恩，姑从宽典。

奸拐灭伦事

萧山县令贾苍乔　讳国祯　曲沃人

审得毛通三之以奸拐控毛文也，奸则真奸，拐实非拐。据通三所供，则谓文系族侄，先奸服婢，后占为妾。据文所供，则谓彼自姓毛，吾自姓茅，买妾现有婚书，何名为奸？及研讯各证则曰："二人居恒相对，不闻有叔侄之称，但姓则一毛，各呼表字。"若是则同姓不宗也明矣。再审婚书，何以易毛为茅，则曰："避同姓不婚之忌耳。"夫文既知同姓不可为婚，而必欲迂回其迹以娶之，此属何意？则其有奸于未婚之先也亦明矣。再鞫邻佑诸人，则底里和盘托出。盖通三知妻罗氏与文有奸，自知力微势弱，不能断其往来，故拚一妇予之，冀得金而别娶。不谓身价入手，诸逋待偿，妻既去而金弗留，故为是酸心之控。合于毛文名下，加断财礼银二十两，助通三娶妻。云云

婚姻七　卖妻告赎

活占事

萧山县令贾苍乔　讳国祯　曲沃人

审得胡贞甫有婢芸香，嫁赵光所为妾，原聘只三十六两。光所暮年无子，而怵于狮吼之声，以致芸香不安其室。光所商之贞甫，俾以原价赎回。惟时，芸香身已妊子，光所曾以手书相订，约生子当还贞甫。至次年，果举一子。光所不惜重价购之，倍付聘银七十二两，而芸香母子始归于赵，历今二载。贞甫知其必不许赎而故为赎之之词，意在索诈，总由七十二两金为之祟也。光所不许，随有活占之控。据称，子属寄养，妾为抚子而去。夫妻妾何物，而可以假人？况一假不足而再假乎？

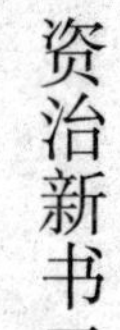

背义食言，贪得无餍，畀以一杖，似未蔽辜。倘于断后不知悔过，仍复兴词，当于原受七十二两金数内，倒追一半给赵，只偿原聘，以治贪顽可也。

发审事

仁和邑宰佟怀侯　讳世锡　辽阳人

看得许良华者，龟棍也。原籍毗陵，侨居湖上，挈妻李氏潜作倚门之行。当有营兵某者，与妇情浓，流留朝暮。除陆续花费外，有银一十二两，名虽借华贸易，实则买笑钱耳。因是当垆少妇，居然作细柳夫人矣。良华嗔其专擅太过，非经官不能逐之，故有是讼。取据各供，皆云良华甘心与妇，非某强逼为妾。然则抄杀之控胡为乎来哉？应将许良华责逐出境，所欠之银，既据收钱八千文，且有家伙作抵，似不必再为深究，并恳移明本主，照军令申饬，勿令西子湖常蒙不洁，使人掩鼻而过之。

势欺活拆事

兰溪邑宰杨玉衡　讳天机　关东人

唐六一有女未字，凭媒遣嫁。此男大须婚，女长须嫁之常事，夫谁得而禁之？杨安琦或有求婚之举，然未经允诺，是一路人耳。奈何辄以萧郎自命？虑其出阁之后，门深似海，必欲阻执于未婚之先。岂谓身作营兵，便可择人飞噬，执途人而呼之曰妇，人遂不敢娶以为妻耶？刁横无良，莫此为甚。因念乡保人等为之吁息，姑免深究。今而后安琦当另寻破帚作对，毋再窥伺此罗敷可也。

掣拐拆婚等事

兰溪邑宰杨玉衡　讳天机　关东人

童九四贫，欠庙众之物，几至鬻妻。赖章瑞麟借给学谷，得免分镜之痛，似属义举。然究以二担谷为聘，凭章贵三说合，得其女过门为媳。是义之所在，即为利之所归，瑞麟可谓名实兼收矣。既得弱女以配幼男，使为公与姑者，视作佳儿佳

妇，则受恩深处，胜于赤贫之母家，焉肯复萌归去之想？止由严氏日久生厌，频加箠楚，九四虽贫，宁不痛此一块肉耶？诱女逃归，虽有背恩之过，实出爱女之情。瑞麟不知内省，以理劝归，乃为挈拐虚词以耸听，岂为富不仁，例应若是乎？本应重惩，姑念乡保、原媒具息前来，量开一面，使瑞麟归戒其妻曰："彼亦人子也，不得以二担谷易来之故，遂贱视而犬马待之。"

婚姻八　买良为贱

亲雪女冤事

宁国二守唐寓庵　讳赓尧　会稽人

审得任某以缝衣为业，兼作歇家，既有张氏为妻，复娶施氏为妾。以籧篨之夫而挟妖冶之妇，复有往来歇客，杂处其间，秽行之闻，所不免矣。施氏父亡母醮，初嫁于梅而夫故，再嫁于许而被出。三适而入任氏之门，愈趋愈下，虽命之薄乎，亦足羞也。有叔施某，耻秽声贯耳，为门户羞，因以亲雪女冤控。而任某、施氏坚供在许为婢，并未为妾。意谓买婢作妾，似高一等，欲避买妾为娼、赚良入贱之名也。任某欲学齐人，而以妻妾作他人奉，非良人矣。施氏生名族而甘充下陈于贱丈夫，淑女耻之。相应依买良作妾纵奸律，断妇归宗，择配另适。

继　　嗣

篡宗抄斩等事

绍兴太守纪光甫　讳耀　清苑人

审得王寅恭之祖王求如兄弟七人，其最幼者为王鲲，故绝无嗣，叙应寅恭之父之典入继，所称昭穆相当者也。乃王鲲于去年四月物故，而之典反先鲲两月而亡，未及告庙成服，承祧者未有其人。王求者，王鲲兄、王式弓之子也。式弓官留守经历，殉难凤阳。求藐孤无以自立，王鲲螟负以为己子，娶妻生孙，二十三年矣，遂得缞绖从事，俨然称嗣子焉。寅恭以父系应继，子应承重，出而争之，未为不可。乃王之宗族暨鲲妻周氏，谓孙不可以祢祖，坚拒不纳，以致屡告院道。盖周氏与王求，母子承欢，二十年如一日，不欲使外人间之耳。但查律例有云："继子不得于所后之亲，听其告官别立，或择立贤能及所亲爱者。"寅恭承重之说固为近理，其如周氏之不愿何。即寅恭为周氏嫡孙，稍有违忤，驱而远之，尚且一惟母命，况犹未定入继之议乎？兹据族众处明，议以地二十亩付寅恭为葬父养母之费，而求奉王鲲蒸尝如故，两情允服，似应俯从。

宪斩籍没事

纪光甫

审得章历之妻应氏先嫁王昂。昂故无嗣，立族侄王高为继。后氏招历入赘，高不能相安，仍归本生。夫侄而入继，则犹之子也，妻而改醮，则路人矣。王昂遗产舍王氏本宗其谁归哉？前经亲族议处，王昂所遗田二亩并山园房屋，应归王族。但应氏未亡，仍应佃种输租，以供王祀。立议甚公，而历复有盗卖王田之意，故王加有籍没之控也。今历坚供，并未盗卖，姑免深求。但既赘其妻，复图其产，不无太

忍，相应罚谷示惩。

灭祧钻继事

建德县尹李石庵　讳瑛黄　黎城人

柯英植与柯麟植乃同堂兄弟，而柯世鑛亦再从侄也。麟植艰于子，向以云植子世蕙为嗣。后蕙复不许，思得含饴弄孙，以慰老母，因抚世鑛幼儿，拟后世蕙，此英植灭祧钻继之控所自来也。夫鑛子原非上承麟植，何祧之云灭？且麟植春秋方艾，秭长枯杨，珠胎老蚌，斯亦未易量也。英植谊属同堂，何忍逆料其为石田焦种，必欲以子继之乎？为石英者，只当曲尽友于之道，久而情深，继将焉往？乃不胜朵颐念迫，悻悻出怼词，则为麟植者，择立贤能与所亲爱之律，彼益据以有辞，英植之计诚左矣。至其兴戎不伦，莠言自口，人之无良，何以风世？相应重儆。若夫嗣续之议，应俟麟植梦兰有无，以亲以贤，惟其所命，不得预为悬案。

吞篡惨极事

建德县尹李石庵　讳瑛黄　黎城人

王氏之故夫汪文奇，迈年丧子，因挈外孙徐龙孙，令曹氏子之，以慰孀媳之心，善已。惜乎不早为计，乘其尚在，筹善策以弭众口，乃迁延十馀载，昨岁奄然弃世。斯时也，不知其族内期功之亲，何以一无议杖者。乃今襄事之后，文郁之子士济，以伊弟士泳序宜为后，私鬻二孀之田十馀亩，又声言作非种之锄，王氏不胜忿忿，故有是词。据文郁谓，文奇生前曾有以士泳过房之议，然则王氏在侧，胡不与闻？即众族而讯，皆不能为之辞也。律文不得以异姓乱宗，是汪祀宜属汪承固也。但又载，若义男女婿为所后亲喜悦者，继子与本生父兄不得用计逼逐，仍分给家产。夫义男女婿尚不得逐，况外祖亦为外孙所从出乎？继子尚不得逐所喜悦，况未成继者乎？死者命之，生者悦之，一旦指为非类而逐之，难矣。以非所应继之士济与尚未成继之士泳擅动可继之产，一为盗卖，一为私擅，俱何辞以逃于律？顾本县以继绝为心，睦伦为重，概不深究。定以士泳父文奇、龙孙母曹氏，总计文奇所遗，授士泳十之六，给龙

孙十之四，嗣后王氏生养死埋惟士泳是问，曹氏之百年龙孙身任之，既不乱宗，又不夺爱，庶为情法兼至而两得其平者乎。为语文郁、士济：果为其子弟谋，尚训士泳夫妇，克尽子妇叔姒之道，以无伤继母寡妇心，使入其室而家政自专，为父兄者，又从而侵蚀之，则适中风波之口，他日能贤之择，未必不执以有辞。翻前案而重事更张，是若辈自取之矣。抑本县更有慨焉。今之所谓承宗，大半为争产计耳。设无嗣者家徒四壁，将望望去之若将浼焉者矣。又今之争产者，名曰争之，实为破产计耳。得陇望蜀，家哄庭争，因是以有户族之赂，因是以有酒食之縻，因是以有舆马之泥沙，因是以有教唆之乾没，即果得十分，先已去其八九，亦何利益之有哉？为文郁、士济、士泳者，皆当牢记本县斯言，勿使不幸而中。

【眉批】是一篇劝世文，勿作谳语读。

抚　孤

剿家灭门等事

平阳司李毛锦来　讳达　新昌人

看得杨萃之女，嫁与刘文之侄刘官为妇。官夭杨氏遗腹有妊，子产母亡，官稍有薄产，众议抚孤。文倚伯父之尊，萃恃外祖之亲，各持其是，反致猜嫌。夫抚孤美名也，然争则危矣。争而速之于狱，则愈危矣。据中亲之议曰："争者拒之，不争者许之"，乃以托孤之事属之文弟武焉，诚至公不易之论也。当官立约，应与准从。文、萃忘亲嗜利，虎视眈眈，心可诛也，各杖不枉。

积恶匿柬杀孤乱伦事

毛锦来

看得王尧臣，王怀用之侄也。尧臣之父王怀节系怀用胞兄，于顺治九年间，以

事犯流徒，家产籍没。仅遗一子尧臣，年方二岁，托怀用代抚。怀用不负手足之情，爱摩鞠育，视如己子，今已十二岁矣。且为教读婚聘，恩未有艾也。尧臣亦依依怀用之侧，视叔如父，问以词内之事，茫不知其所自来也。及询邻佑干证，人人愕视，莫测影响。更可恨者，怀用之儿及女，乃同胞兄妹，诬之以奸，可谓忍心害理之至矣。明系里中巨恶觊觎怀用可餐，欲渔猎之计，又惧宪台之法度，有如皦日清霜，故不敢明目张胆以行其恶，假捏孺子之名，为含沙射影之讼，以试其术之可行与否耳。合请注销，仍乞饬行平遥县，密访匿名巨棍，据实揭报，尽法惩处，以除民害可也。

灯蛾投明事

衢州司李王望如　讳仕云　江宁人

李景宏、李景尧，同族各房之兄弟也。景宏从弟景兴物故，遗妇杨氏子图孙、罗仔二人。据供，杨氏与李景迎，嫂叔通奸，秽声昭著。尧以隔房之亲，仗义执言，正纲常，敦风化，逐其妇而抚其子，谁日不宜？胡为乎恃势结党，将杨氏逼嫁远方，得财礼银二十两瓜分，又将田产籍没，轮管收租，俾罗仔、图孙为人牧牛，几同乞丐？逐妇没产不由官而由族，不由亲族而由远族，景兴造何孽于生前而罹此重罚于身后耶？真可谓魍魉昼行者矣。更可异者，身为悖义之事，又恐不理于人口，每图先发制人，致景宏奔控宪台，不得已也。蒙批，卑职讯理，据其狡口，几致苍素莫分。随将两子隔别研讯，其最幼者为罗仔，年才舞勺，畏景尧如虎狼，屡鞫不敢道只字。职悯其孤苦，跻之堂上，抚其头角，而以婉词诱之，始云："嫁我母而瓜分财礼者，景尧也。"言甫出口而身随觳觫，且嘱令勿言，言必死我。迨职痛惩景尧，暴其罪状，有不可复遏之势，而长子图孙，始长号、痛哭于二门之外，誓不与之共生。于是景尧之奸恶始和盘托出矣。杨氏既经远醮，覆盆之水难以复收。其所籍田产并所嫁财礼，应于景尧名下追给图孙、罗仔，俾耕耘度活。二子他日稍有不虞，即属景尧谋害，许族众鸣官治之。景尧依律徒杖，犹从宽矣。馀属株连，相应省释。

坟基一　争坟

盗葬皇陵事

绍兴太守纪光甫　讳耀　清苑人

审得陈凤岐，会稽县民也。十八都之地有南宋六陵在焉。度陵之前越半里而遥，为周之瀚祖遗坟山。瀚于顺治十二年间卖与倪会绍营葬，曾经治圹，但未下棺。后因地窄而多石，不可以安二茔，遂转卖生员沈彦范浮厝其妻。乃凤岐借端居奇，突以盗葬皇陵首县。讼端既开，而彦范等多人亦因之互讦不已。今查，此地坐落淡字号，周姓输粮已久，田契县册，一一可稽。复委官踏勘，与南宋度陵尚有一山之隔。设此地果与皇陵有碍，则倪姓造圹之日何赵氏子孙寂无一语？何待今日而突出他姓之凤岐发此大难也？其为多事已甚，法应杖惩。至沈彦范之妻棺，既处近陵之地，应别嫌疑。听其另觅善地以葬，息后日之讼端可也。

复审得沈彦范所买坟山，其是民业，而非宋陵，前详已悉之矣。非民业，何以输纳条粮？非民业，何以官给由帖？非民业，何以周倪展转贸易，曾经造圹而嘿无一言？况有小山相隔，界限井然，绝无两可之迹。且今复加研勘，沈坟之外尚有陈坟在焉，亦系民业，不闻赵氏子孙以盗葬皇陵告也。但彦范始而营葬，继则议迁，且议迁复在凤岐首县之后，迹似有亏，致烦宪驳。今查彦范之妻原系浮厝，未及黄泉。又系妻棺非同怙恃，既无不可迁之势，亦无不忍迁之情。且谓方营马鬣，旋角鼠牙，此土应非吉壤，故自愿他徙，以另觅善地，初非本府断令勿葬，使之趋避皇陵也。陈凤岐以多事拟杖，罪无可原。其地应听沈生执业，或仍造葬不禁也。

法斩大患事

纪光甫

审得郭某假庠士之名，其衣冠之真赝莫得而辨者也。诸暨智度寺之旁，有隙地可营葬事。徐寿妻亡，谋之寺僧觉海而权厝其地，其葬否尚未可知。而凤仪突起难端，谓此地关系县治来龙，启之必有死丧回禄之变。讼县未毕，继以控府。夫使葬之此地果不利于居民，则暨阳烟火万家，起而争之者应不止什伯人矣，何仅一凤仪为难乎？且谓尤不利于儒学。今审凤仪为仁和县礼生，其真伪姑不具论，即使果真诸暨儒学，何与仁和礼生事而突起争之？岂堪舆形胜之说，即隔府逾江犹能为厉乎？片言之下，气馁而口塞矣。究其所自，实因负徐米银，索之成隙，借此为逋赖计耳。无耻已极，重杖示惩。

违凿人命事

颍州刺史喻念兹　讳三畏　关东人

审得张文与朱又新，向为坟山结讼，经县审明，断又新移葬馀山，亦可相安于无言矣。若之何复有此控？况其新迁之处，与张相去颇遥，该县勘明并无伤碍。乃复增情诳上，为凿犯两命之说，亦何荒唐之甚欤。岂欲于兹山之宅独擅其郁葱，而人母之棺不容于窀穸，然后快于心欤？健讼饰虚，杖不为枉。

抛骸异冤事

丽水县尹方邵村　讳亨咸　桐城人

审得江三六之祖坟，坐落戴冕祖坟之后。今年寒食之日，冕等筑土加坟，此常例也。三六嗔其取土近在坟边，而且虑彼马鬣之日高，致此牛眠之渐下，是诚过计矣。以致两姓相争，江先控县。戴复愤然上诉，而且捏为抛骸凿冢之词。非两造均有健讼之癖，当不至此。是宜并杖。

亲殛违灭事

李邺园

审得王绍兴向为山寇，曾索饷于宝岩寺僧元址，此往事也。宝岩寺者，乃宋时马宦特建，置田饭僧，而其墓即在寺侧，松楸郁葱，责僧世守，乃清净焚修之地，非左道之可以混入者也。绍兴投诚归农，忽倡皈依茹斋之教，往来寺间，以致僧人控县，冀免目前混扰，且报畴昔索饷之愆。该县责而惩之，绍兴衔恨于心，图弯弓以报无由也。于是唆马常告元址于县，而使徐景七证焉。景七，绍兴父也。夫常所以控者，盖指寺旁之墓为祖陇，被僧元址残毁之故。查马氏子孙有自然、夏丽二派，向往东阳，距寺坟二百里，历年拜扫，收寺租以备蒸尝，即马承祖、马思杰等是也。马常乃永康安田之马，向来祭扫收租皆不得与，其非正派明矣，何以突兴此讼耶？即所控毁碑盗葬，承祖等供并无此事。夫人未有不自爱其祖墓，而反左袒于寺僧者。常之控也，其为绍兴嗾使无疑。而绍兴之为常计者，欲冒其族以为后日管坟之阶。承祖等知之，故辨其真伪，不得不力也。马常、绍兴相应并杖，而于僧元址，亦不能无议焉。县勘伐木是真，虽借为修寺之用，但乔松古柏，荫庇攸关，而擅加摧败，是岂当日建寺守茔之意乎？并杖示儆。

挖骸杀命事

杭州别驾许汉昭　讳天荣　固安人

看得颜殿十五与殿二七，葬母葬父先后不同，虽均是有分之山，实历来公禁之山也。殿十五当日葬母，不使人知。殿二七恐有阻挠，亦复私葬其父。鬼蜮行藏，皆不可训。殿十五以新旧坟冢相去匪遥，疑及侵骸，欲令殿二七迁葬。夫同是有分之山，殿十五既可葬母，殿二七独不可葬其父乎？合断两家已葬之骨永远不许改迁。殿十五作俑于前，殿二士效尤于后，均非省事良民。各予一杖，以戒将来。

坟墓二 伤坟

为杀叔箝典事

李邺园

审得黄家振与黄一堂，乃同祖再从之兄弟。家振于上年某月某日，葬其父于祖山之左，遵遗嘱也。然去祖穴太近，稍于龙脉有关。夫卜牛眠以安魂魄，固属孝思，然亦当筹及于通族之所利。乃一经破土，即为族众阻挠，于亲安乎？黄朝礼乃一堂亲叔，于是年某月日病故，其与阻葬之事绝不相蒙，而乃谓炮伤肋断，致其死命，则不情甚矣。今家振虽凭众议，不愿于此处造坟，而起衅之咎难免。一堂亦自供病故，不愿以叔尸就检，而诬告之罪安逃？并杖示惩，庶为平协。

蠹烙事

萧山县令贯苍乔　讳国祯　曲沃人

审得朱世鼎忍心而健讼，朱世鼐，亦子衿而多事者也。鼎、鼐与朱世臣为同父异母之兄弟，其父坟山与王自省坟山连界。王之管山人曰刘四者，偶因伐树误伤朱坟，世臣即出而鸣里。众议以误伤情真，而刘四贫人，浼山主代银四两，为设祭修坟之用。世臣收银。自备祭物砖灰，方在修葺，而鼎、鼐等辄欲从中射利，毁其砖灰，不容修葺。鼐告县，鼎告府，又复连名控道，此王自省亦以蠹烙控司也。夫刘四伤墓，而山主代为赔修，可为畏罪引咎之至矣。且其罪止于赔修，无重辟也，而二之叠控何为？况世臣嫡长也，鼎、鼐庶孽也。嫡长无言，而庶孽哓哓不已，殊不可解。即谓子无嫡庶，孝思则一，岂修墓者为不孝，而毁其砖灰，故暴父棺者反得为孝乎？除坟墓已经县断修完外，刘四伐树不慎，实为祸首，应与世鼎分别拟杖。世鼐因系子衿，罚谷示惩。

坟墓三　掘坟

千古奇冤事

嘉兴司李文灯岩　讳德翼　江西人

屠犹龙谋占陆仿孟葬父之地，以致起棺于窆，毁骨扬灰，弃之大海。孟父何辜，罹此荼毒？死者含冤，生者髡发，仇在必报，义不共天。考按律文，未载此狱，前之谳者，比附于杀人造意之例，准达部奏闻，庶几信狱矣。宪台明悉犹龙造谋，但疑毁尸者为屠养菊。是日犹龙不在，又以是夜仿孟闻变往探，不即穷其下落为疑，行按察司批职等再审。职等明刑者也，敢不求为明允以报？今叙犹龙造谋之始，实非仓卒之图。夫仿孟买符姓之山已有八年矣，上年三月初六日动土，十一日葬棺，经营六昼夜，非移棺突来者比也。犹龙于本年二月买姜姓之山，适当陆坟之下，瞻视审顾，以真穴落在陆地而图兼并之。时仿孟已经卜吉，不可理争，不可情求，惟有势夺而已矣，犹龙世族，仿孟一单寒子衿，势不相敌也远矣。原心诛意，犹龙当买山之时，目中已无仿孟，况其后乎。故乘孟葬事万竣，下山会食，遂令屠养菊率某等四人，起其所葬之棺以去。仿孟遥见火光，闻人语，急往迹之，而棺已不知何在。当是时也，仿孟防人之智浅，御敌之力微。使即明见诸凶抛毁，彼众我寡，若欲争之，徒以身殉耳，况未见乎。故厥后断发破额，抢地呼天，以求救于有司，情理止当如是。故此时而责仿孟曰“汝何不即究下落”，此万万不能之事也。初经黄知县严讯，养菊计无复之，乃愈出愈奇，掘亡侄屠朝阳之骸骨，以愚仿孟而欺问官。又复零星不全，滴血不入，及至再加刑讯，始不得不吐露真情，供为场灰入海矣。设假骨具备，仿孟堕云雾中，一经冒认，则诸犯之凶状不显，犹龙之狡计不明。职等于斯而叹有天道也。今养菊与陶九先后瘐毙，犹龙以屡鞫不在山，尽以其罪卸之养菊，日我不知情也。以职论断，养菊虽强悍，一莽丈夫耳。犹龙富厚，力能指使之。不然，一孑然守山之贫汉，为谁辛苦而自干此不赦之条也？今犹龙哓哓置辨，以不在山为非造谋。职等正以不在山为真造谋也。盖犹龙所买之地与陆地相邻，使当时一来睥睨，仿孟即知为谋穴计，鸣之于官，一审即决，何俟葛藤至今？犹龙造谋不如是之拙也。居家不出，暗地指挥如何布置，如何灭迹，养菊等系若走犬，敢不惟命是听？故曰犹龙之造谋，正以不在山辨出也。犹龙坐辟，其何辞焉？职等又再四推敲，死人之骨与生人之命终有间也。今加功之人已死，尚辟犹龙，毋乃已甚乎？然亦勤思之矣。人非大逆无道，何至戮尸？即使大逆无道，戮尸已极，何至扬灰入海也？屠氏之于仿孟有何深仇？不过误听堪舆家言，贪其吉穴耳。然惨毒至此而不辟之，则律所载"开棺见尸者绞"不几深文欤？以职等管见推之，则犹龙之造谋实真。犹龙之造谋既真，则犹龙之拟辟不枉也。馀犯某某等俱无疑义，相应悉照原拟。要之，此一案也，孝子伤心，路人切齿，情浮于罪，律穷于条。查律内所载，若断罪而无正条，引律比附，应加应减，转达刑部奏闻，以定其罪。前会审已经拈出，只候宪裁。

乱民掘烧父尸等事

杭严兵宪黄鸣俊　讳鸣俊　蒲田人

审得堪舆之术，害人多矣，然未有若屠犹龙之酷信此说而造孽之深者也。陆仿孟先买之山与屠犹龙近买之山，绣址相错。犹龙垂涎吉穴，眈眈启疆，仿孟未之允也，鸠工开筑，以示不售，而犹龙掘毁之谋动矣。阴嗾屠养菊纠伙某某等，于三月十一夜，乘仿孟奉父入窆，不惮抉其穴，碎其棺，燔遗蜕于荫坛，而以飞灰付之海若也。惨矣哉。迨仿孟控县鸣冤，该县根究不已，养菊等计无复之，乃另掘他骸以应。及查骨殖不全，滴血不入，再加严拷，始有扬灰入海之实供。讯从前所掘者谁氏之坟，即犹龙嫡侄屠朝阳之骨也。岂此时犹恋恋于吉穴，希图葬入原坟不得于已者而授之阿咸乎？仿孟此时饮痛终天，恨不力刃此辈，为地下泄冤。而复见其诡谋百出，过作翻案之虞，髡发徒跣，裹粮入燕，叩九阍以图必报，真无愧于春秋复仇之义哉。据府厅誓神质审，当养菊移棺毁骨时，犹龙委不在旁。然营买地者犹龙，

图葬祖者亦犹龙。养菊不过一看山族人耳，非受指麾，谁敢构此大难？恐难以局外闲挑，为巨恶犹龙开生路也。按律止有开棺见尸，并无烧灭之条，且焚一尸，复掘一尸。前之飘扬者何辜？后之拆碎者又何罪？凶惨殊常，讵容轻减？比附谋杀，殊不为苛。虽云养菊、陶九相继填狱，似可准抵，而权衡出在圣明，非执法之问官所敢轻措一词者也。

坟墓四　砍伐墓木

盗树剖坟等事

平阳太守程质夫　讳先达　徽州人

看得李芝芬之与李桂等，皆共祖同宗之人也，坟墓原在乡宁。芝芬等则系民户，故历来仍住祖籍；李桂则系军户，故随屯迁居临晋。虽桂身以上七代之骨未归首丘，然而乡宁一冢，实为李氏木本水源，非若郭韬之认汾阳墓也。但经年寒食不飞蝴蝶之灰，故两地儿孙莫痛鸱鸮之棘。李芝芬等日就衰薄，因众户丁粮难完，官司追呼紧急，议将坟地柏树十一株卖与生员贺璿，取其值以为赔补之计。李桂闻之，所以有是控也。夫墓门不许樵采，固日贤者之孝思，然国课无可支持，亦是贫民之苦恼。已卖者，不得过而问焉。未伐者，则犹可及止也，永应蓄禁，以安存殁。贺濬擅买墓林，朴赎以警。李芝芬等贫穷无奈，念为输官所迫，姑免拟。

豪蠹飞屠事

绍兴太守纪光甫　讳耀　清苑人

审得顾某刁民也。十四年间，奉宪搜采战船桅木。某山有松木二株，虽去坟无几，而实另为一界。因其合式可用，现年，黎皞与坝官马喜才协同里总厂匠验明砍伐，解宁波府船厂应用。此军兴苦役，谁愿为之？皆出于不得已也。乃某则谓吾山有木，官乌得而知之，非现年之报不至此，随以盗木漏税等情越首工部，差拘滋扰，致黎皞激而上控。又复冒籍钱塘，狡图隔府牵制。夫官封原与私砍不同，军需亦无榷税旧例，舍有司而告南关，讳绍兴而冒杭籍，皆乡民狡黠之尤者，虽临审求息，仍应薄杖示惩。

伐冢大冤事

平阳太守吴亮公　讳用光　三原人

看得乐安二十七都，中华庵后，历葬武氏坟冢，子孙世守无异。夫有坟则有山，有山则有木，非武氏主之而谁主乎？乃左右居人，以武坟在官山之下，刍尧可以不禁，武发生等远住郡城，樵采逾界莫可指名，即陈逊四等相距匪遥，指为砍伐山木似亦无据。但观逊四出头狡辩，称系官山，武氏不宜据为己有，则剪伐知情不言可喻。不然，即是官山，何与彼事而争之甚力耶？法应拟杖。念事在赦前，相应宽免。其坟山一带树林，无论官民，俱不得擅行砍伐。

势谋锁诈事

抚州太守刘黄中　讳玉瓒　宛平人

看得陈显二七，住邹姓之庄屋，看邹姓之坟山。因张姓坟山与邹姓相近，亦复代为照管。邹、张二姓，虽宦族平民之不同，在显二七，则均是看山之主也，张姓山木即非显二七私砍，亦难辞于典守之责。乃捏张云四等盗伐山木，当时既未执获，词内中证间有供与相同者，又皆云出自显二七之口，其不足凭也明甚。张心二具呈照幕，固属不揣，自启衅端。彼乌知邹姓之欲骗无由，正借此为居奇之柄乎？邹循九既借伊叔孝廉之威，勒写张姓田租六百五十斗。邹某复欲逞其青衿之势，索诈牛猪衣服等物，其心尚知有公论乎？不正其名为诈赃，乃巧其词曰服礼，岂三尺之法宽于豪势而独严于编户耶？邹某本宜申褫，姑从宽政，追赃给主，拟杖示惩。邹循九狐假虎威，均应一杖。张心二、云四不忍小忿，贻累全家，并杖以儆其后。

田产一 争产

屠儒事

金华司李李邺园 讳之芳 济南人

审得蒋汝仁、蒋尚舜、蒋德怡溯源一本，其祖蒋深所存遗田十亩，均拨分与两房。尚舜系长房之支，汝仁与德怡则次房之胤也。分房岁祀，历有年载。乃至今日纷争未已者何也？盖其中有膳田、贤田之说不明，而鼠牙雀角之讼类起。今汝仁、尚舜之言曰："此田租拨与二房承管，以供祭祀，而约中所载有'勤俭耕种'等语。"德怡之言曰："此田租拨以养贤，凡子孙入痒，即得承管，而约中有'发愤读书，以无负养贤之意'等语。"德怡去岁青其衿，故欲起而有之。孰知此田，已为汝仁、尚舜于七年某月内，凭中受价卖与明经张燧为业矣。但两造之争辩无凭，而祖遗之墨券可据。今约中只言力耕，不言勤读，想当日遗田者深知砚田笔耒自获丰腴，必不似田舍翁多收数斛麦耳。德怡今日之一事，殆非乃祖之深意乎。若汝仁、尚舜之可议者，其先人之田遗以奉祀世守，而未尝训以售人，何为竟尔坠废，使春荐秋尝，阙焉不享。是则可杖，以慰祖氏之恫乎。

诬盗殃民等事

平阳司李毛锦来 讳达 新昌人

看得曹学，乃曹志献之胞弟也。献无子而家计稍丰，学有二儿而一贫如洗，故觊觎其兄之身后，将琴朕而弧朕矣。献以己地一片，出卖与武进士李弘宝为业。学以为是兄之物实己物也，见宝筑墙，力争无状。宝控于县。县尚未审，而学遂耸宪台。夫志献无子，固有兄终弟及之义。然一息尚存，学不敢过而问也。今将欲拯兄之臂夺其地而不得，反迁怒于受地之人，贪而且骜，一杖不枉。

斩蠹事

江宁太守陈大亨　讳开虞　富平人

看得张有信以久系难完之赃，桁杨徒加，立锥已绝。伊亲葛时华等捐膏腴以助之，因向田邻戴某求售，某受其券而吝价不与，无怪有信之控县。某不自悔而反捏斩蠹虚词上控宪台，蒙批如虚反坐，业已先烛其肺肝矣。夫有信以婪赃禁比，几至刎身，某不能助，而且噬及助之之人，迹其贪横，加于衙蠹一等矣。噫，豺虎食人之事常也，人食豺虎实为仅事。如律坐诬，自是允协。姑念承认吐价，量从杖警。

伪屠事

杭州司马佟昆璧　讳国瑜　抚顺人

审得张一敏之父张汝笃，于万历年间，将田若干亩契卖与张德霖之父为业。则物换星移，久成往事矣。向于收粮过户之时，汝笃曾勒写议约一纸，内有老鹰塘田三石一斗，不拘年月远近，许原主回赎。其后三石一斗之田既遵前议回赎讫，又于议外再赎八斗，是已逾得陇之望矣。奈之何赎而又赎，必欲全归赵璧而后已耶。在一敏之哓哓不已而先控县者，惟执议约为据。及细阅前约，则“亦许取赎”之句乃系续添，并非原笔。噫，是可欺也，孰不可欺也？夫交易总属一宗，计田又非二处，如其许赎，何不一笔直写，又安用旁证为哉？况蝇头字迹与大书直书者绝不相同，惟其蛇足之缀添，致令画虎之不类。欲借此为强赎张本，似此纠缠，凡人尚可置业乎？及面加剖析，一敏亦无以置辩，而干证张元乃代以找价请，此其真情之毕露者也。夫业经两朝，沧桑叠变，乃欲以清朝之民而找明朝之价，有是理乎？除不听外，尚加杖儆。

为宪斩事

李邺园

智者寺僧道化，于顺治四年间，有张协镇者出银二十两，买张明肇之山一片，布施与道化为焚修之资。夫既以兵官之势临之，其于交易之间非出于大公至正也明矣，宜其退有后言，而致为今日之控也。夫道化长斋绣佛，本应四大皆空，犹留连于一片青山，恐亦难称解脱。况又因张协镇得之，彼现将军身而说法者，岂尽能以黄金布地而作祇园善事耶？今断找价四十两，以补前亏，庶明肇可以卷舌而退矣。姑拟道化一杖，以作棒喝何如？

势虎惨戮事

绍兴太守纪光甫　讳耀　清苑人

审得去年腊月某日，郡城惨遭回禄，居民岁暮流离，此本府所目击者。城南有石建牌坊，为故相国吕文安之遗迹，煨烬之后，两柱摧崩。其不绝者如线，途人之过其下者，咸惴惴焉有身命之虞。群里之人议毁坊以图安稳，一唱百和，不俄顷而为平地矣。吕氏之后吕师敬等，以百年芳迹一旦乌有，未免过而心伤，讦讼府厅，亦情有不容已者。但倡议者原非一人，附和者亦非一姓，既非仇吕以报怨，亦非盗石而营私，天灾之后，继以讼累，茕茕孑遗，奚能堪此？此林茂等有惨戮之控也。然不咎居民，终无以平吕氏之气。盖其罪不在毁坊，而在不与闻于吕氏，是可罪也。至若毁危坊以便行旅，文安有灵当亦首肯其庙貌，岂忍坐视子孙与桑梓为难乎？同事多人，罪难过及。询其首先攘臂者，咸曰张十。姑杖十以儆其余。至本坊基址尚在，吕氏之后，昌大有人，重建未为晚也，居民无得侵占。

豪谋叛杀事

抚州太守刘黄中　讳玉瓒　宛平人

傅同祖之复控黄汤五也，总由于田房找价终不满欲而起。同祖临川宦裔，崇仁遗产，于顺治初年间售与黄汤五为业，迄今二十余载。如果价值不敷，何妨赎回别卖？既不备价取赎，又复叠控求找，岂人皆愚而我独智乎？抑昔日之产为贱而今日之产反贵乎？况傅家坟山与黄生置产两不相涉，复揑坟破山崩，希图耸听。黄钱八供吐既确，同祖其何辞以自解也？独是张天仪、张万邦于同祖固有甥舅之亲，于汤五亦属朋友之谊，排难解纷，自是正理；因端唆衅，岂是人为？姑念傅黄二姓，构讼无已，沦胥以败，合令立约处息，永不许再生枝节，以全各人身家可也。

势抛祖骸事

刘黄中

唐洪之与张某构讼也，总因福唐寺之檀那而起，其余波澜，尽属蛇足。查寺谱肇建，乃唐氏之祖所创，而额曰“福唐”者，取福庇唐氏之意也。后张姓之祖修饭堂，施斋田，亦有功于寺，遂以檀那自予，因改寺额，易“唐”为“堂”，亦制刻谱为据。夫一寺两主，开世世争讼之端，是作善于一时而遗害于百世矣。应将寺宇专归唐氏，其张姓施田仍令收回，或转售，或别施，听其自便。张某岁取银三两二钱，非真好善乐施者比，杖以惩之。

五虎飞嚼事

耀州刺史刘天如　讳元溥　清苑人

韩成甫买陈黄俚绝产一片。自元年成交以来，黄之甲并未称为己业，迄今造房而业主突然出矣。之甲虽执明末私约一张，而所印又是本朝之印，真伪其足辨乎？念系贫生，姑令韩成出银二两，给有侄以为膏火之资。其约弗究从来，总令销毁杜患可也。

抗断盗当事

蒲州刺史侯容庵　讳康民　海门人

看得物必先腐也，而后虫蚀之。李善四与其嫂黄氏，家庭不和，亲族乘隙，此

周主六等得以播弄善四，挟骗黄氏也。夫营债势债，非万不得已，何可过而问焉？善四虽为娶妻计，亦何至始而营头。既而势宦，辗转借贷，必底于鹊巢鸠居而后已乎？善四典房，而黄氏不能独有其居矣。总之，主六与黄氏屋宇相连，主六寓目动心，正在计赚无由，善四至愚，所以堕其术中而不自觉也。合断善四立办前银，取回当约原房，仍令黄氏永栖，亦曰毋毁我室，为伊寡妇之利云。

二孤奏冤事

衡州司李王望如　讳仕云　江宁人

审得陈长宰、陈伽蓝兄弟所告王积宁等欺孤凌寡一词，初阅不胜发指，及拘两造对质，则有大谬不然者。长宰之母业已再醮王汝棋，二子与母同居，视王犹父，是孤其名而不孤其实矣。汝棋妻陈之妻，子陈之子，田陈之田，户陈之户，不免太享其逸，此陈门至戚王积宁等之所以不平也。若果有累孤之情，汝棋何妨代为声说，乃故用二稚出名？岂非以“孤寡”二字易耸宪听乎？孰知孤者不孤，而寡者亦并不见其寡也。利人之有，拒人之求，而犹自名为保孤恤寡，其谁信之？据所告，止争数斗粮耳。随经行县，命积宁等出户，勿复再受累孤之名。汝棋巧于煅炼，恐非终利孺子者，杖之以壮孤援。

山蛮灭法等事

杭州太守王鼎臣　讳梁　辽东人

看得竹商柳云等与余邑农民丁思亨等之讦讼，起于争堰，已非一日。先是亨等具词于县，请遵古制“农隙放竹通商，农忙救田转碓”。该县如其所请，即为通详，议以夏则坚筑，秋则开通。署府赵郡丞两审，亦从此议。既以民遂其求，商安其业矣。乃余令旋忽改称：诚恐商民争竞，不若令买竹卖竹者俱于双溪水次交收。详奉宪台批允，张示遵行，不应复有异议。讵云等终以竹不由水，立碑病商，故有山蛮灭法之控，上于宪辕。遵行提讯，备悉前情。今欲使商民两安，莫若仍循往例而略为斟酌于其中：灌田宜于耕稼方殷之时，每岁自肆月初起，至九月二十日止，闭堰以利农工，运竹宜于收成既毕之后，自九月二十一日起，至次年三月终止，开堰以通商业。然放竹不许零星，恐致水随竹下，阻塞溪流，多不便于转碓。但当集竹既多，汇成数次运放，庶无前虞。至每年修筑埂堰之费，春夏责成于民，秋冬责成于商，不容诿也。请将原碑行县改刊，以垂永久。安商民而息讼衅，统候宪裁。

群枭食民等事

杭州太守王鼎臣　讳梁　辽东人

看得杭城米铺，例向市河商贩买米，转卖民间。米商投牙之后，铺商两相交易。牙人从中评价，然后量斛。脚夫持袋张绦，船户水手为之运载，米商以米酬之，自明迄今，其来远矣。在米牙虽云纳税，其实岁费不多，不过议价举口之劳。又铺户赴河买米时，供给一餐之饭耳。至于脚夫，则于斛米之时张口袋、绦口袋，亦不过举手之劳，虽借当官值夫名色以为口实，而其如当官值夫例给雇价，又尚有三行五坝与各桥埠同值，不止一张袋绦口之脚夫也。若夫船户有船觅利，水手出其辛勤为之运米，皆非借本营生，此等陋规，皆出私创，乃居然作牢不可动之永业，而牙人、脚夫每恃众擎易举，竞相争执，侵剥商民。本当尽行革除，以惩霸占私派之习。但念相沿已久，而米商亦复称便。今就脚夫戴玉与牙人施圣新等互讦之词遵批查讯。质据众供，米商卖米一石，出米九合六勺，内买牙得二合九勺，张绦脚夫得一合七勺，船户得二合，水手得三合，此向来所谓关头米之陋规也。且张绦之米，因当官劳逸之不齐，致增减多寡之不一，或一合五勺，或二合，或一合七勺，俱随时变更。而戴玉等以不敷请益，不知米虽出于商人，商人宁不因此而增价以困铺户？铺户亦因此转卖，以多取于民间？则商民均难免无益之费矣。况以零星石计则似少，而以十百总计则甚觉其多也。当庭面酌，每米一石，牙人原系二合九勺，今量减为二合五勺；张绦脚夫原系一合七勺，今量减为一合；船户原系二合，今量减为一合六勺；水手原系三合，今量减为二合六勺。此三行者，以无本之业得此，亦足资生。而商铺既减其值，则易于货卖，民间未必不受减价籴食之益矣。卑府原从轸恤商民起见，倘蒙宪鉴允行，请赐申饬，嗣后如有恃强暗增及借端勒索有害商

民者，许即呈告，以违禁严拿究革，不许复充，此亦通商利民之一端也。至若捕厅议于各项中抽减一合以增张綠之详，不特厅审原供“有两边不服”之语，终恐名虽减众，实加价于食米之民。矧张綠之夫有何费本难偿，独欲求增以厉百姓，似毋庸置议者也。其褚允和等，俱系米铺贵买则贵卖，或增或减，风马无干。“续控”一词。本为左袒米牙，旁助以作应援耳。法当惩戒，姑与其余概从宽政。

【眉批】元一语一事不从民膜起见，其菩萨现宰官身而说法者乎？

牙棍朋奸等事

杭州太守王鼎臣　讳梁　辽东人

曾看得张綠夫戴玉等与米牙施圣新等互讦一案，先经交控宪台，饬府查审。深知此辈为商民之蠹，只缘相沿已久，免事更张，就于两造及船户水手，每于商卖米一石，共得米若干云云，意在归商便民而息争讼，已奉宪允。曾未几时，米牙复构棍劣，托名铺户，请以减米归牙，遂至玉等再控。自春迄今才八越月，而反复讦告已如此，则知陋规一日不除，讼端一日不息。彼增此减，不特争利之热衷更难泯，而亦无此等典章。兹遵宪批，随经公讯。据其所供，并未奉旨奉文设立，徒以病商厉民之私，辄敢弁髦宪纪，屡肆渎鸣，诞妄已甚。若再轻徇酌量，终于欲壑难填，抑且商民增困；况把持行市，与市司评价不平，皆律例所禁而国法宜究者也：自难因循含混，致与成宪有违。合无自今以后，凡市河米牙、张綠夫、船夫、水手等，从前借端索取陋例一概革除，请示严禁，不许复行。庶远商之血脉既疏而近民得免贵粜之苦，其弊尽剔，大法始彰。至于铺商买卖，各随其便。如有不遵，立拿重究，仍行枷示，毋令群小再轻三尺可也。

【眉批】二三百年之积弊，一旦削除，每岁为商民省百万金钱，仁人之利溥矣。

急救万命事

毛锦来

看得张国光、王如舜等因筑堡城，借某举人之地就便取土，工竣之后虽经填平，仍复被水冲坏，以致废耕赔粮，是与未填等也。致某呈县，而如舜等遂纷纷上控。本府本道两经审明，断令再行填地，以息争端，亦可谓情法两平矣。刁民健讼，尚自喇喇何为耶？即使初断不服，亦当就事论事，何至开单揭款，故犯新令之所禁耶？且使某恶果真，即指一二事，亦未始不可暴其罪，又何至联篇累牍至二十八款之多？几至阅者目眩心摇，如一部廿一史，不知从何处说起。光等恶习，一望而思过半矣。其所开二十八款中，大率交易之事居其十之七八，人命债算居其十之二三。其所谓交易者，则某件件执有税契印约。使税契印约而不足凭也，则天下之交易皆可危矣。其所谓人命，不曰苦主无人，则曰凶首不在。使无苦主、凶手而即可以人命列款也，则庙中死丐，路旁僵尸皆奇货矣！其所谓债算者，问有溢额之收帖否也，曰无之；问有凭算之中亲否也，曰无之。使无收帖中亲之可据而遂指人为债算也，则天下缓急相济者皆可不索，索亦可以不偿矣。更可笑者，究其事款之年月。远则明朝之末季，近亦顺治之初年，而总无一目前之事。究其被害证佐，不系王如舜之同宗，即为张国光之亲党，而余者亦皆筑堡同事之人。天下诞妄虽多，从未有见有如此之甚者也。如舜、国光等本应反坐，但审其父子一举三衿，皆在名教之列，代为丛怨，不若劝以睦邻。且数亩薄地．偶一废耕，未为大害，何遽呈人于县以激众怒？恃势凌人，亦见一斑矣。与国光等分别杖儆，以为喜讼乐争者戒。

田产二　争家私

朋谋吞杀事　驳语

青州守宪周栎园　讳亮工　祥符人

张无忧，真智人也。嫡生二子，妾生二子，分产之后，妾又生一子。张元业等年既幼小，复系庶出，无忧若不厚分嫡子，则妾子无遗类矣。嫡子得二大分，妾生共得一分。无忧犹虞嫡子生心，复于分书中云："即妾再生十子，亦与元善、元会无干。"幸而分后妾只生一子，使果生十子，亦将听嫡子拥二大分，十子分一小分乎？为此言者，不过慰嫡妻之心，防嫡子之妒耳，故知张无忧真智人也。张无我所供妾生之子不才，不能受业，是以不肯平分。查分产之时，元业尚名小秋，元芳尚名小丑，而元美尚未生也，其父何以知孩提之童与未生之子俱属不才？且无忧分书中亦无此语也。妻分大小，子无嫡庶，为族长者，宜平心论理，体亡者当日不得已之苦心，为之公处，岂可左袒嫡子，致亡者之目不瞑于地下乎？仰县押令族长，于嫡子二大分之中公处，以服元美之心，以息无穷之讼。古人公案中有恐图谋幼子作遗嘱，以家私全分与婿，以待其子之成立，以望后廉明官府之公断者，此类甚多，故知张无忧之分书煞有苦心，张无忧之偏分真为智人也。仰县另行确审招报。

【眉批】无忧诚智人，然必待如先生者，其智始伸。吾甚为无忧危。曰：此先生之所以不可及也。有此明眼看出苦心，虽幽明可以不隔，盖庶几而一遇之。吾转下为先生奇，止为无忧快。

一件灭伦惨变事

建德县尹李石庵　讳瑛黄　黎城人

郑士昌之控其胞弟士旦，以灭伦惨变为词。即使情事果真，已失友让之道。及细诘颠末，又属乌有之情，盖缘居侧一栗实之人，妯娌争之，致有违言。士昌惑彼妇之口，遂诬士旦尽卖父业。夫士昌于二亲未丧之先，因家道艰窘，挈妻就屯于广信，经年始归，归则父母俱见背矣。设有家产可分，胡不安坐于家作田舍翁，乃致轻去其乡耶？况建邑距广信仅五六百里而近，为士昌者，定省之不知，存亡之不问，殓埋之不与，方应愧悔终身，无面目以见手足，乃今且以果木之微，捏情以控，尚安得腼然以对乡邻曰“我子也欤”哉、“我兄也欤”哉？至于煮豆燃萁，悉听牝鸡指纵，又非有丈夫气者所为。本县低徊斯词，心伤民俗之远古甚矣。扑作教刑所以示人孝，所以示人悌，所以示人之夫纲，固非止为士昌一人训也。

【眉批】以史笔行文，谳词之仅见者。

横衿吓杀事

平阳司李毛锦来　讳达　新昌人

看得劣衿张某，盖有贪财之癖而无羞恶之心者也。妻亡而续娶王氏。王氏者，王国泰之妾女也。国泰无子，身死之后妾亦继亡，独遗老妻依侄王三魁卒岁。其女行嫁韩姓十余年；韩夫死，复嫁俊猷，亦十余年矣。张某之于岳父母，均未接面，犹路人耳，忽涎岳家遗资，遂挈其妇而依栖王门，欲借半子之名，以为中分之计耳。依栖之后，遂借端寻衅，与三魁角口无宁日。曾凭中亲议处，给张某房院一宅，肥地二十亩。此三魁过于仁厚，不当予而予者也。不当予而予之，是自开其渐而为他人侵蚀之媒矣。张某果以得陇为词，竟欲并吞全蜀。此三魁势不容已而为横衿吓杀之控也。夫三魁以本姓亲侄奉伯母而承族业，分所应然。以三十年后再醮二姓之妾女，欲向母家重索香奁，以三十年后未睹翁面之继婿。欲向妻舅共分遗产，此情此理，实未之前闻也。应从朴赎，以振廉隅。其中亲先处之房田，念三魁既有成议，姑准免追，是其幸也。逐离王门，不容并处。

谋杀人命事

毛锦来

宋文义本名张胎，工雇于宋廷宝之家。廷宝无儿，请为养子。宝为聘媳张氏盖已有年，讵宝死而义心变矣，私卖父业，谋归本宗。宝侄宋文礼者，亦黠棍也。见义不仁，得乘隙而欺之，赚屋三间，转卖与上官位，受价十八两，分半与义，而余入己囊，致义不甘。彼此成隙。适义妻死莫殡，向礼追讨屋价。礼不从，而义以妻命控，实诬之也。讵礼久蓄倾义之心，素善事宝妻聂氏，故聂氏德礼而恶义，言多右袒。嗟乎。礼亦非能爱聂氏也，利其有耳。虽然，较义之显为不孝，则差愈焉。且礼于廷宝，分则侄也，亲疏亦殊。合令族长押令收埋宝骨，然后承业，以奉聂氏余年可也。宋文义背恩叛母，决杖逐之。

屠抄事

金华司李李郧园　讳之芳　济南人

审得徐尔顺，乃诸生徐士元之弟也，因妻无嗣，娶柳氏为小星，已育一女。有侄朱澄，罔顾墙茨之讥，乱其帏薄，复逞毒拳之殴，血溅衣襟，致士元控县，而澄远遁，及今照提未结，此士元所为伤心于骨肉也。及得病乘危，有同学吕日昌、田一泰，士元素与友善，故以五岁之女许日昌为媳，而预送衣环，现拨奁产，举妾杨氏付之一泰，使其善侍吕生，抚养遗女，俟长成而嫁之，哀哀遗嘱，皆其手书。当是时也，士元岂不知有侄在？顾其平昔所为率皆兽行，故临诀之顷，绿衣在侧，黄口在抱，宁付托于友生而他不之问者，诚有大不得已于其中也。及今阅其零星剩墨，如在风雨暗窗，不堪多读，抑何感慨之极而顾虑之深乎？若之何为尔顺者莫知自憾其子，尚欲谋为立继，而欲鲸吞绝产耶？夫士元之不欲澄继，早已决之生前，安能强于泉下？士元之产，惟士元得而主之。今虽已死，有遗嘱在，是身在无异也。尔顺虽有觊觎之心，如公论何？况架词屠抄，妄称险药，刺谬已极，杖不为苛。其朱澄一案，仍听该县照提另给。

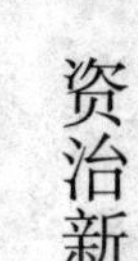

田产三　告卖告赎

考察事

蒲州刺史侯容庵　讳康民　海门人

看得孙某者，以清白名臣之后被论追赃。房杜门风，观者浩叹。既然有屋田可贸，何不开论亲族，而蔓延于风马牛不相及之人？如景及等田，既勒孙舜源承买矣，犹曰水木一源，难坐视也。翁士炳等既非瓜葛，又无交易，使山乡细民移而置诸簪笏蝉联之堂构，有不惊愕而退避者，非人情矣。如谓此屋系发祥之地，贵且贱售，则楚弓楚得，又未可借他人之鼾睡也。煌煌明旨，株累有禁。翁士炳等之抵死不输，有自来矣。除孙舜源田价四百两既经面认仍照厅断速追外，余悉于孙成名下勒限完纳。其余田及屋，听自召卖同居亲族，不得舍近扳远，舍亲扳疏，有违明禁。

田产四　侵官地

清查官地事

兰州司李吕南吕　讳夹钟　渭县人

王国栋擅占社学地基建造住房，旋售绿旗兵某为业。此明知官地不可久据，故借兵势以盖前愆耳。及奉清查官地，国栋急宜首明，何待总甲指报，又何可报后而复为掩饰耶？本图脱罪，而罪案反从此定矣。合将原基断归本学，仍加杖惩。

拯救赤子等事

上元县令李维岳　讳如鼎　安福人

审得李义等一干人犯，皆神策门外之居民也。因先年海寇围城，扎营其地，及灭贼荡平之后，奉督宪暨将军分谕，以官路为界，路东作水田，路西作旱地。所谓路西者，即神策门外自义等所居之地起，直至仪凤门外而止也。此项田地肥硗不等，然向来俱属江潮所至，宜插水秧，难播旱种。自奉宪分界以来，种豆种麦俱被水淹，以致钱粮赔累，号泣无门。义等百余人赴县呈诉，以拯救赤子为词，亦疾痛呼天之义也。卑职忝为民牧，岂敢壅不上闻？是以急为申请，及奉宪谕，同章京踏看其地，则见神策、仪凤二门之外约十余里，各田已尽栽秧，芃芃可爱，是曩时沧海仍变桑田，不可谓非太平之象也。但既奉有路西为旱之宪令，即潮神有知亦当退舍，何物愚民辄敢淤波蓄浪，仍作水田？是此间一带居民不无藐法抗官之罪矣。在神策门外者，尚有已经具详，但候宪批之一言借口。而下关一带田民并未赴县申诉，乃亦改旱为水，居然种插，其义何居？岂亦因其势而利导之，谓宪法能宽于彼者必不独严于我耶？则又愚民之更愚者矣。然卑职沿塍细阅，其本来实系水田，一应旱种徒播无益，若使勉遵前令，无论有田之家秋收少获，即本县追比国课，亦令何所自来？民以食为天，此所以该地居民明知犯令有罪而不得不为权且活命之图也。切以海寇犯境乃千年一见之事，迄今海宇荡平，似不宜久荒民田，以待叵测。伏乞宪台俯恤民瘼，宥其无知，准将路西一带民田改旱作水，仍其旧贯，则万姓有更生之乐，而钱粮无莫措之忧矣。

民害亟除等事

杭州别驾许汉昭　讳天荣　固安人

看得临平镇之陡门闸，塞则上塘无干涸之虞，开则下河有灌溉之利，其利病均耳。故下河之郭祀昌等屡经控吁，而上塘之人民力陈不可。查前案业经府、厅、县屡勘，备悉情形。其为淤塞也，历年已久，或荒或稔，天实为之，从未闻有归咎于此闸之不开者，则其无关于地方利害也明矣。虽古建闸必有所谓，查后来之淤塞，原因故明兵火之后，瓦砾之余日积月累，浮土渐成坦道，非本镇居民有心鸠工而为之也。至于闸上止一茶亭，原非住居。闸旁隙地，又于康熙四年因奉文丈量，居民韩正等赴县承佃，给有印帖，似非占踞。今郭祀昌等一旦欲兴大工，破已成之业，无怪乎徐佩等之哓哓不从也。且必欲力仿古制，开浚此闸，非具大力，捐厚资者不能。祀昌诸人亦穷民耳，无关大利大害，欲同乡共井之人群起而助之，势亦难矣。总之，桑田沧海，何地不有变更，岂止陡门一闸而已哉！相应仍旧，不必劳民伤财。

租债

欺君殃民等事

平阳司李毛锦来　讳达　新昌人

看得齐某狡悍之徒也，尚以素行不端不能安身于乡里，绰入京师，漂泊无赖。遇邑人张文焕适选浙江景宁县典史，乞携随任，一则借工佣以活生，一则去乡井而避祸也。焕以同里之情，轻诺不拒。比至任所，典史官况不问可知，束薪斗米之俸自给不赡，尚曰以与尔邻里乡党乎？相随一载，原无所赠，某乃怨望而归，遂操假券一纸，转向焕弟张天宿索取工值，控县控府，屡经责逐。今复控宪详审，齐某随焕赴任之事天宿并未与闻。安得以无中无证之伪券，向田舍翁索取官债耶？本应重拟，姑念所详未遂，薄杖以惩。

谋吞毙命事

长安邑宰梁奕奕　讳禹甸　平遥人

王吉臣之父在日，曾借与黄太居银二十两，无约无中，或完或欠，末由稽考。

吉臣于顺治十五年经黄司久等评处，令太居还银二十一两，以杜牵缠，亦可谓克全厚道矣。吉臣立与完帖，亲笔可凭。乃字迹方新，而本心已昧，则前此二十一两之索偿亦为无端骗诈不益彰明较著乎？一有收帖而复诈，一无借券而偿银，君子小人之途于是乎分矣。更可异者，捏造欠票一纸，乃称伊岳代笔。世有乃翁而不左祖阿婿者乎？况伊岳已不可复生，并求一左袒者而不得也。可久云："此票未经见写。"独中亲黄元贞屡以目视吉臣，而吉臣复以言引元贞。彼此张皇，情词闪烁，则虚之不能饰而为实，犹有之不能饰而为无也。法应究拟，姑念子衿，从宽以俟悔。

争殴小忿

倡乱屠民事

川南守宪纪光甫　讳耀　清苑人

审得钱尧、孟天德，皆乡民也。乡俗每值亢旱，必祷神龙以求雨泽，秋成之后，计田醵金，用酬神贶，此成例也。今秋值钱尧首事。天德有田二十亩，应出白镪一金。钱尧索之甚力，天德输之甚悭，两不相平，致尘宪牍。夫报神之礼不始于今日，醵金之费不止于一家，紊往例而惜一金，则咎在天德。但酬神之物应出于乡民之乐输，天德吝于酬神，神降之罚可耳，为钱尧者岂得以武断之势临之横征？使出，神亦莫之享耳。各薄杖以平之。

妻命事

萧山县令贾苍乔　讳国祯　曲沃人

看得朱世安、吴三凤，同堡之人也。三凤贫而鲜耻，鸡鸣而起，潜入世安之禾场拾取遗穗。世安觉而获之，遂执为贼，始而挞之于场，继而呈之于县。讵三凤者，好为狗鼠之行，而又恶居盗贼之号？欲洗恶声兼图报复，遂借妻死为题，诳耸宪台，盖亦挽河洗羞之狡计耳。审三凤之妻方氏，向因夫妻反目投井而死，已经县审结案，于世安风马牛不相及也。夫窃粟已属非理，诬告更当反坐，姑念同井之人，且场禾虽有主之物，而露积非廪盖之藏，薄拟一杖。为世安者，亦不能无罪焉。夫遗秉滞穗，向为寡妇之利，世安即不能以古道自处，然挞而逐之，斯可已矣，控县何为？相应并杖。

绝命凶杀事

泾阳县令王书年　讳际有　丹徒人

审得秋苗在地，不特八口之家借是养生，即惟正之供，亦由兹以出，何物褚承业，家蓄驴骡不加维系，马得奇手胼足胝植此嘉禾，岂为他人供刍秣乎？绝命凶杀之控所不能已也。据诉只有蹄迹而禾苗未伤。夫不践生草，惟振振麟趾足以当之，下此，则皆伤苗损稼者流矣。睹此芃芃而不张牙鼓吻，天地间有此仁兽乎？褚承业非以和息之故，罪乌能免？

大乱国典事

萧山邑宰贾苍乔　讳国祯　曲沃人

看得胡甲、何乙，世有姻好，其两家门内之事，彼此知之最深，即两家绝无影响之事，彼此揑诬亦使人易信。胡甲曾借何乙之衣赀于典铺，其后赎还，似非故物。两相角口，诚为细事，奈何日复一日，遂以浅忿而结为深仇。胡甲欠衣而累户头何乙受责，何乙宜乎不平，但不合以不平之鸣激而为过情之语辱及祖先，玷及闺阃，先使人口沸腾，以快一时之愤。计诚得矣，独不思我固能诽，人亦善谤，辱人祖先者，人亦辱其祖先，玷人闺阃者，人亦玷其闺阃，然则非自辱之自玷之也一间

耳。据词推问，两人几无地以自容，姑不深求，止令乡保押处，俾息争端，仍各予以杖，为詈人不择言者戒。

急救夫命事

咸宁邑宰黄耳升　讳家鼎　颍上人

看得熊若八与余北卿偶尔相值，非有夙嫌。买箩细事也，讲价常情也，银货俱在，何必相争矣。即争矣，又何至横加箠楚，以几于不可知乎？乃管甘八嘱妇管阿陈为急救夫命等词，及庭讯时，而管甘八动履维艰，膏药遍体，一经揭验，则无恙之皮肤。观此扶杖情形，则知从前争殴之受亏，未必言言皆实。本当究拟，念事起微渺，杖以惩之。

黑夜冲杀事

刘黄中

看得王敬止、魏德一之互讼也，其端自妇人而起。王、魏二妇屋宇相连，小事角口容或有之，乃出言伤心，魏妇不无已甚耳，属于垣者，奚能堪之乎？德一之子云生执敬止而奋老拳，敬止计无所出，揪云生之肾囊而碎其皮。在敬止原欲解危，而云生因受重伤。夫肾囊何地，而堪受创乎？使云生为患稍深，敬止岂能脱祸？姑念起衅有由，一并从宽免拟。仍断敬止出银一两，给云生以资药饵。

惨弑伯母事

太平二守刘松舟　讳沛引　大兴人

审得夏某继妻朱氏，四德未娴，悍泼成性，每以河东一吼，胆落其夫。因前子严某纵养家禽，蹂躏田稻，嗔其侄夏茂功理阻，遂以惨弑伯母之词诬焉，置茂功于不韪之地。及讯干证王建吾，乃氏中表至戚，亦称朱氏溺子仇侄，诚非贤妇，则氏之泼行可谓中外无间言矣。夏某虽云他出，归时即当排解，何以任其刁悍而司牝唱于公庭，彼须眉七尺之谓何，而甘委靡若此也？责而免供，使知以刑于自愧。

发审事

仁和邑宰佟怀侯　讳世锡　辽阳人

看得丁兰生，驾舟穷民也。当岁聿云暮之时，正攘攘逐利之日，乃营兵许六夺船装货，强而不可，以致被殴失辫。生以事干禁令，协同地方，赴禀将军，当蒙发审。夫兵犹火也，火能燎毛，奈之何哉？备卷存据可耳。

灭法绝命事

兰溪邑宰杨玉衡　讳天机　关东人

陈孙弟与陈五一同族人也，前月初一日值大兵经过，秋毫无犯，因而酬神了愿。只因乡乏陈平，致有分肉不均之叹。蠢尔孙弟，睹麯车而流涎，不禁咆哮而起，与陈三一、陈四七等为邹鲁之閧，昏夜抢攘之际，揪发而辫失焉。然揪落于何人之手，则不得而知也。乃揪者走脱，而以解劝之陈五一指为揪辫之人，则背谬甚矣。况以卑幼而诬尊长，驾虚求胜，不更妄乎？陈孙弟本应杖惩．但念一滴未润枯肠，而发去只留髡顶，为口伤身，亦可自蔽其辜矣，免供存案。

黑夜凶杀事

兰溪邑宰杨玉衡　讳天机　关东人

唐九五有枣在园，似非道旁苦李。徐阿惠过而流涎，整冠之嫌知而不避，逾墙偷摘而被获，可羞甚矣。乃犹不自悔过，复于子夜集党攻击其门，以致雇工王南毛头颅击碎。九五不得不投鸣乡保，继以黑夜凶杀控也。乃徐廿五为阿惠之亲兄，不

为其弟解纷，反而挺身代为求直。是弟既盗跖其行。而兄又不为柳下，可称颓俗之二难矣。责阿惠，以惩盗枣之非；杖徐廿五，以为助虐者戒。

发审事

杭州太守王鼎臣 讳梁 辽东人

看得顾瑞乃脚夫，而潘四则纤夫，皆食力之穷民也。本年七月某日，不知何物姓徒，忽以鱼鲞二包藏硝于内，雇瑞挑至江干，路经候潮门，为守门官兵搜获拿送。奉宪差押发府，遵即推求。据瑞供出江干叶星之与李君玉、姚采生等，随经勾问。据叶星之则供，业系写船，偶有不知姓名之客来家觅船，遗一被套去而不返。李君玉则系船户，而潘四是其装舱扯纤者也。姚采生则长安镇之饭铺。历究买硝之人，皆不认识。总之，若辈送往迎来，一日不知凡几，素未留心，莫能置对。展转株连，买硝者终不可得，想事既发觉，必畏罪奔逃。即鲞内藏硝，亦系秘计，又岂肯与闻于道涂之顾瑞等？况瑞等赤贫，不过日博数文以糊口，兹久为拖累，情殊可矜，应否先行责释，以儆不慎而戒将来；仍严缉正犯，俟获到另行究结。